TAMANHO 42

não é gorda

Obras da autora publicadas pela Editora Record:

Avalon High
Avalon High – A coroação: a profecia de Merlin
Cabeça de vento
Sendo Nikki
Como ser popular
Ela foi até o fim
A garota americana
Quase pronta
O garoto da casa ao lado
Garoto encontra garota
Todo garoto tem
Ídolo teen
Pegando fogo!
A rainha da fofoca
A rainha da fofoca em Nova York
A rainha da fofoca: fisgada
Sorte ou azar?
Tamanho 42 não é gorda
Tamanho 44 também não é gorda
Tamanho não importa
Liberte meu coração
Insaciável
Mordida

Série O Diário da Princesa
O diário da princesa
Princesa sob os refletores
Princesa apaixonada
Princesa à espera
Princesa de rosa-shocking
Princesa em treinamento
Princesa na balada
Princesa no limite
Princesa Mia
Princesa para sempre

Lições de princesa
O presente da princesa

Série A Mediadora
A terra das sombras
O arcano nove
Reunião
A hora mais sombria
Assombrado
Crepúsculo

Série As leis de Allie Finkle para meninas
Dia da mudança
A garota nova
Melhores amigas para sempre?

Série Desaparecidos
Quando cai o raio
Codinome Cassandra

Meg Cabot

TAMANHO 42 não é gorda

Tradução de
ANA BAN

7ª EDIÇÃO

GALERA RECORD
RIO DE JANEIRO • SÃO PAULO
2012

CIP-Brasil. Catalogação-na-fonte
Sindicato Nacional dos Editores de Livros, RJ.

C116t Cabot, Meg, 1967-
7ª ed. Tamanho 42 não é gorda / Meg Cabot; tradução Ana Ban. – 7ª ed. – Rio de Janeiro: Galera Record, 2012.

Tradução de: Size 12 is not fat
ISBN 978-85-01-07533-8

1. Romance americano. I. Ban, Ana. II. Título.

06-1904 CDD – 813
CDU – 821.111(73)-3

Composição: DFL

Título original norte-americano
SIZE 12 IS NOT FAT

Publicado em acordo com Avon, selo da Harper Collins Publishers

Impresso no Brasil

ISBN 978-85-01-07533-8

Para Benjamin

Cada vez que eu te vejo
Tenho vontade de te comer
Você parece um chocolate
Que me dá vontade de comer
Não venha me lembrar do regime
Você só tem que entrar no meu time
De quem adora um doce

"Vontade de te comer"
Interpretada por Heather Wells
Composta por Valdez/Caputo
Do álbum *Vontade de te comer*
Gravadora Cartwright

1

— Hmm, oi. Tem alguém aí? — a moça que está no provador ao meu lado fala com voz de esquilinho. — Olá?

É *exatamente* igual à de um esquilinho.

Ouço o tilintar ritmado do chaveiro do vendedor que se aproxima.

— Pois não, senhora, posso ajudar?

— Pode sim — a voz sem corpo (mas sempre com jeito de esquilinho) flutua por cima da divisória que separa os cubículos. — Vocês têm este jeans em um número menor do que 34?

Eu paro, uma perna dentro e outra fora da calça jeans em que estou tentando me espremer. Uau. Será que sou eu ou ela fez uma pergunta existencial? Por que, o que pode ser menor do que o tamanho 34? Uma roupa de bebê?

Tá certo, já faz um tempo desde as aulas de matemática. Mas eu ainda me lembro que existem números menores do que 34...

— Porque — a Menor-do-que-34/Esquilinho explica para o vendedor — normalmente eu uso 36. Mas este jeans 34 está todo folgado em mim. O que é completamente esquisito. Eu sei que não emagreci desde a última vez em que estive aqui.

A Menor-do-que-34 tem razão, percebo ao vestir o jeans que estou experimentando. Não me lembro de qual foi a última vez em que consegui entrar em um tamanho 38. Bom, lembro *sim*, mas não é um período do meu passado que me agrada em especial.

Mas qual é o problema? Normalmente eu uso 42... mas hoje experimentei o 42 e fiquei nadando lá dentro. Aconteceu a mesma coisa com o 40. O que é esquisito, porque não fiz nenhum tipo de regime nos últimos dias — a menos que se leve em consideração o adoçante Splenda que eu coloquei no café com leite hoje de manhã.

Mas tenho certeza de que o bagel com *cream cheese* e *bacon* que acompanhou o café com leite serviram para anular o Splenda.

E, também, até parece que eu ando freqüentando a academia ultimamente. Não que eu não me exercite, é claro. É que eu não faço isto, sabe como é, na academia. Porque a gente queima a mesma quantidade de calorias andando ou correndo. Então, por que correr? Há um tempão eu percebi que uma caminhada até a casa de queijos Murray, na rua Bleecker, para ver que tipo de sanduíche especial eles têm para o almoço demora dez minutos.

E a caminhada da Murray até a Betsey Johnson, na Wooster, para ver o que está em liquidação (adoro o veludo *stretch* deles!): mais dez minutos.

E o trajeto da Betsey até a Dean & Deluca, na Broadway, para um *cappuccino* depois do almoço e para ver se eles têm aquelas casquinhas de laranja de que eu gosto tanto: mais dez minutos.

E assim por diante até que, antes que se dê conta, você já tinha feito sessenta minutos completos de exercício. Quem disse que é difícil atender às novas exigências de exercícios físicos determinadas pelo governo? Se *eu* consigo, qualquer pessoa consegue.

Mas será que tanta caminhada seria capaz de me fazer perder *dois* números desde a última vez que saí para comprar jeans? Eu sei que ando cortando meu consumo diário de gordura mais ou menos pela metade desde que troquei os bombons de chocolate Kiss da Hershey's que ficavam em um pote na minha mesa por camisinhas do centro de saúde estudantil. Mas, mesmo assim...

— Bom, senhora — o vendedor está dizendo para a Menor-do-que-34. — Este jeans é *stretch*. Isso significa que é preciso usar dois números menores do que o seu tamanho verdadeiro.

— O quê? — a Menor-do-que-34 parece confusa.

Eu não a culpo. Estou me sentindo do mesmo jeito. Parece que os números já não querem dizer mais nada.

— O que eu quero dizer é o seguinte — o vendedor diz, com muita paciência. — Uma pessoa que normalmente usa 34, no jeans *stretch* usaria 30.

— Então, por que vocês simplesmente não colocam o tamanho certo? — a Menor-do-que-34 (com muita razão, na minha opinião) pergunta. — Tipo, se o 30 na verdade é 34, por que vocês simplesmente não colocam a etiqueta de 34?

— É a medida da vaidade — o vendedor responde, baixando a voz.

— De *quê?* — a Menor-do-que-34 pergunta, também baixando a voz. Pelo menos, o máximo que um esquilinho *consegue* baixar a voz.

— Sabe como é — o vendedor sussurra para a Menor-do-que-34. Mas eu ainda consigo escutá-lo. — As clientes *maiores* gostam de caber em um 38. Mas, na verdade, usam 42. Compreende?

Espera aí. *O quê?*

Abro a porta do meu provador de supetão, antes de ter tempo de parar para pensar.

— Eu uso 42 — ouço a mim mesma dizer para o vendedor. Que parece assustado. Mas é compreensível. Acho. Mas, mesmo assim. — Qual é o problema de usar 42?

— Nenhum! — grita o vendedor, em pânico. — Nenhum mesmo. Eu só quis dizer...

— Você está dizendo que uma pessoa que usa tamanho 42 é *gorda?* — pergunto a ele.

— Não — o vendedor insiste. — A senhora está me compreendendo mal. Eu quis dizer...

— Porque a média das mulheres norte-americanas usa 42 — observo. Eu sei disso porque acabei de ler a informação na revista *People.* — Você está dizendo que, em vez de sermos médias, somos todas gordas?

— Não — o vendedor responde. — Não, não foi nada disso que eu quis dizer. Eu...

A porta do provador ao lado do meu se abre e eu vejo a dona da voz de esquilinho pela primeira vez. Ela tem a mesma idade dos jovens com quem eu trabalho. Não é só a *voz* dela que se parece com um esquilinho, percebo. Ela também tem cara de esquilinho. Sabe como é. Fofa. Espevitada. Pequena o bastante para caber no bolso de uma garota de tamanho normal.

— E que história é esta de nem *fazer* o tamanho dela? — pergunto ao vendedor, apontando a Menor-do-que-34 com o polegar. — Quer dizer, prefiro estar na média a nem *existir.*

A Menor-do-que-34 parece meio surpresa. Mas daí ela fala:

— Hmm. É isso aí! — para o vendedor.

O vendedor engole em seco, nervoso. E faz um barulhão. Dá para ver que o dia dele está ruim. Depois do trabalho, ele provavelmente vai para algum bar falar para algum amigo algo do tipo: "Aquele bando de mulher ficou me atacando por causa da numeração pequena das roupas... Foi um horror."

Para nós, ele só diz:

— Eu, hmm, acho que vou, hmm, dar uma olhada se tem o jeans que vocês querem no estoque.

E então ele foge de nós.

Eu olho para a Menor-do-que-34. Ela olha para mim. Talvez ela tenha uns 22 anos, e é muito loira. Eu também sou loira, com um pouco de ajuda de Lady Clairol, mas já faz tempo que deixei meus vinte e poucos para trás.

Mesmo assim, fica claro que, tirando as diferenças de idade e de tamanho, a Menor-do-que-34 e eu compartilhamos uma ligação que nunca poderá ser quebrada.

Nós duas perdemos tempo por causa desta história de colocar números menores nas calças para não ferir a vaidade de alguém.

— Você vai comprar a calça? — ela pergunta, apontando com a cabeça para o jeans que eu estou usando.

— Acho que sim — respondo. — Quer dizer, estou precisando de uma calça nova. Vomitaram em cima do último jeans que eu tinha no trabalho.

— Meu Deus — a Menor-do-que-34 diz, franzindo o nariz de esquilinho. — Onde é que você trabalha?

— Ah — respondo. — Em um alojamento. Quer dizer, em um conjunto residencial estudantil. Sou diretora-assistente.

— Sério? — parece interessada. — Na Faculdade de Nova York? — Quando eu assinto, ela grita: — Eu sabia que conhecia você de algum lugar! Eu me formei na Faculdade de Nova York no ano passado. Em que alojamento?

— Hmm — eu respondo, meio sem jeito. — Acabei de começar no verão.

— Jura? — a Menor-do-que-34 parece confusa. — Que estranho. Porque você tem um rosto que não me é estranho...

Antes de eu ter a oportunidade de explicar por que ela acha que me conhece, meu celular solta as primeiras notas de "Vacation", das Go-Go's (escolhido como um lembrete dolorido de que não vou ter férias, ou *vacation*, em inglês, até passar pelo período de experiência de seis meses no trabalho, e ainda faltam três meses para isto). Vejo pelo identificador de chamada que é a minha chefe. Em pleno sábado.

O que significa que deve ser importante. Certo?

Só que provavelmente não é. Quer dizer, eu adoro meu novo emprego e tudo o mais (trabalhar com universitários é superdivertido porque eles se entusiasmam com coisas em que muita gente nem pensa, como libertar o Tibete e arrumar licença-maternidade remunerada para trabalhadoras ilegais e esse tipo de coisa).

Mas a principal desvantagem de trabalhar no conjunto Fischer é que eu moro bem na esquina. O que faz com que eu seja um tantinho acessível demais a qualquer pessoa de lá para o meu gosto. Quer dizer, uma coisa é receber telefonemas de trabalho em casa porque você é médico e um de seus pacientes precisa de você. Mas é bem diferente receber ligações de trabalho em casa porque a máquina de refrigerante engoliu o troco de alguém e ninguém consegue encontrar os formulários de pedido de reembolso e querem que você vá até lá ajudar a procurar.

Mas eu sei que, para algumas pessoas, isso parece um sonho realizado. Sabe como é, morar perto do trabalho o suficiente para poder dar uma passadinha no caso de alguma crise de troco em moedas. Principalmente em Nova York. Como a distância de minha casa é de dois minutos, vou a pé (mais quatro minutos que se adicionam à minha cota diária de exercícios).

Mas as pessoas deviam perceber que, no que diz respeito à realização de sonhos, este aqui não é o maior, porque eu só recebo 23,5 mil dólares por ano (cerca de 12 mil dólares depois de descontados os impostos municipais e estaduais) e, em Nova York, 12 mil dólares só dá para pagar o jantar e talvez um jeans como este que estou prestes a adquirir, tenha ele o tamanho da minha vaidade ou não. Eu não poderia morar em Manhattan com esse tipo de salário se não fosse pelo meu segundo emprego, que paga meu aluguel. Eu não moro no alojamento porque, na Faculdade de Nova York, só os diretores dos conjuntos, e não os diretores-assistentes, recebem o "benefício" de morar no alojamento (quer dizer, no conjunto residencial estudantil) em que trabalham.

Mesmo assim, eu moro tão perto do conjunto Fischer que minha chefe acha que pode me ligar a qualquer hora e pedir para eu dar "uma passadinha" sempre que precisa de mim.

Como em uma tarde clara e ensolarada de setembro, quando estou comprando jeans, porque no dia anterior, uma caloura que tinha tomado algumas sodas batizadas a mais no Stoned Crow resolveu se virar e vomitar tudo que tinha consumido em cima de mim, enquanto eu estava agachada do lado dela, verificando seu pulso.

Estou pesando os prós e os contras de atender o celular. Pró: talvez Rachel esteja ligando para me oferecer um aumento (improvável); contra: talvez ela esteja ligando para que eu leve alguma bêbada de 20 anos quase em coma alcoólico para o hospital (provável). Então, a Menor-do-que-34 berra:

— Ai, meu Deus! Eu sei por que parece que eu conheço você de algum lugar! Alguém já disse que você se parece *exatamente* com a Heather Wells? Sabe, aquela cantora?

Eu resolvo, devido às circunstâncias, deixar minha chefe cair na caixa postal. Quer dizer, as coisas já estão bem ruins, considerando o negócio do tamanho 42, e agora essa. Eu deveria ter ficado em casa e comprado meu jeans pela internet.

— Você acha mesmo? — eu pergunto à Menor-do-que-34, sem muito entusiasmo. Só que ela não repara na minha falta de entusiasmo.

— Ai, meu Deus! — ela berra de novo. — Até a sua *voz* é parecida com a dela. Que coisa mais *aleatória*. Mas — ela completa, com uma risada —, como é que a Heather Wells ia estar trabalhando em um alojamento, hein?

— Conjunto residencial estudantil — eu a corrijo automaticamente. Porque é assim que a gente deve falar, já que dizer "conjunto residencial estudantil" supostamente passa uma noção de aconchego e unidade entre os residentes, que, de outro modo, podem achar que moram em uma coisa chamada alojamento, algo muito frio e institucional.

Como se o fato de as geladeiras serem presas ao chão já não desse na cara.

— Ah, ei — a Menor-do-que-34 diz, repentinamente sóbria. — Não que tenha algo errado nisso. Em ser diretora-assistente de um alojamento. E você não ficou, hmm, ofendida de eu dizer que você se parece com a Heather Wells, ficou? Quer dizer, eu tinha todos os CDs dela. E um pôster enorme na minha parede. Quando eu tinha 11 anos.

— Não fiquei — respondo — nem um pouquinho ofendida.

A Menor-do-que-34 parece aliviada.

— Que bom — ela diz. — Bom, acho que é melhor eu ir andando para procurar uma loja que tenha o meu número.

— É — eu respondo, com vontade de indicar a Gap Kids, mas me segurando. Porque não é culpa dela ser pequenininha. Do mesmo jeito que não é minha culpa usar o tamanho de roupa da média das mulheres norte-americanas.

Só quando estou parada na frente do caixa é que resolvo escutar a minha caixa postal para saber o que a minha chefe, a Rachel, queria. Ouço a voz dela, sempre controlada com tanto cuidado, dizendo em tom de histeria mal contida: "Heather, estou ligando para avisar que houve uma morte no conjunto. Quando você receber esta mensagem, por favor entre em contato comigo o mais rápido possível."

Deixo o jeans tamanho 38 no balcão e uso mais 15 minutos da minha dose diária recomendada de exercício para sair correndo — isso mesmo, *correndo* — da loja em direção ao conjunto Fischer.

Eu vi vocês dois
Aos beijos e agarrões
Você me disse
Que ela era sua prima
Até parece
Até parece
Até parece
Se você me quiser
Tem que ser sincero
Então, o que isso significa
Para você e eu?
Até parece
Até parece
Até parece

"Até parece"
Interpretada por Heather Wells
Composta por Valdez/Caputo
Do álbum *Vontade de te comer*
Gravadora Cartwright

A primeira coisa que vejo quando dobro a esquina na rua Washington Square West é um caminhão de bombeiro parado em cima da calçada. Ele está estacionado em cima da calçada e não na rua porque tem uma barraquinha vendendo calcinhas fio dental com estampa de tigre a cinco dólares cada (é mesmo uma pechincha mas, quando se examina de perto, dá para ver que o acabamento é feito com uma renda preta que tem todo o jeito de pinicar quando entrar, bom, você sabe onde) bloqueando a rua.

A prefeitura quase nunca fecha a rua Washington Square West, onde fica o conjunto Fischer. Mas neste sábado em especial, a associação do bairro deve ter cobrado um favor de algum vereador ou algo assim, porque conseguiram fechar todo aquele lado do parque para montar uma feira de rua. Você sabe do que estou falando: os caras do incenso, o homem das meias, os caricaturistas e os palhaços que fazem esculturas em arame.

Na primeira vez em que fui a uma feira de rua em Manhattan, eu tinha mais ou menos a mesma idade dos jovens com quem trabalho hoje. Naquela época eu fiquei toda: "Uau, uma feira de rua! Que divertido!" Na época, eu não sabia que dava para comprar meias na Macy's pagando ainda menos do que o homem das meias cobra.

Mas a verdade é que, se você já foi a uma feira de rua de Manhattan, já viu todas.

Nada poderia parecer mais deslocado do que uma barraquinha vendendo calcinhas fio dental na frente do conjunto Fischer. É uma construção que simplesmente não combina com calcinhas fio dental. Ele se avulta majestosamente por sobre a Washington Square Park, foi construído com tijolinhos vermelhos por volta de 1850. No meu primeiro dia no emprego, li uns arquivos que estavam em cima da minha mesa e fiquei sabendo que, a cada cinco anos, a prefeitura obriga a faculdade a contratar uma empresa que retira todo o rejuntamento dos tijolos com brocas e troca por argamassa nova, para que eles não caiam na cabeça das pessoas que passam por ali.

O que é uma boa idéia, acho. Só que, apesar da iniciativa da prefeitura, sempre tem coisa caindo do conjunto Fischer e acertando a cabeça das pessoas. Não estou falando de tijolos. Já recebi relatos de garrafas, latas, peças de roupa, livros, CDs, legumes, balinhas Good & Plentys e até de um frango assado inteiro despencando lá de cima.

Vou dizer uma coisa: quando passo pelo conjunto Fischer, sempre olho para cima, só para garantir.

Mas não hoje. Hoje o meu olhar está colado à porta de entrada do prédio. Estou tentando descobrir como vou fazer para entrar, levando em conta a enorme multidão — e os policiais — que se aglomeram ali na frente. Parece que, juntamente com as dúzias de turistas que passeiam pela feira de rua, aproximadamente metade da população estudantil do edifício está parada ali fora, esperando para poder entrar de novo. Não fazem a menor idéia do que está acontecendo. Dá para perceber isso por causa das perguntas que eles gritam uns para os outros, tentando se fazer ouvir por cima do som de flautinha peruana que vem de outra barraquinha na frente do prédio, uma que vende, hmm, fitas cassete de flautinha peruana:

— O que está acontecendo?

— Sei lá. Pegou fogo em alguma coisa?

— Alguém deve ter deixado o *pot-pourri* ferver demais de novo.

— Que nada, foi o Jeff. Ele deixou o baseado cair de novo.

— Jeff, você é um babaca.

— Desta vez não fui eu, juro!

Eles não tinham como saber que tinha havido uma morte no prédio. Se soubessem, não estariam fazendo piadas com baseados. Acho.

Tudo bem, espero que não.

Então reparo em um rosto que reconheço, pertencente a alguém que COM CERTEZA sabe o que está acontecendo. Dá para ver pela expressão dela. Ela não está simplesmente aborrecida porque os bombeiros não querem deixá-la entrar no prédio. Ela está aborrecida porque SABE.

— Heather! — Magda, ao me ver no meio da multidão, abana a mão com unhas muito cuidadas para mim. — Ah, Heather! Que horror!

Magda está ali parada com o avental cor-de-rosa do refeitório e com as *leggings* de oncinha dela, sacudindo os cachos cheios de gel e dando tragadas compridas e nervosas no cigarro Virginia Slims enterrado entre as unhas de cinco centímetros de comprimento. Cada unha tem uma réplica em miniatura da bandeira dos Estados Unidos, porque, apesar de Magda voltar a sua República Dominicana natal sempre que pode, ela tem um sentimento muito patriótico em relação ao país que adotou, e expressa sua afeição por meio de arte nas unhas.

Aliás, foi assim que nós nos conhecemos. Há quase quatro meses, na manicure. Foi assim também que fiquei sabendo do emprego no alojamento (quer dizer, conjunto residencial estudantil), pra começo de conversa. A última diretora-assistente antes de mim (Justine) tinha acabado de ser demitida pelo desvio de 7 mil dólares do fundo do edifício, fato este que enlouqueceu a Magda, a caixa do refeitório do alojamento (quer dizer, conjunto residencial estudantil).

— Dá para acreditar? — ela ia reclamando para quem quisesse ouvir, enquanto a pedicure pintava minhas unhas de vermelho Hot Tamale (porque, sabe como é, mesmo que toda a sua vida esteja escorrendo pelo ralo, como a minha estava na época, pelo menos os seus pés podem continuar bonitos).

Magda, a algumas mesinhas de distância, estava recebendo desenhos de mini Estátuas da Liberdade nos polegares, em homenagem ao feriado do Memorial Day, e falava mal de Justine, a minha predecessora, com muita eloqüência.

— Ela encomendou 27 aquecedores de cerâmica do almoxarifado e deu para os amigos dela como presente de casamento!

Eu ainda não faço a menor idéia do que seja um aquecedor de cerâmica, ou por que alguém ia querer um de presente de casamento. Mas quando ouvi que alguém tinha sido demitida no lugar em que Magda trabalhava, onde um dos benefícios (além de vinte dias de férias por ano e plano de saúde e odontológico completos) era isenção de anuidade em cursos universitários, eu quis logo saber dos detalhes.

Na verdade, devo muito a Magda. E não só porque ela me ajudou com o negócio do emprego (ou porque ela me deixa comer de graça sempre que quero, o que pode ser em parte a razão por que eu não uso mais tamanho 38, sem contar a medida da vaidade), mas porque a Magda se tornou uma das minhas melhores amigas.

— Mag — eu digo, deslizando até onde ela está. — Quem foi? Quem morreu?

É que eu não consigo evitar e me preocupo que seja alguém que eu conheço, como um dos faxineiros, sempre tão gentis, que limpam fluidos corporais espalhados pelo prédio inteiro, apesar de isso não fazer parte da descrição do trabalho deles. Ou um dos alunos que trabalham ali e que eu deveria supervisionar (*deveria* é a palavra operativa, porque nos três meses que trabalho no conjunto Fischer, só um punhado dos meus funcionários-alunos fez o que eu mandei fazer; muitos deles continuam fiéis a Justine mão-leve).

E quando algum deles de fato faz o que eu peço, é só porque a atividade inclui algo como conferir cada quarto depois que os ocupantes anteriores se mudaram para levar embora qualquer coisa que tenham deixado para trás, o que geralmente são garrafas pela metade de Jägermeister.

Então, quando chego ao trabalho no dia seguinte, não consigo fazer com que nenhum deles desça para separar a correspondência, já que estão todos de ressaca.

Mas há alguns alunos que de fato aprendi a adorar, bolsistas que não vieram para a faculdade com um Visa que a mamãe e o papai ficam muito felizes de pagar todo mês, e que realmente precisam trabalhar para pagar os livros e as taxas, e por isso fazem o turno de 16 horas à meia-noite na recepção no sábado à noite sem que eu tenha que implorar muito.

— Ah, Heather — Magda sussurra. Só que ela pronuncia o meu nome como Haythar. Ela está sussurrando porque não quer que os garotos saibam o que está acontecendo na verdade. Seja lá o que for. — Uma das minhas estrelinhas de cinema!

— Uma aluna? — dá para ver gente na multidão observando-a com curiosidade. Não porque a aparência dela é esquisita (bom, ela É meio esquisita, já que usa maquiagem suficiente para fazer Christina Aguillera parecer natural, e tem aquelas unhas muito compridas e tudo o mais).

Mas, como estamos no Village, suas roupas poderiam ser consideradas normais.

O que as pessoas não entendem é o negócio de "estrela de cinema". Cada vez que um aluno entra no refeitório do conjunto Fischer, Magda pega o cartão de débito dele ou dela e cantarola: "Veja só todas as estrelas de cinema bunitas que vêm comer aqui. Temos muita sorte de ter tantas estrelas de cinema bunitas aqui no conjunto Fischer!"

No começo, eu achava que Magda só estava tentando agradar todos os alunos de teatro (e há toneladas deles, muito mais do que alunos de medicina ou de administração) na Faculdade de Nova York.

Daí em um dia de "Faça o Seu Próprio Sundae", ela lançou a bomba de que o conjunto Fischer na verdade é bem famoso. Não pelas razões que você pode imaginar, como porque fica na histórica Washington Square, onde Henry James já morou, ou porque fica na frente da famosa Árvore dos Enforcados, onde costumavam enforcar as pessoas no século XVIII. Não é nem porque o parque já foi cemitério de indigentes, então, sabe todos aqueles bancos e barraquinhas de cachorro-quente? Isso mesmo, estão todos em cima de gente morta.

Não. De acordo com Magda, o conjunto Fischer é famoso porque filmaram uma cena do filme *As tartarugas ninja 3* ali. O Donatelo ou o Rafael ou alguma das outras tartarugas (não consigo me lembrar exatamente de qual) se balançaram da cobertura do conjunto Fischer para o prédio ao lado, e todos os alunos do prédio fizeram figuração, olhando para cima, apontando cheios de surpresa frente ao feito dos dublês de tartaruga.

É sério. O conjunto Fischer tem uma história bem emocionante.

Só que os alunos que apareceram no filme como extras há muito tempo já se formaram e deixaram de morar no conjunto Fischer.

Então, acho que as pessoas consideram muito esquisito que a Magda continue falando nesse assunto, tantos anos depois.

Mas dá mesmo para ver como o fato de uma cena de um filme famoso ter sido feita em seu local de trabalho pode ser, para alguém como a Magda, mais uma das tantas coisas que fazem dos Estados Unidos um país maravilhoso.

Mas também dá para ver como, para alguém que não conhece a história por trás disto, como a coisa toda de "a minha estrelinha de cinema" pode parecer um pouco... bom, maluca.

O que provavelmente explica por que tanta gente estava olhando com curiosidade na nossa direção, depois de ter ouvido o desabafo dela.

Sem querer que algum dos alunos percebesse que alguma coisa muito séria estava acontecendo, peguei Magda pelo braço e a puxei na direção de um dos pinheirinhos em vaso que fica na frente do prédio (e que os alunos infelizmente costumam usar como cinzeiro particular) para termos um pouco de privacidade.

— O que aconteceu? — pergunto a ela, em voz baixa. — Rachel deixou um recado de que houve uma morte no prédio, mas não disse mais nada. Você sabe quem foi? E como aconteceu?

— Não sei — Magda sussurra, sacudindo a cabeça. — Eu estava lá sentada na minha caixa, e ouvi gritos, e alguém disse que tinha uma menina estirada no fundo do poço dos elevadores, e que ela estava morta.

— Ai, meu Deus! — Fico chocada. Eu esperava uma morte por overdose ou um crime violento. Há seguranças de plantão 24 horas por dia no prédio, mas nem por isso uma ou outra figura desagradável deixa de entrar ali de vez em quando. Afinal, estamos em Nova York.

Mas uma morte no *elevador*?

Magda, com os olhos úmidos, mas lutando com toda a força para não chorar (já que isto entregaria para os alunos, que têm mesmo uma forte inclinação para o drama, que alguma coisa está mesmo MUITO errada; e também não ia fazer lá muito bem para as várias camadas de rímel dela), completa:

— Disseram que ela estava... como chama mesmo? Brincando de andar em cima do elevador?

— Fazendo surfe? — Fico ainda mais chocada. — Fazendo surfe de elevador?

— É. — Ela enfia com todo o cuidado a ponta de uma unha toda trabalhada no olho e tira uma lágrima. — É por isso que não estão deixando ninguém entrar. As estrelinhas de cinema precisam do elevador para ir para os camarins, mas precisam retirar o...

Magda se desmancha em um soluço. Eu a envolvo com o braço e a viro rápido de frente para mim, tanto para confortá-la quanto para abafar o som do choro dela. Os alunos estão olhando com curiosidade para o nosso lado. Eu não quero que eles percebam que há alguma coisa, muito séria, de errado. Logo vão ficar sabendo de tudo.

Só que eles provavelmente não vão ter tanta dificuldade em acreditar no fato quanto eu.

O negócio é que eu não devia ficar assim tão surpresa. Essa história de surfar no elevador é um problema que atinge todo o *campus* (e não só na Faculdade de Nova York, mas em faculdades e universidades de todo o país). Adolescentes que não têm nada melhor para fazer do que encher a cara e desafiar uns aos outros a pular em cima do teto do elevador e ficar ali subindo e descendo pelo poço, o que é perigosíssimo. Já ouvimos relatos e relatos de jovens bêbados decapitados depois de tais desafios.

Acho que tinha mesmo que acontecer no conjunto Fischer mais cedo ou mais tarde.

Mas tinha um problema.

O problema é que Magda ficava falando “ela”. Que uma *garota* tinha morrido.

E isto é esquisito, porque nunca ouvi falar de uma *menina* que fizesse surfe de elevador. Pelo menos não no conjunto Fischer.

Daí Magda ergue a cabeça do meu ombro e diz:

— Ah, não.

Eu me viro para ver do que ela está falando e prendo a respiração muito rápido. Porque a Sra. Allington, mulher de Phillip Allington (que no semestre anterior tinha passado a ocupar o posto de 16º reitor na faculdade), está vindo pela calçada na nossa direção.

Eu tenho várias informações sobre os Allington porque outra coisa que achei nos arquivos de Justine (pouco antes de jogar tudo fora) foi um artigo recortado do jornal *New York Times* que fazia o maior auê em torno do fato de o novo reitor ter resolvido morar em um conjunto residencial estudantil em vez de escolher algum dos prédios de luxo de propriedade da faculdade.

"Phillip Allington", dizia o artigo, "é um acadêmico que não quer perder o contato com o corpo estudantil. Quando volta para casa do gabinete, usa o mesmo elevador que os alunos de graduação ao lado dos quais mora..."

O que o *Times* deixou de mencionar completamente é que o reitor e a família dele moram na cobertura do conjunto Fischer, que ocupa o vigésimo andar inteiro, e que reclamaram tanto de todas as paradas que o elevador fazia no trajeto para deixar os alunos subirem e descerem que Justine acabou dando a eles as chaves usadas para fazer o elevador subir direto, sem parar.

Além de reclamar dos elevadores, a mulher do reitor Allington, Eleanor, parece não ter muito o que fazer. Sempre que eu a vejo, ela acabou de voltar da Saks Fifth Avenue ou está saindo para fazer compras lá. Ela se dedica incansavelmente às compras, da mesma maneira que um corredor olímpico se dedica ao treinamento.

Só que o esporte preferido da Sra. Allington (além de fazer compras) parece ser o consumo de enormes quantidades de vodca. Quando ela e o Dr. Allington voltam de jantares de trabalho tarde da noite, a Sra. Allington sempre apronta o maior escarcéu na entrada, geralmente por causa das cacatuas de estimação dela (pelo menos, foi o que o meu segurança preferido, Pete, contou).

"Os pássaros", ela disse a ele certa vez. "Os pássaros odeiam você, gorducho."

O que é meio maldoso, se você pensar bem sobre o assunto. E também é impreciso, porque Pete não é nem um pouco gordo. Ele está, sabe como é, na média.

Os ataques verbais bêbados da Sra. Allington são fonte de muita diversão para os funcionários da recepção do prédio, que são sempre alunos (aqueles que eu supostamente devo supervisionar). Tarde da noite, quando o Dr. Allington não está em casa, às vezes a Sra. Allington liga para a recepção para relatar todo tipo de acontecimento estranho: que alguém comeu todas as alcachofras recheadas; que há três coiotes no terraço; que anões minúsculos e invisíveis estão martelando o teto.

De acordo com Pete, no começo os alunos ficavam confusos com os relatos e bipavam os assistentes dos residentes (AR), os representantes da classe alta que, em troca de alojamento gratuito, devem atuar como uma espécie de dona-de-casa, e há um por andar. Os ARs por sua vez notificavam o diretor do prédio, que pegava o elevador até o vigésimo andar para investigar.

Mas quando a Sra. Allington atendia à porta, de olhos vidrados, envolta em veludo molhado (eu sei o que você está pensando! Veludo molhado! É quase tão brega quanto veludo *stretch*), só falava assim: "Não sei do que você está falando, gorducho."

Enquanto isso, atrás dela (de acordo com os vários ARs que repetiram a história), as cacatuas assobiavam histéricas.

Assustador.

Mas parece que não assusta tanto a Sra. Allington quanto assusta o restante de nós, porque parece que ela não se lembra de nada no dia seguinte, e sai para a Saks como se fosse uma rainha, a Rainha do conjunto Fischer.

Como agora, por exemplo. Carregada de sacolas de compras, a Sra. Allington olha toda agressiva para o policial que bloqueia a porta de entrada do conjunto Fischer e diz assim:

— Dê licença. Eu moro aqui.

— Sinto muito, senhora — o policial responde. — Só o pessoal da emergência pode entrar. Nenhum residente tem permissão de entrar no prédio por enquanto.

— Eu não sou residente. — A Sra. Allington parece inchar no meio de tantas sacolas. — Eu sou... Eu sou... — Parece que ela não consegue se lembrar muito bem de quem é. Mas o policial não está nem aí.

— Sinto muito, senhora — ele diz. — Vá aproveitar um pouco a feira de rua, que tal? Ou então, tem uns bancos ótimos ali na praça. Por que a senhora não relaxa até a gente ter permissão para deixar todo mundo entrar, hein?

A Sra. Allington parece um tanto alterada quando eu chego apressada até ela. Abandonei Magda porque parece que a Sra. Allington está precisando mais de mim. Ela está simplesmente ali parada com uma calça jeans de marca apertada demais, uma blusinha de seda e toneladas de jóias de ouro, as sacolas de compras pendendo das mãos, a boca abrindo e fechando em confusão. Ela está com toda a certeza ficando meio esverdeada nas dobras do pescoço.

— A senhora ouviu, madame? — diz o policial. — Ninguém pode entrar. Está vendo todo este pessoal aqui? Está todo mundo esperando. Então, ou a senhora espera com eles ou vai para outro lugar.

Só que a Sra. Allington parece ter perdido a capacidade de se movimentar. Ela não parece muito firme sobre as pernas, se quer saber a minha opinião. Dou um passo à frente e a pego pelo braço. Ela nem percebe que eu estou ali. Duvido até que saiba quem eu sou. Apesar de ela acenar para mim com a cabeça todos os dias úteis quando sai do elevador e passa na frente da minha sala a caminho de sua próxima sessão de desperdício (quer dizer, expedição de compras) e diz: "Bom dia, Justine" (apesar de eu a corrigir com freqüência). Mas acho que me ver no fim de semana a deixa meio atordoada.

— O marido dela é reitor da faculdade, policial — eu digo, apontando a Sra. Allington com a cabeça. Ela parece estar olhando muito fixamente para um aluno próximo, de cabelo roxo e *piercing* na sobrancelha. — Phillip Allington. Ele mora na cobertura. Acho que ela não está se sentindo muito bem. Será que eu posso... Será que eu posso ajudá-la a entrar?

O policial me olha torto.

— Eu conheço você de algum lugar? — pergunta. Não é uma cantada. Comigo, nunca é.

— Deve ser aqui da vizinhança — respondo, com alegria excessiva. — Eu trabalho neste prédio. — Exibo para ele meu crachá de funcionária da faculdade, aquele com a foto em que pareço bêbada, apesar de não ter bebido nada na ocasião. Pelo menos não até ter visto a foto. — Está vendo? Eu sou diretora-assistente do conjunto residencial estudantil.

Ele não parece nem um pouco impressionando, mas diz, com um dar de ombros:

— Tanto faz. Pode entrar com ela, se quiser. Mas eu não sei como é que ela vai poder subir. Os elevadores estão desligados.

Não sei como vou fazer para levar a Sra. Allington até o vigésimo andar; levando em conta a instabilidade das pernas dela, praticamente vou ter que carregá-la. Dou uma olhada por cima do ombro para Magda, que, ao ver o meu fardo, revira os olhos. Mas ela apaga o cigarro e vem resoluta em nossa direção, pronta para oferecer toda a ajuda que puder.

Mas, antes que ela consiga nos alcançar, duas mocinhas (usando o que eu considero o vestuário padrão da Faculdade de Nova York, jeans de cintura baixa com *piercing* no umbigo) saem de supetão do prédio, com dificuldade para respirar.

— Ai, meu Deus, Jeff — uma delas grita para o rapaz que sempre deixa o baseado cair. — O que aconteceu com os elevadores? A gente teve que descer 17 andares de escada.

— Eu vou morrer — a outra avisa.

— Falando sério — a primeira arfa, bem alto. — Pelo que a gente paga de anuidade e taxa de alojamento, era de se esperar que o REITOR investisse em elevadores que não quebrassem o tempo todo.

Eu não deixo de notar o olhar hostil que ela aponta para a Sra. Allington, que fez o erro de deixar sua foto ser publicada no jornal da escola, se transformando assim em alvo identificável no alojamento. Quer dizer, conjunto residencial estudantil.

— Venha, Sra. Allington — eu digo apressada, dando um puxãozinho no braço dela. — Vamos entrar.

— Já estava na hora — ela diz, tropeçando um pouco, ao mesmo tempo em que Magda se apressa em pegar o outro braço dela. Nós duas a manobramos pela porta de entrada em meio a gritos (dos alunos) de: "Ei! Por que *elas* podem entrar e a gente não? A gente também mora aqui!", "Não é justo!" e "Fascistas!".

Levando em conta a maneira cuidadosa como ela coloca um saltinho na frente do outro, tenho bastante certeza de que a Sra. Allington já está um pouco alta, apesar de mal ser meio-dia. Minhas suspeitas se confirmam quando nós três entramos no prédio e ela de repente se inclina para a frente e despeja o café-da-manhã em uma das floreiras da recepção.

Com toda a certeza parece que a Sra. A. tomou alguns *bloody marys* em vez de café.

— Santa Maria — Magda diz, horrorizada. E quem pode culpá-la?

Eu não posso falar pelos outros, mas quando vomito (e sinto dizer, mas é algo que tenho feito com alguma freqüência desde o ano-novo), gosto de ter um certo apoio, mesmo que a culpa seja toda minha.

Então, dou alguns tapinhas por cima da ombreira da Sra. Allington e digo:

— Pronto. A senhora não está se sentindo melhor agora?

Ela aperta os olhos para me examinar, como se só agora tivesse reparado na minha presença.

— Quem diabos é você? — pergunta.

— Hmm — respondo. — Sou a diretora-assistente do prédio. Heather Wells. Lembra? Nós fomos apresentadas há alguns meses.

A Sra. Allington parece confusa.

— O que aconteceu com Justine?

— Ela arrumou outro emprego — explico, o que é mentira, já que Justine foi demitida. Mas a verdade é que eu não conheço a versão de Justine da história. Quer dizer, talvez ela estivesse mesmo precisando do dinheiro. Talvez ela tenha parentes que moram na Bósnia ou em algum lugar muito frio, e eles não têm aquecimento, e aqueles aquecedores de cerâmica ajudaram o pessoal a sobreviver todo o inverno. Vai saber.

A Sra. Allington só aperta os olhos mais um pouco.

— Heather Wells? — Ela pisca mais algumas vezes. — Mas você... você não é aquela moça? Aquela que costumava cantar em todos os *shopping centers*?

É quando percebo que a Sra. Allington finalmente me reconheceu, tudo bem...

...só que não como a diretora-assistente do prédio em que ela mora.

Uau. Nunca imaginei que a Sra. Allington pudesse ser fã de *pop* adolescente. Ela parece ser mais o tipo Barry Manilow (um *pop* adolescente bem mais velho).

— Eu era — digo com gentileza, porque ainda estou com pena dela, por causa do vômito e tudo o mais. — Mas eu não canto mais.

— Por quê? — ela quer saber.

Magda e eu trocamos olhares. Parece que Magda está recuperando o senso de humor, porque com toda a certeza os cantinhos da boca delineada dela estão apontando um pouco para cima.

— Hmm — eu respondo. — É uma história um pouco longa. Basicamente, eu fiquei sem contrato com gravadora...

— Porque você ficou gorda? — a Sra. Allington pergunta.

E é então, preciso reconhecer, que eu deixo de ter pena dela.

Eu digo que não posso
Mas você parece nem ligar
Eu digo que não vou
Parece que nem estou lá
Não posso esperar para sempre
Não vou esperar para sempre
Baby, é agora ou nunca
Diga que me ama
Ou, baby, vê se me libera

"Não posso"
Interpretada por Heather Wells
Composta por O'Brien/Henke
Do álbum *Vontade de te comer*
Gravadora Cartwright

Felizmente, sou poupada de ter de dar qualquer tipo de resposta à observação da Sra. Allington a respeito do meu peso porque minha chefe, Rachel Walcott, aparece apressada bem naquele momento com os mules de verniz dela estalando no chão de mármore da recepção.

— Heather — Rachel diz ao me ver. — Muito obrigada por ter vindo. — Ela parece mesmo um tanto aliviada por eu estar ali, o que faz com que eu me sinta bem. Sabe como é, porque realmente precisam de mim, apesar de eu só valer 23,5 mil dólares por ano.

— Claro — respondo. — Sinto muito pelo que aconteceu. Foi... quer dizer, é alguém que a gente conhece?

Mas Rachel só me lança um olhar de advertência do tipo "Não fale de assuntos de família na presença de estranhos", sendo que os estranhos eram a Sra. Allington e Magda: as funcionárias do refeitório não são consideradas funcionárias do conjunto residencial e a mulher do reitor da faculdade com TODA A CERTEZA também não. Então, ela se volta para a Sra. Allington.

— Bom dia, Sra. Allington — Rachel quase berra, como se estivesse falando com uma pessoa de idade, apesar de a Sra. Allington provavelmente não ter muito mais do que 60 anos. — Sinto muito a respeito de tudo isto. A senhora está bem?

A Sra. Allington está longe de bem mas, por mais chateada que eu esteja com a observação da gordura, não quero dizer isso assim, na cara dela. Afinal, ela continua sendo a mulher do reitor.

Em vez disso, só respondo:

— A Sra. Allington não está se sentindo muito bem.

Acompanho a afirmação com uma olhadela significativa na direção da floreira em que a Sra. A. acabou de vomitar, na esperança de que Rachel capte a mensagem. Não faz assim tanto tempo que trabalhamos juntas, Rachel e eu. Ela foi contratada apenas uma ou duas semanas antes de mim, para substituir a diretora que pediu demissão logo depois de Justine ser mandada embora (mas não foi por apoio à Justine nem nada parecido). A diretora teve que pedir demissão porque o marido dela tinha arrumado emprego de guarda florestal no Oregon.

Eu sei o que você está pensando. Marido guarda florestal. Hmmm. Eu também pediria demissão para acompanhá-lo.

Mas ao mesmo tempo em que Rachel é nova na posição de diretora residente do conjunto Fischer, ela não é nova no ramo da educação superior (que é o que dizem quando você trabalha com aconselhamento dentro da faculdade, mas não tem função de professor, ou pelo menos foi o que eu li em um dos arquivos de Justine). Rachel se formou em Yale e o último alojamento (quer dizer, conjunto residencial estudantil) que ela dirigiu foi na Faculdade Earlcrest, em Richmond, no estado do Indiana.

Ela me contou que foi um certo choque cultural mudar-se para Nova York vinda de um lugar como Richmond, onde as pessoas nem precisam trancar a porta de casa à noite. Mas até onde eu sei, ela não sofreu tanto assim com seu afastamento do interior. Ela tem um guarda-roupa que qualquer profissional de Nova York gostaria de ter, cheio de roupas Armani e sapatos Manolo Blahnik, o que é um grande feito (considerando que o salário dela não é muito maior que o meu, já que o apartamento gratuito no prédio conta como parte dos vencimentos). O comparecimento fiel às vendas especiais de peças de mostruário de grife ajudam Rachel a estar sempre no último grito da moda. E o fato de ela seguir à risca a Dieta da Zona e fazer exercícios duas horas por dia garante que ela mantenha seu tamanho 36, o que permite que ela caiba em todas as roupas exibidas pelas modelos.

Rachel diz que, se eu parasse de comer tanto carboidrato e passasse meia hora por dia no StairMaster, ia conseguir voltar fácil para o tamanho 38. E que isso não deve ser assim tão difícil para mim, porque o pacote de benefícios da faculdade garante acesso livre à academia do *campus*.

Só que eu já fui à academia da faculdade, e é assustadora. Tem umas meninas bem magrinhas lá, jogando aqueles bracinhos esqueléticos de um lado para o outro em aulas de aeróbica e ioga e essas coisas. Falando sério, um dia destes, uma delas vai arrancar o olho de alguém.

Bom, mas Rachel diz que, se eu perder bastante peso, com certeza vou arrumar um namorado gostoso, como ela planeja fazer, assim que encontrar um cara no Village que não seja *gay*, tenha a cabeça coberta de cabelo e ganhe pelo menos cem mil por ano.

Mas como é que alguém pode abrir mão de macarrão de gergelim frio? Mesmo que seja por um cara que ganha cem mil por ano?

Além do mais, hmm, como eu sempre lembro a Rachel, tamanho 42 não é gorda. É o tamanho médio da mulher norte-americana. Acorda. E tem muitas de nós (que usam tamanho 42) que têm namorado, muito obrigado.

Não eu necessariamente. Mas um monte de garotas do meu tamanho, e até maiores.

Mas apesar de Rachel e eu termos prioridades diferentes (ela quer um namorado; eu me contento com um bacharelado a esta altura) e de não conseguirmos entrar em acordo a respeito do que constitui uma refeição (para ela, alface sem molho; para mim, falafel, *tahini* extra com pita e *homus* para começar e talvez um sanduíche de sorvete de sobremesa), a gente se dá bem, acho. Quer dizer, pelo menos parece que ela entendeu o olhar que lancei em relação à Sra. Allington.

— Sra. Allington — ela diz. — Vamos tratar de levá-la para casa, certo? Eu a levo lá para cima. Tudo bem assim, Sra. Allington?

A Sra. Allington assente bem fraquinho com a cabeça, já deixando para lá o interesse na minha mudança de carreira.

Rachel pega a mulher do reitor pelo braço enquanto Pete, que estava pairando ao nosso redor, segura uma onda de bombeiros para abrir espaço para ela e a Sra. A. no elevador que ligaram especialmente para isto. Não consigo evitar dar uma olhada nervosa para o interior do elevador quando as portas se abrem. E se houver sangue? Eu sei que disseram que ela foi encontrada no fundo do poço dos elevadores, mas e se parte dela ainda estivesse no elevador?

Mas não há sangue algum à vista. O elevador parece o mesmo de sempre, com seus painéis de mogno falso e acabamento em latão, no qual centenas de alunos de graduação entalharam as iniciais e palavrões com a ponta da chave do quarto.

Quando as portas dos elevadores se fecham, ouço a Sra. Allington dizer com voz fraca:

— Os pássaros.

— Meu Deus — Magda diz enquanto observamos os números em cima da porta do elevador irem acendendo e apagando na medida em que a cabine vai se aproximando da cobertura. — Espero que ela não vomite de novo lá dentro.

— Espero mesmo que não — eu concordo. Isso faria com que a viagem de vinte andares para cima se tornasse bem desagradável.

Magda se sacode toda, como se tivesse pensado em alguma coisa desagradável (muito provavelmente no vômito da Sra. A.) e olha em volta.

— Está tudo tão quieto — ela diz, colocando os braços em volta de si mesma. — As coisas não ficam tão calmas por aqui desde antes de as minhas estrelinhas de cinema chegarem para o início das aulas.

Ela tem razão. Para um prédio que abriga tantos jovens (setecentos no total, sendo que a maior parte nem chegou aos vinte anos), a recepção está realmente parada neste momento. Ninguém está reclamando a respeito do tempo que um funcionário estudantil demora para separar a correspondência (aproximadamente sete horas. Ouvi dizer que Justine conseguia fazer com que o serviço ficasse pronto em menos de duas. Às vezes fico imaginando se Justine não tinha algum tipo de pacto secreto com Satã); ninguém está reclamando a respeito das máquinas de troco quebradas na sala de jogos; ninguém está andando de patins pelo chão de mármore; ninguém está discutindo com Pete a respeito dos procedimentos de entrada de hóspedes.

Não que não tenha ninguém por ali. A recepção está atulhada. Policiais, bombeiros, seguranças do *campus* de uniforme azul-bebê e um amontoado de alunos (todos assistentes dos residentes) vagando pela recepção de mogno e mármore, com expressão sombria...

...mas em silêncio. Silêncio absoluto.

— Pete — eu digo, dirigindo-me para o pessoal da mesa da segurança. — Você sabe quem foi?

Os seguranças sabem tudo que acontece nos prédios em que trabalham. Não dá para evitar. Está tudo lá, nos monitores à frente deles, desde os alunos que fumam nas escadas até os reitores que cutucam o nariz no elevador, passando pelas bibliotecárias que transam nas mesas de estudo...

Coisas sórdidas.

— Claro que sim. — Pete, como sempre, está com um olho na recepção e outro nos diversos monitores de televisão da mesa dele, cada um mostrando uma parte diferente do alojamento (quer dizer, do conjunto residencial estudantil), da entrada da cobertura dos Allington até a lavanderia no porão.

— E aí? — Magda parece ansiosa. — Quem foi?

Pete, com um olhar cauteloso na direção do balcão de recepção do outro lado para se certificar de que os alunos não estão escutando, responde:

— Kellogg. Elizabeth. Uma caloura.

Sinto uma onda de alívio. Nunca tinha ouvido falar dela.

Então me condeno por me sentir assim. Ela continua sendo uma menina de 18 anos morta, independentemente de ser ou não uma das minhas funcionárias estudantis!

— Como aconteceu? — pergunto.

Pete lança um olhar sarcástico para mim.

— O que você acha?

— Mas — respondo. Não posso evitar. Alguma coisa está mesmo me deixando confusa. — As meninas não fazem isso. Surfe de elevador, quer dizer.

— Essa aí fez. — Pete dá de ombros.

— Por que ela foi fazer uma coisa dessas? — Magda quer saber. — Uma coisa tão idiota? Ela tinha usado drogas?

— Como é que eu vou saber? — Pete parece incomodado com a nossa enxurrada de perguntas, mas sei que é só porque ele está tão assustado quanto nós. O que é estranho, porque é de se pensar que ele já tenha visto de tudo: faz vinte anos que trabalha na faculdade. Assim como eu, ele aceitou o emprego por causa dos benefícios: viúvo, tem três filhos que têm garantida educação superior de ótima qualidade (e gratuita), que foi a razão principal por que ele escolheu trabalhar em uma instituição acadêmica depois de uma lesão no joelho ter feito com que ele assumisse um cargo burocrático permanente dentro da polícia. A filha mais velha dele, Nancy, quer ser pediatra.

Mas isso não impede que o rosto de Pete fique da cor de um pimentão toda vez que um aluno, bravo por não ter permissão para entrar no prédio com suas lâmpadas de halogênio de última geração (elas representam risco de incêndio), refere-se a ele como "policial de aluguel". O que não é justo, porque Pete é muito, muito bom no que faz. Os entregadores de pizza só conseguem entrar no conjunto Fischer para enfiar *menus* por baixo das portas quando ele está de folga.

Só que também tem o maior coração do mundo.

Quando os alunos descem do quarto, segurando cheios de nojo armadilhas de cola com ratos vivos dentro, sabe-se que Pete pega as armadilhas, leva para o parque e coloca óleo para soltar as patinhas deles e os liberta. Ele não suporta a idéia de qualquer pessoa (ou qualquer coisa) morrer sob sua vigilância.

— Tenho certeza de que o legista vai fazer testes para ver se ela consumiu álcool e drogas — ele diz, tentando parecer despreocupado, sem conseguir. — Isso se ele conseguir chegar aqui.

Estou horrorizada.

— Quer dizer que ela... ela ainda está lá? Quer dizer... o corpo?

Ele assente.

— Lá embaixo. No fundo do poço dos elevadores. Foi onde a encontraram.

— Foi onde quem a encontrou? — pergunto.

— Os bombeiros — Pete responde. — Quando alguém informou que a tinha visto.

— Viram quando ela caiu?

— Não. Só a viram deitada lá. Alguém olhou pela fresta, sabe como é, entre o elevador e piso, e viu que ela estava lá.

Eu me sinto abalada.

— Você está dizendo que ninguém informou quando aconteceu? E as pessoas que estavam com ela?

— Que pessoas? — Pete quer saber.

— As pessoas com quem ela estava fazendo surfe de elevador — digo. — Ela tinha que estar com alguém. Ninguém faz essa brincadeira idiota sozinho. O pessoal não desceu para avisar?

— Ninguém me disse nada — Pete responde — até hoje de manhã, quando algum menino a viu pela fenda.

Estou chocada.

— Você está dizendo que ela pode estar lá há horas? — pergunto, com a voz falhando um pouco.

— Não viva — Pete responde, compreendendo o meu medo no mesmo instante. — Ela caiu de cabeça.

— Santa Maria — Magda diz e faz o sinal-da-cruz.

Eu só fico um pouco menos chocada.

— Então... como é que sabem quem era?

— Ela estava com a carteirinha da faculdade no bolso — Pete explica.

— Bom, pelo menos ela estava pensando no futuro — Magda diz.

— Magda! — Fico chocada, mas ela só dá de ombros.

— É verdade. Se você vai fazer uma brincadeira tão idiota, pelo menos tem que levar um documento de identidade, para poderem identificar seu corpo mais tarde, certo?

Antes que eu ou Pete possamos responder, Gerald, o diretor de alimentação, sai do refeitório, procurando pela sua operadora de caixa caprichosa.

— Magda — ele diz, quando finalmente a vê. — O que você tá *fazendo*? Os policiais disseram que vão deixar a gente reabrir a qualquer momento, e não tem ninguém no caixa.

— Ah, já vou, querido — ela ergue a voz e diz a ele. Então, logo que ele está a uma distância segura, ela completa: — Filho-da-mãe.

Depois, com um aceno de desculpas com aquelas unhonas para Pete e para mim, ela volta para sua cadeira atrás da caixa registradora no refeitório estudantil que fica do outro lado da mesa de segurança.

— Heather?

Olho em volta e vejo uma das funcionárias estudantis fazendo gestos desesperados para mim. O balcão da recepção é o ponto onde tudo se encontra no prédio, onde a correspondência dos alunos é separada, onde os visitantes podem ligar para o quarto dos amigos, e onde todas as emergências do prédio devem ser relatadas. Uma das minhas primeiras funções depois de ser contratada foi digitar uma longa lista de telefones que os funcionários da recepção devem usar no caso de qualquer emergência (parece que Justine tinha ficado muito ocupada usando os recursos da faculdade para comprar aquecedores de cerâmica para todos os amigos dela e por isso não teve tempo de fazer isto).

Incêndio? O número dos bombeiros estava lá.

Estupro? O número do telefone direto para casos de estupro na faculdade estava lá.

Roubo? O número da 6ª Delegacia de Polícia.

Gente que cai de cima de um elevador? Não tinha número nenhum para isso.

— Heather. — A funcionária estudantil, Tina, parece tão choramingona hoje quanto parecia no dia em que a conheci, quando disse a ela que não podia deixar as pessoas esperando até que ela terminasse a partida de Tetris que estava jogando no GameBoy (fui informada de que Justine nunca teve problema nenhum com isso). — Quando é que vão se livrar do corpo daquela menina? Estou enlouquecendo, de saber que ela, tipo, está lá EMBAIXO.

— A gente falou com a companheira de quarto dela — Brad, o cara que teve o azar de ser o residente-assistente de plantão neste fim de semana, o que significa que não pode sair do prédio, caso precisem dele... no caso de alguma aluna morrer, baixa a voz a um tom conspiratório e se inclina por cima do balcão na minha direção. — Ela disse que nem sabia que Beth... a menina que morreu... ela disse que nem sabia que Beth já *tinha ouvido falar* de surfe de elevador. Disse que não fazia idéia de que Beth andava com esse pessoal. Disse que Beth era meio *certinha.*

— Bom — eu respondo, inútil. Dá para ver que os alunos esperam algum tipo de palavra reconfortante de minha parte. Mas como eu vou saber o que é preciso fazer para ajudar o pessoal a lidar com a morte de uma colega? Estou tão assustada quanto cada um deles. — Acho que isso só serve para mostrar que a gente nunca conhece as pessoas tão bem quanto acredita, não é mesmo?

— É, mas brincar em cima de um elevador? — Tina balança a cabeça. — Ela devia ser uma louca.

— Candidata a Prozac — Brad concorda de modo sinistro, exibindo um certo resultado daquele treinamento de sensibilidade que o departamento de alojamento se esforçou tanto para enfiar na cabeça dos ARs.

— Heather?

Eu me viro e vejo a assistente de pós-graduação de Rachel, Sarah, vindo na minha direção com uma pasta na mão. Vestida como sempre no último do chique dos alunos de pós-graduação da Faculdade de Nova York (macacão e bota de camurça com pele por dentro), ela agarra o meu braço e aperta.

— Ai, meu Deus — Sarah diz, sem nem tentar baixar a voz, de modo que todo mundo no térreo é capaz de ouvi-la. — Dá para acreditar? Os telefones não param de tocar lá no escritório. Todos os pais estão ligando para se assegurar de que não foi o filho deles. Mas Rachel disse que a gente não pode confirmar a identidade da falecida até o legista chegar. Apesar de a gente saber quem é. Quer dizer, Rachel pediu para eu pegar a ficha dela e disse para eu entregar para o Dr. Flynn. E olha só para esta ficha!

Sarah abana a pasta parda grossa. Elizabeth Kellogg tinha registro no escritório do diretor do conjunto, e isso quer dizer ou que ela tinha se metido em alguma confusão ou que tinha ficado doente em algum ponto do ano letivo...

...o que é estranho, porque Elizabeth era caloura e o semestre de outono tinha acabado de começar.

— Preciso contar tudo para vocês. — Sarah está ansiosa para compartilhar as informações que tem comigo, Brad e Tina. Os dois últimos a escutam de olhos arregalados. Pete, na mesa da segurança, age como se estivesse ocupado vigiando seus monitores. Mas eu sei que ele está escutando também. — A mãe dela ligou para Rachel, toda alterada porque a gente permite aos residentes receberem quem bem entender, e ela não queria que Elizabeth pudesse permitir a entrada de meninos. Parece que a mãe dela queria que a filha casasse virgem. Ela queria que Rachel fizesse alguma coisa para Elizabeth só poder receber meninas. Obviamente, ela tinha problemas em casa, mas sei lá...

É a função do APG (ou assistente de pós-graduação) auxiliar o diretor nas operações cotidianas do conjunto residencial estudantil. Em troca, o APG recebe alojamento gratuito e experiência prática em educação superior, que geralmente é o campo em que vão atuar.

Sarah está acumulando bem mais experiência prática aqui no conjunto Fischer do que achou que acumularia, com essa coisa de menina morta e tudo o mais.

— Está bem claro que existia algum tipo de rivalidade entre mãe e filha acontecendo por lá — Sarah nos informa. — Quer dizer, deu para ver que a Sra. Kellogg tinha ciúme de estar perdendo o viço enquanto a filha...

Sarah é graduada em sociologia. Sarah acha que sofro de baixa auto-estima. Ela me disse isso no dia em que me conheceu, quando os estudantes chegaram, há duas semanas, e ela veio apertar a minha mão e então gritou: "Ai meu Deus, você é *aquela* Heather Wells?"

Quando admiti que era, e depois que disse (quando ela perguntou que diabos eu estava fazendo com um emprego em um conjunto residencial estudantil; só que diferentemente de mim, Sarah estraga tudo e chama de alojamento) que tinha a intenção de conseguir me formar bacharel algum dia, ela falou: "Você não precisa de faculdade. Você precisa trabalhar as suas questões de abandono e a sensação de inadequação que você deve ter por ter sido dispensada pela gravadora e roubada pela sua mãe."

O que é meio engraçado, porque eu acho mesmo é que preciso trabalhar os meus sentimentos de desgosto em relação a Sarah.

Felizmente, o Dr. Flynn, psicólogo da equipe do departamento de acomodação, veio aos tropeços na nossa direção bem neste momento, com uma pasta na mão, estourando de tanta papelada.

— Esta é a pasta da falecida? — ele quer saber, em vez de nos cumprimentar. — Gostaria de dar uma olhada antes de falar com a colega de quarto e ligar para os pais.

Sarah entrega a pasta para ele. Na medida em que o Dr. Flynn vai folheando, de repente ele franze o nariz e pergunta:

— Que cheiro é este?

— Hmm — eu respondo. — A Sra. Allington meio que... bom, ela, hmm...

— Ela deu um vomitão — Brad diz. — Naquela floreira ali.

O Dr. Flynn suspira.

— De novo, não. — O celular dele toca e ele diz: — Dêem licença — e pega o aparelho.

No mesmo momento, o telefone do balcão da recepção toca. Todo mundo olha para ele. Já que ninguém atende, tiro o fone do gancho.

— Conjunto Fischer — digo.

Eu não reconheço a voz na outra ponta da linha:

— Sim, este é o alojamento localizado na rua Washington Square West?

— Sim, aqui é um conjunto residencial estudantil — respondo, lembrando, para variar, do treinamento que recebi.

— Queria saber se posso falar com alguém a respeito da tragédia que ocorreu hoje cedo aí — diz a voz desconhecida.

Tragédia? Eu logo desconfio.

— Você é repórter? — pergunto. A esta altura da minha vida, consigo sentir o cheiro deles a um quilômetro de distância.

— Bom, sou sim, trabalho para o *Post*...

— Então você vai ter de entrar em contato com o Departamento de Assessoria de Imprensa. Ninguém aqui tem nenhum comentário. Adeus — bato o telefone com força.

Brad e Tina olham fixo para mim.

— Uau — Brad diz. — Você é boa.

Sarah ajeita os óculos no nariz, já que tinham começado a escorregar.

— E tem mesmo de ser — ela diz. — Levando em conta tudo que ela já teve de agüentar. Os *paparazzi* não eram exatamente simpáticos, eram, Heather? Principalmente quando você entrou e viu o a... quem era mesmo? Ah, sim. Tania Trace fazendo um boquete em Jordan Cartwright.

— Uau — eu digo, olhando para Sarah com surpresa genuína. — Você realmente aproveita bem essa sua memória fotográfica, não é mesmo, Sarah?

Sarah sorri com modéstia quando o queixo de Tina cai.

— Heather, você saía com *Jordan Cartwright*? — ela grita.

— Você pegou *Tania Trace* fazendo um boquete nele? — Brad parece tão feliz como se alguém tivesse jogado uma nota de cem dólares no colo dele.

— Hmm — eu digo. Não tenho muita escolha. Eles podem ir procurar no Google. — É. Mas já faz muito tempo.

Então eu peço licença para ir pegar um refrigerante, na esperança de que a combinação de cafeína e adoçantes artificiais possa diminuir a minha vontade de provocar mais uma morte entre a população estudantil do prédio.

4

Não conta
Estou implorando
É segredo e se você
Não contar
Vou te recompensar
Por não contar

Não conta
Ninguém sabe
Eu expus minha alma
Para você
Então, não conta

"Não conta"
Interpretada por Heather Wells
Composta por Valdez/Caputo
Do álbum *Vontade de te comer*
Gravadora Cartwright

A máquina de refrigerante mais próxima se localiza na sala de TV, onde todo o pessoal de contenção de crise da faculdade está congregado. Eu não quero arriscar e pedir uma lata grátis para Magda, no refeitório, porque ela já está encrencada com o chefe.

Eu só reconheço alguns dos vários funcionários da administração que se encontram na sala, e isso é só porque eu fui entrevistada por eles quando me inscrevi para o emprego. Um deles, o Dr. Jessup, chefe do departamento de acomodação, afasta-se do outro administrador com quem estava falando quando me vê e vem na minha direção, usando uma camisa despojada da Izod e calça cáqui da Dockers, bem diferente do que ele é normalmente com os ternos cor de carvão que usa durante a semana.

— Heather — o Dr. Jessup diz com sua voz profunda e rouca. — Como vai?

— Bem — respondo. Já enfiei um dólar na máquina, então é tarde demais para fugir, apesar de ser a minha vontade, já que todo mundo na sala está olhando para mim com aquela cara de *Quem é esta moça? Será que eu não a conheço de algum lugar? E o que ela está fazendo aqui?*

Em vez de sair correndo, eu escolho a minha bebida. O barulho da lata batendo na abertura no fundo da máquina soa alto na sala da TV, onde a conversa é abafada em respeito à falecida e às pessoas de luto, e onde a TV, que normalmente fica ligada no volume máximo, na MTV2, 24 horas por dia, sete dias por semana, está desligada.

Retiro a lata da máquina e fico segurando, com medo de abrir e atrair mais atenção indesejada para a minha pessoa com ainda mais barulho.

— O que você está achando dos meninos? — ele quer saber. — De uma maneira geral?

— Eu acabei de chegar — respondo. — Mas todo mundo me parece bastante abalado. O que é, o senhor sabe, compreensível, levando em conta que tem uma menina morta no fundo do poço dos elevadores.

O Dr. Jessup arregala os olhos e faz um sinal para eu falar baixo, apesar de eu só ter falado um pouco mais alto do que um sussurro. Olho em volta e percebo que há alguns figurões da administração na sala de TV. O Dr. Jessup é hipersensível em relação ao departamento dele, quer que seja visto como uma divisão preocupada e concentrada nas necessidades dos alunos. Ele se gaba por sua capacidade de se relacionar com a geração mais jovem. Percebi isso na minha primeira entrevista, quando ele apertou os olhinhos cinzentos em minha direção e fez a pergunta inevitável, aquela que me dá vontade de jogar coisas, mas da qual eu não consigo escapar de jeito nenhum: "Eu conheço você de algum lugar?"

Todo mundo acha que já me viu em algum lugar. Só que não conseguem descobrir onde. Eu ouço demais coisas como: "Você não foi ao baile de formatura com o meu irmão?" E também: "A gente não fez alguma cadeira da faculdade juntos?"

O que é mesmo muito esquisito, porque eu nunca fui a formatura nenhuma; faculdade então, nem pensar.

— Eu era cantora — foi o que eu respondi ao Dr. Jessup no dia da minha entrevista de emprego. — Eu era uma, hmm, cantora *pop*. Quando eu era, sabe como é. Adolescente.

— Ah, sei — o Dr. Jessup disse na ocasião. — "Vontade de te comer". Foi o que pensei, mas não tinha certeza. Posso fazer uma pergunta?

Eu me ajeitei pouco à vontade na cadeira, já sabendo o que vinha pela frente.

— Claro.

— Por que você se inscreveu para um emprego em um conjunto residencial estudantil?

Eu limpei a garganta. Eu queria que o VH1 fizesse um *Por trás da música* comigo. Porque daí eu não ia ter que ficar explicando nada para os outros.

Mas até parece que eu sirvo para um *Por trás da música*. Eu nunca fui tão famosa assim. Nunca fui uma Britney nem uma

Christina. Mal cheguei a Avril. Só fui uma adolescente com um par saudável de pulmões que estava no lugar certo na hora certa.

O Dr. Jessup pareceu ter compreendido. Pelo menos, deixou o assunto de lado com muito tato depois de eu mencionar o fato de minha mãe ter fugido do país com meu empresário (e, ah, sim, minhas economias), a gravadora ter me dispensado e meu namorado também, nesta ordem. Quando me ofereceram o cargo de assistente administrativa no conjunto Fischer, com salário anual inicial igual ao que eu costumava ganhar em uma semana no circuito de *shows*, aceitei sem hesitar. Eu não estava conseguindo ver uma carreira em longo prazo como garçonete (que, para uma garota que não gosta nem de levantar para lavar o cabelo, pode ser brutal) e obter educação superior me pareceu uma boa idéia. Preciso esperar até acabar meu período de experiência de seis meses (só faltam mais três) e então eu vou poder me inscrever em quantos cursos quiser.

O primeiro curso que vou fazer é psicologia 101, para ver se eu sou mesmo tão cheia de neuroses quanto Rachel e Sarah parecem pensar.

Agora o Dr. Jessup está fazendo perguntas a respeito da saúde mental de Rachel.

— Como ela está se sentindo? — ele quer saber.

— Acho que ela está bem — respondo.

— Você devia comprar umas flores ou algo assim para ela — ele diz. — Alguma coisa para animá-la um pouco. Quem sabe uns doces?

Eu respondo:

— Ah, que boa idéia — apesar de não fazer a menor noção do que ele quer dizer. Por que eu deveria comprar flores ou doces para *Rachel*? Será que a morte de Elizabeth Kellogg afeta mais a Rachel do que o Julio, o chefe da faxina, que provavelmente vai ser quem vai ter de limpar o sangue de Elizabeth do poço dos elevadores mais tarde? Será que alguém vai dar doces para o *Julio*?

Talvez eu deva comprar flores para os dois.

— Rachel ainda não se acostumou com a cidade grande — o Dr. Jessup vai dizendo, como maneira de se explicar, acredito. — Acho que isto vai deixá-la um tanto abalada. Ela ainda não se transformou em uma nova-iorquina calejada, como alguns de nós. Certo, Wells? — Ele dá uma piscadela.

— Certo — respondo, apesar de continuar sem ter a mínima noção do que ele quer dizer. Será que basta uma caixinha Whitman Sampler ou ele quer que eu vá até a Dean & Deluca para comprar alguns *petit-fours*? O que não seria mau, porque eu poderia comprar para mim um pouco de casquinhas de laranja cobertas com chocolate.

Só que... Rachel não come doce. A Dieta da Zona não permite. Quem sabe eu compro umas castanhas?

Mas a nossa conversa chega a um fim abrupto quando o reitor Allington entra apressado na sala.

Vou contar a verdade. Eu nunca reconheço Phillip Allington quando olho para ele pela primeira vez, apesar de vê-lo sair do elevador todos os dias úteis pela manhã desde junho. Quando comecei a trabalhar no conjunto Fischer.

A razão por que eu nunca reconheço o reitor Allington é porque ele não se veste exatamente como um reitor. O visual preferido dele é calça branca (que ele continua usando muito depois do fim do verão, contrariamente ao que dizem as regras de etiqueta), uma camiseta dourada da Faculdade de Nova York (regata nos dias muito úmidos), tênis Adidas e, quando o clima é inclemente, um blusão de feltro da Faculdade de Nova York. De acordo com outro artigo que eu achei nos arquivos de Justine, o reitor acha que, se ele se vestir igual aos estudantes, vai parecer mais acessível a eles.

Mas eu nunca vi um aluno da Faculdade de Nova York usando as cores da instituição. Todos usam preto, para se misturar ao restante dos nova-iorquinos.

Hoje, o reitor Allington optou pela camiseta com manga, e não a regata, apesar de a temperatura externa estar bem elevada. Bom, talvez ele tenha tido alguma reunião de diretoria para ir, e quis se vestir para impressionar.

Só quando todos os outros representantes da administração correm na direção dele imediatamente para se assegurar de que o reitor sabe como a ação deles está sendo fundamental para resolver o que sem dúvida será chamado pelo jornal estudantil de "A Tragédia" na segunda-feira é que me cai a ficha e eu me lembro: "Ah, é. Esse aí é o reitor."

Ignorando todas as outras pessoas, o Dr. Allington olha diretamente para o Dr. Jessup e diz:

— Você precisa fazer alguma coisa a respeito disto, Stan. Isto não é nada bom. Não é nada, nada bom.

O Dr. Jessup fica com uma cara de quem preferia estar no fundo do poço dos elevadores. Mas também não acho que dá para culpá-lo.

— Phil — ele responde. — Isto acontece. Com um número tão grande de estudantes, sempre existe o risco de alguns morrerem. Só no ano passado foram três e, no ano antes desse, houve duas...

— Não no meu prédio — o reitor Allington diz. Não posso evitar ficar achando que ele está tentando parecer o Harrison Ford em *Força Aérea 1* ("Saia do meu avião").

Mas ele soa mais como Pauly Shore em *Malucos por Natureza.*

Este me parece um bom momento para voltar para minha sala. Encontro Sarah lá, sentada à minha mesa, falando ao telefone. Não há mais ninguém por ali, mas a atmosfera da sala é bastante tensa. A tensão parece emanar de Sarah, que bate o telefone e fica olhando para mim.

— Rachel disse que temos que cancelar o baile hoje à noite. — Ela está praticamente bufando.

— E daí? — isto me parece um pedido razoável. — Cancele.

— Você não entende. Nós contratamos uma banda de verdade. Podemos perder 1,5 dólar por causa disso.

Fico olhando para Sarah.

— Sarah — eu digo. — Uma garota morreu. Está *morta.*

— E se nós sairmos da nossa rotina normal só por causa do ato egoísta dela — Sarah diz —, só vamos fazer com que a morte dela seja romanceada pela população estudantil. — Então, por um instante ela desce do salto alto de aluna de pós-graduação e completa: — Acho que a gente pode conseguir o dinheiro de volta com a venda de camisetas. Mesmo assim, não sei por que devemos cancelar o nosso baile, só porque alguma louca resolveu pular de cima de um elevador.

E as pessoas vêm dizer que o *show biz* é implacável. Obviamente essas pessoas nunca trabalharam em um alojamento.

Desculpe, eu quis dizer conjunto residencial estudantil.

Não sei como
A gente se afastou tanto assim
Parece que foi ontem
Você me chamava de amor
Agora estou sozinha
E fico só chorando

Vamos tentar de novo
Amor, quero
Tentar de novo
Porque não estou pronta
Para te deixar ir embora

"Tentar de novo"
Interpretada por Heather Wells
Composta por Dietz/Ryder
Do álbum *Vontade de te comer*
Gravadora Cartwright

Como estamos em Nova York, onde tantas mortes nada naturais ocorrem todos os dias, acaba demorando quatro horas para um legista chegar e examinar Elizabeth.

O legista chega às 15h30, e às 15h35 Elizabeth Kellogg é declarada morta. A causa da morte, que ainda vai ser investigada e determinada com precisão pela autópsia, é indicada como trauma agudo, com pescoço, coluna e osso pélvico quebrados, além de fraturas múltiplas no rosto e nas extremidades.

Pode me chamar de sonhadora, mas acho que ninguém do corpo estudantil vai romancear a morte dela quando descobrir *isto.*

Pior ainda, o legista diz que acha que Elizabeth está morta há quase 12 horas. O que significa que ela está no fundo daquele poço de elevador desde a noite anterior.

E, tudo bem, ele diz que ela morreu devido ao impacto com o piso de cimento, então a morte foi instantânea. Quer dizer, ela não ficou a noite inteira lá, viva.

Mas, mesmo assim.

Não tem como esconder a van do legista, nem o corpo que acaba sendo retirado do prédio e colocado dentro dela. Às 16h, toda a população estudantil do conjunto Fischer já sabe que alguém morreu. Também sabem, assim que os elevadores voltam a funcionar, e finalmente têm permissão para entrar no quarto deles, como ela morreu. Quer dizer, trata-se de alunos de faculdade: não são idiotas. Sabem que dois mais dois é igual a quatro.

Mas eu não posso me preocupar muito sobre como os setecentos residentes do conjunto Fischer estão lidando com a notícia da morte de Elizabeth. Porque estou ocupada demais me preocupando em como os pais de Elizabeth estão lidando com a morte da filha.

Isso porque foi decidido pelo Dr. Jessup (decisão apoiada pelo Dr. Flynn) que, devido ao contato anterior de Rachel com a Sra. Kellogg em relação aos privilégios de visita de Elizabeth, ela é que deveria ligar para os pais da menina morta.

— Vai ser menos chocante — o Dr. Flynn garantiu a todos — se os Kellogg ouvirem a notícia de uma voz conhecida.

Sarah é banida da sala sem cerimônia uma vez que a decisão é tomada, mas o Dr. Jessup pede que eu fique.

— Vai ser reconfortante para Rachel — é o que ele diz.

É óbvio que ele nunca viu Rachel em ação no refeitório, dando bronca nos atendentes do bufê de salada por terem colocado molho *ranch* com gordura no distribuidor de molho *ranch* sem gordura, como eu já vi. Rachel não é bem o tipo de pessoa que precisa ser reconfortada.

Mas quem sou eu para dizer alguma coisa?

A cena é insuportavelmente triste e, quando Rachel desliga o telefone, eu tenho o que parece ser uma enxaqueca, além do estômago revirado.

Claro que pode ser por causa das 11 balas Jolly Rancher e do saco de Fandangos que comi no lugar do almoço. Mas vai saber.

Esses sintomas são agravados pelo Dr. Jessup. Chateado com as observações do Dr. Allington, o vice-reitor assistente jogou a precaução e o código da Secretaria de Saúde de Nova York na lata do lixo e começou a fumar de maneira energética, recostado na beirada da mesa de Rachel. Ninguém se oferece para abrir uma janela. Isto porque as janelas da nossa sala ficam no nível da rua, e toda vez que a gente abre, algum engraçadinho enfia a cabeça para dentro da sala e grita: "Também quero batata-frita com o meu sanduíche."

É então que me ocorre que Rachel já acabou os telefonemas dela e que eu não preciso mais reconfortá-la. Não posso fazer mais nada para ajudar.

Então eu me levanto e digo:

— Acho que vou para casa.

Todo mundo olha para mim. Felizmente, o Dr. Allington já se foi há muito tempo, já que ele e a mulher têm uma casa de praia, nos Hamptons, e vão para lá sempre que possível.

Só que hoje a Sra. Allington não quis sair pela porta da frente, não com a van do legista parada ali na calçada, atrás do caminhão de bombeiro. Eu tive que desligar o alarme para ela poder sair pela porta de emergência ao lado do refeitório, a mesma porta que os seguranças usam para deixar entrar no prédio os convidados mais ilustres dos Allington (como os Schwarzenegger) quando eles organizam jantares, para que não sejam incomodados pelos alunos.

O filho único dos Allington, Christopher (um rapaz muito bonito com vinte e tantos anos, que usa muita roupa da Brooks Brothers e que mora em um conjunto residencial para alunos de pós-graduação enquanto cursa direito na faculdade) estava atrás do volante do Mercedes verde-floresta deles quando finalmente partiram. O Dr. Allington colocou a mulher no banco de trás e a bagagem no porta-malas de maneira solícita, então entrou no banco da frente ao lado do filho.

Christopher Allington zarpou dali em tal velocidade que as pessoas que estavam na feira de rua tiveram que pular para a calçada, achando que alguém queria passar por cima delas — ah, sim. A feira de rua continuou, apesar do caminhão de bombeiro e da van do legista.

Vou dizer uma coisa: se os Allington fossem os meus pais, eu também ia tentar atropelar os outros.

O Dr. Flynn se recupera da notícia de que eu estou indo embora antes dos outros. Ele diz:

— Claro, Heather. Vá para casa. Não precisamos mais de Heather, precisamos, Stan?

O Dr. Jessup solta uma nuvem de fumaça cinza-azulada.

— Vá para casa — ele diz para mim. — Tome um drinque. Um bem grande.

— Ah, Heather — Rachel exclama. Ela dá um salto da cadeira giratória dela e, para minha surpresa, coloca os braços em minha volta. Ela nunca tinha feito demonstrações físicas de afeto comigo. — Muito obrigada por ter vindo até aqui. Não sei o que eu teria feito sem você. Você consegue mesmo ficar de cabeça fria no meio de uma crise.

Não faço a menor idéia do que ela está falando. Eu não tinha feito absolutamente nada. Com toda a certeza não tinha comprado aquelas flores que o Dr. Jessup recomendara. Talvez eu tenha acalmado os funcionários estudantis, e tenha convencido Sarah a cancelar o baile dela, mas foi só isso, mesmo. Não foi nada que pudesse salvar a vida de alguém.

Olho para qualquer lugar menos para o rosto das pessoas enquanto Rachel me abraça. Abraçar Rachel não tem nada a ver com um abraço — a menos que você esteja abraçando um palito. Porque ela é magra demais. Eu me sinto mal por ela. Porque, quem é que vai querer abraçar um palito? Eu sei que os caras que andam atrás de modelos querem. Mas o que eu quero dizer é: que tipo de pessoa normal quer abraçar ou ser abraçado por um monte de ossos pontudos? Uma coisa seria se ela fosse *naturalmente* pontuda. Mas acontece que eu sei que Rachel passa fome *de propósito* para ficar deste jeito.

Não é correto.

Para o meu alívio, Rachel me solta quase que imediatamente e, assim que o faz, saio correndo da sala sem dizer mais nenhuma palavra, principalmente porque tenho medo de começar a chorar se abrir a boca. Não por ela ser tão ossuda, mas porque tudo isto me parece um tremendo *desperdício*. Quer dizer, uma menina está morta, os pais dela estão arrasados. E por quê? Por um passeio emocionante em cima de um elevador?

Simplesmente não faz sentido algum.

Como o alarme da saída de emergência continua desligado, eu saio do prédio por ali, aliviada por não precisar passar pela recepção. Porque eu realmente acho que vou perder toda a compostura se alguém disser uma palavra que for para mim. Preciso fazer todo o trajeto até a Sexta Avenida e dar a volta no quarteirão para evitar cruzar com qualquer pessoa que eu conheça (e tenho que passar na frente da Banana Republic, que tem sim roupas tamanho 42, mas raramente em estoque porque, como é o tamanho mais comum, nunca tem o bastante para todo mundo), mas vale a pena. Não estou em condições de jogar conversa fora com ninguém.

Mas, infelizmente, quando chego à porta de casa, percebo que jogar conversa fora é exatamente o que eu vou ter que fazer. Porque esparramado nos degraus da frente da minha casa está o meu ex-noivo, Jordan Cartwright.

E eu estava mesmo confiante de que o meu dia não tinha como piorar.

Ele se levanta quando me vê e desliga o celular, em que estava falando. O sol de fim de tarde ressalta as luzes douradas em seu cabelo loiro, e eu não posso deixar de notar que, apesar do calor sufocante, os vincos da camisa branca e (sim, sinto ter de dizer) da calça branca combinando estão perfeitamente passadinhos.

Com aquela roupa branca e a corrente de ouro em volta do pescoço, ele parece um membro desgarrado de uma *boy band* realmente ruim.

O que, infelizmente, é exatamente o que ele é.

— Heather — ele diz ao me ver.

Não dá para ler os olhos azul-claros dele porque estão escondidos pelas lentes dos óculos escuros Armani. Mas acho que, como sempre, estão cheios de preocupação meiga com o meu bem-estar. Jordan sabe muito bem fazer as pessoas acharem que ele se preocupa com elas. Esta é uma das razões por que a primeira tentativa de carreira solo dele, "Baby, eu quero você", ganhou álbum de platina duplo. O vídeo foi número um no *Disk MTV* durante semanas.

— Você apareceu — ele diz. — Estou tentando falar com você. Acho que Coop não está em casa. Tudo bem com você? Vim para cá logo que soube.

Eu fico lá olhando abobada para ele. O que ele está fazendo aqui? Nós terminamos. Será que ele não lembra?

Talvez não. Fica claro que ele andou fazendo musculação. Muita musculação. O bíceps dele está definido de verdade.

Talvez um peso tenha caído na cabeça dele, ou algo assim.

— Ela morava no seu prédio, não morava? — ele prossegue. — A menina do rádio? A que morreu?

É totalmente injusto que um cara tão gostoso possa ser tão... bom, desprovido de maneira tão completa de qualquer coisa que se assemelhe com uma emoção humana.

Tiro as chaves do fundo do bolso da frente do jeans.

— Você não devia ter vindo aqui, Jordan — digo. As pessoas estão olhando (mas são principalmente traficantes de drogas. Tem muitos deles na vizinhança, porque a faculdade, para deixar a Washington Square Park limpa para os alunos e, mais importante, para os pais deles, fez muita pressão sobre a delegacia de polícia local para expulsarem os traficantes e os sem-teto para longe da praça e mandá-los para as ruas adjacentes... como, por exemplo, aquela em que eu moro).

Claro que, quando eu aceitei a oferta do irmão de Jordan de morar com ele, eu não sabia que o lugar era tão ruim. Quer dizer, convenhamos, é o Greenwich Village, que há muito tempo deixou de ser antro de artistas passando fome, depois que os *yuppies* se mudaram para lá e sanitizaram o lugar e o preço dos aluguéis subiu às alturas. Achei que devia ser parecido com a Park Avenue, onde eu morava com Jordan, e onde "aquelas pessoas simpáticas", como Jordan os chama, simplesmente não circulam.

O que é uma boa coisa, porque "aquelas pessoas simpáticas" aparentemente não conseguem tirar os olhos de Jordan (e não só por causa da corrente de ouro em destaque).

— Ei! — um deles grita. — Você é aquele cara? Você é aquele cara?

Jordan, acostumado a ser incomodado pelos *paparazzi*, nem mexe um músculo.

— Heather — ele diz com seu tom de voz mais acalentador, aquele que usou no dueto com Jessica Simpson na turnê *Get Funky* do verão passado. — Vamos lá. Seja razoável. Só porque as coisas não deram certo para a gente no lado romântico, não é motivo para a gente não ser amigo. Nós passamos por muita coisa juntos. Até crescemos juntos.

Esta parte, aliás, é verdade. Eu conheci Jordan há muito tempo, quando fui contratada pela gravadora do pai dele, a

Gravadora Cartwright, quando eu tinha impressionantes 15 anos de idade, e Jordan tinha 18. Naquela época, eu acreditava de verdade na fachada de artista torturado de Jordan. Eu acreditei quando ele afirmou que, assim como eu, detestava as músicas que a gravadora dava para ele cantar. Acreditei quando ele disse que, assim como eu, ia parar de cantá-las para interpretar as canções que tinha escrito por conta própria. Acreditei nele até o ponto em que eu disse para a gravadora que, se não fossem as minhas músicas, não seria música nenhuma... e Jordan, em vez de dizer para a gravadora (também conhecida como o pai dele) a mesma coisa, falou assim: "Acho melhor a gente conversar sobre isto, Heather."

Olho em volta para me assegurar de que a atuação dele agora não é para alguma câmera escondida. Eu não iria duvidar nadinha mesmo se ele tivesse assinado com algum *reality show*. Ele é daquele tipo que não se importaria de ver a vida transmitida em rede nacional.

Foi aí que eu reparei na BMW conversível prata estacionada na frente do prédio antigo de tijolinhos.

— Este aí é novo — digo. — Foi seu pai quem deu? Como recompensa por ficar com Tania Trace?

— Bom, Heather — Jordan diz —, eu já expliquei. O negócio com Tania... não é o que você pensa.

— Certo — respondo com uma risada. — Acho que ela tropeçou e caiu, e foi um acaso eu tê-la encontrado com a cabeça na sua virilha.

Então, Jordan faz algo surpreendente. Ele tira os óculos escuros e olha bem fundo nos meus olhos. Eu me lembro então da primeira vez que o vi (no *shopping center* America). A gravadora (quer dizer, o pai de Jordan) tinha acertado para que a banda dele, a Easy Street, e eu fizéssemos uma turnê juntos, na tentativa de atrair o número máximo de pré-adolescentes (com os pais e suas carteiras).

Jordan tinha na ocasião me olhado da mesma maneira profunda que me olhava agora. Quando ele falou: "Baby, você tem olhos azuis incríveis", não me pareceu uma cantada barata.

Mas o que é que eu sabia? Eu tinha sido arrancada da escola no primeiro ano do ensino médio e desde então só estava na estrada, sob vigilância cerrada e só travando contato com garotos da minha idade que vinham me pedir um autógrafo. Como é que eu ia saber que "Baby, você tem olhos azuis incríveis" era uma cantada barata?

Só fui perceber anos mais tarde, quando "Baby, você tem olhos azuis incríveis" apareceu em uma música de um dos *singles* do primeiro CD solo do Jordan. Acontece que ele tinha muita prática em dizer aquilo. Até mesmo com sinceridade.

Com toda a certeza, tinha funcionado comigo.

— Heather — Jordan diz agora, enquanto os raios de sol, filtrados pelas folhas das árvores e pelos prédios de apartamento a oeste, brincam sobre a superfície regular e simétrica do rosto bonito e ainda com ar de garoto dele. — A gente tinha uma coisa, você e eu. Tem certeza de que você quer simplesmente jogar tudo fora? Quer dizer, eu sei que não sou exatamente inocente nesta história toda. Aquele negócio com Tania... bom, eu sei o que você deve ter pensado.

Fico olhando para ele, incrédula.

— Você quer dizer, que ela estava chupando você? Porque foi o que eu pensei.

Jordan se encolhe, como se eu tivesse dado um tapa nele.

— Está vendo? — ele cruza os braços por cima do peito. — É exatamente disto que eu estou falando. Quando a gente se conheceu, Heather, você nunca dizia coisas grosseiras assim. Você mudou. Não percebe? Isto é parte do problema. Você não é a mesma garota que eu conheci há tantos anos...

Resolvo que, se ele baixasse o olhar para a minha cintura, que é o lugar em que mais mudei nos últimos dez anos, eu ia dar uma chave de braço nele.

Mas ele não faz isso.

— Você ficou... sei lá. Endurecida, acho que seja a palavra — ele prossegue. — E depois do que você passou com sua mãe e seu empresário, quem pode culpá-la? Mas, Heather, nem todo mundo está a fim de roubar seu dinheiro e fugir para a Argentina como eles fizeram. Você precisa acreditar em mim quando digo que eu não quis magoar você. A gente simplesmente foi se afastando, você e eu. Nós queremos coisas diferentes, você quer cantar as suas próprias composições, e parece que você não liga para o fato de isto destruir a sua carreira... o que sobrou dela. E eu... bom, eu quero...

— Ei! — grita o traficante. — Você é o JORDAN CARTWRIGHT!

Não dá para acreditar que isto está acontecendo. Primeiro Elizabeth, agora esta.

Afinal, o que o Jordan quer de mim? É o que eu não consigo entender. O cara tem 31 anos de idade, 1,90m de altura e vale um *monte* de dinheiro (muito mais do que os cem mil por ano que Rachel procura no parceiro ideal dela). Quer dizer, eu sei que os pais dele não ficaram exatamente felizes quando a gente resolveu morar junto. Não parecia muito bom, os dois dos cantores adolescentes de maior sucesso deles juntos...

Mas será que *todo* o nosso relacionamento foi só uma tentativa elaborada de se vingar do Sr. e da Sra. Grant Cartwright por ter permitido que o filho mais novo participasse de um teste para o Clube do Mickey, como ele tinha implorado aos nove anos, pela vergonha infinita da vida dele? Porque é claro que roqueiros *sérios* não têm fotos com orelhas do Mickey estampadas na *Teen Idol* semana sim, semana não...

— Jordan — eu digo, interrompendo a lista de coisas que ele quer da vida, muitas das quais têm a ver com levar um pouco de luz para a vida das pessoas, e por que isto é tão errado? Só que eu nunca disse que era. — Será que você poderia simplesmente *ir embora*?

Passo por ele empurrando-o para o lado, com as chaves na mão. Acho que a minha intenção era entrar e trancar a porta antes que ele pudesse impedir.

Mas com três fechaduras para abrir, é meio difícil desempenhar uma fuga rápida.

— Eu sei que você não me leva a sério como artista, Heather — Jordan prossegue. E prossegue, e prossegue. — Mas posso garantir que, só porque eu não componho as músicas que canto, isso não faz com que eu seja menos criativo do que você. Agora eu faço praticamente todas as minhas coreografias. Você viu o movimento que eu fiz no vídeo de "Agora somos só você e eu"? Sabe, este aqui? — ele dá um rodopio rápido com troca de pé, acompanhado com um movimento da pélvis, nos degraus da frente do predinho antigo. — Fui eu quem inventou sozinho. Eu sei que para você não parece muito, mas você não acha que já está na hora de dar uma boa avaliada na sua vida? Quer dizer, o que *você* anda fazendo que seja assim tão artístico, que seja recompensador? Essa história idiota de alojamento...

Duas fechaduras destrancadas. Só falta uma.

— ...e de morar aqui com um monte de drogados à sua porta... e com o *Cooper*! Com o *Cooper*, ninguém menos! Você sabe o que a minha família acha do *Cooper*, Heather.

Eu sei sim o que a família dele acha de Cooper. A mesma coisa que acha do avô de Cooper, que saiu do armário com 65 anos, comprou um predinho antigo de tijolinho pintado de rosa-choque no Village e depois deixou de herança para o neto ovelha-negra, que se mudou para o apartamento com pátio, transformou o piso do meio em agência de investigação e ofereceu o andar de cima para mim, sem cobrar aluguel (em troca de fazer a contabilidade dele) quando descobriu que eu tinha pegado Jordan e Tania em flagrante.

— Quer dizer, eu sei que não tem nada entre vocês — Jordan vai dizendo. — Não é com isso que eu me preocupo. Você não faz o tipo do Cooper.

Ele pode dizer isso de novo. Infelizmente.

— Mas eu me pergunto se você sabe que o Coop tem ficha na polícia. Por vandalismo. E, é verdade, ele era menor, mas mesmo assim, pelo amor de Deus, Heather, ele não tem respeito pela propriedade pública. Sabe como é, ele estragou um anúncio de rua do Easy Street. Tenho certeza de que ele sempre se ressentiu por causa do meu talento, mas não é minha culpa. Eu nasci com este dom...

Então, a terceira fechadura se abre. Estou livre!

— Tchauzinho, Jordan — digo e deslizo para dentro, fechando a porta com muito cuidado atrás de mim. Porque, sabe como é, não dá para bater a porta na cara dele e machucá-lo, ou qualquer coisa assim. Não porque eu me importo, mas porque seria grosseiro.

Além do mais, o pai dele pode me processar ou qualquer coisa do tipo. Vai saber.

Admiradora secreta
Sou sua
Admiradora secreta
Eu sei o quanto
Você adora
E deseja aquela mulher

E fico pensando
O que você faria
Se soubesse que
Eu te amo?
Se você soubesse que é verdade
Que eu sou sua
Admiradora secreta?

"Admiradora secreta"
Interpretada por Heather Wells
Composta por Valdez/Caputo
Do álbum *Vontade de te comer*
Gravadora Cartwright

Jordan está batendo na porta com toda a força, mas eu estou ignorando.

Está fresco dentro do prédio antigo, e o ar tem um leve cheiro de toner da máquina de fotocópia da sala de Cooper. Começo a subir as escadas em direção ao meu apartamento, pensando que Lucy (eu já falei sobre ela? É a minha cachorra) vai querer sair para passear, daí olho para o fundo do corredor e percebo que uma das portas que dá para o pátio está aberta.

Em vez de subir as escadas, sigo pelo corredor (o avô de Cooper tinha mandado colocar papel de parede preto com listras brancas ali, aparentemente uma moda enorme entre a comunidade *gay* na década de 1970) e encontro o homem da casa sentado em uma espreguiçadeira no pátio, uma garrafa de cerveja na mão, minha cachorra aos pés e um isopor vermelho do lado.

Ele está escutando (como geralmente faz quando está em casa) uma estação de *jazz* no rádio. Cooper é o único integrante da família que despreza os gritos estridentes da Easy Street e de Tania Trace e prefere os tons mais suaves de Coleman-Hawkins e de Sarah Vaughn.

— Ele já foi embora? — Cooper quer saber quando percebe que estou parada à porta.

— Já vai daqui a pouco — respondo. Só então percebo: — Você está se *escondendo* aqui?

— Acertou na mosca — Cooper responde. Ele abre o isopor e tira uma cerveja lá de dentro. — Tome — ele diz, oferecendo-a para mim. — Achei que você precisaria de uma destas.

Pego a garrafa gelada com gratidão e me afundo na almofada verde acolchoada da cadeira de ferro batido mais próxima. Lucy dispara em minha direção e enfia a cabeça entre minhas coxas e me cheira toda animada. Faço um cafuné nas orelhas dela.

Esta é a parte mais legal de se ter um cachorro. O bicho sempre fica feliz quando vê a gente. Além do mais, sabe como é, também faz bem para a saúde. A pressão sangüínea cai quando se acaricia um cachorro. Ou até um gato. É um fato documentado. Eu li na revista *People*.

Claro que bichos de estimação não são a única coisa que pode ajudar a manter a pressão baixa. Ficar descansando em um lugar bem tranqüilo também funciona. Como, por exemplo, o pátio do avô de Cooper com o jardim dele, os dois segredos mais bem guardados de Manhattan. Luxuriante e verde, rodeado de muros altos cobertos de trepadeiras, o lugar é um oásis diminuto, adaptado a partir de uma ex-estrebaria do século XVIII. Tem até uma pequena fonte no pátio que, percebo, Cooper ligou. Ela fica lá gorgolejando, agradável, no marasmo do fim de tarde. Enquanto acaricio as orelhas de Lucy, sinto que meu ritmo cardíaco vai voltando ao normal.

Talvez, quando acabarem os meus seis meses de experiência e eu puder me inscrever na faculdade, eu faça preparação para medicina. É, vai ser difícil com um emprego em tempo integral (isso tirando a contabilidade de Cooper). Mas eu vou dar um jeito.

E daí, talvez, depois eu consiga uma bolsa ou algo assim para fazer o curso de medicina. E daí, quando eu me formar, posso levar Lucy comigo para o hospital, e ela vai poder acalmar todos os meus pacientes. Eu ia acabar com todas as doenças cardíacas só de fazer os meus pacientes acariciarem a minha cachorra. Eu iria ser famosa! Igual a Marie Curie!

Só que eu não vou andar com urânio pendurado no pescoço e morrer por intoxicação por radiação como li que aconteceu com a Marie Curie.

Não menciono meu novo plano para Cooper. Por algum motivo, não acho que ele vá apreciar por completo suas diversas facetas. Apesar de ele ser um sujeito de cabeça bem aberta. Arthur Cartwright, avô de Cooper, ficou bravo com a maneira como o resto da família o tratou depois de ele revelar que era *gay* e deixou a maioria de sua vasta fortuna para a pesquisa em Aids; toda a coleção de arte de altíssima qualidade foi leiloada pela Sotheby's e os lucros com as vendas, revertidos para a

God's Love We Deliver, uma fundação beneficente que alimenta pessoas doentes de Aids e câncer; e quase todas as propriedades que possuía foram para a Faculdade de Nova York, onde ele estudou...

...todas menos o predinho cor-de-rosa que ele mais adorava no Village, que deixou para Cooper (junto com um milhão de dólares bacanérrimos), porque Cooper foi o único integrante da família Cartwright que disse: "Se você for feliz assim, vovô, tudo bem", quando ficou sabendo que o avô tinha arrumado um namorado, Jorge.

Não que Jordan e o resto da família Cartwright tenham ficado muito preocupados com o fato de Arthur os ter deserdado. Eles ainda tinham bastante dinheiro na conta familiar dos Cartwright para todo mundo.

Mesmo assim, isso não contribuiu em nada para fazer com que Cooper se tornasse o integrante preferido de todos entre o clã Cartwright (ele já era a ovelha-negra da família por ter sido expulso de diversas escolas e por ter escolhido fazer faculdade em vez de assumir um posto no Easy Street; isso sem falar em sua tendência de sair com cirurgiãs cardíacas e donas de galeria com nomes como Saundra ou Yokiko).

Mas nada disso parece incomodá-lo, mesmo. Nunca conheci ninguém que se sentisse mais à vontade na própria companhia do que Cooper Cartwright.

Ele nem se *parece* com o restante da família. Ele tem cabelo escuro, os outros são louros; mas ele é bonitão, assim como eles, e tem aqueles olhos azul-gelo fantásticos.

Mas a semelhança dele com o irmão Jordan termina nos olhos. Os dois são altos e têm porte atlético.

Mas ao passo que os músculos de Jordan são torneados por um *personal trainer* durante várias horas por dia em sua academia particular, os de Coop se desenvolvem com partidas cheias de agressividade de basquete de rua nas quadras da Sexta Avenida com a rua Third West e por corridas em alta velocidade pela estação Grand Central, em nome de algum cliente que ele esteja atendendo no momento (apesar de ele não admitir que faz isso). Eu sei a verdade porque, como sou eu que cobro os clientes dele, vejo os recibos. Não tem como uma pessoa ser capaz de sair de um táxi (uma corrida de seis dólares que terminou às 17h01) até um guichê de passagens da ferrovia Metro North (viagem de ida e volta até Stamford, saindo às 17h07) sem correr.

Por causa de tudo isso (a simpatia, os olhos, o basquete no fim de semana... sem falar no *jazz*) eu me apaixonei loucamente por Cooper.

Mas eu sei que é completamente inútil. Ele me trata com o descaso simpático normalmente reservado à namorada do irmão mais novo, o que aparentemente eu vou continuar sendo para sempre para ele já que, comparada às mulheres com quem ele sai, que são todas independentes, lindas e professoras de literatura renascentista ou de microfísica, eu pareço um pudim ou algo do tipo, não tenho a menor chance.

E quem vai querer um pudim de baunilha se puder comer *crème brûlée*?

Vou me apaixonar por algum outro cara assim que der. Juro. Mas, enquanto isso, qual é o problema de eu aproveitar a companhia dele?

Cooper dá um longo gole na cerveja e examina o topo dos prédios ao nosso redor... sendo que um deles por acaso é o conjunto Fischer. Dá para ver do 12º ao vigésimo andar, inclusive a cobertura do reitor, do jardim de fundos de Arthur Cartwright.

Também dá para ver os respiradouros do poço dos elevadores.

— Então — Cooper diz. — Foi muito ruim?

Ele não está falando do fato de eu ter visto Jordan. Isto fica óbvio quando ele aponta o *campus* da faculdade com a cabeça

Não fico surpresa por ele saber sobre a menina morta. Ele deve ter ouvido as sirenes e visto a multidão. Até onde eu sei, ele pode ter um receptor de rádio da polícia enfiado em algum lugar.

— Não foi nada agradável — respondo, dando um gole em minha cerveja enquanto massageio as orelhas pontudas de Lucy com a mão livre. Lucy é uma vira-lata que eu peguei no centro de zoonose pouco depois de minha mãe fugir. Tenho certeza de que Sarah diria que eu adotei Lucy como uma espécie de membro postiço da família, já que fui abandonada pela minha.

Mas como eu sempre estava em turnê, nunca pude ter um bicho de estimação, e simplesmente achei que estava na hora de ter um. Parte *collie* e aparentemente parte *fox*, Lucy tem uma cara risonha à qual eu não consegui resistir (mas Jordan queria um cachorro com *pedigree*, se possível um *cocker spaniel*. Ele não ficou lá muito feliz quando eu cheguei em casa e, em vez da Dama, tinha trazido a Vagabunda).

Mas tudo bem, porque Lucy nunca gostou de Jordan mesmo, e logo mostrou seu desagrado ao mastigar uma calça de camurça dele.

Estranhamente, ela parece não ter problema nenhum com Cooper, o que atribuo ao fato de Cooper nunca ter jogado um exemplar da revista *Us Weekly* nela por ter roído o CD da Dave Matthews Band. Cooper nem tem um CD da Dave Matthews Band. Ele gosta do Wynton Marsalis.

— Alguém já sabe o que aconteceu? — Ele quer saber.

— Não — respondo. — Ou, se sabe, não está a fim de divulgar a informação.

— Bom — ele toma um gole grande de cerveja. — São só garotos. Provavelmente ficaram com medo de se encrencar.

— Eu sei — respondo. — É só que... como podem simplesmente ter *deixado* a menina lá? Quer dizer, fazia horas que ela estava morta. E simplesmente deixaram lá.

— Quem foi que fez isso?

— As pessoas com quem ela estava.

— Como é que você sabe que ela estava com alguém?

— Ninguém faz surfe de elevador sozinho. O objetivo da brincadeira é um monte de garotos subir em cima de um elevador passando pelo painel de manutenção no teto e desafiar uns aos outros a pular da cabine em que estão para a outra que vai passando. Se não tiver ninguém para desafiar, qual é o sentido?

É fácil explicar as coisas para Cooper porque ele é um ótimo ouvinte. Ele nunca interrompe as pessoas, e sempre parece interessado de verdade no que elas têm a dizer. Este é outro traço de caráter que o afasta do restante da família.

E também é algo que, desconfio, o ajuda no ramo em que ele trabalha. Dá para descobrir muita coisa quando deixamos os outros falarem e simplesmente escutamos o que têm a dizer.

Pelo menos foi o que eu li certa vez em uma revista.

— O negócio é que os garotos desafiam uns aos outros a dar saltos cada vez maiores e mais perigosos — digo. — Ninguém nunca faria surfe de elevador sozinho. Então, ela tinha que estar com alguém. A menos que...

Cooper me olha:

— A menos que o quê?

— Bom, a menos que ela não estivesse fazendo surfe de elevador coisa nenhuma — digo, finalmente colocando em palavras uma coisa que ficou me incomodando o dia inteiro. — Quer dizer, meninas não costumam fazer isso. Pelo menos, nunca ouvi falar de nenhuma, não na Faculdade de Nova York. Isso é coisa de garoto bêbado.

— Então — Cooper se inclina para frente na espreguiçadeira. — Se ela não estava fazendo surfe de elevador, como foi que ela caiu no fundo do poço? Você acha que as portas dos elevadores se abriram, mas o elevador não veio, e ela entrou sem olhar?

— Não sei. Essas coisas não acontecem. O elevador não abre se não estiver no andar. E mesmo que acontecesse, quem ia ser tão idiota de não olhar primeiro?

E é aí que ele diz:

— Vai ver que alguém a empurrou.

Fico olhando embasbacada para ele. O fundo do prédio antigo dele é silencioso, não dá para ouvir o trânsito da Sexta Avenida nem o barulho de garrafas que os sem-teto da Waverly Place fazem enquanto remexem o nosso lixo. Mesmo assim, não tenho certeza se ouvi direito.

— Empurrou? — repito.

— É o que você está pensando, não é? — Os olhos azuis de Cooper não revelam absolutamente nenhuma emoção. É isto que faz dele um detetive particular tão bom. E o motivo por que eu continuo acreditando que pode haver esperança romântica entre mim e ele no final das contas (porque nunca vi nada nos olhos dele que pudesse fazer com que eu acredite no contrário). — Talvez ela não tenha escorregado e caído. Talvez ela tenha sido empurrada.

O negócio é que era EXATAMENTE o que eu estava pensando.

Mas eu também tinha ficado pensando que isso parecia... bom, louco demais para proferir em voz alta.

— Nem tente negar — Cooper diz. — Eu sei que é o que você estava pensando. Está na sua cara.

É um alívio desabafar.

— Meninas não fazem surfe de elevador, Coop. Simplesmente não fazem. Quer dizer, talvez façam em outras cidades, mas não aqui na Faculdade de Nova York. E esta menina, Elizabeth, ela era toda certinha!

Agora é a vez de Cooper ficar olhando embasbacado para mim.

— Como assim?

— Certinha — respondo. — Sabe como é. Toda arrumadinha. As certinhas não fazem surfe de elevador. E digamos que fizessem. Quer dizer, simplesmente DEIXARAM a coitada lá. Quem faria isso com uma amiga?

— Crianças — ele responde com um dar de ombros.

— Não são crianças — insisto. — Eles têm 18 anos.

Cooper dá de ombros.

— Para mim, 18 anos ainda é criança — ele diz. — Mas digamos que você esteja certa e ela fosse, hmm, certinha demais para fazer surfe de elevador. Você consegue pensar em alguém que teria motivo para empurrá-la em um poço de elevador... levando em conta que, para começo de conversa, essa pessoa saberia como fazer isso?

— A única coisa no arquivo dela — eu explico — é que a mãe ligou e pediu para que ela só recebesse visita de meninas.

— Por quê? — Cooper quer saber. — Ela tinha algum namorado desrespeitoso que a mãe queria que fizessem um PNG para ele?

PNG é um memorando de *persona non grata*, que é emitido pela segurança do alojamento quando um residente (ou seus pais, ou um funcionário) faz o pedido para que algum indivíduo específico seja proibido de entrar no prédio. Como para entrar no prédio é preciso mostrar a carteirinha de estudante, o crachá de funcionário, a carteira de motorista ou o passaporte, é fácil negar a entrada para qualquer pessoa que esteja na lista dos PNGs. Uma vez, na minha primeira semana, os funcionários estudantis fizeram um PNG falso para mim. Disseram que era de brincadeira.

E aposto que nunca fizeram isso com Justine.

Além do mais, não acredito que Cooper preste assim tanta atenção na minha tagarelice a respeito de meu trabalho louco no conjunto Fischer para se lembrar do que é um PNG.

— Não — respondo, corando um pouco. — Não foi mencionado nenhum namorado.

— Isso não quer dizer que não exista um. Os alunos têm de autorizar a entrada dos visitantes, certo? — Cooper pergunta. — Alguém checou se Elizabeth recebeu um namorado, sobre o qual a mãe talvez não saiba, na noite passada?

Sacudo a cabeça, sem tirar os olhos da parte de trás do conjunto Fischer, que brilha vermelho com os raios do sol poente.

— Ela tinha uma colega de quarto — explico. — Não ia chamar um cara para passar a noite lá com a colega bem ali, na cama do outro lado do quarto.

— Porque meninas certinhas não fazem coisas desse tipo?

Eu me remexo na cadeira, pouco à vontade.

— Bom... não fazem mesmo.

Cooper dá de ombros.

— A colega de quarto pode ter passado a noite com outra pessoa.

Eu não tinha pensado nisso.

— Vou dar uma olhada na lista de visitantes — digo. — Não vai fazer mal.

— Quer dizer — Cooper diz — que você vai dizer para a polícia dar uma olhada na lista de visitantes?

— A polícia? — fico assustada. — Você acha que a polícia vai se envolver?

— Provavelmente — é a resposta vaga de Cooper. — Se também acharem que "meninas certinhas não fazem isso", como você acha.

Faço uma careta para ele bem quando a campainha toca e ouvimos Jordan berrar:

— Heather! Anda, Heather! Abra a porta!

Cooper nem vira a cabeça na direção da porta.

— O tanto que ele se dedica a você é comovente — ele observa.

— Não tem nada a ver comigo — explico. — Ele só está tentando aborrecer você. Sabe como é, para você me expulsar. Ele só vai ficar feliz quando eu estiver morando em uma caixa de papelão nas imediações da Houston Street.

— Parece que está mesmo tudo terminado entre vocês dois — Cooper diz, cauteloso.

— Não é *isso*. Ele não *gosta* mais de mim. Ele só quer me castigar por tê-lo abandonado.

— Ou — Cooper diz — por ter coragem de fazer o que tem vontade. Que é uma coisa que ele nunca vai ter.

— Bem pensado.

Cooper é um cara de poucas palavras, mas as palavras que ele usa acabam sendo sempre as exatas. Quando ficou sabendo que eu tinha pego Jordan e Tania, ele ligou para o meu celular e disse que, se eu estivesse procurando algum lugar para morar, o apartamento do andar superior do prédio antigo de tijolinhos dele (onde o amiguinho do avô dele morava) estava disponível. Quando eu expliquei que estava totalmente dura (graças a minha mãe), Cooper disse que eu poderia pagá-lo fazendo as cobranças e a contabilidade das pilhas de recibos que ele tinha espalhadas por todos os lados, assim ele não ia ter que pagar 175 dólares por hora para o contador dele.

Simples assim, eu deixei a cobertura da Park Avenue que Jordan e eu dividíamos e me mudei para casa de Cooper. Depois de uma única noite ali, parecia que eu e Lucy nunca tínhamos morado em nenhum outro lugar.

Claro que o serviço não é exatamente fácil. Coop disse que no total talvez fossem umas dez horas por semana, mas são mais ou menos umas vinte. Geralmente passo o domingo inteiro e várias noites por semana tentando entender as pilhas de papel amassado, anotações rabiscadas em caixas de fósforo e notas largadas na sala dele.

Mesmo assim, no quesito aluguel, vinte horas por semana de contabilidade não é nada. Estamos falando de um apartamento de um piso inteiro no East Village, que custaria facilmente três mil por mês no mercado imobiliário.

E, sim, eu sei por que ele fez isso. Não foi porque lá no fundo ele tem uma quedinha por ex-estrelas *pop* que usam tamanho 42. Na verdade, não tem nada a ver comigo (assim como não tem nada a ver comigo o fato de Jordan estar esmurrando a porta neste momento). A motivação de Cooper para me deixar morar com ele é que, assim, ele incomoda de verdade a família inteira (especialmente o irmão mais novo). Coop se delicia quando aborrece Jordan, e Jordan, por sua vez, odeia Cooper. Ele diz que é porque Coop é irresponsável e imaturo.

Mas eu acho que na verdade é porque Jordan tem inveja de Cooper porque, quando os pais deles tentaram fazer pressão para que ele entrasse na Easy Street e pararam de dar dinheiro para ele, ele pareceu não se importar nem um pouco em ficar pobre; e por ele ter de fato arrumado um jeito de se virar sem a Gravadora Cartwright. Eu sempre achei que Jordan (por mais que goste de se apresentar) gostaria de ter dito aos pais o que queria fazer, como Cooper fez (e como eu também acabei fazendo).

Cooper obviamente suspeita da mesma coisa.

— Bom — ele diz enquanto, ao fundo, ouvimos Jordan gritando: "*Ande logo, eu sei que vocês dois estão aí.*" — Por mais que eu aprecie ficar aqui sentado escutando Jordan ter um ataque na porta da minha casa, preciso trabalhar.

Não posso evitar ficar olhando para ele quando ele larga a garrafa de cerveja e se levanta. Cooper é realmente um espécime raro. Sob o sol que vai indo embora, ele parece especialmente bronzeado. Mas não é um bronzeado que vem de uma lata, como o do irmão dele; você sabe do que eu estou falando. Coop é bronzeado porque passa horas sentado atrás de arbustos com lentes zoom apontadas para alguma porta de motel...

Não que alguma vez ele tenha me dito, exatamente, o que faz o dia inteiro.

— Você está trabalhando? — eu pergunto, apertando os olhos na direção dele. — Em um sábado à noite? Em quê?

Ele dá uma risada. Esta é uma espécie de joguinho que a gente faz. Eu tento fazer com que ele me conte o tipo de caso em que está trabalhando, e ele se recusa a morder a isca. Cooper leva muito a sério o direito ao sigilo dos clientes dele.

Além do mais, ele também acha que os casos dele são sórdidos demais para a ex-namorada do irmão mais novo dele ficar sabendo. Para Cooper, acho que eu vou sempre ser a menina de 15 anos de frente-única e rabo-de-cavalo, proclamando de um palco de *shopping center* que eu tenho vontade de te comer.

— Bela tentativa — Cooper diz. — O que *você* vai fazer?

Penso sobre o assunto. Magda vai fazer turno duplo no caixa do refeitório e, depois disso, eu ia querer ir direto para casa para tomar um banho e tirar aquele cheiro de batatinha frita do cabelo. Poderia ligar para minha amiga Patty (uma das minhas ex-coristas da turnê *Vontade de te comer* e uma das poucas amigas que restaram do tempo em que eu trabalhava com música).

Mas agora ela está casada e tem filho, e não tem mais muito tempo para as amigas solteiras.

Percebo que provavelmente vou passar esta noite do mesmo jeito que passo a maior parte das outras: ou fazendo a contabilidade de Cooper ou dedilhando o meu violão, com um lápis e uma partitura em branco, tentando compor uma canção que, diferentemente de "Vontade de te comer", não me dê vontade de vomitar toda vez que escuto.

— Ah — respondo em tom despreocupado. — Nada.

— Bom, não fique acordada até muito tarde fazendo *nada* — Cooper diz. — Se Jordan ainda estiver aí na frente quando eu sair, vou chamar a polícia e mandar guinchar aquela BMW dele.

Eu sorrio para ele, emocionada. Quando eu *conseguir* o meu diploma de medicina, uma das primeiras coisas que vou fazer é convidar Cooper para sair. Parece que ele não resiste a mulheres com muito estudo, então, quem sabe? Talvez ele até aceite.

— Obrigada — digo.

— Não há de quê.

Cooper entra, leva o rádio consigo e deixa Lucy e eu sozinhas no meio das sombras que vão caindo vagarosamente. Fico lá sentada um tempo depois que ele vai embora, terminando o resto da minha cerveja, e olhando para o conjunto Fischer. O prédio parece tão aconchegante, tão tranqüilo... É difícil acreditar que foi cena de tanta tristeza naquele mesmo dia.

Só quando escurece e as luzes começam a se acender nas janelas no conjunto Fischer é que eu resolvo entrar.

E, quando entro, percebo que a advertência de Cooper quando eu disse que não ia fazer nada nesta noite tinha sido um tanto irônica. Será possível que ele sabe que eu não tinha falado sério? Será possível que ele *saiba* o que eu faço toda noite... e que não é nada? Será que ele ouve o meu violão lá de baixo?

De jeito nenhum.

Mas então, por que ele tinha dito a palavra *nada* daquele jeito? Tão... sei lá, com duplo sentido?

Não consigo descobrir.

Mas bom, vamos encarar os fatos: os homens sempre representaram um certo mistério para mim.

Mesmo assim, quando pego o violão naquela noite, toco mais baixinho do que nunca, para o caso de Cooper voltar para casa de repente. Não estou pronta para deixar ninguém (nem mesmo Coop) escutar as minhas composições novas. Não depois que o pai dele riu de mim no dia que eu toquei para ele, pouco antes de Jordan e eu rompermos.

Uma merda de uma roqueira brava, foi como Grant Cartwright classificou as minhas músicas. *Por que você não deixa a composição para os profissionais,* ele dissera, *e faz só o que você sabe mesmo fazer, que é entrar na parada e cantar baladas? Aliás, você andou engordando?*

Um dia desses, vou mostrar para Grant Cartwright o que uma roqueira brava é *realmente* capaz de fazer.

Mais tarde, enquanto lavo o rosto para ir para a cama, olho pela janela e vejo o conjunto Fischer todo aceso em contraste com o céu noturno. Dá para ver as pequeninas silhuetas de alunos se movimentando dentro dos quartos e dá para ouvir, bem baixinho, o som da música que sai de alguns daqueles quartos.

É verdade que alguém morreu ali naquele prédio. Mas também é verdade que, para todos os outros residentes, a vida continua.

E está continuando agora mesmo, enquanto as meninas se arrumam na frente do espelho do banheiro para sair, e os meninos bebem cervejas Rolling Rock aos golões enquanto esperam as meninas.

Enquanto isso, através dos respiradouros ao longo da lateral do prédio, vejo *flashes* intermitentes de luz enquanto os elevadores deslizam silenciosamente para cima e para baixo dentro do poço.

E não consigo parar de ficar me perguntando o que aconteceu. O que fez com que ela fizesse aquilo?

Ou...

Quem?

Picolé gostoso
Igual a mel direto/Da colméia
Picolé gostoso
A única coisa que me mantém/Viva
Picolé gostoso
Não descarte/Antes de provar
Picolé gostoso
Você sabe que quer/Não negue
Picolé gostoso
Quando ele está por aqui/Não consigo
me segurar
Picolé gostoso
O menino dos meus olhos/Meu picolé
gostoso

"Picolé gostoso"
Interpretada por Heather Wells
Composta por Dietz/Ryder
Do álbum *Picolé gostoso*
Gravadora Cartwright

Na segunda-feira, Sarah e eu entramos no quarto de Elizabeth para empacotar as coisas dela.

Isso porque os pais dela estão abalados demais para fazê-lo pessoalmente e pediram que a administração do conjunto residencial estudantil fizesse.

O que eu consigo compreender totalmente. Quer dizer, a última coisa que você acha que vai acontecer quando manda a filha para a faculdade é que três semanas depois disso você vai receber uma ligação avisando que ela morreu, e que você precisa ir até lá para recolher as coisas dela.

Principalmente se a sua filha for uma menina tão certinha quanto Elizabeth parecia ser... pelo menos, julgando pelas coisas dela, que Sarah listou (porque se, mais tarde, os Kellogg reparassem que alguma coisa estava faltando, não poderiam dizer que a gente tinha roubado, e isso, infelizmente, como o Dr. Jessup nos avisou, tinha acontecido antes no caso de morte de alunos) enquanto eu empacotava. Quer dizer, a menina tinha sete camisetas da Izod. Sete! Não tinha nenhum sutiã preto. As calcinhas dela eram todas de algodão branco, da Hanes Her Way, marca bem-comportada.

Sinto muito, mas meninas que andam de Hanes Her Way não fazem surfe de elevador.

Só que eu, claramente, estou em minoria por acreditar nisso. Sarah, à medida que vai anotando cada item que eu tiro da cômoda de Elizabeth, detalha cada aspecto da esquizofrenia, a doença que está estudando atualmente no curso de psicologia. Os sintomas da esquizofrenia só costumam se manifestar nos pacientes quando eles completam a idade que Elizabeth tinha quando morreu, Sarah me informa. Continua dizendo que é provável que tenha sido isto que fez com que Elizabeth mergulhasse para o nada na noite de sua morte, algo absolutamente não-característico. Quer dizer, que umas vozes na cabeça dela mandaram que ela fizesse aquilo.

Sarah pode até ter razão. Com certeza não foi o suposto namorado de Elizabeth, como Cooper tinha sugerido. Eu sei, porque a primeira coisa que fiz na segunda pela manhã (antes mesmo de pegar um bagel e um café no refeitório) foi conferir a lista de visitantes na sexta à noite.

Mas lá não tinha nada. Elizabeth não tinha autorizado a entrada de ninguém.

Enquanto eu e Sarah passamos o dia inteiro embalando as coisas de Elizabeth (sem nunca encontrar a colega de quarto dela, que parece passar todas as horas do dia em aulas), Rachel se ocupa com a preparação de uma cerimônia no *campus* em memória da falecida, além de providenciar para que a tesouraria efetue o reembolso da anuidade e da taxa de alojamento de Elizabeth.

Mas os Kellogg parecem não apreciar isso nem um pouco. Durante a cerimônia religiosa naquela mesma semana, na capela estudantil (à qual eu não fui, já que Rachel disse que queria algum adulto presente no escritório enquanto ela estivesse fora, para o caso de algum aluno precisar de aconselhamento ou algo assim; os funcionários do conjunto residencial estão muito preocupados com a maneira como a morte de Elizabeth pode afetar o restante da população do prédio, apesar de até agora ninguém ter apresentado sinal de trauma), a Sra. Kellogg assegurou a todos os presentes, com berros estridentes, que a faculdade não vai ficar impune por ter causado a morte da filha dela, e que ela pessoalmente não vai descansar até que as partes responsáveis sejam punidas (pelo menos foi o que Pete contou, já que na ocasião ele estava trabalhando como segurança na porta da capela).

A Sra. Kellogg se recusa a acreditar que qualquer espécie de ação impensada de Elizabeth possa ter causado sua própria morte, e insiste que, quando a análise do sangue da filha for concluída, em duas semanas, vamos ver que ela tem razão: Elizabeth nunca bebia, e com certeza nunca usou drogas, e, portanto, não estava se divertindo com um monte de surfistas de elevador malucos na noite em que morreu.

Não, de acordo com a Sra. Kellogg, Elizabeth foi empurrada no poço dos elevadores, e ninguém vai convencê-la do contrário.

Mas o Sr. e a Sra. Kellogg não eram os únicos que estavam sofrendo depois da morte da filha. Depois de ver tudo por que Rachel passou naquela semana, eu comecei a compreender o que o Dr. Jessup quis dizer. A respeito das flores, quer dizer. Rachel estava merecendo mesmo um buquê.

Na verdade, o que ela merece é um aumento.

Mas, conhecendo a contenção de custos generalizada da faculdade (desde a década de 1990 não são feitas novas contratações, a não ser em casos emergenciais, como a substituição de Justine), eu duvido muito que um aumento esteja no horizonte.

Então, na quinta-feira, depois da cerimônia, dou uma passada no mercado da esquina e, em vez de comprar um pacote de balinhas Starburst e um café com leite para espantar a preguiça da tarde, que eu sempre compro, escolho o buquê de flores mais bonito que eles têm, e o ajeito em um vaso na mesa de Rachel.

Para falar a verdade, fiquei até com medo da maneira como ela ficou animada quando chegou da reunião em que estava e viu as flores.

— Para mim? — ela pergunta, com lágrimas praticamente brotando dos olhos; e não é exagero da minha parte.

— Bom — eu respondo. — Fiquei mal com tudo por que você tem passado...

As lágrimas secam bem rápido depois disso.

— Ah, foi você — ela diz, com uma voz bem diferente.

— Hmm — respondo. — Foi.

Acho que talvez Rachel tenha pensado que as flores eram de um cara ou qualquer coisa do tipo. Talvez de alguém que ela tenha conhecido recentemente na academia. Mas, se tivesse conhecido, tenho certeza de que Sarah e eu já estaríamos sabendo de tudo. Rachel leva isso muito a sério (estou falando de achar um cara com quem se casar). Ela nunca perde uma sessão semanal de manicure e pedicure, e manda retocar as raízes duas vezes por mês (ela é morena, então diz que os cabelos brancos se destacam demais). E é claro que faz exercício que nem uma louca, seja na academia da faculdade ou correndo em Washington Square Park. Acho que dar quatro voltas no parque dá mais de um quilômetro e meio, ou algo assim. Rachel dá umas 12 voltas em meia hora.

Eu já observei que ela pode obter os mesmos benefícios à saúde caminhando no parque em vez de correr em volta dele, ao mesmo tempo em que evita problemas nas canelas e nos joelhos mais para a frente. Mas, cada vez que eu menciono isto, ela fica só me olhando.

— Tem sido difícil para *todas* nós, Heather — é o que Rachel diz agora, colocando um braço ao redor dos meus ombros. — Também não tem sido fácil para você. Não negue.

Ela está certa, mas não pelas razões que ela pensa. Ela acha que tem sido difícil para mim porque eu ando fazendo boa parte do trabalho braçal (você sabe do que eu estou falando, implorar para o almoxarifado me dar umas caixas para colocar as coisas de Elizabeth, depois arrumar tudo, depois arrastar os volumes até o serviço postal para que eles enviem para os pais dela; sem contar que preciso marcar todos os depoimentos relativos ao caso, lidar com os funcionários estudantis que ficam choramingando e querem uns dias de folga da separação da correspondência, apesar de nenhum deles ter conhecido de fato a falecida, e ficam dizendo que Justine daria folga para eles).

Mas, para falar a verdade, nada disso foi tão difícil para mim como admitir que o conjunto Fischer NÃO é um dos lugares mais seguros do mundo, como eu passei a pensar desde que comecei a trabalhar lá.

Ah, não que eu tenha alguma prova de que Elizabeth tenha sido empurrada, como a Sra. Kellogg diz que foi. Mas o fato de ela ter morrido, em primeiro lugar... essa parte me deixa completamente louca. Os alunos que estudam na Faculdade de Nova York são bem mimados, na maior parte. Esses garotos não fazem idéia de como a vida deles é fácil... têm pais que os amam, fonte de renda estável, nada com que se preocupar a não ser passar nas provas e arrumar uma carona para ir para casa no feriado de Ação de Graças.

Eu não tenho tão poucas preocupações assim desde... bom, desde a oitava série.

E o fato de uma dessas alunas ter feito algo tão idiota quanto se empuleirar no teto de um elevador e tentar se equilibrar ali em cima (ou ainda pior, pular do teto de um elevador para o outro) e que um outro aluno (que mora neste prédio) estava lá no momento e presenciou quando Elizabeth escorregou e caiu para encontrar a morte, e mesmo assim não contou para ninguém...

É isso que está me deixando assustada de verdade.

Claro que Cooper provavelmente tem razão. Provavelmente, a pessoa que estava com Elizabeth na hora em que ela morreu não quer se apresentar porque tem medo de se meter em encrencas.

E acho que pode até ser que Sarah esteja certa, que Elizabeth estivesse sofrendo os primeiros estágios da esquizofrenia, ou que estivesse até com depressão clínica, causada por algum desequilíbrio hormonal, ou alguma coisa assim, e seja por isso que ela fez o que fez.

Mas nunca vamos saber. Esse é o problema. Nunca vamos saber.

Mas isso simplesmente não é correto.

Mas parece que ninguém se incomoda com isso, além da Sra. Kellogg.

E de mim.

Na sexta-feira seguinte (quase uma semana depois da morte de Elizabeth), Sarah e eu estamos sentadas na sala da diretoria do conjunto, fazendo encomendas no almoxarifado. Não aquecedores de cerâmica para dar de presente para os nossos amigos, mas material de que precisamos mesmo, como canetas e papel para a copiadora e coisas assim.

Bom, certo, *eu* é que estou fazendo as encomendas. Sarah está me dando um sermão a respeito de como o meu ganho de peso provavelmente representa uma necessidade inconsciente de me tornar indesejável para o sexo oposto, de modo que ninguém mais possa me magoar como Jordan me magoou.

Estou me segurando para não dizer a Sarah que, de fato, eu não sou gorda. Eu já disse a ela, várias vezes, que tamanho 42 é o que a média da mulher norte-americana usa, algo que Sarah devia saber muito bem, aliás, porque ela também usa 42.

Mas a esta altura já ficou bem claro para mim que Sarah simplesmente gosta de falar para ouvir o som da própria voz, de modo que eu a deixo prosseguir, já que ela não tem ninguém mais com quem falar, porque Rachel está no refeitório em uma recepção de café-da-manhã para o time de basquete da Faculdade de Nova York, os Maricas.

É, este é mesmo o nome deles. Eles se chamavam Linces ou algo assim, mas há uns vinte anos, vários deles foram pegos trapaceando, então a liga de basquete universitário os tirou da Primeira Divisão e os passou para a Terceira Divisão, e obrigando-os a mudar de nome.

Como se já não fosse a menor vergonha se chamar os Maricas, o reitor Allington quer tanto vencer o campeonato da Terceira Divisão neste ano que recrutou os jogadores mais altos que conseguiu encontrar. Mas como todos os bons foram para as escolas que estão na Primeira ou na Segunda Divisão, ele só ficou com as sobras, como por exemplo os jogadores que têm o pior histórico escolar no país. É sério. Às vezes, os jogadores me deixam bilhetes falando de problemas no quarto, em caligrafia que quase não dá para ler, com inúmeros erros de ortografia. Eis um exemplo:

"Cara Heather, teim alguma coisa erada na minha privada. Não dá descaga e fica fazeno baruio. Pur favor, mi ajuda."

Mais um:

"Ao responsávil: eu num cabo na minha cama. Queru cama nova. Valeu."

Juro que não estou inventando.

Sarah e eu não ouvimos o grito, apesar de mais tarde ficarmos sabendo que ela aparentemente gritou durante todo o trajeto descendente.

O que ouvimos são passos apressados no corredor, e então uma das ARs, Jessica Brandtlinger, entra na sala.

— Heather! — ela grita. O rosto dela, que já é normalmente pálido, está da cor de uma folha de papel e ela respira com dificuldade. — Aconteceu de novo. O poço dos elevadores. Ouvimos um grito. Dá para ver as pernas dela pela fresta entre o chão e o elevador...

Eu me levanto antes de ela chegar na metade da frase.

— Ligue para a emergência — eu grito para Sarah, já saindo da sala. — Depois, vá procurar Rachel.

Sigo Jessica pelo corredor até a mesa da segurança e as escadas para o porão. Pete, percebo, não está na mesa. Quando chegamos ao porão, vemos que ele já está lá, parado na frente do poço dos elevadores, gritando no *walkie-talkie* enquanto Carl, um dos zeladores, tenta abrir a porta do elevador com um pé-de-cabra.

— Isso, mais uma — Pete grita no *walkie-talkie.* — Não, não é piada. Mande uma ambulância para cá, rápido! — Ao nos ver, ele abaixa o *walkie-talkie*, aponta para Jessica, e berra: — Você aí: suba até o primeiro andar, chame o elevador e deixe parado lá. Não deixe ninguém entrar nem sair, faça o que for preciso, mas não deixe a porta fechar até os bombeiros chegarem para desligar. Heather, vá pegar a chave.

Fico com raiva de mim mesma por não ter pego no caminho até ali. Guardamos uma cópia das chaves do elevador atrás da recepção: uma chave que permite fazer com que o elevador não faça paradas, como a que os Allington receberam quando se mudaram para lá, para que pudessem chegar à cobertura sem escalas; uma chave que dá acesso à casa das máquinas para reparos; e uma chave que abre as portas pelo lado de fora.

— Estou indo! — grito e subo as escadas em disparada, logo atrás de Jessica, que subiu para chamar o elevador no primeiro andar e segurá-lo.

Quando chego à recepção, abro a porta e entro apressada, vou direto para o armarinho de chaves, que deve estar sempre trancado (apenas a pessoa que está na recepção tem permissão para ficar com a chave).

Mas, com os funcionários da manutenção do prédio e os assistentes dos residentes sempre pegando chaves para fazer reparos, limpeza ou para deixar entrar nos quartos os estudantes trancados do lado de fora o armarinho de chaves quase nunca fica fechado, como deveria. Quando passo como um raio por Tina, a responsável pela recepção do momento, vejo as portas do armarinho escancaradas.

— O que está acontecendo? — Tina pergunta, nervosa. — É verdade que tem mais uma? No fundo do poço dos elevadores?

Eu a ignoro. Isso porque estou concentrada. Estou concentrada porque achei a chave para que o elevador não faça paradas e a chave para a casa de máquinas.

Mas a chave para as portas do elevador não está lá.

E quando confiro a lista de retiradas pendurada na porta do armarinho de chaves, não há nenhuma assinatura relativa a ela, nem indicação de que foi retirada, para começo de conversa.

— Cadê a chave? — pergunto bem incisiva, virando-me para Tina. — Quem está com a chave das portas dos elevadores?

— E-eu n-não sei — ela gagueja. — Não estava aí quando o meu turno começou. Pode conferir no meu relatório de atividades!

Esta é mais uma mudança que implementei em relação à maneira como Justine cuidava das coisas (além da lista de retirada de chaves no armarinho): quem trabalha na recepção precisa fazer o registro de tudo que aconteceu durante o seu turno. Se alguém pega uma chave (mesmo que assine a lista de retirada), quem está na recepção precisa anotar o fato em seu relatório. E a primeira coisa que a pessoa deve fazer quando começa o seu turno é anotar quais chaves estavam no armarinho e quais estavam fora.

— Então, quem foi? — grito, agarrando o livro de registros e virando as páginas até as anotações do turno anterior.

Mas todas as chaves retiradas durante o turno anterior estão anotadas, menos a correspondente às portas dos elevadores.

— Eu não sei! — a voz de Tina está se elevando a níveis histéricos e perigosos. — Juro que não entreguei para ninguém!

Eu acredito nela. Mas isso não ajuda em nada.

Dou meia-volta e disparo escada abaixo para dizer ao Carl que arrombe as portas, se for preciso. Mas meu caminho está bloqueado pelo reitor Allington que, junto com outros sujeitos da administração, saiu do refeitório para ver do que se tratava todo aquele bafafá.

— Estamos tentando promover um evento aqui, sabia? — é o que ele me diz com mau humor.

— Ah é? — ouço minha voz que responde sem educação nenhuma. — Bom, estamos tentando salvar a vida de alguém aqui, sabia?

Não fico para ouvir o que ele tem a dizer em resposta. Catei o *kit* de primeiros socorros da recepção e corri escada abaixo... só que, no meio do caminho, encontrei Pete subindo bem devagar, bastante pálido.

— Não consegui achar a chave — digo. — Alguém está com ela. Ele vai ter que forçar as portas para abrir...

Mas Pete sacode a cabeça.

— Já forçou — ele diz, pegando no meu braço. — Vamos voltar lá para cima.

— Mas eu trouxe o *kit* — digo, abanando a caixa de plástico vermelha. — Ela...

— Ela se foi — Pete responde. Agora ele está me puxando. — Vamos. E não olhe. Você não vai querer ver aquilo.

Eu acredito nele.

Deixo que ele me conduza escada acima. Quando entramos no saguão, vejo que o reitor continua lá, parado, com alguns jogadores de basquete e o mesmo pessoal da administração com terno cinzento. Ao lado deles, Magda, que saiu de trás da caixa registradora para ver o que está acontecendo, dá um toque colorido à cena com seu avental rosa e suas calças justas fúcsia.

Magda dá uma olhada em minha expressão e o rosto dela se contrai.

— Ah não, mais uma das minhas estrelas de cinema!

Pete a ignora, vai até o telefone da recepção e, segurando um chaveiro, no qual está presa uma carteirinha de estudante (e um bonequinho de borracha do personagem de charge Ziggy), e começa a ler as informações da carteirinha para os superiores dele no departamento de segurança.

— Roberta Pace — ele lê sem entonação. — Residente do conjunto Fischer. Primeiro ano. Número da identidade cinco, cinco, sete, três, nove...

Fico parada entre a recepção e a sala da segurança, sentido que estou começando a tremer. Não conheço aquele nome. Não peço para ver a foto na carteirinha. Não quero saber se conheço ou não aquele rosto.

É então que Rachel aparece, vinda do banheiro.

— O que está acontecendo? — pergunta, olhando, nesta seqüência, para o meu rosto, o de Pete e o do reitor Allington.

É a Tina, da recepção, que responde.

— Mais uma menina caiu de cima do elevador — ela diz, bem baixinho. — Está morta.

O rosto de Rachel perde toda a cor por baixo da base da MAC aplicada com tanto cuidado.

Mas, quando ela fala, depois de alguns segundos, a voz não treme.

— Acredito que as autoridades tenham sido notificadas? Muito bem. Temos a identificação dela? Ah, muito obrigada, Pete. Tina, passe um bipe para a manutenção e mande desligar todos os elevadores. Heather, você pode por favor ligar para o gabinete do Dr. Jessup e informar sobre o que está acontecendo? Reitor Allington, sinto muito por tudo isto. Por favor, volte para o seu café-da-manhã...

Ciente de que estou tremendo e que meu coração bate um milhão de vezes por segundo, volto para a minha sala e começo a dar telefonemas.

Só que, desta vez, em vez de ligar para o gabinete do Dr. Jessup primeiro, ligo para Cooper.

— Cartwright Investigações — ele diz, porque liguei para a linha comercial, na esperança de que ele estivesse trabalhando.

— Sou eu — digo. Falo baixinho, porque Sarah está na sala de Rachel, ao lado, ligando para o celular de todos os assistentes dos residentes para contar o que aconteceu, pedindo que voltem para seus respectivos andares o mais rápido possível. — Aconteceu de novo.

— O que foi que aconteceu de novo? — ele pergunta. — E por que você está sussurrando?

— Mais uma morte no elevador — sussurro.

— Sério?

— Sério — respondo.

— Está morta?

Penso no rosto de Pete.

— Está — respondo.

— Caramba, Heather. Sinto muito.

— É — concordo pela terceira e última vez. — Olha... será que você pode vir aqui?

— Ir aí? Para quê?

Os bombeiros da Escada nº 9 passam apressados pela porta da nossa sala bem naquele instante, com uniforme e capacete. Um deles carrega um machado. Obviamente, ninguém disse aos corajosos servidores de Nova York a natureza da emergência para a qual tinham sido chamados.

— Lá embaixo — digo a eles, apontando as escadas para o porão. — É outro, hmm, acidente com o elevador.

O capitão parece surpreso, mas assente com a cabeça e conduz o que de repente se transformou em uma procissão sombria que passa pela recepção e desce as escadas.

Para Cooper, eu sussurro:

— Quero descobrir tudo sobre o que está acontecendo aqui, e seria ótimo contar com a ajuda de um investigador profissional, Cooper.

— Uau — ele responde. — Calma aí, colega. A polícia está aí? Por acaso eles não são investigadores profissionais?

— A polícia vai simplesmente dizer a mesma coisa que disse a respeito do último incidente — respondo. — Que ela estava fazendo surfe de elevador e escorregou.

— Porque foi provavelmente isso que aconteceu, Heather.

— Não — eu respondo. — Não, desta vez, não. Tenho certeza absoluta de que não foi o caso.

— Por quê? Esta de agora também é toda certinha?

— Não sei — respondo. — Mas não tem graça nenhuma.

— Eu não tive intenção de ser engraçado. Eu só...

— Ela gostava do Ziggy, Coop — minha voz começa a falhar, mas eu não me importo.

— Ela gostava do quê?

— Do Ziggy. Aquele personagem de desenho.

— Nunca ouvi falar.

— Isso porque ele é o personagem menos bacana que já existiu. Ninguém que gosta do Ziggy faz surfe de elevador, Coop. *Ninguém.*

— Heather...

— E não é só isso — sussurro ao perceber que a voz de Sarah sai da sala de Rachel, mandando um: "Precisamos que você volte para cá o mais rápido possível. Aconteceu outra morte. Não tenho permissão para revelar os detalhes por enquanto, mas é imprescindível que você..." cheia de autoridade. — Alguém pegou a chave — digo ao Cooper.

— Que chave? — ele quer saber.

— A chave que abre as portas dos elevadores — estou perdendo a compostura, e tenho consciência disso. Estou praticamente chorando. Mas me esforço para manter a voz firme. — Ninguém assinou a lista de retirada, Coop. É preciso assinar a lista. Mas ninguém assinou. E isso significa que, quem está com ela não quer que ninguém saiba. E isso significa que, quem está com ela pode abrir as portas na hora que bem entender... mesmo que o elevador não esteja no andar.

— Heather — Cooper diz com uma voz que eu não consigo deixar de considerar reconfortante (e *sexy*), apesar do meu estado de agitação. — Você precisa dizer isso para a polícia. Agora mesmo.

— Tudo bem — digo com a voz apagada. Na sala de Rachel, Sarah está mandando: "Não faz a menor diferença se é aniversário da sua avó, Alex. Houve uma *morte* no prédio. O que é mais importante para você: o aniversário da sua avó ou o seu emprego?"

— Vá dizer à polícia exatamente o que você me contou — a voz reconfortante e *sexy* de Cooper diz ao meu ouvido. — Depois, vá pegar um copão de café com muito leite e açúcar e tome enquanto estiver quente.

A última parte me surpreende.

— Por quê? — pergunto.

— Porque, no meu ramo de trabalho, descobri que bebidas doces com leite são boas para acalmar quando não é possível beber uísque. Certo?

— Certo. Tchau.

Desligo o telefone e então ligo para o Dr. Jessup e explico para a assistente dele (porque ela disse que o Dr. Jessup estava em reunião) o que aconteceu. Ao ouvir a informação, a assistente dele, Jill, diz com pânico bastante apropriado na voz:

— Ai, meu Deus. Vou informá-lo agora mesmo.

Agradeço e desligo o telefone. Então, fico olhando para o telefone.

Cooper tem razão. Preciso contar para a polícia a respeito da chave.

Digo a Sarah que volto logo e saio da sala. Caminho até a recepção e deparo com um mar de confusão. Jogadores de basquete se misturam aos bombeiros. Representantes da administração ocupam cada um dos telefones disponíveis, incluindo o de Pete e o do balcão da recepção, cuidando para conter a crise causada pela informação. Rachel vai assentindo com a cabeça enquanto o capitão dos bombeiros explica alguma coisa.

Olho para a porta de entrada do prédio. O mesmo policial que estivera ali no dia em que Elizabeth morreu está lá parado de novo, e não deixa ninguém entrar no prédio.

— Você vai entrar quando eu disser que pode — o policial resmunga para um *skinhead* com *piercing* no lábio que fica dizendo assim:

— Mas eu preciso ir até o meu quarto pegar o meu projeto! Se eu não entregar o projeto até o meio-dia, vou levar zero!

— Com licença — digo ao policial. — Você pode me dizer quem é o responsável aqui?

O policial olha para mim e então faz um sinal com o polegar na direção de Rachel.

— Até onde eu sei, é aquela ali — ele responde.

— Não — digo. — Quero saber se tem algum investigador ou...

— Ah, sei — ele faz um sinal com a cabeça na direção de um homem alto e grisalho com paletó de veludo cotelê marrom e gravata xadrez que está apoiado na parede (e, apesar de provavelmente não saber, está enchendo as costas de purpurina, por estar encostado em um pôster convocando os alunos a participar de um teste para Pippin, carregado na cola com *glitter*). Exceto pelo charuto apagado no canto da boca, que ele parece estar mastigando, o homem não está fazendo absolutamente nada. — É o investigador Canavan — o policial diz.

— Obrigada — agradeço ao policial, que está dizendo o seguinte para outro residente: "Pouco me importa se os seus olhos estiverem sangrando. Não pode entrar neste prédio até eu mandar."

Chego perto do investigador com o coração na garganta. Nunca falei com um investigador antes. Bom, sem contar a vez em que eu tive de dar queixa de estelionato contra a minha mãe.

— Investigador Canavan? — pergunto.

Percebo logo que a minha primeira impressão (de que ele não estava fazendo nada) estava totalmente errada. O investigador Canavan não está completamente à toa. Está olhando fixamente para as pernas de minha chefe, que parecem bem torneadas por baixo da saia-lápis.

Ele desgruda o olhar das pernas de Rachel e volta os olhos para mim. Ele tem um bigode grisalho espetado que de fato lhe cai muito bem. Pêlos faciais dificilmente trazem algum benefício.

— O que foi? — ele responde, com voz enrouquecida pelo cigarro.

— Oi — digo. — Meu nome é Heather Wells. Sou diretora-assistente aqui no conjunto Fischer. E, bom, eu só queria contar para alguém que... a chave das portas dos elevadores está sumida. Pode ser que isso não signifique nada... por aqui, perdemos chaves o tempo todo. Mas achei que alguém precisava saber. Porque me parece mesmo muito estranho o fato de essas meninas morrerem por fazer surfe de elevador. Porque, sabe como é, meninas simplesmente não fazem surfe de elevador. De acordo com a minha experiência.

O investigador Canavan, que ficou escutando o meu discurso todo com muita atenção, espera até minha voz definhar para tirar o charuto da boca e apontá-lo para mim.

— "Vontade de te comer", certo? — diz.

Fico tão surpresa que meu queixo cai e não consigo mais fechar a boca. Finalmente, consigo gaguejar:

— Hmm, é sim.

— Achei mesmo que era — o charuto volta para o meio dos dentes dele. — A minha filha tinha um pôster seu pendurado na porta do quarto. Eu tinha de olhar para você naquela porcaria de minissaia toda vez que eu ia lá mandar ela abaixar a droga do som.

Como simplesmente não existe resposta possível à afirmação, permaneço em silêncio.

— Que diabos você está fazendo — ele pergunta — trabalhando aqui?

— É uma longa história — respondo, na esperança de que ele não me vá fazer contar tudo.

Ele não faz.

— Como diria minha filha — o investigador Canavan diz — na época em que ela era sua maior fã, *tanto faz*... Bom, mas que história é essa de chave desaparecida?

Explico a ele mais uma vez. Também menciono, superficialmente, a parte a respeito de Elizabeth ser toda certinha, e de Roberta gostar do Ziggy, e como esses fatos faziam com que fosse altamente improvável que elas fossem adeptas ao surfe de elevador. Mas, na maior parte, fico divagando sobre a chave sumida.

— Deixa eu entender direito — diz o investigador Canavan quando termino. — Você acha que essas meninas não estavam se divertindo em cima do teto dos elevadores do seu prédio de jeito nenhum... apesar de as duas serem, se entendi bem, calouras, recém-chegadas à cidade e cheias do que minha filha, estudante de letras de francês, chama de *joie de vivre*. Você acha que tem alguém andando por aí abrindo a porta do elevador quando a cabine não está no andar e jogando as meninas pelo poço para matá-las. Será que eu entendi bem?

Ao ouvir a coisa colocada desta maneira, percebo como minha teoria parece idiota. Mais do que idiota. Completamente retardada.

Tirando... tirando o Ziggy!

— Digamos que você esteja certa — diz o investigador Canavan. — Como foi que esta pessoa conseguiu pegar a chave das portas dos elevadores, para começo de conversa. Você disse que ela fica guardada em um armário atrás daquele... o que é mesmo? Do balcão de recepção?

— É — respondo.

— E quem tem acesso ao armário? Qualquer pessoa?

— Não — respondo. — Só os alunos que trabalham no prédio e os funcionários.

— Então, você acha que algum cara que trabalha para você anda por aí matando meninas? Que cara seria este, hein? — ele aponta para Pete, que está em pé atrás da mesa da segurança, falando com um dos bombeiros. — Aquele ali? E que tal aquele outro? — aponta para Carl, que continua visivelmente pálido mas, mesmo assim, prossegue com a descrição do que viu no fundo do poço dos elevadores para um policial uniformizado.

— Certo — eu digo, começando a ficar com vontade de morrer. Porque percebo como me comportei de maneira idiota. Em aproximadamente cinco segundos, o sujeito tinha encontrado tantos buracos em minha teoria que ela estava parecendo um pedação de queijo suíço.

Mas, mesmo assim.

— Certo, então talvez você esteja certo. Mas talvez...

— Talvez seja melhor você me mostrar o lugar onde vocês guardam essa chave sumida — diz o investigador Canavan, e ajeita o corpo. Fico feliz da vida quando, seguindo-o em direção à recepção, por ver que eu tinha razão: os ombros dele estão cobertos de purpurina cor-de-rosa, como se ele tivesse passado por uma chuva de pó de pirlimpimpim.

Quando nos aproximamos do balcão de recepção, vejo que Tina desapareceu. Lanço um olhar inquisidor para Pete.

— Encomendas — Pete interrompe a conversa com o bombeiro para me dizer, e isso quer dizer que Tina está acompanhando o carteiro até a sala no fundo do corredor onde deixamos as encomendas que chegam trancadas até que os alunos sejam notificados e se dirijam à recepção para retirá-las.

Assinto com a cabeça. Faça chuva ou faça sol, a correspondência precisa chegar ao destino... mesmo que haja uma menina morta no fundo do poço dos elevadores.

Deslizo para trás do balcão, ignorando os telefones, que tocam sem parar, e vou direto para o armário de chaves.

— É aqui que as chaves ficam guardadas — explico ao investigador Canavan, que me acompanhou pela porta até a parte de trás do balcão da recepção e agora está parado ao meu lado. O armário de chaves é uma caixa grande de metal embutida na parede. Dentro dele há fileiras e mais fileiras de chaves penduradas. Há trezentas delas ali, uma sobressalente para cada quarto no prédio, além de chaves variadas para o uso exclusivo dos funcionários. Todas são praticamente iguais, à exceção da chave que abre as portas dos elevadores, que tem o formato de uma chave de fenda do tipo Allen, aquela que tem cabeça hexagonal, e que não se parece em nada com uma chave comum.

— Então, para pegar as chaves, é preciso entrar aqui atrás — diz o investigador Canavan. Não deixo passar batido o fato de as sobrancelhas grisalhas dele terem se erguido ao ver todos os sacos de correspondência jogados de qualquer jeito no chão, aos nossos pés. Este balcão não é exatamente o lugar mais seguro do prédio. — E, para entrar aqui, é preciso passar pela mesa da segurança, que sempre tem alguém de plantão, 24 horas por dia.

— Certo — respondo. — Os vigias sabem quem tem permissão para entrar na recepção e quem não tem. Só deixam entrar quem trabalha aqui. E geralmente tem alguém atrás do balcão, aliás, que não deixaria ninguém ter acesso às chaves a não ser que a pessoa em questão também trabalhasse no prédio. E, mesmo assim, seria preciso assinar a lista de retirada. A lista das chaves, quer dizer. Mas ninguém retirou a chave do elevador. Ela simplesmente... sumiu.

— Sei — diz o investigador Canavan. — Você já disse. Olha, tenho alguns crimes de verdade... incluindo três pessoas que morreram a facadas em um apartamento em cima de uma rotisseria na Broadway... que preciso investigar. Mas por favor, mostre onde é que esta chave elusiva, que pode provar que a mocinha em questão não morreu por acidente, geralmente fica.

Passo os dedos pelas fileiras de chaves penduradas, pensando que quero matar o Cooper. Quer dizer, não dá para acreditar que ele me convenceu a fazer isto. Este cara não acredita em mim. Já foi ruim o bastante ele ter visto o meu pôster de *Vontade de te comer*. Se tem uma coisa que pode acabar com a credibilidade de qualquer pessoa é um pôster dela em tamanho natural de minissaia de oncinha em tom pastel gritando em um microfone no *shopping center* America.

E, tudo bem, a minha convicção de que meninas não fazem surfe de elevador (principalmente meninas certinhas que gostam do Ziggy) pode não ser classificada como prova contundente. Mas e a chave desaparecida? O que dizer sobre ISSO?

Só que, enquanto examino a fileira que normalmente abriga a chave das portas dos elevadores, vejo algo que faz meu sangue gelar.

Porque bem ali, no exato lugar em que deveria estar (o exato lugar onde não estava, há apenas alguns instantes), encontra-se a chave das portas dos elevadores.

Eu vou conseguir
Eu vou conseguir
Aquele cara para mim

Pode esperar para ver
Eu você vai querer ser
Quando eu conseguir

Eu vou conseguir
Eu vou conseguir
Aquele cara para mim

"Aquele cara"
Interpretada por Heather Wells
Composta por Valdez/Caputo
Do álbum *Picolé gostoso*
Gravadora Cartwright

Ele disse que chegaria em cinco minutos, mas menos de três se passaram e já está na recepção.

É a primeira vez que ele entra no prédio, e parece estranhamente deslocado lá dentro... talvez seja porque ele não tem a pele coberta por tatuagens e *piercings*, como todas as outras pessoas que passam pelo balcão.

Ou talvez seja simplesmente porque ele é muito mais bonito do que todas as outras pessoas, parado ali com o cabelo desgrenhado de quem acabou de acordar (apesar de eu saber que ele saiu da cama há horas; ele corre de manhã) e a jaqueta de couro surrada com calça jeans.

— Oi — ele diz ao me ver.

— Oi. — Tento sorrir, mas é impossível, então me contento em dizer apenas: — Obrigada por ter vindo.

— Sem problemas — ele responde e olha para a sala de TV, bem ao lado da porta do refeitório, onde Rachel, a quem um Dr. Jessup com expressão cinzenta acaba de se juntar, e mais meia dúzia de funcionários em pânico do conjunto residencial estudantil andam de um lado para o outro, com cara amarrada de aborrecimento. — Cadê os policiais? — pergunta.

— Foram embora — respondo, tentando não demonstrar o amargor na voz. — Três pessoas morreram esfaqueadas em um apartamento em cima de uma rotisseria na Broadway. Só sobrou um, que está vigiando o poço dos elevadores até que o legista chegue para levá-la embora. Como decretaram que a morte dela foi acidental, acho que não viram mais razão para ficar.

Penso que esta é uma resposta bastante diplomática, considerando o que eu tenho *vontade* de dizer a respeito do investigador Canavan e seus asseclas.

— Mas você acha que eles estão errados — Cooper diz. É uma afirmação, não uma pergunta.

— Alguém pegou aquela chave, Coop — digo. — E devolveu quando não tinha ninguém olhando. Não estou inventando. Não sou louca.

Só que, pela maneira como a minha voz se ergue na palavra *louca*, esta afirmação pode parecer aberta a debate.

Mas Cooper não veio aqui para discutir este assunto.

— Eu sei — ele diz com delicadeza. — Eu acredito em você. Estou aqui, não é mesmo?

— Eu sei — digo, arrependida por ter estourado. — E obrigada. Bom. Vamos lá.

Cooper parece hesitar.

— Espera um pouco. Aonde é que a gente vai?

— Até o quarto de Roberta — respondo. Mostro a chave mestra que tirei do armarinho das chaves. — Acho que devemos dar uma olhada no quarto dela primeiro.

— Por quê?

— Sei lá — respondo. — Mas precisamos começar em algum lugar.

Cooper olha para a chave, depois olha para mim novamente.

— Quero informar — diz ele — que considero esta uma péssima idéia.

— Eu sei — respondo. Porque sei mesmo.

— Então, por que você quer ir até lá?

Em cinco segundos, é possível que eu me desmanche em lágrimas. Estou me sentindo assim desde que Jessica entrou correndo em minha sala com a notícia de mais uma morte, e minha humilhação na frente do investigador Canavan não ajudou em nada.

Mas faço tudo o que posso para não deixar minha histeria transparecer na voz.

— Porque isto está acontecendo no *meu* prédio. Está acontecendo com as *minhas* meninas. E eu quero ter certeza de que está acontecendo da maneira como a polícia e todo mundo diz, e que não é... sabe como é. O que eu estou pensando.

— Heather — ele diz. — Lembra quando *Vontade de te comer* foi lançado, e começaram a chegar todas aquelas cartas de fãs no escritório da Gravadora Cartwright, e você insistiu para ler tudo e responder pessoalmente?

Eu fico fula da vida. Não dá para evitar.

— Acorda — respondo. — Eu tinha 15 anos.

— Não faz diferença — Cooper diz. — Porque, depois de 15 anos, você não mudou nada. Você continua se sentindo pessoalmente responsável por cada pessoa com quem você entra em contato... até mesmo quem você não conhece. Como se a razão por que você foi posta na Terra tenha sido para cuidar de todo mundo ao seu redor.

— Não é verdade — respondo. — E só faz *13* anos.

— Heather — ele diz, ignorando minha observação. — Às vezes, jovens fazem coisas idiotas. E daí outros jovens, simplesmente porque também são jovens, imitam os primeiros. E morrem. Acontece. Não quer dizer que alguém cometeu um crime.

— Ah é? — estou mais fula da vida do que nunca. — E a chave? O que você tem a dizer sobre *isso*?

Ele ainda não parece convencido.

— Quero que você saiba — ele explica —, que só estou fazendo isto para impedir que você transforme tudo isto em uma confusão maior do que já é... e, aliás, você é muito boa nisto.

— Mas que beleza, Coop. — Digo. — Fico muito feliz com o voto de confiança que você deposita em mim. De verdade.

— Eu só não quero que você fique desempregada — ele responde. — Não tenho como oferecer seguro-saúde além de alojamento e alimentação para você.

— Muito obrigada — digo, sarcástica. — Muito obrigada mesmo.

Mas não faz mal. Porque ele me acompanha.

A caminhada é longa, longa de verdade, até o quarto de Roberta Pace, no 16º andar. Claro, não podemos tomar um elevador porque os dois foram desligados. O único som que escuto, quando finalmente alcançamos o corredor comprido e vazio, é o da nossa respiração. A minha, particularmente, está muito pesada.

Além disso, só há silêncio. Um silêncio mortal. Mas, bom, é antes do meio-dia. A maior parte dos residentes (os que não acordaram com todo o barulho das sirenes das ambulâncias e dos carros de bombeiro) está dormindo, para se recuperar da ressaca de cerveja da noite anterior.

Aponto o caminho com o meu chaveiro e começo a caminhar na direção do quarto 1.622. Cooper vem atrás de mim, olhando para os pôsteres que cobrem as paredes e que conclamam os alunos a visitarem o Departamento de Saúde no caso de suspeita de terem contraído alguma doença sexualmente transmissível, ou para informarem sobre algum filme gratuito em exibição no centro estudantil.

A AR do 16º andar tem mania de Snoopy. Tem Snoopy para tudo quanto é lado. Tem até um Snoopy de papelão segurando uma bandejinha de verdade com uma flecha apontando para ela e os dizeres: "Camisinhas grátis, uma oferta do Departamento de Saúde da Faculdade de Nova York — Ei, se você paga 40 mil dólares por ano, deve ter direito a alguma coisa grátis!"

Claro que a bandeja está vazia.

Na porta do quarto 1.622 tem uma lousa de recados amarela sem nada escrito. Tem também um selinho do Ziggy.

Mas alguém colocou um *piercing* no nariz do Ziggy e alguém mais colocou um balãozinho em cima da cabeça dele, dizendo: "Cadê as minhas calças?"

Ergo as chaves e as uso para bater com força na porta.

— Aqui é da diretoria — falo alto. — Tem alguém aí?

Não há resposta. Chamo mais uma vez, coloco a chave na fechadura e abro a porta.

Lá dentro, um ventilador em cima de uma cômoda zune alto, apesar de o quarto, como todos do edifício Fischer, ter ar-condicionado central. Além do ventilador, nada mais se move. Não há sinal da colega de quarto de Roberta, que vai ter um belo choque quando voltar de onde estiver, e descobrir que vai ter um quarto só para ela durante o resto do ano letivo.

Só há uma janela, de 1,8 metro de largura e mais ou menos 1,5 metro de altura, com manivelas dos dois lados para abrir as persianas. A distância, além dos jardins no topo dos prédios e as caixas-d'água, dá para ver o rio Hudson, correndo sereno em seu trajeto, com os raios de sol refletindo em sua superfície espelhada.

Cooper examina algumas fotos de família no criado-mudo de uma das garotas. Ele diz:

— A menina morta. Qual é o nome dela?

— Roberta — respondo.

— Então esta é a cama dela. — Ela tinha colocado ali o nome dela em letras cor de arco-íris sobre pergaminho, do tipo que artistas fazem nas ruas de Nova York. Está pendurado por cima da cama mais desarrumada, a que fica mais perto da janela. As duas camas parecem ter sido usadas, e nenhuma das duas ocupantes do quarto parece se preocupar muito com a arrumação. Os lençóis estão amarrotados e as colchas (uma diferente da outra, como geralmente acontece em quartos compartilhados) estão jogadas. No lado do quarto que pertence a Roberta, a presença de Ziggy é marcante. Há recados adesivos do Ziggy por todos os lados, um calendário do Ziggy na parede e, em cima de uma das mesas, material escolar do Ziggy.

As duas meninas, reparo, são fãs de Jordan Cartwright. Elas têm a coleção completa de CDs do Easy Street, além de *Baby, eu quero você.*

Nenhuma das duas tem um único CD desta que vos fala. O que não é surpresa nenhuma, acho. Eu sempre fiz mais sucesso junto às pré-adolescentes.

Cooper se ajoelha e começa a examinar embaixo da cama da menina morta. Isto é algo muito desconcertante. Tento me concentrar em xeretar o quarto, mas a bundinha do Cooper é mesmo bem linda. A maneira como ela se destaca na Levi's desbotada dele quando se abaixa faz com que seja difícil prestar atenção a qualquer outra coisa, apesar de, sabe como é, isto aqui ser um assunto muito sério e tudo o mais.

— Olhe só para isto — ele diz e tira a cabeça e os ombros de baixo da cama de Roberta, com o cabelo escuro todo bagunçado. Eu reajusto a direção do meu olhar rapidamente para não ficar parecendo que eu estava olhando para a região abaixo da cintura dele. Espero que ele não tenha notado.

— O que é? — pergunto, toda inteligente.

— Olhe.

Pendurada na ponta de um lápis do Ziggy que Cooper tirou do porta-lápis na mesa de Roberta está uma coisa de cor clara, toda molenga. Examinando mais de perto, percebo o que é.

Uma camisinha usada.

— Hmm — digo. — Eca.

— Está bem fresquinha — ele diz. — Eu diria que Roberta teve um encontro ardente ontem à noite.

Com a mão livre, ele pega um envelope do pacote de papel de carta do Ziggy em cima da mesa de Roberta e deixa a camisinha cair dentro dele.

— O que você está fazendo? — pergunto, cheia de preocupação. — Isto não é adulterar as provas?

— Prova do quê? — Cooper dobra o envelope algumas vezes e guarda no bolso da jaqueta. — A polícia já determinou que não houve crime nenhum.

— Bom, então por que você guardou?

Cooper dá de ombros e joga o lápis fora.

— Tem uma coisa que eu aprendi neste ramo: nunca se sabe.

Ele examina o quarto de Roberta e sacode a cabeça.

— Parece bem estranho mesmo. Quem é que transa e depois vai fazer surfe de elevador? Se fosse ao contrário, talvez eu pudesse entender... sabe como é, tanta adrenalina, ou sei lá o quê, vontade de arriscar a vida, dar uma chance ao acaso. Mas antes? Só se for alguma espécie de brincadeira sexual bizarra.

Eu arregalo os olhos.

— Você está dizendo que o cara gosta de transar com a menina e depois empurrá-la no poço dos elevadores?

— Algo assim — Cooper parece pouco à vontade. Ele não gosta de conversar sobre hábitos sexuais bizarros comigo e muda de assunto. — E a outra menina? A primeira? Você disse que conferiu, e ela não tinha dado autorização para ninguém entrar na noite que morreu, certo?

— É — eu respondo. — Mas chequei logo antes de você chegar, e Roberta também não deu autorização para ninguém entrar ontem à noite. — Então, lembro-me de uma coisa. — Se... se tivesse alguma coisa no quarto de Elizabeth, como uma camisinha ou algo assim, a polícia ia ter encontrado, certo?

— Não se não estivessem procurando. E se tivessem mesmo certeza de que a morte dela foi acidental, como esta última, não teriam nem procurado.

Mordo o lábio inferior.

— Ninguém se mudou para o lugar de Elizabeth. A colega dela ficou com o quarto só para ela agora. A gente pode ir dar uma olhada.

Cooper parece cheio de incerteza.

— Reconheço que parece estranho esta menina ter morrido desse jeito, Heather — ele diz. — Principalmente tendo em vista a camisinha e o negócio da chave. Mas você está insinuando que...

— Foi você quem insinuou primeiro — lembrei a ele. — Além disso, a gente pode *olhar*, não pode? Quem é que a gente pode ofender?

— Mesmo que a gente olhe, já faz uma semana que ela morreu — ele observa. — Duvido que possamos encontrar alguma coisa.

— Só vamos saber se tentarmos — digo, dirigindo-me para a porta. — Vamos.

Cooper fica só olhando para mim.

— Por que provar que essas meninas não foram a causa da própria morte é tão importante para você? — ele quer saber.

Pisco os olhos, confusa.

— O quê?

— Você ouviu. Por que está tão determinada a provar que a morte dessas meninas não foi acidental?

Claro que não posso dizer. Porque não quero que o que estou pensando fique parecendo o que Sarah provavelmente classificaria de atitude psicopata. E é exatamente isso que eu *pareceria*, se eu contasse a ele o que acho... que é o seguinte: eu devo ao prédio, ao próprio conjunto Fischer, descobrir o que está acontecendo na realidade. Porque o conjunto Fischer, assim como Cooper, salvou a minha vida, de certo modo.

Bom, tudo bem, eles só me salvaram de ser garçonete no Senor Swanky a vida inteira.

Mas será que isso basta? Eu sei que não faz o menor sentido (Sarah me acusaria de transferir minha afeição pelos meus pais ou pelo meu ex para uma pilha de tijolos construída em 1850), mas eu realmente sinto que tenho a responsabilidade de provar que o que está acontecendo não é culpa do conjunto Fischer; nem dos funcionários que não notaram que estas meninas estavam se acabando ou qualquer coisa assim; nem das meninas, que parecem sensatas demais para fazer algo tão idiota; e nem mesmo do prédio em si, por não ser acolhedor o suficiente ou sei lá o quê. O jornal da faculdade já publicou uma reportagem "aprofundada" a respeito dos perigos de fazer surfe de elevador. Só Deus sabe o que vão publicar amanhã.

Está vendo? É uma idiotice.

Mesmo assim, é a maneira como eu me sinto.

Mas não posso explicar para Cooper. Eu sei que não adianta nem tentar.

— Porque meninas não fazem surfe de elevador — é tudo o que consigo dizer.

No começo, achei que ele ia cair fora, igual ao investigador Canavan fez, sem dizer mais nada, furioso comigo por tê-lo feito perder tempo.

Mas, em vez disso, ele só suspira e diz:

— Certo. Acho que temos mais um quarto para examinar.

A colega de quarto de Elizabeth Kellogg abre a porta da unidade 1.412 quando bato a primeira vez. Está usando uma camiseta branca larga e *legging* preta, segurando um celular em uma mão e um cigarro aceso na outra.

Estampo um sorriso no rosto e digo:

— Oi, eu sou Heather. Este aqui é...

— Oi — a colega de quarto me interrompe para dizer, os olhos crescendo quando repara na presença de Cooper.

Bom, e por que não repararia? Trata-se de uma jovem norte-americana saudável de sangue quente, afinal de contas. E Cooper de fato exibe mais do que uma leve semelhança a um dos bonitinhos mais desejados dos Estados Unidos.

— Cooper Cartwright — ele diz, dando para a colega de quarto um sorriso que, se eu não o conhecesse tão bem, podia jurar que ele andava treinando na frente do espelho e reservava apenas para situações como esta.

Só que Cooper não é do tipo que treina sorrisos na frente do espelho.

— Marnie Villa Delgado — ela diz. Marnie é uma garota forte como eu, só que tem os peitos maiores do que a bunda, e cabelos negros muito compridos e encaracolados. Dá para ver que ela está me medindo, do jeito que algumas mulheres fazem, imaginando se eu estou "com" Cooper ou se ele está liberado.

— Estávamos aqui pensando, Marnie, se podíamos dar uma ou duas palavrinhas com você a respeito de sua antiga colega de quarto, Elizabeth — Cooper diz e revela tantos dentes com o sorriso que quase me ofusca.

Mas o mesmo não acontece com Marnie que aparentemente resolve que Cooper e eu não formamos um casal (como ela pode saber? Falando sério? Como é que outras garotas, como Marnie, Rachel e Sarah sabem fazer isto, e eu não?), e diz ao telefone:

— Preciso ir — então, com os olhos presos hipnoticamente ao Cooper, diz: — Entrem.

Eu passo por ela e Cooper vem atrás. Marnie, percebo logo de cara, foi bem rápida em redecorar o quarto depois da morte de Elizabeth. As camas de solteiro foram colocadas juntas para formar uma cama *king size*, coberta com uma colcha de estampa de tigre gigantesca. As cômodas foram empilhadas, de modo que agora Marnie tem oito gavetas em vez de quatro e a escrivaninha de Elizabeth se transformou em unidade de entretenimento, com TV, DVD e CD, tudo ao alcance de um braço esticado da cama.

— Já falei com a polícia a respeito dela. — Marnie bate as cinzas do cigarro embaixo do tapete com estampa de tigre que tem entre os pés descalços e volta a atenção momentaneamente de Cooper para mim. — Beth, quer dizer. Ei. Espera aí. Eu não conheço você? Você não é atriz ou alguma coisa assim?

— Eu? Não? — respondo, com sinceridade.

— Mas você aparece na televisão. — O tom de Marnie é cheio de confiança. — Ei, vocês estão fazendo um filme sobre a vida de Beth?

Antes de Cooper soltar um pio, pergunto:

— Por quê? Você acha, hmm, que a vida de Beth tem potencial cinematográfico?

Marnie está tentando parecer descolada, mas ouço quando ela tosse ao dar uma tragada no cigarro. Com certeza ela só fuma para parecer que tem atitude.

— Ah sim. Quer dizer, dá para ver o ângulo que vocês poderiam gostar de trabalhar. Uma menina do interior que vem para a cidade, não agüenta, acaba se matando em um desafio ridículo. Posso fazer o papel de mim mesma? Eu tenho experiência, de verdade...

Mas Cooper acaba com o nosso disfarce quando diz:

— Não somos da TV. Heather é a diretora-assistente deste prédio e eu sou amigo dela.

— Mas eu achei que... — Marnie agora está olhando muito fixo para mim, tentando se lembrar de onde me viu antes. — Achei que você era atriz. Já vi você em algum lugar...

— Na entrada, tenho certeza — digo apressada.

— Sua colega de quarto — Cooper diz, erguendo os olhos do exame que parecia estar fazendo da pequena área da cozinha, na qual Marnie colocou um microondas, um fogão elétrico, um processador de alimentos, uma cafeteira e uma daquelas balanças que pessoas que fazem regime usam para pesar os peitos de frango que comem — de onde ela era?

— Bom — Marnie responde —, de Mystic. Você sabe, em Connecticut.

Agora Cooper está abrindo armários, mas Marnie está tão confusa que nem reclama.

— Ei, já sei. — Você apareceu naquele programa, *Salvo pelo Gongo*, não apareceu? — ela pergunta para mim.

— Não — respondo. — Você disse que Eliz... quer dizer, Beth, detestava estar aqui?

— Bom, não, não exatamente — ela diz. — Beth simplesmente não se encaixava, sabe? Quer dizer, ela queria ser *enfermeira.*

Cooper olha para ela. Dá para ver que ele não anda muito com alunos da Faculdade de Nova York, porque pergunta:

— Qual é o problema em ser enfermeira?

— Por que alguém ia vir para a faculdade de Nova York para estudar para ser *enfermeira*? — o tom de Marnie é de desprezo. — Por que pagar tão caro para estudar aqui em vez de, sabe como é, ir para um lugar *barato* e estudar para ser enfermeira?

— No que *você* vai se formar? — Cooper pergunta.

— Eu? — Marnie está com cara de quem está com vontade de dizer a palavra *Dããã*, mas não quer ser grossa. Não com Cooper. Em vez disso, apaga o cigarro em um cinzeiro em forma de mão e diz: — Atriz. — Então se senta na nova cama *king size* e fica olhando para mim. — Eu sei que já vi você em algum lugar.

Pego o cinzeiro em forma de mão para distraí-la de tanto tentar descobrir quem eu sou quanto de notar que Cooper está fuçando o quarto todo.

— Isto é seu ou de Elizabeth? — pergunto, apesar de já saber a resposta.

— É meu — Marnie responde. — Claro. Levaram todas as coisas de Beth embora. E, além do mais, Beth não fumava. Beth não fazia nada.

— Como assim, ela não fazia nada?

— Como eu disse. Não saía. Não recebia amigos. E a mãe dela... que viagem! Vocês souberam o que ela fez na missa? A mãe?

Cooper está examinando o banheiro. A voz dele, vinda de lá, fica abafada.

— O que foi que ela fez? — pergunta.

Marnie começa a remexer dentro de uma mochila preta de couro na cama.

— Passou o tempo todo dizendo que ia processar a Faculdade de Nova York por não ter elevadores mais difíceis de arrombar. E o que é que você está fazendo no meu banheiro?

— Eu soube que a mãe de Elizabeth queria que a filha só recebesse visitas de meninas — digo, ignorando a pergunta dela a respeito da presença de Cooper no banheiro.

— Beth nunca me disse nada sobre isso. — Marnie encontra o maço de cigarros. Felizmente, está vazio. Ela joga no chão e parece aborrecida. — Mas eu não ficaria nada surpresa. Aquela menina era de outro século, praticamente. Acho que Beth nunca nem tinha *beijado* um cara até umas duas semanas antes de morrer.

Cooper aparece na porta do banheiro. Parece grande demais para poder passar por ela, mas consegue de algum jeito.

— Quem? — pergunto antes de ele ter a chance de se intrometer. — Quem foi que ela beijou?

— Não sei — Marnie dá de ombros, sem saber muito bem o que fazer sem o cigarro, que estava ajudando bastante no papel dela de colega de quarto de luto e tudo o mais. — Tinha um cara de que ela ficava falando, logo antes de... você sabe. — Marnie dá um assobio e aponta para o chão. — Mas, eles tinham acabado de se conhecer. Mas, quando ela falava dele, seu rosto meio que... não sei explicar.

— Você viu o cara alguma vez? — pergunto. — Sabe o nome dele? Ele foi à missa? Foi ele que convenceu Elizabeth a ir fazer surfe de elevador?

Marnie recua.

— Caramba, mas você faz muitas perguntas!

Cooper chega para me salvar. Como sempre.

— Marnie, isto é mesmo muito importante. Você faz alguma idéia de quem era esse cara?

Para mim, ela recua. Para Cooper, está mais do que disposta a tentar.

— Deixe ver. — Marnie contorce o rosto. Ela não é bonita, mas tem um rosto interessante. Talvez seja boa para papéis de personalidade. A melhor amiga gordinha.

Por que a melhor amiga é sempre gordinha? Por que a heroína nunca é gordinha? Ou, sabe como é, não gordinha, mas tamanho 42? Ou até 44? Por que a heroína é sempre tamanho 36?

— É, ela disse que o nome dele era Mark, ou alguma coisa assim — Marnie diz, interrompendo os meus pensamentos a respeito do preconceito de peso na indústria do entretenimento. — Mas eu nunca vi o cara. Quer dizer, eles só começaram a sair uma semana ou um pouco mais antes de ela morrer. Eles foram juntos ao cinema. Para ver algum filme estrangeiro no Angelika. Foi por isso que eu achei tão estranho...

— O quê? — eu sacudo a cabeça. — Por que achou tão estranho?

— Bom, quer dizer, que um cara que gosta de, sabe como é, filmes *estrangeiros* também pudesse gostar de surfe de elevador. Isso é tão... juvenil. Os *calouros* gostam disso. Sabe do que eu estou falando? Aqueles que andam com calça largona e têm cara de 12 anos? Mas esse cara era mais velho. Sabe com é. Sofisticado. De acordo com a Beth. Então, qual era a dele, incentivando ela a pular em cima de algum elevador?

Sento-me ao lado de Marnie na cama enorme.

— Ela falou isso para você? — pergunto. — Ela falou que ele pediu para ela ir fazer surfe de elevador com ele?

— Não — ela responde. — Mas deve ter pedido, não deve? Quer dizer, ela nunca iria fazer sozinha. Duvido até que ela soubesse o que é isto.

— Talvez ela tenha ido com algum daqueles calouros que você mencionou — Cooper sugere.

Marnie faz uma careta.

— De jeito nenhum — responde. — Aqueles caras nunca iam convidar Beth para ir com eles. Eles são bacanas demais, ou pelo menos acham que são, para se interessar por alguém como ela. Além do mais, se estivesse com eles, não ia ter caído. Aqueles caras não iam ter deixado. Eles são muito bons no negócio.

— Você não estava aqui, estava, na noite que ela morreu? — pergunto.

— Eu? Não, tinha um teste. A gente supostamente não pode participar de testes quando é caloura, sabe — faz uma expressão sorrateira —, mas eu achei que tinha uma boa chance. Quer dizer, fala sério. Era para a Broadway. Se eu entrasse em um *show* da Broadway, ia sair deste lugar no mesmo segundo.

— Então, Elizabeth ficou com o quarto só para ela naquela noite? — pergunto.

— Ficou. Ela ia convidar o cara para vir aqui naquela noite. O tal. Estava toda animada com isso. Sabe como é, ia fazer um jantar romântico para dois no fogão elétrico. — Marnie parece desconfiada. — Ei... vocês não vão contar, né? Que a gente tem um fogão elétrico? Eu sei que representa risco de incêndio, mas...

— O cara, Mark — interrompo. — Ou seja lá qual for o nome dele. Ele apareceu? Naquela noite?

— Apareceu — ela responde. — Pelo menos, imagino que sim. Quando eu cheguei, não estavam mais aqui, mas os pratos do jantar estavam na pia. Eu tive que lavar, para não atraírem baratas. Sabe como é, levando em conta o que a gente paga aqui, é de se pensar que vocês iam sempre mandar dedetizar...

— Alguém mais conheceu o sujeito? — Cooper interrompe. — Esse tal de Mark? Algum dos seus amigos em comum?

— Beth e eu não tínhamos nenhum amigo em comum — Marnie responde, um pouco ofendida. — Eu já disse, ela era uma fracassada. Quer dizer, eu era colega de quarto dela, mas não ia *andar* com ela. Eu só fiquei sabendo que ela tinha morrido, tipo, umas 24 horas depois que aconteceu. Ela não voltou para o quarto naquela noite. Eu só fiquei achando, sabe como é, que ela estava na casa do cara.

— Você falou isso para a polícia? — Cooper pergunta. — Sobre Elizabeth ter recebido o cara na noite em que morreu?

— Falei — Marnie responde, com um dar de ombros. — Parece que não ligaram. Quer dizer, o cara também não assassinou Beth. Ela morreu por causa da própria estupidez. Não importa quanto vinho você tenha bebido, não pode sair por aí pulando por cima de um elevador...

Respiro fundo.

— Eles estavam bebendo? Mark e sua colega de quarto?

— Estavam — ela responde. — Achei as garrafas no lixo. Duas. Eram bem caras também. Ele deve ter trazido. Eram, tipo, vinte paus cada uma. O cara é o maior gastador, para alguém que mora neste buraco dos infernos.

Fico sem fôlego.

— Espera aí... ele mora no conjunto Fischer?

— Mora. Quer dizer, tem que morar, não é? Porque ela não precisou autorizar a entrada dele.

Caramba! Eu nunca tinha pensado nisso! Que Beth pudesse ter de fato recebido um rapaz no quarto, mas que não houvesse registro de autorização de entrada, porque ele não *precisou* da autorização. Ele mora no prédio! É um residente do conjunto Fischer também!

Olho para Cooper. Não tenho muita certeza a respeito de para onde isto está nos levando, mas tenho uma boa noção de que está levando a algum lugar... algum lugar importante. Mas não dá para saber se ele acha a mesma coisa.

— Marnie — digo —, tem mais alguma coisa, qualquer coisa que você possa nos dizer sobre o cara que estava saindo com a sua colega de quarto?

— A única coisa que posso dizer — Marnie responde, parecendo aborrecida — é que o nome dele é Mark ou algo assim, que ele gosta de filmes estrangeiros, que tem um gosto caro para vinhos, e que tenho bastante certeza de que ele mora aqui. Ah, e que Beth vivia dizendo que ele era lindo. Mas será que era mesmo? Quer dizer, por que um cara lindo ia se interessar pela *Beth*? Era feia que nem o cão.

O jornal estudantil, o *Repórter de Washington Square*, tinha publicado uma foto de Elizabeth na segunda-feira depois da morte dela, uma foto do livro da turma de calouros do ano, e sinto dizer que Marnie não estava exagerando. Elizabeth não era bonita. Não usava maquiagem, tinha óculos grossos, cabelo fora de moda ao estilo Farrah Fawcet e um sorriso que só mostrava gengivas.

Ainda assim, fotos tiradas por fotógrafos contratados por escolas nunca saem muito boas, e eu achei que na verdade Elizabeth deveria ser mais bonita do que a foto indicava.

Mas talvez eu estivesse errada.

Ou talvez, só talvez, Marnie estivesse com inveja porque a colega de quarto dela tinha namorado, e ela, não.

Ei, é uma coisa que acontece. Ninguém precisa de um diploma de sociologia (nem de uma licença de detetive particular) para saber disso.

Cooper e eu agradecemos a Marnie e saímos, mas não sem antes escapar de mais um ataque de *eu-sei-que-já-vi-você-em-algum-lugar*. Quando conseguimos chegar ao corredor, já estou amaldiçoando, como faço quase todo dia, a minha decisão (ou, devo dizer, a decisão de minha mãe) de deixar de lado minha educação superior para seguir uma carreira na indústria da música.

Descendo as escadas em silêncio, fico me perguntando se Cooper tem razão. Será que eu enlouqueci? Quer dizer, será que eu acho *mesmo* que tem algum maluco perseguindo as calouras do conjunto Fischer, levando-as para fazer surfe de elevador depois de se aproveitar delas, empurrando-as para a morte?

Quando chegamos ao patamar do décimo andar, digo, para ver no que dá:

— Uma vez, li em uma revista um artigo sobre pessoas que matam pela emoção. Sabe como é, caras que matam para se divertir.

— Claro — Cooper responde, seco. — Nos filmes. Não acontece com muita freqüência na vida real. A maior parte dos crimes é passional. As pessoas não são assim tão dementes como gostamos de imaginar.

Olho para ele de canto de olho. Ele não faz a menor idéia de como minha imaginação é demente. Como naquele exato momento, em que eu estava imaginando como seria derrubá-lo e arrancar as roupas dele com os dentes.

Mas eu não estava. Bom, não realmente. Mas poderia estar.

— Alguém provavelmente devia falar com a colega de quarto da outra menina — digo, empurrando para longe e com muita decisão minha fantasia a respeito das roupas de Cooper e de meus dentes. — Sabe qual, aquela que morreu hoje. Para perguntar sobre a camisinha. Talvez ela saiba de quem era.

Cooper abaixa os olhos para mim, como se estivesse me perfurando com aqueles olhos ultra-azuis.

— Deixe eu adivinhar — ele diz. — Você acha que pode ser de um cara chamado Mark que gosta de filmes estrangeiros e de vinhos Bordeaux caros.

— Não vai doer nada perguntar.

— Você tem alguém em sua equipe que se encaixa nesta descrição? — Cooper quer saber.

— Bom — digo, pesando no assunto. — Não, para falar a verdade, não.

— Então, como foi que ele pegou a chave de trás do balcão da recepção?

Franzo a testa.

— Ainda não pensou nesta parte, não é mesmo? — Cooper pergunta, antes de eu ter oportunidade de responder. — Olhe, Heather. O trabalho de detetive é mais do que ficar só fuçando por aí, fazendo perguntas. Também é preciso saber se existe alguma coisa que vale a pena fuçar. E, sinto muito, mas não estou vendo nada assim aqui.

Respiro fundo.

— Mas... a camisinha! O homem misterioso!

Cooper sacode a cabeça.

— É triste o que aconteceu com aquelas meninas. É mesmo. Mas pense em como você era quando tinha 18 anos, Heather. Você também fazia loucuras. Talvez não tão loucas quanto subir em cima de um elevador por causa de um desafio, mas...

— Elas não fizeram — digo, com muita firmeza. — Estou dizendo, aquelas meninas não fizeram nada disso.

— Bom, de algum jeito, acabaram no fundo do poço dos elevadores — Cooper diz. — E por mais que eu saiba que você prefere pensar que algum homem mau as empurrou lá para baixo, tem quase mil estudantes morando aqui neste alojamento, Heather. Você não acha que algum deles ia ter reparado em um cara empurrando a namorada pelo poço dos elevadores? E você não acha que esta pessoa teria contado para alguém o que viu?

Pisco mais algumas vezes

— Mas... mas...

Mas não consigo pensar em mais nada para dizer.

Daí ele olha para o relógio.

— Olhe, estou atrasado para um compromisso. Será que a gente pode brincar de seriado de investigação de novo mais tarde? Porque eu preciso ir andando.

— Certo — digo baixinho. — Acho que sim.

— Certo. A gente se vê — ele diz. E continua descendo as escadas um tantinho mais rápido, e não tem jeito de eu acompanhar.

Mas ele pára no próximo patamar, vira e ergue os olhos para mim. Os olhos dele são de um azul fantástico.

— E só para você saber... — ele diz.

— Pois não? — eu me debruço ansiosa no corrimão da escada. *A razão por que me oponho tanto a você investigar tudo isto sozinha*, espero, ou melhor, torço para ouvir, *é porque não posso suportar a idéia de você correndo perigo. Sabe, eu te amo, Heather. Sempre amei.*

— Acabou o leite — é o que ele diz, em vez disso. — Se você lembrar, compre um pouco antes de ir para casa, certo?

— Certo — respondo baixinho.

E então, ele vai embora.

Vamos fugir
Para algum lugar onde
Sempre faça calor
Vou fazer valer a pena
Se você vier

Eu disse
Vamos fugir
Deixar as preocupações para lá
Ninguém pode nos dizer
O que fazer
Desta vez somos só
Eu e você

"Fuga"
Interpretada por Heather Wells
Composta por Dietz/Ryder
Do álbum *Picolé gostoso*
Gravadora Cartwright

— Quem era aquele? — Sarah quer saber. — Aquele cara que acabou de sair?

— Aquele? — escorrego para trás da minha mesa. — Aquele era Cooper.

— O seu *colega de quarto*? — Acho que Sarah já me ouviu falando com ele no telefone, ou algo assim.

— Colega de casa — digo. — Bom, na verdade, é o meu senhorio. Eu moro no andar de cima do prédio de tijolinho dele.

— Então ele é fofo *e* rico? — Sarah está praticamente babando. — Por que você ainda não atacou?

— Somos só amigos — digo, e cada palavra parece um chute na cabeça. Somos. Chute. Só. Chute. Amigos. Chute. — Além do mais, não sou exatamente o tipo dele.

Sarah parece chocada.

— Ele é *gay*? Mas o meu "gaydar" não ficou nem um pouquinho ativado...

— Não, ele não é *gay*! — exclamo. — É que ele... ele gosta de mulheres *realizadas*.

— Você é realizada — Sarah diz, indignada. — O seu primeiro álbum ganhou disco de platina quando você tinha 15 anos!

— Estou falando de educação superior — respondo, desejando muitíssimo que estivéssemos falando de outra coisa, qualquer outra coisa. — Ele gosta de mulheres com, sabe como é, muitos diplomas. Que são lindas de morrer. E bem magrinhas.

— Ah — Sarah diz, perdendo o interesse. — Igual a Rachel, quer dizer?

— É — eu digo e o meu coração pesa no peito, por algum motivo. — Igual a Rachel.

Será que é verdade? Será que o Cooper gosta *mesmo* de mulheres iguais a Rachel... mulheres que usam a bolsa combinando com os sapatos? Mulheres que sabem o que é PowerPoint, e que ainda por cima sabem usar o programa? Mulheres que comem salada com molho à parte, e que conseguem fazer cem abdominais sem ficar sem fôlego? Mulheres que estudaram em Yale? Mulheres que tomam banho de chuveiro e não de banheira, como eu, porque têm preguiça de ficar tanto tempo assim em pé?

Antes de eu ter a oportunidade de pensar bem a respeito do assunto, Rachel entra correndo, o cabelo escuro desgrenhado, mas ainda com aparência sensual, e diz:

— Ah, Heather, você está aqui. Por onde andou?

— Eu estava lá em cima com um dos investigadores — respondo. Até é verdade. Mais ou menos. — Estavam precisando entrar no quarto da menina morta.

— Ah — ela diz, perdendo o interesse. — Bom, agora que você voltou, será que dá para ligar para o serviço de aconselhamento e ver se eles podem atender uma aluna agora mesmo? A colega de quarto de Roberta está em um estado...

Eu me aprumo imediatamente.

— Claro — respondo, esticando a mão para o telefone e esquecendo imediatamente que prometi ao Cooper que iria parar de brincar de seriado de investigação. — Sem problemas. Você quer que alguém a acompanhe até lá?

— Quero sim. — Rachel podia estar lidando com uma tragédia mas, só de olhar para ela, não daria para saber. Seu vestido-envelope da Diane Fustemberg se molda às partes certas do corpo, e não às erradas (como acontece quando eu uso vestido-envelope) e as bochechas dela estão bem coradas. — Você acha que pode pedir para alguém?

— Eu mesma posso fazer isto — respondo.

Claro que sinto uma pontinha de culpa ao dizer isto. Quer dizer, minha disposição para ajudar tem mais a ver com o meu desejo de interrogar a colega de quarto da menina morta do que com ajudá-la de fato.

Mas a culpa não basta para me deter.

Ligo para o serviço de aconselhamento. Claro que já estão sabendo da "segunda tragédia", então pedem que eu leve a colega de quarto, Lakeisha Green, até lá agora mesmo. Uma das minhas responsabilidades profissionais é acompanhar pessoalmente os estudantes encaminhados para o serviço de aconselhamento até o local onde fica o departamento, porque uma vez, uma aluna enviada para lá se perdeu no caminho e foi encontrada em Washington Heights com o sutiã na cabeça, dizendo para todo mundo que era a Cleópatra.

É sério. Não dá para inventar uma coisa dessas.

Lakeisha está sentada em um canto do refeitório, embaixo de um pôster de gatinho que Magda pendurou para alegrar o ambiente já que, como ela mesma explicou, janelas de vitrais antigos e revestimento em mogno são simplesmente "horríveis de se olhar". Magda também está lá, tentando convencer Lakeisha a comer algumas balas de geléia em forma de ursinho.

— Só um pouquinho? — Magda diz enquanto balança um saco cheio delas na cara da menina. — Por favor? Eu dou de graça. Eu sei que você gosta; ontem à noite, comprou um saquinho com suas amigas.

Lakeisha (só para ser educada, dá para ver) aceita o saquinho.

— Obrigada — ela murmura.

Magda então fica toda radiante e, quando percebe que estou ali, sussurra:

— Coitadinha da minha estrelinha de cinema. Não quer comer nada. — Então, com a voz ainda mais baixa, pergunta: — Quem era aquele homem que Pete e eu vimos com você hoje, Heather? Aquele bonitão?

— Era Cooper — eu respondo, já que contei tudo sobre ele para Magda... como normalmente as amigas fazem tomando um sorvete no intervalo do almoço.

— *Aquele* era Cooper? — Magda parece passada. — Ah, querida, não é para menos que...

— Não é para menos que o quê?

— Ah, nada, não. — Magda me dá uns tapinhas no braço com um gesto que seria reconfortante se eu não estivesse, sabe como é, morrendo de medo de ser espetada por uma das unhas dela. — Tudo vai dar certo. Talvez.

— Hmm, obrigada. — Não tenho muita certeza sobre o que ela estava falando... nem queria saber. Voltei minha atenção para a colega de quarto de Roberta Pace.

Lakeisha parece triste, triste de verdade. O cabelo dela está arrumado em trancinhas por toda a cabeça, e na ponta de cada uma delas tem uma conta colorida. Sempre que ela mexe a cabeça, as contas fazem um barulhinho.

— Lakeisha — eu digo, com muita suavidade. — Você tem hora marcada para conversar com alguém no serviço de aconselhamento. Estou aqui para levá-la. Podemos ir?

Lakeisha assente com a cabeça. Mas não se levanta. Lanço um olhar para Magda.

— Talvez ela esteja querendo descansar um pouco — Magda diz. — Minha estrelinha de cinema quer descansar?

Lakeisha hesita por um instante. Então diz:

— Não, tudo bem. Vamos.

— Tem certeza de que não quer um picolé de creme DoveBar com cobertura de chocolate? — Magda pergunta. Porque picolés de creme DoveBar com cobertura de chocolate são, aliás, a solução de quase todos os problemas do universo.

Mas Lakeisha só sacode a cabeça, e faz as contas produzirem uma musiquinha.

E com certeza é por isso que ela é tão magra. Porque recusa picolé de creme DoveBar com cobertura de chocolate, quero dizer. Não me lembro de nenhuma ocasião em que recusei um sorvete. Principalmente um picolé de creme DoveBar com cobertura de chocolate.

Nossa caminhada para fora do prédio é lenta e sombria. Estão deixando os alunos voltarem para o prédio em grupos pequenos, com o aviso de que precisarão usar a escada para chegar ao quarto. Como seria de se esperar em uma comunidade tão pequena, a notícia de mais uma morte se espalhou com rapidez, e quando os alunos viram Lakeisha e eu saindo do prédio juntas, começaram a cochichar ("Aquela é a colega de quarto", ouço, e alguém responde: "Ah, coitadinha." Lakeisha ou não escuta ou prefere ignorar. Anda com a cabeça erguida, mas os olhos abaixados).

Estamos na esquina, esperando o sinal de pedestres abrir, quando finalmente consigo trazer à tona o assunto que desejo discutir.

— Lakeisha — digo. — Você sabe se Roberta saiu com alguém ontem à noite?

Lakeisha olha para mim como se estivesse me vendo pela primeira vez. Ela é uma coisinha, só bochechas e joelhos. O saquinho de balas que Magda a forçou a aceitar, que ela continua carregando, parece ser um peso enorme na mão dela.

Ela diz:

— Perdão? — com voz suave.

— Sua colega de quarto. Ela esteve com algum garoto ontem à noite?

— Acho que sim. Mas não sei com certeza. — Lakeisha responde, em um sussurro apologético que é difícil de escutar por cima de todo o trânsito. — Eu saí ontem à noite... tinha um ensaio às oito. Bobby estava dormindo quando eu voltei. Era bem tarde, depois da meia-noite. E ainda estava dormindo quando eu desci para tomar café-da-manhã.

Bobby. Será que elas eram íntimas, Lakeisha e a colega de quarto que adorava o Ziggy? Deviam ser, para ela chamá-la de Bobby. O que estou fazendo, interrogando a coitada da menina desta maneira, depois de ela passar por um choque tão grande?

Será que Jordan estava certo? De ter me acusado no outro dia. Será que eu fiquei endurecida?

Acho que sim já que, antes que eu me desse conta, já estava tentando de novo.

— A razão por que estou perguntando, Lakeisha — me sinto desprezível, total e completamente. Talvez não faça mal, sabe como é, se você se sentir uma tremenda canalha. Sabe do que eu estou falando? Quer dizer, já li que pessoas loucas (desculpe, quer dizer, pessoas com distúrbios mentais) nunca acham que têm distúrbios mentais. Então talvez os canalhas de verdade nunca se considerem canalhas. Então o fato de eu me *sentir* canalha significa que eu não posso *ser* canalha de jeito nenhum...

Preciso me lembrar de perguntar para Sarah.

— A razão por que eu estou perguntando é que a polícia — uma leve mentira, mas, que se dane —, bom, a polícia encontrou uma camisinha usada embaixo da cama de Roberta hoje de manhã. Estava, hmm, bem fresquinha.

Isto parece limpar um pouco da névoa da cabeça de Lakeisha. Ela olha para mim e, desta vez, dá para ver que ela me enxerga de verdade.

— Perdão? — ela pergunta com voz mais forte.

— Uma camisinha. Embaixo da cama de Roberta. Tem de ser da noite passada.

— De jeito nenhum — Lakeisha responde com firmeza. — De jeito nenhum. A Bobby, não. Ela nunca... — Ela desaba e estuda os tênis Nike dela. — Não — diz mais uma vez, e sacode a cabeça com tanta força que as contas na ponta das tranças estalam como castanholas.

— Bom, alguém tem que ter deixado aquela camisinha — digo. — Se não foi Roberta, quem...

— Ai, meu Deus — Lakeisha de repente interrompe, com animação verdadeira na voz. — Tem de ter sido o Todd!

— Quem é Todd?

— Todd é o cara. O cara da Bobby. O cara novo. Bobby nunca tinha ficado com cara nenhum.

— Ah — eu digo, um tanto surpresa com a informação. — ela era... hmm...

— Virgem, era sim — Lakeisha diz, despreocupada. Ainda está tentando digerir a informação que eu dei. — Devem ter... devem ter feito depois que eu saí. Ele deve ter ido lá. Ela deve ter ficado tão contente... — Então a animação de Lakeisha morre e ela sacode a cabeça de novo. — E daí ela teve de sair para fazer uma coisa tão idiota...

Certo, agora estamos chegando a algum lugar.

Eu desacelero o passo, e Lakeisha faz o mesmo, inconscientemente. Estamos a dois quarteirões do centro de aconselhamento.

— Então, sua colega de quarto não costumava fazer surfe de elevador com freqüência? — pergunto, apesar de já saber a resposta.

— Bobby? — A voz da Lakeisha falha. — Surfe de elevador? Não! Nunca. Por que ela faria uma coisa tão estúpida? Ela é uma menina inteligente... *era* uma menina inteligente — ela mesma se corrige. — Inteligente demais para isso, de todo jeito. Além do mais — completa —, Bobby tinha medo de altura. Ela nunca nem queria olhar pela janela do quarto, achava que era alto demais.

Eu sabia. *Eu sabia.* Alguém a tinha empurrado. É a única explicação.

— Então, esse tal de Todd — digo, tentando não demonstrar minha ansiedade. E também o fato de que meu coração tinha começado a bater um milhão de vezes por minuto dentro do meu coração. — Quando foi que Roberta e ele se conheceram?

— Ah, na semana passada, no baile.

— Baile?

— O baile no refeitório.

Acabamos não cancelando o baile que estava programado para a noite da morte de Elizabeth. Sarah não tinha sido a única a dar um ataque frente à sugestão, o governo estudantil também se rebelara, e Rachel cedera. O baile acabou tendo presença muito boa e só houve um momento desagradável, quando algumas fãs de Jordan Cartwright ficaram todas eriçadas por causa da seleção musical e quase saíram aos tapas com algumas residentes que preferiam Justin Timberlake.

— Todd estava lá — ela diz. — Ele e Bobby começaram a ficar juntos naquela noite.

— Esse Todd — pergunto. — Você sabe o sobrenome dele?

— Não. — Lakeisha parece momentaneamente preocupada. Então seu rosto se ilumina. — Mas ele mora no prédio.

— Mora? Como é que você sabe?

— Porque Bobby não precisou dar permissão para ele subir.

— E esse tal de Todd... — estou praticamente sem fôlego. — Você o conheceu?

— Não conheci, mas ela me mostrou no baile. Só que ele estava meio longe.

— Como ele era?

— Alto.

Como Lakeisha não prossegue, eu ofereço:

— Só isso? Ele era alto?

Lakeisha dá de ombros.

— Ele era branco — ela diz, como que para se desculpar. — Caras brancos... todos... sabe como é.

Certo. Todo mundo sabe que todos os brancos têm a mesma cara.

— Você acha que esse tal de Todd — agora Lakeisha também o está chamando de "esse tal de Todd" — teve algo a ver com... o que aconteceu com Bobby?

— Não sei — respondo. E quando digo isso, percebo que estamos no prédio que abriga os serviços de aconselhamento do *campus*. Que rápido! Fico decepcionada. — Ah. Bom, Lakeisha, chegamos.

Lakeisha olha para as portas duplas sem parecer que as enxerga de fato. Então, diz para mim:

— Você não acha... você não acha que esse tal de Todd... *empurrou* Bobby ou qualquer coisa assim, acha?

Meu coração diminui o ritmo, e logo parece parar de vez.

— Não sei — digo com todo o cuidado. — Por quê? Você acha? Roberta mencionou se ele era... abusivo?

— Não — Lakeisha sacode a cabeça. As contas estralam ainda mais. — O negócio é exatamente este. Ela estava muito feliz. Por que iria fazer algo tão idiota? — Os olhos de Lakeisha se enchem de lágrimas. — Por que ela faria uma coisa dessas se tinha encontrado o homem dos sonhos dela?

Exatamente o que eu acho.

Uh-la-la-lá
Uh-la-la-la-lá
Eu disse
Uh-la-la-lá
Uh-la-la-la-lá
É o que eu digo
Toda vez
Que ele olha para mim
Eu digo
Me dá um pouco deste seu
Uh-la-la-la-lá

"Uh-la-la-lá"
Interpretada por Heather Wells
Composta por Valdez/Caputo
Do álbum *Picolé gostoso*
Gravadora Cartwright

Atualizo Magda e Pete a respeito da coisa toda durante o nosso intervalo de almoço. Conto a eles o que está acontecendo, inclusive a parte a respeito de Cooper...

Mas não a parte de que eu estou loucamente apaixonada por ele nem nada assim. O que, é claro, deixa a história bem mais curta e muito menos interessante.

A única resposta de Pete é pegar uma garfada de *chili* e ficar olhando cheio de dúvidas.

— Tem cenoura nisto aqui? Você sabe que odeio cenoura.

— Pete, você não ouviu o que eu disse? Eu disse que acho...

— Eu ouvi — ele interrompe.

— Ah. Bom, você não acha...

— Não.

— Mas você nem...

— Heather — Pete diz, colocando com muito cuidado a cenoura ofensiva do lado do prato. — Acho que você anda assistindo a muito Lei & Ordem.

— Eu adoro você, querida — é o que Magda tem a dizer a respeito do assunto. — Mas vamos encarar. Todo mundo sabe que você é um pouco — ela roda um dedo do lado da cabeça — maluquinha. Sabe do que estou falando?

Não dá para acreditar que uma mulher que passa *cinco horas* para ter a Estátua da Liberdade desenhada nas unhas está *me* chamando de maluquinha.

— Vamos lá — fico olhando para os dois. — Duas meninas sem histórico de surfe em elevador morrem por causa disso em duas semanas?

— Acontece — Pete dá de ombros. — Você vai querer o seu picles?

— Pessoal, estou falando sério. Acho de verdade que alguém está empurrando essas meninas no poço dos elevadores. Quer dizer, existe um padrão. As duas ainda não tinham aflorado. Nunca tinham tido namorado. Daí, de repente, uma semana antes de morrer, as duas arrumam namorado...

— Talvez — Magda sugere — elas fizeram isso porque, depois de se guardar tantos anos para o homem certo, acharam que sexo não era assim tão bom.

A conversa acaba depois disso, porque Pete começa a engasgar com o Snapple dele.

O resto do dia é uma confusão. Com duas mortes tão próximas uma da outra no mesmo semestre, a imprensa nos bombardeia, principalmente os jornais sensacionalistas *Post* e *News*, mas um repórter do *Times* também liga.

E tem ainda o memorando que Rachel faz questão de mandar para todos os residentes informando que haverá aconselhamento psicológico à disposição 24 horas por dia neste fim de semana para ajudá-los a superar os acontecimentos. Isso significa que preciso tirar setecentas fotocópias, depois convencer um funcionário estudantil a enfiar os memorando em trezentas caixas de correio, duas para cada quarto duplo e três para os triplos.

De cara Tina, que está na recepção, recusa a tarefa. Parece que Justine simplesmente fazia uma cópia por andar e pendurava no *hall* do elevador.

Mas Rachel faz questão de que cada residente receba sua *própria* cópia. Preciso dizer a Tina que não me importo com a maneira como Justine fazia as coisas, que é assim que *eu* quero que as coisas sejam feitas. Ao que Tina responde, de maneira bastante dramática:

— Ninguém se importa com o que aconteceu com Justine! Ela era a melhor chefe do mundo, e a mandaram embora *sem razão nenhuma*! Eu vi quando ela ficou chorando no dia em que ficou sabendo! Eu *sei*! A Faculdade de Nova York é tão *injusta*!

Tenho vontade de destacar que Justine provavelmente estava chorando de alegria por ser apenas demitida e não processada pelo que tinha feito.

Mas eu não deveria mencionar que Justine tinha sido demitida por roubo na frente dos alunos, mais ou menos pela mesma razão que não deveríamos chamar o lugar em que trabalhamos de alojamento. Porque isto não alimenta um verdadeiro sentimento de segurança.

Em vez disso, prometo pagar a Tina cinqüenta por cento a mais para ela entregar os memorandos. Isso a deixa alegre no mesmo instante.

Quando chego em casa (com leite) já são quase seis horas. Não há sinal de Cooper — ele provavelmente está de tocaia, ou seja lá o que os detetives particulares fazem o dia inteiro. O que está muito bem, porque tenho mais do que bastante com que me preocupar. Contrabandeei para casa uma lista com o nome dos residentes do prédio e a estou examinando, marcando todos os residentes que se chamam Mark ou Todd. Mais tarde, vou ligar para cada um deles, com a ajuda da lista de telefone do prédio, e perguntar se conheciam Elizabeth ou Roberta.

Não tenho muita certeza do que vou dizer se algum deles disser que sim. Acho que não posso ser assim tão direta e perguntar: "Então... você a empurrou no poço dos elevadores?" Mas acho que vou deixar para lidar com este assunto quando chegar a hora.

Bem quando estou me acomodando na frente da lista com uma taça de vinho e alguns biscoitinhos que achei no armário, a campainha toca.

E eu me lembro, com um choque quase físico, de que me ofereci para cuidar do filho de Patty hoje à noite.

Patty dá uma olhada em mim assim que abro a porta e já sabe. Ela diz:

— O que aconteceu?

— Nada — garanto a ela, pegando Indy de seus braços. — Bom, quer dizer, uma coisa aconteceu, mas não foi comigo. Outra menina morreu hoje. Só isso.

— Mais uma? — Frank, marido de Patty, parece maravilhado. Há algo nas mortes violentas que deixa algumas pessoas muito animadas. Frank, claramente, é uma delas. — O que aconteceu? Overdose?

— Ela caiu de cima de um dos elevadores — respondo, enquanto Patty dá uma cotovelada em Frank, forte o bastante para ele fazer *unngh*. — Ou, pelo menos, é o que a gente pôde supor. Mas está tudo bem. Sério. Eu estou bem.

— Seja gentil com ela — Patty diz ao marido. — O dia dela foi difícil.

Patty tem a tendência de fazer caso de tudo quando vai sair. Ela não se sente à vontade com roupas de noite, talvez porque ainda não tenha perdido todo o peso que ganhou na gravidez. Durante um tempo, Patty e eu tentamos fazer caminhadas pelo SoHo no finzinho da tarde, em um esforço para atender à recomendação do governo de sessenta minutos de exercícios por dia.

Mas Patty parecia não conseguir passar por uma vitrine sem dar uma paradinha e perguntar: "Você acha que aqueles sapatos ficariam bem em mim?", e então entrar e comprar.

E eu não conseguia passar por uma padaria sem entrar para comprar uma baguete.

Então, precisamos parar com as caminhadas, porque os armários de Patty já estão bem cheios, e quem precisa de tanto pão assim?

Além do mais, Patty nem tem onde usar tanta coisa nova. Ela tem basicamente uma alma caseira o que, para uma mulher de cantor de rock, não é lá muito bom.

E Frank Robillard é uma das maiores estrelas do rock. Ele faz Jordan Cartwright parecer um cantor da última. Patty o conheceu no programa do David Letterman: ele estava cantando, ela era uma daquelas moças que ficam servindo salgadinhos em uma bandeja, foi amor à primeira vista. Sabe como é, daquele tipo que a gente lê nas revistas, mas que nunca acontece com a gente. Esse tipo.

— Pare com isto, Frank — Patty diz ao seu verdadeiro amor. — Nós vamos nos atrasar.

Mas o Frank está bisbilhotando pelo escritório, examinando as coisas de Cooper.

— Ele já atirou em alguém? — pergunta, referindo-se a Cooper.

— Se tivesse atirado, não teria contado para mim — respondo.

Desde que eu me mudei para a casa de Cooper, meu conceito junto ao Frank subiu muito. Ele nunca gostou de Jordan, mas Cooper é o herói dele. Ele até comprou uma jaqueta de couro igual à de Cooper (usada, já veio amaciada). Frank não compreende que um detetive particular da vida real é diferente dos da TV. Quer dizer, Cooper nem tem uma arma. No trabalho dele, só são necessárias uma câmera e a capacidade de se integrar ao ambiente.

Acontece que Cooper é muito bom em se integrar.

— Então, vocês dois já estão ficando? — Frank pergunta, do nada. — Você e Cooper?

— Frank! — Patty exclama.

— Não, Frank — respondo, pelo que deve ser a trecentésima vez só este mês.

— Frank — Patty diz. — Cooper e Heather só dividem a casa. Não dá para ficar com a pessoa que mora com você. Você sabe como são essas coisas. Quer dizer, o romance todo acaba depois que você vê alguém de chambre. Certo, Heather?

Olho para ela meio deslocada. Nunca tinha pensado nisto. E se Patty estiver certa? Cooper nunca vai achar que vale a pena sair comigo, mesmo que eu ganhe um prêmio Nobel de medicina. Porque ele já me viu vezes demais de moletom! E sem maquiagem!

Patty e Frank então se despedem, e Indy e eu ficamos na porta acenando enquanto eles entram na limusine que está à espera deles. Os traficantes de drogas da rua ficam olhando a uma distância respeitável. Todos veneram a banda de Frank. Estou convencida de que o motivo por que a casa de Cooper nunca foi grafitada nem assaltada é porque todo mundo no bairro sabe que ele é amigo da voz do povo, Frank Robillard, então a casa dele é poupada.

Ou talvez seja por causa do alarme e das barras em todas as janelas do térreo. Vai saber.

Indy e eu passamos uma noite agradável assistindo a *Arquivos Forenses* e *Os Novos Detetives* na TV do meu quarto, onde posso ficar de olho tanto no filho da minha melhor amiga quanto na parte de trás do edifício Fischer. Olhando para o prédio alto de tijolinhos escuros, com tantas luzes acesas, não posso evitar me lembrar do que Magda disse: a piada que ela fez a respeito de Elizabeth e Roberta acabarem descobrindo que sexo não era assim tão bom quanto todo mundo dizia. Bobby era virgem... pelo menos de acordo com a colega de quarto dela, e parecia bem provável que Elizabeth Kellogg também fosse.

Será que é isso? Será essa a relação entre as duas meninas? Será que alguém está matando as virgens do edifício Fischer?

Ou será que eu ando assistindo a CSI demais?

Quando Patty e Frank chegam para recolher a cria deles logo depois da meia-noite, eu o entrego na porta. Ele desmaiara durante *Crossing Jordan.*

— Como ele se comportou? — Patty pergunta.

— Perfeitamente, como sempre — respondo.

— Para você, talvez — ela diz com uma risada sarcástica enquanto pega o bebê adormecido nos braços. Frank está esperando na limusine, na rua. — Você é ótima com ele. Devia arrumar um para você um dia destes.

— Jogue sal na ferida, por que não? — digo.

— Desculpe — Patty responde. — Eu adoro que você cuide do bebê para nós, mas você percebe que nunca disse que não podia porque estava ocupada? Heather, você precisa sair da toca. E não estou falando só de sua música. Você precisa tentar conhecer alguém.

— Eu conheço um monte de gente — digo, na defensiva.

— Estou falando de alguém que não seja calouro da Faculdade de Nova York.

— É — respondo. — Bom, para você é fácil criticar. Você tem o marido perfeito. Você não sabe como é a vida real. Você acha que Jordan era uma anomalia? Patty, ele é *básico.*

— Não é verdade — Patty diz. — Você vai encontrar alguém. Só não pode ter medo de se arriscar.

Do que é que ela está falando? Eu não faço nada além de correr riscos. Estou tentando impedir que um psicopata mate mais uma vez. Já não basta? Preciso de uma aliança no dedo também?

Algumas pessoas nunca ficam satisfeitas.

Sou uma agente disfarçada e estou
Vigiando o seu coração

Estou com meus óculos de visão noturna
e estou
Vigiando o seu coração

Ah
É melhor você fugir
Porque quando eu terminar
Você vai me entregar
O seu coração

"Vigiando o seu coração"
Interpretada por Heather Wells
Composta por O'Brien/Henke
Do álbum *Vigiando o seu coração*
Gravadora Cartwright

Por mais que eu tente esquecer a idéia, ela não sai da minha cabeça durante todo o fim de semana. As Virgens do edifício Fischer.

Eu sei que parece loucura. Mas não consigo pensar em outra coisa.

Talvez Patty tenha razão, e os jovens do alojamento (conjunto residencial estudantil, quer dizer) estão ocupando o lugar de meu coração onde o amor pelos meus próprios filhos residiria, sabe como é, se eu tivesse algum. Porque eu não consigo parar de me preocupar com eles.

Não que ainda deva ter sobrado alguma virgem no prédio; e eu por acaso ocupo uma posição que me permite fazer esta afirmação. Desde que eu troquei os bombons de chocolate do pote na minha mesa por camisinhas Trojan em embalagens individuais, tenho recebido jovens de pijama aos tropeções na minha sala às nove da manhã (e se você não acha que nove da manhã é cedo para os padrões de faculdade, é porque você nunca fez faculdade), que vão lá para pegar uma sem nem pedir licença.

Não se sentem acanhados. Não agradecem. Na verdade, quando eu fico sem camisinhas, e o pote fica vazio durante um dia ou um pouco mais até eu receber mais do serviço de saúde, vou dizer, ouço muito. O pessoal começa a me atacar no mesmo instante: "Ei! Cadê as camisinhas? Acabaram as camisinhas? O que eu vou fazer *agora*?"

De todo modo, o lado positivo de tudo isto é que eu fico sabendo quem está se dando bem no meu prédio.

E vou dizer uma coisa: é *muita* gente. Não há muitas virgens restantes no conjunto Fischer.

Mas, de algum modo, algum sujeito encontrou uma maneira de matar duas delas.

Eu não podia deixar que mais meninas morressem. Mas como é que eu ia impedir que acontecesse de novo se eu não fazia a menor idéia de quem era o cara? Eu não tinha chegado a lugar nenhum com a coisa da lista. Havia três Marks e nenhum Todd no prédio todo, apesar de haver um Tad. Um dos três Marks no prédio era negro (era residente do andar de Jessica, eu liguei para ela e perguntei) e outro, coreano (liguei para a AR também), o que eliminava os dois, já que Lakeisha tinha certeza de que o cara era branco. Tad era tão obviamente gay que eu só gaguejei uma desculpa e disse que era engano logo que ele atendeu.

O terceiro Mark tinha ido passar o fim de semana na casa dos pais, segundo disse o colega de quarto dele, mas estaria de volta na segunda. Mas, seguindo o AR dele, só tinha 1,73m de altura, e isso não é exatamente alto.

Acho que dava para dizer que a investigação (no pé que estava) tinha empacado.

E com Cooper ausente durante todo o fim de semana, eu também não podia pedir a opinião profissional dele sobre o assunto. Não tenho certeza se ele estava se escondendo de mim, ou se estava ocupado com o trabalho, ou se estava ocupado... bom, com outra coisa. Desde que eu me mudara, Cooper não tinha recebido absolutamente ninguém para passar a noite (o que, para ele, se é que dá para acreditar em Jordan, representa um período de seca recorde). Mas levando em conta o número de dias seguidos que ele passava fora de casa, eu só podia imaginar que ele estivesse dormindo na casa do caso da hora, seja lá quem ela fosse.

O que era bem típico dele. Sabe como é, não esfregar na minha cara que ele está se dando bem, quando eu com toda a certeza não estou.

Mesmo assim, eu tive dificuldade em apreciar tanta cortesia na medida em que o fim de semana foi passando, e não tinha chegado mais perto de descobrir quem estava matando As Virgens do edifício Fischer. Se, hmm, alguém estivesse.

O que pode ser o motivo por que, quando a segunda-feira de manhã finalmente chegou, eu fui a primeira a chegar ao serviço, depois de já ter tomado meu café com leite e comido meu bagel, e mergulhei na ficha de Roberta Pace.

O conteúdo do arquivo dela é muito parecido com o de Elizabeth, apesar de as duas meninas terem vindo de lados opostos do país: Roberta era de Seattle. Mas as duas tinham mães enxeridas. A mãe de Roberta tinha ligado para Rachel para reclamar que Roberta precisava de outra colega de quarto.

O que me surpreendeu. Como é que alguém pode não gostar de Lakeisha?

Mas, de acordo com o "relatório de incidente" (o formulário que é preenchido toda vez que um funcionário do edifício tem alguma interação com um residente), quando Rachel falou com Roberta, descobriu-se que quem tinha um problema com Lakeisha era a Sra. Pace, e não Roberta. "Não que eu não goste de negros", a Sra. Pace explicou a Rachel, de acordo com o relatório, "só não quero que minha filha tenha de *viver* com uma negra."

Descobri que é com esse tipo de coisa que as pessoas que trabalham no sistema de educação superior têm de lidar todos os dias. O lado positivo é que nem sempre o problema é dos estudantes, e sim dos pais deles. Assim que os pais voltam para casa, tudo entra nos eixos.

O lado negativo é que... bom, gente como a Sra. Pace existe e tudo o mais.

Eu me forço a continuar lendo. De acordo com o relatório, Rachel chamou Roberta na sala dela e perguntou se ela queria trocar de quarto, como a mãe disse que ela queria. Roberta respondeu que não, que gostava de Lakeisha. Rachel então relatou que liberou Roberta e ligou de volta para a mãe e fez o sermão padrão nesses casos ("Boa parte da educação superior se passa fora da sala de aula, onde nossos alunos tomam contato com outras culturas e maneiras de viver. Aqui na Faculdade de

Nova York, fazemos o possível para incentivar a consciência da diversidade cultural. A senhora/o senhor não quer que seu filho/ sua filha seja capaz de se dar com todos os tipos de pessoa quando ele/ela entrar para a força de trabalho?").

Então Rachel informou à Sra. Pace que a filha dela não iria trocar de quarto e desligou.

E pronto. Aquilo era a única coisa na ficha de Roberta. O único indício de que ela tinha tido algum problema para se ajustar à vida universitária.

Tirando o fato de agora ela estar morta, claro.

Ouço o barulho de um elevador chegando e logo os saltos de Rachel estalando no chão de mármore na frente da nossa sala. Um segundo depois ela aparece à porta carregando em uma das mãos uma xícara fumegante de café que trouxe de seu apartamento e, na outra, um exemplar do *Times* do dia. Olha surpresa para mim, já em minha mesa tão cedo assim. Apesar de eu morar a quatro minutos de distância dela, quase sempre chego cinco minutos atrasada para o trabalho.

— Ai, meu Deus — Rachel diz, contente de me ver. — Mas como você chegou cedo! Passou bem o fim de semana?

— Passei — respondo, fechando a pasta de Roberta e meio que deslizando para baixo de outras coisas na minha mesa.

Não que eu não tenha todo o direito de estar lendo a ficha. É só que eu me sinto um tanto relutante em contar para Rachel aquilo de que eu desconfio, sobre as meninas terem sido empurradas e tudo o mais. Quer dizer, tecnicamente, eu deveria ter dito alguma coisa a respeito da chave, ou da camisinha, pelo menos, ou que as duas meninas tinham conhecido um cara fazia pouco tempo...

Mas não posso deixar de me perguntar: E se Cooper estiver certo? E se Elizabeth e Roberta tiverem mesmo caído, e eu ficar armando a maior confusão, dizendo que elas foram assassinadas? Será que Rachel ia colocar em minha ficha de emprego que eu sofro de delírios paranóicos? Será que uma coisa assim poderia impedir que eu passasse pelo meu período de experiência de seis meses? Será que podiam me demitir por causa disso, como fizeram com Justine — apesar de eu ter passado bem longe dos aquecedores de cerâmica?

Não vou arriscar. Resolvo guardar as minhas suspeitas para mim mesma.

— No geral — digo, respondendo à pergunta de Rachel a respeito do meu fim de semana. Porque, além de ter ligado para saber de todos os Marks e Todds, eu não fiz nada a não ser passear com Lucy, assistir à TV e dedilhar meu violão. Nada que valesse a pena comentar. — E você?

— Um horror — Rachel responde, sacudindo a cabeça. Apesar de que, para alguém que teve um fim de semana tão péssimo, ela está realmente ótima. Está com um *tailleur* novo, muito bem cortado. O preto destaca o marfim da pele dela e faz o cabelo parecer de um castanho ainda mais profundo. — Os pais de Roberta vieram aqui — ela prossegue — para pegar as coisas da filha. Foi um pesadelo. Claro que eles querem nos processar. Apesar de eu não fazer idéia de que embasamento eles têm. Coitada daquela gente, fiquei com muita pena deles.

— É — digo. — Deve ter sido um saco.

O telefone da mesa de Rachel começa a tocar.

— Ah, oi, Stan — ela diz quando atende. — Ah, muito obrigada, mas está tudo bem, mesmo. Sim, foi simplesmente um horror...

Uau. Stan. Então agora Rachel trata o Dr. Jessup pelo primeiro nome? Bom, acho que se duas meninas do seu alojamento (ops, quer dizer, conjunto residencial estudantil) morrem, você passa a conhecer muito bem o chefe do seu departamento.

Começo a examinar os formulários de atividades que os recepcionistas do fim de semana deixaram para mim. Geralmente, consigo organizar a folha de pagamento, o orçamento e todos os memorandos que precisam ser digitados até as 11 da manhã. Daí, fico com o resto do dia livre para navegar na internet, fofocar com Magda ou Patty ou tentar descobrir quem pode estar matando meninas no meu local de trabalho, que é exatamente a maneira como eu decido passar esta segunda-feira em particular.

Só que ainda não descobri bem como.

Estou terminando a folha de pagamento quando pés envoltos por tênis Nike aparecem no meu campo de visão. Ergo a cabeça, esperando ver um jogador de basquete (e espero que ele traga um bilhete semilegível para que eu ajunte a minha coleção).

Em vez disso, vejo Cooper.

— Oi — ele diz.

Por acaso é minha culpa o fato de meu coração dar uma cambalhota no peito? Quer dizer, já faz um tempinho que a gente não se vê. Quase 72 horas. Além do mais, sabe como é, eu estou totalmente faminta por um homem. Deve ser por isso que não consigo tirar os olhos da parte da frente da calça jeans que ele está usando, desbotada em todos os lugares em que o tecido ficou gasto, como os joelhos e alguns outros lugares mais interessantes.

Ele também está usando uma camisa azul por baixo da jaqueta de couro surrada, que tem exatamente o mesmo tom de azul luminoso dos olhos dele. — Por... — é o único som que consigo fazer sair da minha boca, por causa da calça jeans... e daquela parte de eu ser uma-fracassada-completa-totalmente-apaixonada-por-ele.

— Por... — digo mais uma vez. Pelo menos, é o que parece aos meus ouvidos.

— Eu queria ter certeza de que você já estava sabendo — ele diz. — Sabe como é, antes de a *US Weekly* começar a ligar e você ser pega de surpresa.

Olho para o jornal. É o sensacionalista *New York Post*. Na primeira página há uma foto grande, ampliada, de meu ex-namorado e Tania Trace jantando em algum café ao ar livre do SoHo. Embaixo da imagem estão as palavras, em corpo 18, no mínimo:

ELES ESTÃO NOIVOS!

Ela te isolou.
O que você fez para merecer?
Ela te isolou.
Te colocou para escanteio

Ela achou que você ia aceitar bem
quietinho?
Ela acha que você gosta de dar uma
de palhacinho?

Eu nunca ia te isolar.
Você tem que acreditar
Eu nunca ia te isolar.
Você é tudo que eu preciso.
Baby, será que não dá para ver?
Não venha me isolar.

"Isolar"
Interpretada por Heather Wells
Composta por Valdez/Caputo
Do álbum *Vigiando o seu coração*
Gravadora Cartwright

Uau. Não demorou muito. Quer dizer, levando em conta que só estamos separados há o quê? Quatro? Cinco meses talvez?

— Por... — parece ser o único som que eu sou capaz de fazer.

— É — Cooper diz. — Foi isso mesmo que eu achei que você ia dizer.

Eu fico lá sentada, olhando para a foto do anel de noivado de Tania. Parece muito com o MEU anel. Aquele que eu arranquei do dedo e joguei nele quando peguei os dois mandando ver no nosso quarto.

Mas não pode ser o mesmo anel. Jordan é mão de vaca, mas não pode ser assim TÃO mão de vaca.

Abro o jornal e folheio até a página que traz o artigo.

Olhe só para isto. Não estão só noivos. Também vão sair juntos em turnê.

— Tudo bem com você? — Cooper quer saber.

— Tudo — digo, feliz por ter retomado a capacidade de dizer alguma coisa que não seja "por...".

— Se serve de consolo — ele diz —, o último *single* dela saiu do *Disk MTV*.

Eu sei que não vale a pena perguntar para Cooper por que ele anda assistindo ao *Disk MTV*. Em vez disso, digo:

— Eles tiram os vídeos quando ficam muito tempo na lista. Isso significa que a música continua fazendo muito sucesso.

— Ah.

Cooper olha em volta, obviamente procurando alguma coisa para mudar de assunto. A minha sala é como a recepção da sala de Rachel, separada dela por uma bela grade de metal que estou tentando fazer o departamento de manutenção mudar desde que cheguei. Eu tinha decorado a minha parte com reproduções de Monet quando comecei a trabalhar lá, e Rachel quis trocar os lírios de Giverny por cartazes antiestupro e de desenvolvimento comunitário, mas eu não arredei pé.

Li uma vez em uma revista que Monet tem efeito calmante. É por isso que tantos médicos colocam reproduções dos quadros dele no consultório.

— Este lugar é legal — Cooper diz. Então o olhar dele recai sobre o pote de camisinhas na minha mesa.

Sinto que fico vermelho-carmim.

Rachel escolhe exatamente este momento para desligar o telefone e se inclinar para fora da sala e perguntar:

— Posso ajudar?

Quando ela vê que o visitante da nossa sala é do sexo masculino, tem mais de 1,80 metro e menos de quarenta anos (isso sem mencionar que ele é muito gostoso), ela diz, com uma voz completamente diferente.

— Ah. *Oi.*

— Bom dia — Cooper diz, com muita educação. Cooper é extremamente educado com todo mundo, à exceção dos membros diretos da família dele. — Você deve ser Rachel. Eu sou Cooper Cartwright.

— Prazer em conhecê-lo — Rachel diz. Ela aperta a mão que ele estende e dá um sorriso beatificado. — Cooper... Cooper... Ah, sim, Cooper! O amigo de Heather. Ouvi falar muito de você.

Cooper olha em minha direção, os olhos azuis brilhando mais do que nunca.

— Ouviu?

Eu queria que o chão se abrisse e me engolisse inteira. Tento me lembrar de qualquer coisa que eu possa ter dito a Rachel sobre Coop. Além do fato de ele ser meu senhorio, quer dizer. E se eu disse alguma coisa bem indiscreta, que Cooper é minha idéia de parceiro ideal e que às vezes eu fantasio sobre arrancar as roupas dele com os dentes? Sabe-se que eu às vezes digo coisas assim, principalmente quando misturo muitas rosquinhas Krispy Kreme com uma alta dose de cafeína.

Mas a única coisa que Rachel diz é:

— Acho que você já ouviu falar dos problemas que estamos tendo aqui.

Cooper assente com a cabeça.

— Ouvi.

Rachel sorri de novo, um pouco menos beatificada desta vez. Dá para ver que ela está fazendo um cálculo mental para avaliar o preço provável do relógio dele (ele usa um daqueles de plástico bem grandes e pesados) e chegando à conclusão de que ele não deve ganhar cem mil por ano de jeito nenhum.

Ah, se ela soubesse...

Então o telefone da mesa dela toca de novo e ela entra para atender.

— Alô, conjunto Fischer. Aqui é Rachel. Em que posso ajudar?

Cooper ergue as sobrancelhas para mim e eu me lembro, de repente, do que Magda disse a respeito de Rachel ser o tipo de Cooper.

Não! Não é justo! Rachel é o tipo de TODO MUNDO! Quer dizer, ela é bonita e atlética e tem tudo no lugar e é uma moça de sucesso e estudou em Yale e está fazendo diferença no mundo. Mas e EU? E as garotas como eu que são só... bom, legais? E as garotas *legais*? Como é que *nós* vamos concorrer com todas as moças competentes, atléticas, que tomam banho de chuveiro, com todos os seus diplomas e Palm Pilots e aquela bundinha?

Mas antes que eu tenha oportunidade de dizer qualquer coisa para defender a minha espécie, um dos funcionários da manutenção entra correndo.

— Haythar — Julio grita, sacudindo as mãos. Ele é um sujeito pequeno, de uniforme marrom, que, sem ninguém pedir, limpa a estátua de bronze de Pã do lobby todo dia com uma escova de dentes.

— Haythar, aquele menino está fazendo de novo.

Fico olhando estupefata para ele.

— Você está falando do Gavin?

— *Sí.*

Dou uma olhada para Rachel. Ela está falando sem parar ao telefone:

— Ah, reitor Allington, por favor, não se preocupe comigo. Os *alunos* é que precisam de atenção...

Suspiro resignada, empurro a cadeira para trás e me levanto. Simplesmente vou ter que encarar o fato de que, no que diz respeito a Cooper, eu sempre vou parecer a maior trapalhona do mundo.

E não tem nada que eu possa fazer contra isto.

— Eu cuido disto — digo.

O Julio dá uma olhada para Cooper e, sem parar de sacudir as mãos, pergunta, todo nervoso:

— Quer que eu vá com você, Haythar?

— O que é isto? — Cooper parece desconfiado. — O que está acontecendo?

— Nada — digo a ele. — Obrigada por passar aqui. Agora, preciso ir.

— Ir aonde? — Cooper quer saber.

— Preciso dar um jeito em uma coisinha. A gente se vê mais tarde.

Então, saio correndo da sala e vou direto para o elevador de serviço, que é reservado para o uso do pessoal da manutenção apenas, e que tem uma daquelas grades de ferro para manter os alunos para fora...

Só que eu sei qual alavanca empurrar para abrir a grade. Então eu a empurro, viro para Julio e digo:

— Quando você quiser.

Só que não foi Julio que veio atrás de mim. Foi Cooper.

— Heather — ele diz, com semblante aborrecido. — Que história é esta?

— Cadê Julio? — Solto com uma voz esganiçada.

— Sei lá. — Ele responde. — Ficou lá atrás, acho. Aonde você vai?

De dentro do poço dos elevadores, ouço gritos de alegria. Por que eu? Meu Deus do céu, por quê?

Mas não há nada que eu possa fazer. Quer dizer, é o meu trabalho. E isso vai significar um diploma de medicina grátis, isso se eu conseguir mantê-lo tanto tempo assim.

— Você sabe operar um elevador de serviço? — pergunto a Cooper.

Ele parece ainda mais aborrecido.

— Acho que consigo descobrir como se faz.

Mais gritos de dentro do poço dos elevadores.

— Certo — digo. — Então, vamos.

Cooper, que agora está com cara de curioso além de aborrecido, vem atrás de mim e entra no elevador, abaixando a cabeça para não bater na porta meio abaixada, eu puxo a grade, fecho e aciono a alavanca da força. Quando o elevador começa a subir com um sacolejo, coloco um pé na grade lateral e, com um impulso, agarro as laterais da abertura no teto do elevador, de onde um painel foi retirado. Através dela, enxergo os cabos e os tijolos sem acabamento do poço dos elevadores, e lá em cima, bem no alto, pontos iluminados, onde o sol entra pelas clarabóias de segurança contra incêndios.

A curiosidade de Cooper rapidamente desaparece, então só sobra o aborrecimento.

— O que — ele pergunta — você acha que está fazendo?

— Não se preocupe — digo. — Está tudo bem. Já fiz isto antes. — Minha cabeça e os meus ombros já passaram pela abertura no teto do elevador e, com mais um impulso, consigo fazer o quadril atravessá-lo também.

Então preciso descansar. Porque tudo isto representa muito levantamento de peso para uma garota como eu.

— É *isto* que você faz o dia inteiro? — Cooper, abaixo de mim, quer saber. — Onde é que está escrito em seu contrato de trabalho que você tem a responsabilidade de correr atrás de surfistas de elevador?

— Não está escrito em lugar nenhum — respondo, olhando para ele com uma certa surpresa, pela abertura entre os meus joelhos. As paredes escuras do poço dos elevadores passam a toda velocidade, como água escorrendo, enquanto subimos. — Mas alguém precisa fazer isto. — E se eu não fizer, como é que vou passar pelo período de experiência de seis meses? — Em que andar estamos?

Cooper dá uma olhada através da grade, para os números pintados na parte de trás da porta de cada andar que passam.

— Nove — ele responde. — Você sabe, se escorregar, pode acabar igual àquelas meninas, Heather.

— Eu sei — respondo. — É por isso que eu preciso fazer com que parem. Alguém pode se machucar. Alguém mais, quer dizer.

Cooper diz alguma coisa para si mesmo que parece um palavrão... o que é uma surpresa, porque é muito raro ele falar palavrão.

Um andar depois, duas paredes do poço se abrem, de modo que dá para ver o poço dos outros elevadores do prédio. Um deles está parado no décimo andar, e esticando o pescoço, vejo que o outro está uns cinco andares acima.

Os gritos de alegria estão ficando mais altos.

Bem naquele momento, o elevador dois começa a descer e eu vejo, empoleirado por cima do teto do elevador, entre os cabos e garrafas vazias de cerveja Colt. 45, Gavin McGoren Jr., aluno do curso de cinema, fanático por Matrix, surfista de elevador inveterado.

— Gavin! — grito quando o elevador dois desliza por mim. Diferentemente de mim, ele está em pé, preparando-se para pular no teto do elevador um que vai passando ao lado. — Desça daí agora mesmo!

Gavin me lança um olhar assustado, então solta um resmungo quando me reconhece entre os cabos. Vejo vários braços e pernas se agitando quando os amigos com quem ele está surfando voltam para dentro do elevador pelo painel de manutenção, para não serem identificados por mim.

— Ah, merda — Gavin diz, porque ele não foi tão rápido quanto os amigos para escapar. — Me pegaram!

— Você está tão ferrado que vai dormir no parque hoje à noite — garanto a ele, apesar de ninguém nunca ter sido expulso do prédio por fazer surfe de elevador... pelo menos até agora. Vai saber, tendo em vista os acontecimentos recentes, se a diretoria não vai resolver ficar mais rígida a este respeito? É preciso fazer alguma coisa ruim de verdade (tipo ameaçar o AR do seu andar com um martelo de carne, como um garoto fez no ano passado, de acordo com um arquivo que eu achei) para ser convidado a se retirar do conjunto residencial estudantil.

E, mesmo assim, o garoto foi aceito novamente no ano seguinte, depois de provar que tinha passado o verão inteiro sob tratamento psicológico.

— Puta que o pariu! — Gavin grita no poço, mas eu nem ligo. É só o Gavin.

— Você acha que isto é engraçado? — pergunto a ele. — Você sabe que duas meninas morreram fazendo isto nas duas últimas semanas. Mas você simplesmente acordou hoje de manhã com vontade de dar uma surfadinha?

— Elas era umas amadora — Gavin diz. — Cê sabe que eu sô bom, Heather.

— Eu sei que você é um idiota — respondo. — E pare de falar como se você fosse de Bed-Stuy, na periferia, todo mundo sabe que você foi criado em Nantucket, que é bem chique. E se você não estiver na sala da Rachel quando eu chegar lá embaixo, vou mandar trocar a fechadura da porta do seu quarto e confiscar todas as suas coisas.

— Merda! — Gavin desaparece, deslizando através do teto do elevador e recolocando o painel de volta no lugar.

O elevador dois começa sua longa descida até a recepção, e eu fico lá sentada um instante, saboreando a escuridão e a ausência de barulho. Eu gosto do poço dos elevadores. É um dos lugares mais tranqüilos de todo o alojamento (quer dizer, conjunto residencial estudantil).

Bom, pelo menos quando não tem gente caindo neles.

Quando eu volto para dentro do elevador (e nenhum juiz me daria nota dez pela descida), Cooper está parado em um canto da cabine, os braços cruzados por cima do peito largo, o rosto contorcido em uma careta de zombaria.

— O que foi aquilo? — ele pergunta quando eu estico a mão para a alavanca de controle e começo a nos conduzir de volta ao térreo.

— Foi só o Gavin — respondo. — Ele faz isto o tempo todo.

— Não me venha com essa — Cooper parece bravo de verdade. — Você fez isto de propósito. Para me mostrar como um *verdadeiro* surfista de elevador é, e para eu ver como as meninas mortas não se encaixam na descrição.

Fico olhando estupefata para ele.

— Ah, foi isso mesmo — digo. — Você acha que eu combinei isso tudo com Gavin? Você acha que eu já sabia que você ia aparecer para esfregar a notícia do noivado do meu ex na minha cara, e daí eu liguei para Gavin e falei assim: "Ei, por que você não vai dar uma voltinha no elevador dois e eu subo para pegar você e mostrar para meu amigo Cooper a diferença entre surfistas de elevador de verdade e amadores?"

Cooper parece levemente confuso... Mas não pelas razões que eu acho.

— Eu não vim aqui esfregar na sua cara — ele diz. — Eu só queria ter certeza de que você estava sabendo antes que algum repórter da *Star* desse a notícia para você.

Percebo que fui um pouco dura demais, e digo:

— Ah, é. Você tinha dito.

— É — Cooper responde. — Disse sim. Então. Você sempre faz isso? Fica em pé no teto do elevador?

— Eu não estava em pé. Estava sentada — explico. — E só faço isso quando alguém informa que ouviu algum aluno brincando no poço dos elevadores. O que é mais uma razão por que é tudo tão estranho em relação a Elizabeth e a Roberta. Ninguém informou que tinha escutado nada. Bom, até Roberta cair...

— E é você que tem de ir atrás deles? — Cooper pergunta. — Quando alguém ouve a bagunça?

— Bom, a gente não pode pedir para os ARs. Eles são alunos. E a tarefa não está no contrato do sindicato dos funcionários da manutenção.

— E está no seu?

— Eu não sou sindicalizada — lembro a ele. Não posso evitar ficar me perguntando aonde ele quer chegar. Quer dizer, será que ele está mesmo preocupado comigo? E se estiver, será que é só como amiga? Ou será que tem alguma coisa a mais? Será que ele vai apertar o botão de emergência para parar o elevador e me tomar nos braços, sussurrando cheio de luxúria que ele me ama e que a idéia de me perder faz o sangue dele gelar?

— Heather, você pode se machucar muito sério, ou até se matar, fazendo uma coisa tão idiota dessas — ele diz, deixando bem óbvio que a coisa de me tomar nos braços não vai acontecer. — Como é que você pode... — Então os olhos azuis dele se transformam em fendas quando ele me examina com mais atenção. — Espera um pouco. Você *gosta* disso.

Fico olhando estupefata para ele.

— O quê? — sim, sou eu. A senhorita pau para toda obra.

— Gosta sim. — Ele sacode a cabeça, surpreso. — Você gostou mesmo de fazer isso aí, não foi?

Dou de ombros, sem ter muita certeza do que ele está falando.

— É mais divertido do que fazer a folha de pagamento — respondo.

— Você gosta — ele continua, como se eu não tivesse dito nada — porque sente falta da emoção de ficar na frente de milhares de garotos cantando o mais alto que consegue.

Fico olhando para ele durante um ou dois segundos. Então caio na gargalhada.

— Ai, meu Deus — consigo articular, entre as risadas. — Você está falando sério?

Só que, pela cara dele, eu sei que está.

— Pode rir o quanto você quiser — ele diz. — Você detestava cantar aquela bobajada que a gravadora dava para você cantar, mas adorava se apresentar. Não tente negar. Você ficava toda emocionada. — Os olhos azuis dele me espiam. — O negócio é este, não é? Ir atrás de assassinos e de surfistas de elevador. Você está sentindo falta da emoção?

Paro de rir e sinto meu rosto corar e esquentar de novo. Não sei do que ele está falando.

Bom, tudo bem, talvez eu ficasse emocionada sim. Eu não sou dessas pessoas que ficam nervosas por se apresentar na frente de uma multidão. Se me pedirem para bater papo furado com trinta pessoas em um coquetel, é a mesma coisa que me pedirem para definir o teorema de Pitágoras. Mas se me derem um *set list* e me colocarem na frente de um microfone, não tem problema nenhum. Aliás...

Bom, eu meio que gosto. Muito.

Mas será que eu sinto falta? Talvez um pouco. Mas não o bastante para voltar. Ah, não, eu nunca poderia voltar.

A menos que seja de acordo com os meus termos.

— Não foi por isso que eu vim atrás do Gavin — digo. Porque, de verdade, não vejo a relação. Ir atrás de um surfista de elevador não tem nada a ver com se apresentar para milhares de pré-adolescentes aos berros. Nada mesmo. Além do mais, eu já não recebo avaliação psicológica bastante de Sarah todos os dias? Será que eu também preciso ser analisada por Cooper? — Ele poderia ter se matado ali...

— *Você* poderia ter se matado ali.

— Não, não poderia — digo com a minha voz mais razoável possível. — Eu tomo muito cuidado. Agora, falando de... como foi mesmo que você disse? Ir atrás de assassinos? Eu já disse, não acredito que aquelas meninas foram...

— Heather. — Ele sacode a cabeça. — Por que você simplesmente não liga para o seu agente e pede para ele marcar um *show* para você?

Meu queixo cai.

— O quê? Do que é que você está falando?

— É óbvio que você está louca para voltar para o palco. Respeito o fato de você querer um diploma de faculdade, mas o ensino superior não é para todo mundo, sabe como é.

— Mas... — Não dá para acreditar no que estou ouvindo. Minha ala de hospital! Meu prêmio Nobel! Meu encontro amoroso com ele! Nossa agência de investigação conjunta e os nossos três filhos (Jack, Emily e a pequena Charlotte)! — Eu... eu não tenho como! — Grito. Então me prendo à única desculpa que posso dar. — Não tenho músicas suficientes para um *show*.

— Você poderia ter me enganado — Cooper diz com os olhos fixos nos números dos andares por que vamos passando em velocidade estonteante, 14, 12, 11...

— O quê... o que você quer dizer? — gaguejo, meu sangue repentinamente gelado. Então, é verdade. Ele *ouve* quando eu ensaio. Ouve sim!

Mas agora é a vez de Cooper parecer pouco à vontade. Pela careta que ele faz, fica bem claro que preferia não ter dito nada.

— Deixa para lá — ele diz. — Esquece.

— Não. Você quis dizer alguma coisa com isso. — Por que ele simplesmente não confessa? Confessa que ouviu?

Eu sei por quê. Eu sei por quê, e isso me faz ter vontade de morrer.

Porque ele detesta. As minhas músicas. Ele ouviu todas elas, e acha que são uma porcaria.

— Fala o que você quis dizer.

— Deixe para lá — ele responde. — Você tem razão. Você não tem músicas suficientes para um *show*. Esqueça que eu disse algo. Certo?

O elevador chega ao térreo. Cooper puxa a grade e segura para mim, parecendo menos educado e mais com cara de assassino.

Que beleza. Agora está bravo comigo.

Estamos parados na recepção, e como ainda é bem cedo (para garotos de 18 anos, de todo modo), somos os únicos que estão por lá, à exceção de Pete e da recepcionista, sendo que o primeiro está absorto em um exemplar do *Daily News* e a segunda, escutando vidrada um CD do Marilyn Manson.

Eu devia simplesmente perguntar para ele. Perguntar logo de cara. Ele não vai dizer que é uma porcaria. Ele não é o pai dele. Ele não é o Jordan.

Mas o negócio é exatamente este. Eu agüento críticas do pai de Cooper. Agüento do irmão dele. Mas, de Cooper?

Não. Não, porque se *ele* não gostar...

Ai, meu Deus, pare de ser uma bebezona e PERGUNTE LOGO. SIMPLESMENTE PERGUNTE.

— Heather — Cooper diz, passando a mão pelo cabelo escuro. — Veja bem, eu só acho que...

Mas antes que eu tenha oportunidade de escutar o que ele acha, Rachel aparece na ponta do corredor.

— Ah, você está aí — Rachel diz quando repara em nós. — Gavin está na minha sala de reunião. Já vou lá falar com ele. Muito obrigada por fazê-lo descer. Mas, enquanto faço isso, Heather, será que você pode ir pedir para um funcionário estudantil ir colocar estes pôsteres aqui em todos os andares?

Rachel me entrega uma pilha enorme de papel. Olho para os pôsteres e vejo que são um anúncio para um concurso de dublagem que o governo estudantil resolveu promover no refeitório do conjunto Fischer depois do jantar.

— No começo, eu não ia deixar — Rachel parece sentir necessidade de explicar. — Quer dizer, organizar uma coisa tão boba quanto um concurso de dublagem no contexto de duas mortes tão trágicas... mas Stan acha que os garotos estão precisando de alguma coisa para se distrair. E a única coisa que eu pude fazer foi concordar.

Stan. Uau. Rachel com certeza está ficando íntima do chefe.

— Para mim, parece bom — digo.

— Eu estou indo até a refeitório pegar um café antes de ter que encarar o Gavin. — Rachel mostra a caneca dela da Associação Americana do Aconselhamento e do Desenvolvimento. — Alguém quer vir comigo?

Ela diz isto para nós dois, mas com o olhar fixo em Cooper.

Ai, meu Deus. Rachel acabou de convidar Cooper para tomar café com ela. O *meu* Cooper.

Mas é claro que ela não sabe que ele é o *meu* Cooper. Ele *não* é o meu Cooper. E do jeito que as coisas parecem estar indo, provavelmente nunca vai ser...

Diga não. Tento enviar ondas telepáticas para o cérebro dele, igual em *Jornada nas Estrelas. Diga não. Diga não. Diga...*

— Obrigado, mas não posso — Cooper responde. — Preciso ir trabalhar.

Sucesso!

Rachel sorri e diz:

— Talvez alguma outra hora, quem sabe?

— Claro — ele responde.

E Rachel sai estalando os saltos.

Quando ela se vai, digo, sem demonstrar nenhum sinal de que, segundos antes, eu estava usando minha mente vulcana para controlar a dele:

— Olha, preciso voltar ao trabalho. — Espero que ele não vá tocar no assunto que estávamos discutindo agora mesmo no elevador. Acho que eu não ia conseguir agüentar. Não depois do anúncio do noivado de Jordan. Sabe como é, uma garota tem um limite do que consegue suportar em um único dia.

Talvez ele sinta isso. Ou ele sente ou entende a dica quando eu não cruzo o olhar com o dele.

De todo modo, a única coisa que diz é:

— Certo. Então, a gente se vê mais tarde. E, Heather...

Meu coração dá um salto. Não, por favor, agora não. Passou perto. Eu passei tão perto de escapar...

— O anel — ele diz.

Espera. O quê?

— Anel?

— De Tania.

Ah, o anel de noivado de Tania! Aquele que parece exatamente igual ao que eu joguei na cara do irmão dele!

— Hã?

— Não é o seu — Cooper diz.

E então vai embora.

Você acha que ela tem
Tanta sofisticação.
Eu acho que ela só
Está precisando de medicação.

Por que você foi
Escolher ela em vez de mim
Já que ela sempre precisa
Fazer tanta terapia?

O que ela tem que eu não tenho?
O que ela dá que eu não dou?
Como ela virou sua namorada
Em vez de
Mim?

"O que ela tem?"
Interpretada por Heather Wells
Composta por O'Brien/Henke
Do álbum *Vigiando o seu coração*
Gravadora Cartwright

Na verdade, é bastante apropriado que o governo estudantil resolva fazer um concurso de dublagem no conjunto Fischer. Porque, vamos encarar, a Faculdade de Nova York é cheia de jovens que, como eu, adoram dar *show*.

E é provavelmente por isso que me pediram para ser uma das juradas, honra que aceitei imediatamente. Mas não porque eu estava precisando (como Cooper sugerira) sentir a emoção de me apresentar de novo, mas porque achei que, se eu quisesse mesmo encontrar o misterioso Mark/Todd (se, de fato, ele existe), teria de ser em algum evento social no conjunto Fischer, já que o cara evidentemente mora no prédio.

E que possivelmente também trabalha lá, como o investigador Canavan tinha sugerido (só para me irritar, eu sei).

Parecia bem impossível que qualquer uma das pessoas com quem eu trabalhava fosse um assassino. Mas de que outra maneira explicar o aparente acesso ao armarinho das chaves? Isso sem mencionar o fato de que ambas as meninas mortas tinham ficha na sala da diretora do conjunto residencial estudantil. Não que isso tivesse necessariamente alguma coisa a ver com as mortes. Mas, como Sarah sem dúvida teria colocado, tanto Elizabeth quanto Roberta tinham problemas...

E esses problemas tinham sido registrados na ficha delas.

O negócio é que todos os 15 ARs, além dos funcionários da manutenção, têm chaves para entrar na sala que eu e Rachel usamos. Então, se alguém está examinando as fichas para encontrar garotas potencialmente frágeis que pudesse ser seduzidas com facilidade, então tem de ser alguém que eu conheço.

Mas quem? Quem eu conheço que pode ser capaz de fazer algo assim tão pavoroso? Um dos ARs? Entre os 15, sete são garotos, e não considero nenhum deles especialmente galanteador, muito menos têm cara de assassino psicótico. Na verdade, de acordo com a tradição dos ARs, todos são meio nerds, daquele tipo que acredita mesmo nos residentes quando eles afirmam que estavam fumando cigarros de cravo, não maconha. É sério, eles não sabem a diferença.

Além do mais, todo mundo no prédio inteiro sabe quem são os ARs. Quer dizer, na hora do jantar, eles fazem palestras sobre sexo seguro e essas coisas. Se Mark ou Todd fossem um AR, Lakeisha saberia só de olhar.

No que diz respeito aos funcionários da manutenção, pode esquecer. Todos são hispânicos e têm mais de cinqüenta anos, e só o Julio fala inglês suficiente para ser compreendido por alguém que não é bilíngüe. Além do mais, todos trabalham no conjunto Fischer há anos. Por que de repente, *agora*, iam começar a matar pessoas?

O que, é claro, faz sobrar apenas as mulheres que trabalham ali. Devido à consciência das diferenças, eu deveria incluí-las na minha lista de suspeitos...

Só que nenhuma delas poderia ter deixado a camisinha do quarto de Roberta.

Mas acho que eu sou a única pessoa que acha estranho duas meninas (que tinham ficha na minha sala, e que por acaso tinham arrumado um namorado no espaço de uma semana entre uma e outra) terem resolvido fazer surfe de elevador de maneira aleatória, e daí mergulharem para a morte mais ou menos na mesma hora que a chave das portas dos elevadores desapareceu, só para reaparecer pouco depois da descoberta de pelo menos um dos corpos.

E é por esta razão que, às sete horas daquela noite, eu saio da casa de Cooper sem me fazer notar. Não ouvi um pio da parte dele desde o incidente do elevador de manhã, o que para mim é ótimo porque, francamente, não sei o que vou dizer para ele quando nós *voltarmos* a nos encontrar.

E também é por esta razão que eu acabo esbarrando em Jordan Cartwright, que está subindo os degraus da entrada.

— Heather! — ele exclama. Está usando uma daquelas camisas bufantes (sabe quais, do tipo que eles tiram sarro no *Seinfeld*) e calça de couro.

Sim. Sinto muito em dizer. Calça de couro.

E o pior é que ele ainda fica bem bonito com ela.

— Eu vim aqui para ver como você estava — ele diz com uma voz que denota preocupação relativa à minha saúde mental.

— Estou bem — respondo, puxando a porta para fechar e trancando as fechaduras. Não me pergunte por que temos tantas trancas, já que temos alarme, um cachorro e o nosso próprio programa de vigilância rastafári. Mas tanto faz.

— Boa noite — um dos traficantes diz.

— Muito obrigada — respondo ao traficante. Para Jordan, digo: — Desculpa, mas agora eu não tenho tempo de bater papo. Tenho um compromisso.

Jordan desce os degraus atrás de mim.

— É só que — ele diz —, não sei se você está sabendo. Sobre Tania e eu. Eu queria contar para você no outro dia, mas você estava tão adversa... Mas eu não queria que você ficasse sabendo assim, Heather — o Jordan diz, andando no meu ritmo enquanto eu praticamente corro na calçada. — Juro. Eu queria que você ficasse sabendo da minha boca.

— Não se preocupe com isso, Jordan — digo. *Por que* ele não se manda? — Mesmo.

— Ei. — Um dos traficantes de drogas bloqueia o nosso caminho na calçada. — Você não é aquele cara?

— Não — Jordan responde ao traficante. Para mim, ele diz: — Heather, ande mais devagar, a gente precisa conversar.

— A gente não tem nada para conversar — eu garanto a ele, com minha voz mais animada. — Eu estou bem. Está tudo bem.

— Tudo *não* está bem — Jordan exclama. — Eu não agüento ver você sofrendo deste jeito! Está me dilacerando por dentro...

— Ei, você — digo para o traficante que está nos seguindo. — Este aqui é o Jordan Cartwright. Sabe qual, do Easy Street.

— O cara do Easy Street! — o traficante grita, apontando para Jordan. — Eu sabia! Ei, olhem! — Ele grita para os amigos. — É o cara do Easy Street!

— Heather! — Jordan é engolido por uma multidão de caçadores de autógrafos. — Heather!

Eu continuo caminhando sem olhar para trás.

Bom, o que exatamente eu deveria fazer? Quer dizer, ele está noivo. NOIVO. E não de mim.

O que há para ser dito? Além do mais, até parece que eu não tenho nada mais importante para fazer agora.

Rachel parece meio surpresa de me ver entrar pelas portas do conjunto Fischer à noite. Ela está parada na recepção bem quando eu entro, e os olhos dela ficam meio esbugalhados.

— Heather — ela exclama. — O que você está fazendo aqui?

— Eles me pediram para ser jurada — respondo.

Por alguma razão, ela parece aliviada. Percebo por que um segundo depois.

— Ah, meu Deus, mais uma jurada para o concurso de dublagem! Que maravilha! Eu estava mesmo torcendo para eu e Sarah não termos que julgar sozinhas. E se tiver empate?

— Heather — Jordan entra de supetão no prédio.

Por toda a nossa volta, pessoas prendem a respiração ao reconhecê-lo imediatamente. Daí os cochichos começam: "*Aquele é o... não, não pode ser. Não, é sim! Olhe só para ele!*"

— Heather — ele diz, andando rápido em nossa direção. As correntes de ouro dele sobem e descem por baixo da camisa bufante enquanto ele arfa. — Por favor. A gente precisa conversar.

Eu me viro para Rachel, que está olhando para Jordan com olhos ainda mais esbugalhados do que quando eu entrei.

— Aqui está mais um jurado para você — digo a ela.

E é assim que eu e Jordan acabamos sentados na primeira fila de cerca de trezentas cadeiras do refeitório, de frente para o bufê fechado de saladas e grelhados, com pranchetas no colo. Dá para imaginar como isso torna difícil para Jordan conseguir conversar comigo sobre o nosso relacionamento, como ele está desesperado para fazer.

Mas para mim está ótimo. Quer dizer, a verdade é que eu só estou aqui para ir à caça do misterioso Mark/Todd, e o fato de ser jurada não ajuda muito neste quesito.

Mas se isso ajuda a não ter que ficar escutando Jordan se desculpar, está ótimo. Só que eu não imagino por que ele se importa com o que penso dele, já que deixou tão perfeitamente claro que não quer mais ficar comigo... talvez Sarah possa explicar.

Os estudantes estão todos ouriçados por causa de Jordan. Não sabiam que teriam uma celebridade como jurado. (Eu não conto. Os poucos estudantes que me reconheceram no começo do semestre não deram a mínima. Nesta noite, só querem saber de Jordan... apesar de eu achar que alguns estão tirando sarro dele, por causa da camisa bufante e do Easy Street e tudo mais.) A presença dele de fato parece conferir ao concurso uma legitimidade que não tinha antes.

Também parece deixar os concorrentes ainda mais nervosos.

Há um sistema de luz e som elaborado montado por cima do bufê de salada, e todos os alunos estão circulando por ali, conversando e se entupindo de salgadinhos e refrigerantes grátis. Procuro casais, tentando destacar qualquer menino e menina que esteja conversando de pertinho, imaginando se Mark ou Todd vai atacar de novo, porque neste lugar, o sortimento de calouras está bem farto.

Mas só vejo grupos de alunos, meninos e meninas, brancos, negros, orientais, de todos os tipos, com calça larga e camiseta, gritando alegres uns para os outros, e jogando Doritos para cima.

Hmm, Doritos.

Sarah, sentada ao lado de Jordan, não consegue desgrudar os olhos dele. Fica fazendo perguntas inquisitivas a respeito da indústria musical, as mesmas que fez para mim quando me conheceu. Como se ele se sentiu vendido quando fez aquele comercial para a Pepsi? E se ele não achou que se apresentar no intervalo do campeonato de futebol americano foi degradante para o *status* de músico dele? E será que ele se considera músico? Não ficava incomodado de saber cantar, mas não saber tocar nenhum instrumento? Isso não significava, de certa maneira, que ele não era músico coisa nenhuma, mas simplesmente um artefato que a gravadora Cartwright usava para transmitir sua mensagem de ganância corporativa?

Quando as luzes se apagam e o presidente estudantil do conjunto residencial, Greg, se levanta para dar as boas-vindas a todo mundo, já estou até sentindo um pouco de pena de Jordan.

Então a primeira apresentação começa, um trio de garotas dublando a música mais nova da Christina Aguilera, com coreografia e tudo. Com as luzes apagadas, dá para eu examinar o público sem parecer assim tão óbvia.

Há *muitos* estudantes aqui. Quase todos os assentos estão ocupados, e cabem quatrocentas pessoas no refeitório. Há ainda pessoas em pé no fundo do salão, torcendo e aplaudindo e, de maneira geral, agindo como jovens de 18 anos longe de casa pela primeira vez. Além de mim, Jordan está olhando para as candidatas a Christina Aguilera, agarrando a prancheta com muita força. Para alguém que foi forçado a assumir aquela função, ele parece estar levando a tarefa bem a sério.

Ou talvez só esteja fingindo interesse para evitar que Sarah faça mais perguntas.

O primeiro ato acaba com um movimento de moer os quadris e um quarteto de garotos pula para os refletores. Uma linha de baixo bem pesada começa a sacudir as paredes do refeitório (estão interpretando “Bye Bye Bye” do ’N Sync) e eu sinto pena dos vizinhos do conjunto Fischer, um dos quais uma igreja episcopal.

Os meninos dão tudo de si na performance. Acertam cada passo da coreografia, tanto que eu praticamente faço xixi nas calças de tanto rir.

Percebo que Jordan não está rindo nem um pouco. Parece que ele não compreende que os meninos estão zombando das *boy bands*. Ele está fazendo a avaliação de originalidade e de o quanto eles sabem mesmo a letra com muito cuidado.

É sério.

Dou uma olhada por cima da minha prancheta e dou a nota aos meninos (levam na maior parte notas cinco de dez, porque não estão vestidos a caráter) e vejo um homem alto entrando no refeitório, as mãos enfiadas bem no fundo dos bolsos da calça cáqui.

No começo, fico achando que é o reitor Allington. Mas o reitor nunca anda de calça cáqui, ele prefere, como já mencionei antes, calças de sarja brancas. O recém-chegado está muito bem-vestido para ser o reitor.

Mas quando ele entra no feixe de luz que sai da máquina de Coca-Cola, percebo que é Christopher Allington, filho do reitor. Minha confusão é compreensível.

Não é raro Christopher dar uma passada por ali. Quer dizer, apesar de ele ter a vaga dele no alojamento da faculdade de direito, os pais dele moram neste prédio. Ele provavelmente apareceu para fazer uma visita e parou no refeitório para ver o que era toda aquela confusão.

Mas quando ele se desloca na direção de um grupo de alunos encostado em uma parede mais do outro lado e começa a puxar papo como quem não quer nada, começo a imaginar. O que exatamente Christopher *está* fazendo aqui? Ele é estudante de direito, já passou por este estágio da graduação.

Pete tinha me contado que, quando os Allington vieram da universidade onde o reitor Allington trabalhava antes em algum lugar do Indiana, houve o maior bafafá devido ao fato de a pontuação de Christopher no LSAT* não ter sido alta o bastante para ele ser admitido na Faculdade de Nova York. Parece que o pai dele precisou dar um jeitinho e usar toda a influência que tinha para ele conseguir entrar.

Mas, bom, com uma mãe alcoólatra e um pai que anda de camiseta regata na frente de todo mundo, o coitado do rapaz provavelmente não herdou muito talento da família, e estava mesmo precisando da ajudinha extra.

O 'N Sync chega ao fim e então um imitador de Elvis dá sua canja. Durante sua interpretação de "Viva Las Vegas", só

* *Law School Admission Test*: Avaliação aplicada pelas universidades norte-americanas para selecionar alunos para o curso de direito. (*N. do E.*)

para ter algo melhor para fazer, fico observando Christopher Allington se misturar à multidão. Ele abre caminho no meio do pessoal até se acomodar em uma cadeira atrás de uma fileira toda de meninas. São todas calouras (dá para ver pelas risadinhas meio sem jeito delas). Ainda não entraram muito no clima da Faculdade de Nova York, como comprovam os rostos desprovidos de *piercings*, os cabelos sem tintura e as roupas da Gap. Uma delas, um pouco mais sofisticada que o resto, vira na cadeira e começa a conversar com Christopher, que se inclina para a frente para escutar melhor. A menina sentada ao lado dela se recusa veementemente a participar da conversa e mantém o rosto virado para a frente.

Mas dá para ver que ela está escutando tudinho.

Elvis termina e recebe aplausos respeitáveis, e então Marnie Villa Delgado (isso mesmo, a colega de quarto de Elizabeth Kellogg) sobe ao palco. Todo mundo aplaude com força extra. Tento imaginar que a ovação não tem relação com o fato de ela ter conseguido um quarto só para si pelo restante do semestre.

Marnie, com uma peruca loura comprida e calças jeans de cintura baixa, faz uma mesura educada. Então começa a interpretar uma música que me soa vagamente familiar. No começo, não consigo localizá-la. Só sei que é uma música de que eu não gosto muito...

E daí eu percebo. "Vontade de te comer". Marnie está se entregando completamente à canção que tomou conta de todos os lares do país... há 13 anos. Isto é, todos os lares que tinham uma pré-adolescente.

Jordan, do meu lado, tem um ataque de riso. Alguns dos alunos que conhecem o meu passado riem junto com ele. A própria Marnie dá um olhar de canto para mim enquanto dubla os versos "Não venha me lembrar do regime / Você só tem que entrar no meu time".

Sorrio e tento não parecer tão pouco à vontade quanto me sinto. Ficar olhando para Christopher ajuda. Ele continua batendo papo com as meninas da fileira à frente dele. Finalmente conseguiu atrair a atenção da tímida que, apesar de não ser bonita, tem o rosto mais interessante do que o da colega mais atirada. Ela se vira na cadeira e sorri tímida para o Christopher, abraçando os joelhos junto ao peito e tirando do rosto cachos de cabelo avermelhado.

Lá na frente, Marnie joga o cabelo louro da peruca (sem falar nos quadris) de um lado para o outro, de um jeito que faz a platéia achar hilário, e que eu só posso torcer para não ser uma imitação exata de mim.

E é aí que me bate, do nada, que Christopher Allington pode ser Mark.

Ou Todd.

Você é um furacão
Que sopra no meu coração
Mas você é um furacão
Que não termina o que começa

Você arrasa com tudo
No seu caminho
Acha que vai
Rir por último
Você é um furacão
Que está me soprando
Para longe

"Furacão"
Interpretada por Heather Wells
Composta por Dietz/Ryder
Do álbum *Vigiando o seu coração*
Gravadora Cartwright

Acho que dá para dizer que meu sangue gelou.

Tudo bem, não literalmente. Mas parece que alguém jogou um monte de Coca Light bem gelada nas minhas costas, ou algo assim.

De repente, a palma de minhas mãos está tão suada que mal consigo segurar a prancheta. Meu coração começa a martelar descompassado, igual aconteceu quando eu cantei para o pai de Jordan as músicas que eu tinha escrito sozinha e ele riu de mim.

Christopher Allington? Christopher Allington? De jeito nenhum!

Tirando o fato de que...

Tirando o fato de que Christopher Allington tem acesso total ao conjunto Fischer. Ele nunca precisa assinar o livro de entrada nem de saída e tem autoridade para entrar na sala da diretora sempre que quiser. Sei disso porque uma vez os ARs estavam reclamando de como nunca tinha papel na máquina de fotocópia na segunda-feira de manhã, e Rachel disse que era porque Christopher Allington sempre pedia para um dos homens da manutenção deixá-lo entrar na nossa sala na noite de domingo para ele fazer cópias das anotações dos amigos.

Então, ele poderia ter examinado os arquivos de Rachel à vontade, passando um pente fino para encontrar possíveis vítimas, meninas que cairiam com facilidade na lábia dele, meninas sem muita experiência, que ele pudesse seduzir.

E daí ele se decidia a conhecê-las, dando início a conversas inocentes e se apresentando com um nome falso... tudo para conseguir uma transa sem muita confusão. É como se ele tivesse um harenzinho próprio de calouras dispostas só para escolher!

Meu Deus. É diabólico. É genial. É...

Totalmente a maior viagem. Cooper ia tirar o maior sarro desta idéia.

Mas Cooper não está aqui...

E Christopher Allington *é* muito charmoso. Tem mais de 1,80m com um cabelo loiro meio compridinho que ele usa repicado para trás, tem o visual de garotão de... bom, um cara de uma *boy band*. Que caloura não ficaria mais do que contente com a atenção dele... tão contente a ponto de transar com ele depois de um período relativamente curto? Meu Deus, ele é fofo, mais velho, sofisticado... Qualquer menina de 18 anos ficaria maluca por ele. Qualquer moça de *28 anos* ficaria maluca por ele. O cara é o máximo.

Mas por que ele as *matou*? Catar menininhas é uma coisa, mas depois matar ? Isso não vai contra o motivo inicial? Se elas estão mortas, não dá para catar de novo.

E o mais importante: *como* ele as matou? Quer dizer, eu sei como (isso se, de fato, elas foram mortas), mas como foi que ele conseguiu empurrar duas mulheres adultas no poço do elevador se, sem dúvida, elas tentariam lutar contra ele? Drogas? Mas aí, será que o legista não teria encontrado indício disso?

Sinto meu rosto quente. Uso minha prancheta para me abanar e volto minha atenção novamente para Marnie. Ela está se preparando para o *grand finale*, que inclui rotações de quadril do tipo que não vejo desde a última apresentação da Shakira no MTV Music Video Awards. Ela *com certeza* não está me imitando. Sempre fui péssima dançarina, para o desespero de todos os coreógrafos que já conheci. Eu tinha dificuldades, como eles gostavam de destacar, de desconectar o cérebro do corpo e simplesmente deixar rolar.

Marnie faz uma espécie de trejeito à Carly Patterson que termina em um *spaccato* e faz com que o refeitório inteiro aplauda em pé. Eu também me levanto... e então começo a andar na direção dela. Lakeisha pode ter se retirado, mas Marnie ainda está aqui e pode ser capaz de confirmar se a colega de quarto dela algum dia saiu com Christopher Allington.

Mas Jordan me segura pelo braço antes que eu tenha andado dois passos.

— Aonde você vai? — ele pergunta, todo preocupado. — Você não vai tentar sair de fininho antes de a gente conversar, vai, Heather?

Jordan cheira a Drakkar Noir, o que me desconcentra. Quando estava comigo, usava Carolina Herrera for Men, portanto fica claro que Drakkar Noir foi um presente de Tania.

— Volto em um minuto — digo, dando tapinhas reconfortantes no braço dele (bem musculoso). Ele anda puxando ferro para a próxima turnê, e dá para ver. O efeito é positivo. — Juro.

— Heather — ele começa, mas eu não deixo que termine.

— Eu juro — digo. — Quando isto aqui terminar, a gente bate um papo longo e bacana.

Jordan parece se acalmar.

— Tudo bem — ele diz. — Certo.

Vejo Marnie atravessar o refeitório até o outro lado, onde todos os outros concorrentes se juntaram para esperar pela decisão dos jurados, e enquanto o próximo grupo se prepara para a apresentação, eu me apresso até ela.

Marnie tirou a peruca loira e está tirando o suor de baixo dos olhos. Sorri quando vê que eu estou me aproximando.

— Marnie — digo. — Bela apresentação.

— Ah, obrigada — ela diz com um sorriso bobo. — Eu estava preocupada, achei que você ia ficar brava. Como pode ver, eu finalmente descobri de onde eu conhecia você.

— É — respondo. — Olhe, preciso perguntar uma coisa. Será que o cara com quem Elizabeth estava saindo antes de morrer... será que o nome dele era Chris?

— Não sei. Era alguma coisa assim. Chris ou Mark.

— Obrigada — digo. Ela se vira para dizer algo desdenhoso a respeito do trio de aspirantes a cantora *pop* e eu sou obrigada a esticar a mão e puxar a manga dela. — Hmm, Marnie?

Ela vira a cabeça e dá uma olhada em mim.

— O que foi?

— Está vendo aquela menina ali na quinta fileira, umas dez cadeiras para dentro, falando com aquele cara loiro?

Marnie olha. Suas sobrancelhas se erguem.

— Aquele cara é fofo. Quem é?

— Então você não conhece?

— Ainda não — ela diz, deixando bem claro que pretende retificar a situação.

Tento esconder minha decepção. Talvez, se conseguir colocar as mãos em uma foto de Christopher Allington, possa encontrar com Lakeisha a caminho de alguma aula e pedir que ela faça a identificação...

É então que tenho uma idéia.

— Você conhece aquela menina? — pergunto a Marnie.

Ela aperta os lábios.

— Mais ou menos. Ela mora no 12º andar. Acho que o nome dela é Amber ou qualquer coisa assim.

Amber. Perfeito. Agora eu tenho um nome, e um andar para combinar.

Volto para minha cadeira bem quando dois garotos vestidos de mulher se jogam em uma interpretação de "Dude Looks Like a Lady", do Aerosmith. Jordan se inclina para o meu lado e sussurra no meu ouvido:

— Que história foi aquela?

Eu simplesmente sorrio e dou de ombros. Não adianta tentar gritar por cima do som e, além do mais, Sarah está olhando para mim com olhos cheios de crítica por cima da prancheta dela. Acho que ela não aprova o fato de eu me confraternizar com os concorrentes, já que isto pode fazer com que eu não seja nada imparcial no meu julgamento.

Então fico lá sentada em minha cadeira, impotente, enquanto Christopher Allington possivelmente (provavelmente) está passando um papo em sua próxima vítima. Amber (até onde posso ver, levando em conta que só consigo capturar vislumbres rápidos dela, porque não quero que pareça que estou encarando) parece ganhar vida com as atenções de Christopher. Fica brincando com o cabelo castanho-avermelhado e se contorce na cadeira, sorrindo sem parar e, de maneira geral, agindo como uma garota que nunca recebeu atenção de um garoto bonito na vida. Fico observando preocupada, mordendo o lábio inferior, imaginando se amanhã de manhã vamos encontrar Amber no fundo do poço do elevador.

Só que eu realmente não consigo enxergar Christopher como o tipo assassino. O tipo desvirginador, sim. Mas, assassino?

Mas, bom, o marido da Evita era um garanhão renomado, e eu li em algum lugar que ele matou um monte de gente na Argentina, e era por isso que Madonna não queria que as pessoas chorassem por ela naquela música.

Finalmente, a dublagem termina. Greg, presidente estudantil do conjunto residencial, sobe ao palco e anuncia que os jurados devem dar início às suas deliberações. As outras pessoas se levantam e se dirigem para os Doritos (sortudas). Rachel muda a cadeira de lugar, de modo que fique de frente para mim, Jordan e Sarah.

— Bom — ela diz, sorrindo para mim. — O que vocês acharam?

Acho que temos um problema, tenho vontade de dizer. Um problemão. Que não tem nada a ver com o concurso.

Mas, em vez disso, digo:

— Eu gostei da Marnie.

Jordan exclama:

— É a sua cara! Não, aqueles caras que fizeram a música do 'N Sync eram muito melhores. Eles conseguiram fazer a coreografia direitinho. Eu só dei dez para eles.

Sarah diz:

— A ironia relativa às *boy bands* que eles fizeram foi *mesmo* muito divertida.

— Hmm — digo. — Eu gostei da Marnie.

— E ela passou por tanta coisa — Rachel concorda, com ênfase. — É o mínimo que nós podemos fazer, vocês não acham?

Só para fazer com que a coisa termine o mais rápido possível e que eu possa dar uma desculpa para falar com Chris, digo:

— Certo, tudo bem. Então, vamos dar o primeiro lugar para a Marnie, o segundo para o 'N Sync e o terceiro para o trio de Christinas.

Jordan parece um pouco ressentido pelo fato de nós termos basicamente ignorado a opinião dele, mas não discute.

Rachel sai para informar a nossa decisão ao Greg, e eu me viro na cadeira para espiar Christopher mais um pouco...

...bem a tempo de vê-lo sair com um braço envolvendo os ombros de Amber como quem não quer nada.

Disparo para fora de minha cadeira, sem falar nem uma palavra para Jordan nem para ninguém. Ouço quando ele me chama, mas não tenho tempo a perder com explicações. Christopher e Amber já estão no meio da sala de TV. Se eu não agir rápido, pode ser que esta menina termine como uma mancha no chão da casa das máquinas do elevador.

Mas então, para minha surpresa, em vez de se virarem na direção dos elevadores, eles saem pelas portas da frente do prédio.

Vou atrás deles, correndo através dos grupos de alunos reunidos na recepção. À noite é a hora em que o conjunto residencial realmente ganha vida. Residentes que nunca vi antes estão debruçados sobre o balcão, conversando com o funcionário estudantil de plantão. O guarda (que não é Pete, que trabalha durante o dia) está incomodando um grupo de garotos que dizem conhecer alguém no quinto andar, mas não lembram o nome da pessoa. Por que o guarda não pode simplesmente ser legal e deixar que eles entrem?

Passo como um raio por todos eles, escancaro as portas e saio aos tropeções para a noite quente de outono.

Washington Square Park é coalhado de policiais durante a noite, policiais e turistas e traficantes de drogas e jogadores de xadrez, que ficam sentados nos bancos na roda do xadrez até o parque fechar à meia-noite, jogando à luz da iluminação urbana. Garotos de ensino médio de Westchester, com o Volvo dos pais, passam pela rua com o rádio no máximo e às vezes incomodam tanto que o carro acaba sendo confiscado pela polícia. É um lugar agitadíssimo, e uma das razões por que tantos estudantes pedem um quarto com vista para o parque... quando não tem nada passando na TV, sempre é possível ficar vendo o que acontece ali.

E é exatamente o que Christopher e Amber estão fazendo. Estão apoiados em um dos vasos com plantas do conjunto

Fischer, fumando e observando enquanto um policial faz uma apreensão do outro lado da rua. Christopher está com os braços cruzados sobre o peito e solta fumaça como se fosse Johnny Depp ou alguém assim, enquanto Amber está alvoroçada igual a um passarinho, segurando o cigarro como alguém que não está nem um pouco acostumada a fazer isto.

Não tenho nenhum momento a perder, isso dá para ver. Aproximo-me deles, tentando fazer cara de quem não quer nada. Aliás, imagino que é assim que Cooper teria lidado com a situação.

— Ei — digo bem simpática para Christopher. — Pode me arrumar um cigarro?

— Claro — ele responde. Tira um maço de Camel Lights do bolso da camisa e me entrega um.

— Obrigada — digo. Coloco o cigarro entre os lábios, depois me inclino para que ele o acenda com o isqueiro Zippo que está me oferecendo.

Eu nunca fumei. Para começar, quando se é cantora, acaba com as cordas vocais. E depois, não sei como é que alguém pode achar um cigarro melhor do que uma barra de chocolate Butterfinger, então, se você vai fazer alguma coisa que não é boa para você, por que não escolher uma delícia crocante com amendoim?

Mas fico lá parada fingindo tragar, imaginando o que devo fazer em seguida. O que Nancy Drew faria? E Jessica Fletcher? E aquela outra detetive, como era mesmo o nome dela? A de *Crossing Jordan*? Meu Deus, eu sou péssima em investigação. O que vai acontecer depois que eu e Cooper ficarmos juntos? Quer dizer, depois de eu me formar e tudo o mais? Como é que nós vamos nos transformar em Nick e Nora Charles, se Nora não consegue dar conta de sua parte na resolução dos crimes? É uma idéia muito preocupante. Tento afastá-la da mente.

Do outro lado da rua, os policiais estão prendendo algum bêbado que achou que seria divertido se exibir para as pessoas sentadas na roda do xadrez. Não sei por que alguns homens sentem esta compulsão de mostrar a genitália. E sempre é um cara com o apêndice menos interessante de todos.

Digo isto a Christopher e a Amber. Sabe como é, para puxar assunto. Ela parece ficar assustada, mas ele ri.

— É — ele diz. — Devia existir uma lei. Só bêbados com pelo menos 15 centímetros deviam ter permissão de colocar para fora.

Olho para ele de sobrancelha erguida. Para fora. Ele é meio engraçado, esse tal de Christopher Allington. Será que Ted Bundy, aquele assassino em série, tinha senso de humor? Parece que sim, pelo menos tinha quando Mark Harmon fez o papel dele naquele filme que eu vi outra noite no canal Lifetime...

Do outro lado da rua, o bêbado berra insultos para os policiais que o algemaram, e algumas pessoas na roda do xadrez devolvem os gritos para ele. Sabe como é, os jogadores de xadrez não são nem de longe tão educados quanto a mídia os faz parecer.

— Caramba — diz Amber, quando uma frase especialmente cabeluda chega aos nossos ouvidos. — Com certeza na minha terra ninguém fala assim com a polícia.

— E de onde é que você vem? — pergunto a ela, batendo a cinza do cigarro, despreocupada, na calçada. Pelo menos, espero parecer despreocupada.

— De Boise, em Idaho — ela responde, como se existisse mais de uma cidade chamada Boise.

— Boise — repito. — Nunca estive lá. — Uma mentira completa. Eu me apresentei no Centro Cívico de Boise para um público de cinco mil pré-adolescentes aos berros durante a turnê de *Vontade de te comer.* — E você? — Pergunto a Christopher.

— Não — ele responde. — Nunca estive em Boise. Ei, eu não conheço você de algum lugar?

— Eu? — tento parecer surpresa. — Acho que não.

— É — ele diz —, conheço sim. Ei, você está cursando direito?

— Não — respondo, batendo mais cinza. Pode até causar câncer e tudo, mas um cigarro, de fato, é um bom acessório quando a gente quer parecer descolada. Por exemplo, enquanto se está pegando um possível assassino.

— Mesmo? — Christopher solta a fumaça pálida pelas narinas. Não é justo! Ele sabe truques de fumante! — Porque eu juro que já vi você em algum lugar.

— Provavelmente por aqui mesmo. Eu já vi você várias vezes. Você é filho do reitor Allington... Christopher, não é?

Parecia que eu tinha acertado a cara dele com um saquinho de balas em forma de ursinho, pela expressão de surpresa que ele fez. Por um segundo, fico achando que ele vai engolir o cigarro.

Mas ele se recupera bem rapidinho.

— Hmm, sou sim — ele responde. Os olhos dele são cinzentos e, por enquanto, ainda demonstram simpatia. — Como é que você sabe?

— Alguém me mostrou — digo. — Você mora aqui? Com seus pais?

Isso dói. Ele responde com pressa:

— Ah, não. Bom, quer dizer, eu moro sozinho, mas é no alojamento da faculdade de direito, ali...

— Você não está na *undergrad**? — Amber pergunta. Ela, com toda a certeza, não é de entender as coisas muito rápido. — Você é estudante de direito?

— Sou — Christopher responde. Ele não parece tão à vontade quanto antes de eu me intrometer e soltar minha pequena bomba. Coitado. Ele não sabe que tenho mais munição na manga.

— Eu não sabia que você era filho do reitor Allington — ela diz, com um certo tom de censura em sua vozinha de Minnie.

— Bom, não é algo que eu goste de anunciar — ele balbucia.

— E eu achei que você tinha dito que seu nome era Dave.

— Eu disse? — Christopher termina de fumar o cigarro, joga a ponta na calçada e apaga com o pé. — Você não deve ter ouvido direito. Estava meio barulhento lá dentro. Tenho certeza de que disse que meu nome é Chris.

Do outro lado da rua, os policiais arrastam o bêbado sem calças para dentro de uma viatura. Agora estão todos lá sem fazer muita coisa, preenchendo formulários presos a pranchetas e bebendo café que alguém trouxe da padaria da esquina. O bêbado bate no vidro da viatura, pedindo um pouco de café também.

Todo mundo o ignora.

---

* Etapa intermediária entre o que seriam, no Brasil, o ensino médio e o curso superior. (*N. do E.*)

Tudo bem, isto aqui está péssimo. Estou me revelando a pior detetive do mundo. Realmente, vou ter de fazer alguns cursos em justiça criminal. Sabe como é, quando eu passar pelo período de experiência de seis meses e puder começar a fazer meus cursos de graça.

— É uma tristeza, não é mesmo? — pergunto, com uma voz que até *eu mesma* acho alegrinha demais; parecida com a da Menor-do-que-34 da loja de jeans do outro dia. — Como tem gente fracassada nesta cidade, quer dizer. Igual aquele bêbado de calça abaixada que foi arrastado pelo meio da rua. Ah, e aquelas meninas idiotas do prédio. As que morreram... Do que foi mesmo? Ah, é. Surfe de elevador. Dá para acreditar que alguém pode fazer uma coisa tão idiota?

Dou uma olhada para Chris para ver como ele recebe a referência direta às vítimas dele. Mas ele não parece nem um pouco perturbado...

...a menos que você considere o ato de pegar mais um cigarro e acender um sinal de perturbação.

O quê, hmm, acho que é. De certo modo. Mas não do modo como quis dizer.

— Ah — Amber engole em seco, em uma tentativa valente de segurar sua ponta da conversa. — É mesmo! Foi muito triste. Eu conhecia a segunda menina, mais ou menos. Uma vez, fiquei presa no elevador com ela. Foi só por um minuto, mas ela estava tendo um ataque, porque odiava altura. Quando me contaram como ela morreu, fiquei tipo: O quê? Por que, como é que uma pessoa com tanto medo de altura vai fazer algo assim tão perigoso?

— Você está falando de Roberta Pace? — deslizo o olhar na direção de Chris, para ver como ele reage ao nome.

Mas ele está ocupado conferindo o relógio (um Rolex). E também é de verdade, não um daqueles que se compra na rua por quarenta paus.

— É, o nome dela era este. Meu Deus, não foi triste? Ela era superlegal.

— Eu sei — assinto com a cabeça em tom grave. — E o que é ainda mais estranho do que ela ter medo de altura e fazer surfe de elevador do mesmo jeito, é que eu ouvi dizer que, logo no dia antes de morrer, ela tinha conhecido um cara...

Mas não consigo terminar minha frase. Porque, bem nessa hora, sinto dedos de ferro se fechando em meu antebraço e sou puxada com força para trás.

Acordar às dez
Ir para praia e depois
Para o shopping, em uma matinê
E não fazer mais nada

Daí a gente sai
Anda pela rua e grita
As estrelas enchem o céu
Alguém me explica por quê

Não pode ser verão todo dia
Não pode ser verão todo dia
Não pode ser verão todo dia
E eu não posso passar o tempo todo
com você?

"Verão"
Interpretada por Heather Wells
Composta por Dietz/Ryder
Do álbum *Verão*
Gravadora Cartwright

Cambaleando, apóio a mão para me equilibrar e sinto sob meus dedos as ondulações inconfundíveis de músculos abdominais duros como pedra (formados na academia).

Será que tem alguma parte de Jordan Cartwright que não é dura?

Incluindo, aparentemente, a cabeça dele?

Ele me arrasta alguns metros para longe de Chris e da Amber.

— O que você acha que está fazendo? — Jordan quer saber, arrancando o cigarro da minha mão e pisando em cima dele. — Agora você está *fumando*? Alguns meses morando com aquele degenerado do Cooper e você já está *fumando*? Você tem idéia do que isto pode fazer com as suas cordas vocais?

— Jordan... — Não acredito que isto está acontecendo. E na frente do meu principal suspeito!

Tento manter a voz baixa, para Chris não escutar.

— Eu não estava tragando — sussurro. — E eu não moro com o Cooper, certo? Quer dizer, moro, mas é em um andar diferente. — Então paro de sussurrar, porque de repente fico furiosa. Quer dizer, quem ele acha que é, afinal de contas? — E por que isto é da sua conta? Será que eu preciso lembrar que você está noivo? E não de mim?

— Posso estar noivo de outra pessoa, Heather — Jordan diz —, mas isso não quer dizer que eu não me importo... muito... com você. Sabe como é, o papai disse que você ia chegar ao fundo do poço, mas eu não fazia idéia. Um cara daqueles, Heather? *Sério*? Quer dizer, ele tem tanta noção de moda quanto o... — ele dá uma olhada na calça cáqui de Chris e estremece — Cooper!

— Não tem nada a ver, Jordan. — Eu olho por cima do ombro. Chris e Amber continuam lá, a uma distância da qual (ainda bem) não conseguem ouvir nossa voz elevada. Chris parece relativamente inabalado pela minha conversa com ele, mas eu reparo que, de vez em quando, os olhos cinzentos dele se voltam em nossa direção. Será que ele está com medo? Com medo que o plano dele tenha sido descoberto?

Ou será que ele só está se perguntando onde foi que Jordan comprou a camisa bufante dele?

— Não olhe — digo baixinho para Jordan. — Mas sabe o cara com quem eu estava falando? Ele pode ser um assassino.

Jordan olha para Chris.

— Quem? Aquele cara?

— Eu disse para não olhar!

Jordan desvia o olhar de Chris e fica em vez disso olhando fixamente para mim. Então estica os braços e me aperta forte contra o peito.

— Ah, coitadinha de você, tão fofa — ele diz. — O que o Cooper fez com você?

Eu me debato para me livrar do abraço sufocante dele (ou pelo menos para poder falar sem os pêlos do peito dele em minha boca).

— Isto não tem nada a ver com Cooper — digo, consciente de que o funcionário estudantil da recepção tenta esconder um sorrisinho sarcástico enquanto nos observa através da vidraça. — Tem meninas morrendo neste prédio, e eu acho que...

— Então, foi aqui que vocês se esconderam!

Nós dois damos meia-volta e olhamos de olhos arregalados para Rachel, que tinha saído do prédio sem que nenhum de nós dois notasse.

— Vocês perderam a cerimônia de entrega de prêmios — Rachel dá bronca em nós dois, de brincadeira. — Marnie ficou tão feliz de ganhar que até chorou.

— Uau — digo, sem o menor entusiasmo. — Que legal.

— Vim atrás de vocês dois — ela diz — porque achei que talvez queiram tomar alguma coisa em minha casa...

Jordan e eu trocamos olhares. Os dele apresentam um brilho de desespero. Não sei o que ele enxerga nos meus. Provavelmente confusão. Rachel só tinha me convidado para ir ao apartamento dela uma vez antes disto, para tomar uma taça de vinho depois da primeira recepção de calouros do semestre, e eu tinha ficado tão pouco à vontade não só por, bom, ela ser minha chefe, e eu estar desesperada para fazer todo o possível para ter certeza de que iria passar pelo período de experiência de seis meses, mas também porque...

Bom, o apartamento da Rachel é limpíssimo. Não que eu seja bagunceira nem nada, mas...

Tudo bem, eu sou um pouco bagunceira. Confesso que tem um monte de coisa socada em meus armários e embaixo da cama e, bom, por todos os lados.

Mas, no apartamento da Rachel, tudo fica bem guardadinho. Não havia exemplares soltos da *US Weekly* pelo banheiro, igual tem em minha casa, nem sutiãs pendurados nas maçanetas, nem pacotes amassados de rosquinhas Ho Ho no criado-mudo. Parecia que ela estava esperando visita.

Ou isso ou ela mantém o lugar limpo o tempo todo...

Mas não. Não pode ser verdade, de jeito nenhum. Isso simplesmente não é *humano.*

Além do mais, reparei que seus poucos CDs (bem arrumadinhos em ordem alfabética) eram de cantores como Phil Collins e Faith Hill.

PHIL COLLINS. E FAITH HILL.

Não que haja alguma coisa de errado com eles. Aliás, são cantores de muito talento. Eu realmente adorei aquela música "Circle of Life" (de *O Rei Leão*) nas primeiras cinqüenta vezes que ouvi...

— Para falar a verdade, Rachel — digo com muito cuidado —, eu estou um pouco cansada.

— Eu também — Jordan fala bem rapidinho. — O dia foi muito longo.

— Ah — ela diz, parecendo decepcionada de verdade. — Quem sabe uma outra hora, então.

— Claro — digo, sem olhar para Jordan porque, de verdade, é tudo culpa dele. Rachel nunca teria me convidado para beber alguma coisa se não fosse ele. Ela tinha fingido que não o tinha reconhecido, mas eu ouvi quando um dos ARs deu a dica para ela. Amanhã, com certeza vai me encher de perguntas a respeito da disponibilidade dele.

Porque ele ganha MUITO mais do que cem mil por ano.

— Bom — eu digo —, a gente se vê amanhã de manhã.

— Certo. Boa noite! — Rachel sorri. Para Jordan, ela diz: — Prazer em conhecê-lo, Jordan!

— O prazer é todo meu — ele responde, quase como se estivesse mesmo sentindo aquilo.

Então, pego Jordan pelo braço e o levo para Waverly Place, antes que a conversa fique ainda mais sem jeito, e que ele possa me envergonhar ainda mais na frente das pessoas com quem trabalho.

— Ai, meu Deus — digo a ele enquanto caminhamos. — O que você acha que eu devo fazer? Sobre Amber, quer dizer? E se ela for a próxima vítima dele? Nunca vou me perdoar... mas eu acabei com as mentiras dele bem na frente dela, com aquele papo de "Dave". Será que consegui desmascará-lo? Será que agora ela vai tomar um pouco mais de cuidado? Ai, meu Deus. Será que eu devo procurar a polícia? Mas não tenho nenhuma prova de que é ele. A não ser... A não ser a camisinha que ainda está com o Cooper! Posso usar como um tipo de chantagem... Como: "Confesse ou eu levo isto aqui para a polícia", algo assim.

Jordan, ao meu lado, parece horrorizado.

— *Camisinha?* Heather, do que você...

— Eu já disse — digo a ele, batendo o pé. — Estou tentando pegar um assassino. Ou, pelo menos, acho que ele é assassino. Não dá para ter certeza. Seu irmão acha que eu tenho a imaginação muito prolífera. Mas você acha estranho, não acha, Jordan? Duas meninas mortas no mesmo número de semanas, nenhuma delas com reputação de fazer surfe de elevador, e ambas tinham acabado de arrumar o primeiro namorado? Quer dizer, você não acha isso meio estranho?

Viramos a esquina em Waverly Place e um dos rastafáris se aproxima de nós, na esperança, imagino, de que eu finalmente aceite a oferta dele de: "Baseado? Baseado?"

Em vez de ignorá-lo e responder a minha pergunta, Jordan rosna: "Saia daqui!" para o traficante, que realmente não é uma presença assim tão ameaçadora. Quer dizer, eu sou bem mais alta e provavelmente uns dez quilos mais pesada do que ele. Não é à toa que o coitado do cara fica tão surpreso com a explosão de Jordan.

E é exatamente quando eu percebo quem está parado na minha frente. Não é um amigo. Nem mesmo um conhecido. É o meu ex-namorado.

— Ah, deixe para lá — digo e largo o braço dele antes de me dirigir para casa.

O único problema é que Jordan vem atrás de mim.

— O que foi que eu fiz? — ele quer saber. — Heather, fale para mim. Sinto muito. Mas é que eu não sei como você quer que eu reaja. Garotas mortas e camisinhas e traficantes. E agora você *fuma*. Que tipo de vida é esta, Heather? Que tipo de vida?

Começo a subir os degraus da casa de Cooper, procurando minhas chaves à luz do poste.

— Olhe — eu digo, tentando abrir todas as fechaduras o mais rápido possível. Ciente de que Jordan subiu a escada atrás de mim, e está bloqueando toda a luz que vem da rua com a camisa grande e bufante dele. — É a *minha* vida, certo? Desculpe se ela é confusa. Mas, sabe como é, Jordan, você contribuiu para que ficasse assim...

— Eu sei — ele grita. — Mas você não quis fazer terapia de casal comigo, lembra? Eu implorei...

As mãos pesadas dele seguram os meus ombros, desta vez não para me sacudir, mas para me virar de frente para ele. Fico olhando atordoada para ele, sem conseguir distinguir os traços de seu rosto porque o poste atrás dele fez um halo em cima de sua cabeça, transformando tudo que está por baixo em um monte de sombras.

— Heather — ele prossegue —, todo casal passa por problemas. Mas se não tentarem resolver juntos, não dá certo.

— Certo — respondo, sarcástica. — Como aconteceu com a gente.

— Certo — Jordan diz, baixando os olhos em minha direção. Não consigo ver os olhos dele, mas mesmo assim sinto seu olhar queimando em cima de mim. Aliás, por que ele está olhando para mim deste jeito? Como se... Como se...

— Ah, não — eu digo, dando um passo desajeitado para trás, batendo direto na porta. A maçaneta machuca minhas costas. — Jordan... O que você está fazendo aqui? Quer dizer, o que *exatamente* você veio fazer aqui?

— Meus pais estão fazendo uma festa de noivado para mim — ele diz, com voz que de repente soa rouca. — Para Tania e eu, quer dizer. Lá em casa. Na cobertura. Neste momento.

O Sr. e a Sra. Cartwright não tinham feito uma festa de noivado quando Jordan e eu ficamos noivos. Em vez disso, a Sra. Cartwright perguntou se eu estava grávida.

Acho que ela não conseguia pensar em nenhuma outra razão por que o filho dela se daria ao trabalho de noivar uma moça cuja carreira estava em declínio e a cintura, em ascensão.

— Bom, então você não devia estar lá? — pergunto a ele.

— Devia — ele responde. E de repente eu percebo que a voz dele não parece apenas rouca. Parece triste de morrer. — Eu sei que devia. Mas é que... É que o dia inteiro eu só consegui pensar em você.

Engulo em seco e tento pensar racionalmente. Afinal de contas, sou uma jovem detetive. É isso que as jovens detetives fazem. Pensam racionalmente.

Mas existe algo na proximidade de Jordan... isso sem falar na tristeza dele... e na necessidade crua... na voz dele... que está dificultando, e muito, as coisas.

E o peso das mãos dele nos meus ombros é muito agradável. E, de repente, eu nem me importo muito com o cheiro de Drakkar Noir.

E, no escuro, é claro, não dá para ver nem a corrente de ouro nem a pulseirinha com nome que ele está usando.

Eu sei! Pulseirinha com nome!

— É que eu... — gaguejo, tentando afastar a onda de histeria que emana dele e ameaça me engolir. — Acho que talvez a confusão de tudo isto... o comunicado, os repórteres... esteja deixando você nervoso. Quem sabe se você for para casa e tomar um Advil...

— Eu não quero Advil nenhum — ele balbucia e me puxa para mais perto. — Eu só quero você.

— Não — digo, sentindo um pânico quando a camisa bufante encosta na minha bochecha. — Não, não quer. Está lembrado? Você fica me dizendo que eu mudei. Bom, eu mudei *mesmo*, Jordan. Nós dois mudamos. E agora precisamos seguir em frente, cada um com sua vida. É o que você está fazendo com Tania, e é o que eu estou fazendo com... com...
— Com quem? Não tenho ninguém! Não é justo ele ter alguém e eu, não. — Bom, com Lucy — termino, cheia de coragem, minha opinião.

— É isto que você quer? — Jordan me pergunta, os lábios dele perigosamente perto dos meus, de repente. — Que eu fique com Tania?

Não dá para acreditar no que eu estou ouvindo.

— *Agora* é que você vem perguntar?

E, antes que eu perceba, ele já se abaixou e aperta a boca dele contra a minha.

Normalmente, eu fico com as idéias bem claras nesse tipo de situação. Quer dizer, geralmente, quando um cara começa a me beijar (o que não acontece com muita freqüência), tenho a presença de espírito de ou dizer a ele que pare se eu não gostar ou beijar de volta se gostar.

Mas, nesse caso em particular, fico tão surpresa que fico paralisada. Quer dizer, continuo ciente da maçaneta que aperta minhas costas, e do fato de que todas as luzes de casa estarem apagadas, o que significa que Cooper ainda não chegou (graças a Deus!).

Mas, além disso, e de uma certa vergonha porque os traficantes, da rua, estão aplaudindo ("Manda ver, gata!"), eu não sinto... nada.

Nada de bom, quer dizer.

Eu sei tão bem quanto os traficantes que já faz um tempo que não beijo ninguém.

Já deve fazer um tempo para Jordan também (ou isso ou Tania não é tão boa assim na cama... o que não é surpresa nenhuma, porque ela é tão magra que não deve conseguir fazer muita coisa), porque eu só coloco os braços em volta do pescoço dele (por força do hábito, *juro*) e, antes que eu me dê conta, ele já me empurrou de novo contra a porta e encaixou a calça de couro no meu corpo de um jeito que eu sinto cada dentinho do zíper dele...

...isso sem falar do, hmm, músculo engrossando por baixo.

Daí a língua dele entra em minha boca, as mãos dele pegam meu cabelo...

E a única coisa que eu consigo pensar é *AH, NÃO*.

Porque ele está noivo. E não de mim. E eu... bom, mesmo, eu NÃO sou este tipo de mulher.

Mas uma vozinha em minha cabeça fica dizendo: *Talvez as coisas tenham mesmo que ser assim* e *Hmm, eu me lembro de como era* e *Bom, parece que ele não liga para os meus quilos a mais*, o que dificulta MUITO fazer a coisa certa, que é empurrá-lo para longe.

De fato, bom... a vozinha está fazendo com que seja *impossível* empurrá-lo para longe.

Acho que todos aqueles coreógrafos devem estar enganados. Sabe como é, sobre aquela coisa de eu ser incapaz de desligar meu cérebro e soltar meu corpo. Porque meu corpo está dançando no ritmo direitinho, sem nenhuma ajuda que seja de meu cérebro...

Começa a parecer que é imperativo que entremos em casa, levando em conta os gritos de apoio dos traficantes, então me viro e finalmente abro a porta, e nós meio que caímos para dentro do *hall* de entrada escuro...

...onde eu pressiono as mãos contra o peito dele e uso meu último momento de sanidade para dizer:

— Sabe, Jordan, acho mesmo que a gente não deveria estar fazendo isto...

Mas já é tarde demais. Ele já puxou a minha blusa para fora da calça. Antes que me dê conta, as mãos dele já estão envolvendo os meus seios através da renda do meu sutiã enquanto ele me beija. Profundamente. Como se estivesse com muita vontade mesmo.

E, tudo bem, é, eu penso (por um instante) em lembrá-lo de que naquela mesma manhã, eu tinha lido sobre o noivado dele (com uma pessoa que não sou eu) no jornal.

Mas, sabe como é, às vezes o corpo da gente age sem o controle da mente.

E meu corpo parece estar funcionando em piloto automático, lembrando de todos os bons momentos que viveu com o corpo que no momento está pressionado contra ele.

E, para falar a verdade, está implorando para ter mais.

Daí, parece que não consigo pensar em mais nada por um instante. Tirando...

Bom, perto do fim, um pensamento passa pela minha mente. Um pensamento que eu realmente não gostaria de ter tido.

E o pensamento é: *Irmão errado.*

Só isso. Que eu estou rolando pelo chão definitiva e positivamente com o *irmão errado.*

E não me orgulho muito disso.

E o pior é que nem é tão gostoso assim. Acho que o máximo que posso dizer é que é rápido (graças a Deus, porque o capacho do *hall* de entrada está embaixo de mim, e não é o tapete mais confortável da casa). E que é seguro (Jordan veio preparado, assim como faria qualquer bom membro da Easy Street).

Fora isso, não é muito diferente das vezes que costumávamos transar todas as segundas, quartas e sábados...

...com a óbvia exceção de que, desta vez, *eu* é que sou a outra.

Fico me perguntando se alguma vez Tania já se sentiu tão culpada em relação a isto quanto eu me sinto. De algum modo, duvido muito. Tania não me parece ser uma pessoa que jamais se sente culpada. Uma vez, vi quando ela jogou um embrulho da Juicy Couture no chão, no Central Park. Ela não sente culpa nem por *jogar lixo no chão.*

Outra diferença notável em nossa transa pós-fim de noivado, em oposição às nossas transas pré-fim de noivado é que Jordan se levanta quase imediatamente depois que a gente termina e começa a se vestir. Quando a gente estava junto, ele simplesmente se virava para o lado e dormia.

Quando eu me sento e fico olhando para ele, ele diz:

— Desculpa, mas preciso ir — como alguém que acabou de lembrar que tem uma consulta importantíssima no dentista.

E esta é a parte *realmente* constrangedora: eu me sinto meio triste. Como se existisse uma parte de mim que tivesse muita certeza de que ele rolaria para o lado e diria que ia ligar para Tania e terminar com ela AGORA MESMO, porque ele quer ficar comigo para sempre.

Não, que, sabe como é, eu voltasse para ele se ele tivesse feito isso. Provavelmente não.

Certo, definitivamente não.

Mas, bom... a gente se sente *solitária* quando não tem ninguém. Quer dizer, não quero ficar parecida com a Rachel. Não estou dizendo que, se eu tivesse um namorado (mesmo que fosse o Cooper, o homem dos meus sonhos), todos os meus problemas estariam curados.

E não vou começar a comer salada sem molho se é o que eu preciso fazer para conseguir um homem... não estou assim *tão* desesperada.

Mas... seria legal ter *alguém* para se preocupar comigo.

Mas não menciono nada disso ao Jordan. Quer dizer, eu tenho *um pouco* de orgulho. Em vez disso, quando ele diz que vai embora, eu só digo:

— Certo.

— Quer dizer, eu queria ficar — ele diz, puxando a camisa por cima da cabeça — mas tenho uma entrevista coletiva bem cedo amanhã de manhã. Para o álbum novo, você sabe.

— Certo — eu digo.

— Mas eu ligo para você amanhã — ele diz, abotoando a braguilha. — Talvez a gente possa sair para jantar ou algo assim.

— Certo — digo.

— Então, eu ligo para você — diz, já à porta.

— Claro — respondo. E nós dois sabemos que ele está mentindo.

Depois que ele já foi embora e que eu já tranquei a porta atrás dele, me arrasto escada acima até o meu apartamento, onde sou recebida por uma Lucy toda animada, louca pelo passeio noturno dela. Enquanto procuro a coleira dela, dou uma olhada pela janela da cozinha e vejo os andares superiores do conjunto Fischer.

Fico me perguntado se Christopher Allington conseguiu encontrar o caminho para a calça de Amber com tanta facilidade quanto Jordan Cartwright tinha conseguido encontrar o da minha.

Então me lembro de que a calça supracitada continua na entrada e me apresso escada abaixo para pegá-la antes que Cooper chegue em casa e descubra a prova da minha profunda estupidez em cima do capacho do *hall* de entrada.

Você me disse/Que acabou
Eu simplesmente não/Acreditei em você

Você me disse/Que eu sou influenciável
Eu só quero/Ficar com você

Daí eu te vi/Você estava com ela
E a única coisa que posso dizer é/Tanto faz

Tanto faz/Tanto faz
A única coisa que posso dizer é/Tanto faz

"Tanto Faz"
Interpretada por Heather Wells
Composta por Valdez/Caputo
Do álbum *Verão*
Gravadora Cartwright

Em uma coisa eu acertei:

Rachel está *toda* curiosa a respeito de Jordan e da natureza de meu relacionamento com ele.

No minuto em que entro na sala no dia seguinte (cabelo molhado, caneca de café do refeitório fumegando na mão, uma enorme letra escarlate na blusa; a última parte é brincadeira), Rachel fica toda:

— Então, parece que você e seu ex-namorado estavam se dando muito bem ontem à noite.

Ela não faz a *mínima* idéia de como essa afirmação é correta.

— É — é tudo que respondo enquanto me acomodo na cadeira e procuro o número do quarto de Amber.

Rachel não se toca.

— Eu vi vocês dois lá fora — ela prossegue. — Conversando com o filho do reitor Allington.

— Com Chris — digo. — É. — Pego o telefone e disco o número de Amber.

— Ele parece legal — ela diz. — O filho do reitor.

— Acho que sim — respondo. Para um assassino.

O telefone de Amber toca. E toca.

— Também é fofo — Rachel continua. — E ouvi dizer que ele é bem provido. Recebeu uma herança dos avós.

A última informação é novidade para mim. Ai, meu Deus, vai ver o Christopher Allington é igual ao Bruce Wayne! Sério. Só que do mal. Quer dizer, talvez ele tenha uma caverna inteira escavada embaixo do conjunto Fischer e leve meninas inocentes para lá, depois dê alguma droga para elas e as leve de novo para cima e jogue pelo poço do elevador...

Só que eu passei muito tempo nos subterrâneos do conjunto Fischer com o exterminador de pragas, e embaixo do prédio não tem nada além de ratos e um monte de colchões velhos.

Alguém atende o telefone no quarto de Amber. Uma voz de menina diz, muito sonolenta:

— Alô?

— Alô — respondo. — É a Amber?

— Ah-hã — diz a voz sonolenta. — É a Amber. Quem está falando?

— Ninguém — eu digo. Só queria ter certeza de que você ainda está viva. — Volte a dormir.

— Certo — ela diz sem entender nada e desliga o telefone.

Bom, pelo menos Amber continua viva. Por enquanto.

— Então, você e Jordan vão voltar? — Rachel quer saber. Parece que ela não acha nem um pouco estranho o fato de eu ligar para alunas sem razão nenhuma aparente e acordá-las. E isso, aliás, revela muito sobre a estranheza do lugar em que nós trabalhamos e o serviço que fazemos. — Vocês formam o casal mais fofo do mundo.

Felizmente, sou salva porque preciso atender ao telefone, que começa a tocar bem naquele momento. Atendo, imaginando se Amber tinha identificador de chamada e quer saber que diabos eu estou fazendo, ligando para ela às nove da manhã em dia de aula.

Só que não é Amber do outro lado da linha. É Patty, que diz logo:

— Certo, pode contar tudo.

— Tudo sobre o quê?

Na verdade, não estou me sentindo muito bem. Quando acordei hoje de manhã, eu só tinha vontade de puxar as cobertas para cima da cabeça e ficar na cama para todo o sempre.

Jordan. Eu fui para a cama com o *Jordan*. Por quê, meu Deus, por quê?

— Como assim, *sobre o quê*? — Patty parece chocada. — Você não leu o jornal hoje?

Sinto meu sangue gelar pela segunda vez em 24 horas.

— Que jornal?

— O *Post* — Patty responde. — Tem uma foto de vocês dois se beijando bem na capa. Bom, não dá para ver direito se a mulher é mesmo você, mas com certeza não é a Tania Trace. E com certeza é a entrada da casa de Coop...

Digo uma palavra que faz Rachel vir correndo da sala dela perguntar se está tudo bem.

— Está tudo bem — digo, colocando a mão trêmula sobre o bocal. — Não é nada, mesmo.

Enquanto isso, Patty se ocupa tagarelando em minha orelha.

— A manchete diz *Escândalo na rua*. Acho que é porque Jordan está traindo a noiva dele. Mas não se preocupe, chamaram você de "mulher não-identificada". Caramba, é de se pensar que eles iam supor quem era. Mas a foto é obviamente amadora, e a sua cabeça está na sombra. Mesmo assim, quando Tania vir...

— Eu realmente não quero falar sobre isto agora — interrompo, sentindo tontura.

— Não quer? — Patty parece surpresa. — Ou não pode?

— Hmm. O último.

— Entendi. Vamos almoçar?

— Certo.

— Você é mesmo uma boba — Patty está rindo. — Passo aí ao meio-dia. Faz um tempinho que eu não vejo Magda. Estou louca para saber o que ELA tem a dizer a este respeito.

Eu também.

Desligo. Sarah entra, cheia de perguntas sobre... O que mais? Jordan. Eu só quero me encolher e chorar. Por quê? POR QUÊ? POR QUE eu fui tão FRACA?

Mas como não dá para chorar no trabalho sem que setenta pessoas cheguem para você e digam: "Qual é o problema? Não chore, vai dar tudo certo", pego uma pilha de requisições de ressarcimento das máquinas de refrigerante e começo a processá-las, debruçando-me por cima de minha calculadora, tentando parecer muito ocupada e responsável.

E a própria Rachel também tem muito o que fazer. No começo da semana, ela descobriu que tinha sido nomeada para uma medalha Amor-Perfeito. Essas medalhas têm o formato de uma florzinha e a cada semestre a administração as confere aos funcionários que fizeram algo além de suas obrigações. Por exemplo, Pete recebeu uma por ter derrubado a porta de uma menina quando ela se fechou atrás dela e ligou o gás do forno. Ele salvou a vida dela, de verdade.

Magda também ganhou uma porque (por mais estranha que ela seja, com aquela coisa das estrelas de cinema) os estudantes simplesmente a adoram, na maior parte. Ela faz com que eles se sintam em casa, especialmente em dezembro quando, apesar de todas a regulamentações do *campus*, Magda decora a caixa registradora dela com um Papai Noel de pelúcia, um presépio em miniatura, uma menorá e velas de Kwanzaa.

Eu, pessoalmente, acho legal que Rachel tenha sido nomeada. Ela teve de dar conta de muita coisa desde que começou a trabalhar no conjunto Fischer, incluindo a morte de duas alunas em duas semanas. Ela precisou notificar dois pares de pais que a filha deles estava morta, empacotar os pertences de duas garotas (bom, tudo bem, fui eu quem fez isso as duas vezes) e organizar duas missas em homenagem a elas. A mulher merece uma medalha em forma de florzinha, no mínimo.

Mas, bom, por causa da nomeação dela à medalha Amor-Perfeito, Rachel foi automaticamente convidada para o Baile Amor-Perfeito, um negócio com traje de gala que acontece todo ano no térreo da biblioteca da faculdade, e ela está toda atarantada por causa disso, porque o baile é hoje à noite e ela não pára de repetir que não tem nada para usar. Diz que vai ter que passar em algumas liquidações de modelos em exposição na hora do almoço para ver se encontra algo aceitável.

É claro que eu sei o que isto significa. Ela vai voltar com o vestido mais lindo que qualquer uma de nós já viu. Quando se usa 36, é fácil entrar em qualquer loja e encontrar centenas de opções estonteantes.

Quando termino com as requisições de ressarcimento, anuncio que estou indo ao setor financeiro para pegar o dinheiro relativo a elas, e Rachel me dá um tchauzinho, felizmente sem comentar o fato de que eu detesto esperar na fila da Tesouraria (que era o lugar preferido de Justine) e geralmente mando um aluno em meu lugar.

Claro que, no meu caminho até a Tesouraria, faço um desvio para falar com Magda. Ela dá uma olhada no meu rosto e informa ao supervisor dela, Gerald, que vai fazer um intervalo de dez minutos, apesar de Gerald ficar todo:

— Mas você acabou de fazer um intervalo há meia hora!

Magda e eu vamos até a praça, sentamos em um banco e eu despejo toda a história idiota sobre Jordan.

Quando termina de rir da minha cara, ela enxuga os olhos e diz:

— Ah, querida, coitadinha de você. O que você esperava? Que ele implorasse para você voltar?

— Bom — respondo. — Esperava.

— Mas você teria ficado com ele?

— Bom... não. Mas seria legal se ele pedisse.

— Olhe, querida, você sabe e eu sei que você é a melhor coisa que já aconteceu para ele. Mas, ele? Ele só quer uma mulher que faça tudo o que ele quer. E isso não tem nada a ver com você. Então, deixe ele ficar com a Miss Bunda Ossuda. E você espera até um cara *legal* aparecer. Nunca se sabe. Ele pode estar mais perto do que você pensa.

Eu sei que ela está falando de Cooper.

— Eu já disse — falo, cheia de tristeza. — Não sou o tipo dele. Vou ter que pegar uns quatro diplomas só para competir com a última namorada dele, que descobriu um sol-anão, ou qualquer coisa assim, e por isso ele foi batizado com o nome dela.

Magda só dá de ombros e diz:

— E aquele Christopher de quem você estava falando, hein?

— Christopher *Allington*? Magda, não posso ficar com ele! Ele é um possível assassino!

Quando revelo minhas suspeitas relativas a Christopher Allington, Magda fica muito animada.

— E ninguém suspeitaria dele — ela exclama —, porque é filho do reitor! Parece um filme! É perfeito!

— Bom, quase perfeito — digo. — Quer dizer, por que ele andaria por aí matando meninas inocentes? Qual é o motivo dele?

Ela pensa sobre isso um instante e apresenta diversas teorias baseadas em filmes que viu, como por exemplo que Chris precisa matar pessoas por causa de algum ritual de iniciação para entrar em alguma espécie de sociedade secreta da faculdade de direito, ou que ele possivelmente tem personalidade múltipla ou então um irmão gêmeo do mal. O que a leva ao fato de que Chris Allington provavelmente vai estar no Baile Amor-Perfeito, e que se eu quiser mesmo brincar de detetive, devo arrumar uma entrada e observá-lo em seu elemento natural.

— Mas as entradas custam uns duzentos dólares, a menos que você tenha sido nomeada para um prêmio Amor-Perfeito — informo a ela. Não tenho dinheiro para isto.

— Nem para pegar um assassino? — Magda pergunta.

— Ele só é um assassino em *potencial*.

— Aposto que Cooper consegue um par de entradas. — Eu tinha me esquecido de que o avô dele era um dos grandes benfeitores da Faculdade de Nova York, mas a Magda não se esqueceu. Ela nunca se esquece de nada. — Por que você não vai com ele?

Ultimamente, não ando tendo muitos motivos para sorrir, mas a idéia de ver Cooper de *smoking* me faz dar uma risada. Duvido que ele algum dia já teve algum.

Então paro de sorrir com a idéia de pedir para que ele vá comigo ao Baile Amor-Perfeito. Porque ele nunca concordaria. Ele iria querer saber por que eu quero tanto ir, depois ia me passar um sermão por eu enfiar o nariz onde não sou chamada.

Magda suspira ao ouvir isto.

— Certo — ela diz, arrependida. — Mas poderia ser igualzinho a um filme.

Passo o tempo na fila da Tesouraria tomando muito cuidado para *não* pensar na noite anterior (que com toda a certeza não teve nada a ver com filme nenhum). Se fosse um filme, Jordan teria aparecido hoje de manhã com um buquê enorme de rosas e duas passagens para Las Vegas.

Não que eu tivesse ido com ele, sabe como é. Mas, como eu disse, seria legal se ele me convidasse para ir.

Bem quando estou voltando para o conjunto Fischer pela praça, ensaiando mentalmente o discurso de "Desculpe, mas simplesmente não posso me casar com você" que eu vou fazer ao Jordan para o caso de, quem sabe, ele *de fato* aparecer com as rosas e as passagens, ergo a cabeça, e lá está ele.

Sim, estou falando sério. Eu praticamente tropeço nele na calçada, na frente do prédio.

— Ah — digo, agarrando um envelope cheio de notas de um dólar contra o peito, em um gesto de proteção, como se ele pudesse servir de escudo contra Jordan. — Oi.

— Heather — ele diz. Está parado ao lado de uma limusine preta estacionada (não exatamente sem atrapalhar o trânsito) na frente do alojamento. Obviamente, está voltando da entrevista coletiva. Não carrega nenhum buquê de rosas, mas usa diversas correntes de platina e o rosto dele está cheio de tristeza.

Mesmo assim, não fico com muita pena dele. Afinal de contas, fui eu quem ralou a bunda no capacho.

— Eu estava aqui esperando você chegar — ele diz. — Sua chefe disse que você voltaria em menos de uma hora, mas...

Ops. São 11h30, e eu tinha saído dali às dez. Rachel provavelmente não tinha previsto minha passada no parque para conversar com Magda.

— Bom — digo. — Voltei. — Olho ao meu redor, mas continuo sem ver flor nenhuma. O que não faz mal, porque já esqueci meu discurso mesmo. — O que é?

Você não vai voltar com ele, digo a mim mesma, com firmeza. Você *não* vai voltar com ele. Mesmo que ele se arraste de joelhos...

Bom, se ele se arrastar de joelhos, talvez.

Não! Nem assim! Ele é o irmão errado, está lembrada? O irmão errado!

Jordan olha ao redor, pouco à vontade.

— Veja bem. Será que a gente pode ir a algum lugar para conversar?

— A gente pode conversar aqui mesmo — digo. Porque sei que, se eu for a algum lugar sozinha com ele, posso fazer algo de que me arrependa depois.

Posso? Eu já *fiz*.

— Eu ia me sentir melhor — ele diz — se a gente pudesse conversar dentro da limusine.

— *Eu* ia me sentir melhor — digo (seja forte, seja forte) — se você dissesse logo o que tem a dizer.

Jordan parece surpreso com a firmeza de minha voz. Até eu me surpreendo.

E daí percebo que ele provavelmente acredita que a gente vai voltar ou algo assim.

ah-hã.

Antes que me dê conta, ele já está se acabando bem ali na calçada.

— É só que... eu... eu estou mesmo muito confuso neste instante, Heather — ele diz. — Quer dizer, você é tão... bom, você é simplesmente maravilhosa. Mas Tania... eu falei com papai e é que... bom, eu não posso terminar com ela agora. Não com o álbum novo que está para sair. Papai disse...

— *O quê?* — não dá para acreditar no que eu estou escutando. Quer dizer, acredito sim. Só não dá para acreditar que ele está mesmo falando aquelas coisas.

— É sério, Heather. Ele ficou louco da vida com a foto do *Post*...

— Você não acha que eu...

— Não, é claro que não. Mas ficou feio mesmo, Heather. Tania tem hoje o álbum que mais vende da gravadora, e papai disse que, sabe como é, se eu terminar com ela, vai atrapalhar as chances de o *meu* álbum...

— Certo — digo. Acho que não agüento ouvir mais nada. Isto aqui não é uma ocasião para a qual eu tenha um discurso ensaiado. — Tudo bem. Sério, Jordan. Tudo bem.

E a coisa mais esquisita de todas é que, naquele exato momento, está tudo bem *mesmo*. De algum modo, ouvir ele dizer que não pode voltar comigo porque o pai dele não vai gostar anula qualquer sentimento romântico que eu ainda possa nutrir por ele.

Não que eu tivesse algum. Ainda.

O queixo de Jordan parece cair de tanta surpresa. Ele com toda a certeza estava esperando lágrimas de algum tipo. E, de certo modo, eu *de fato* sinto vontade de chorar. Mas não por causa dele.

Mas não vejo motivo nenhum para contar isto a Jordan. Quer dizer, o cara já tem problemas suficientes. Sarah provavelmente iria se divertir muito diagnosticando todas as neuroses profundamente arraigadas dele...

Jordan devolve o meu sorriso com um alívio quase infantil, e diz:

— Uau. Certo. Isto é tão... É tão gentil de sua parte, Heather.

É estranho, mas naquele momento eu só consigo pensar em Cooper. E não é porque é mesmo muito triste eu o achar tão gostoso, e ele mal notar que estou viva... tirando o fato de que a pilha de recibos em cima da mesa dele sempre desapareça.

Não, eu me vejo de fato rezando para que Cooper, seja lá onde esteja, não pegue por acaso um exemplar do *Post* de hoje. Porque a última coisa que quero é que ele saiba que andei agarrando o irmão dele na frente da casa dele (e ainda bem que o *Post* só tem provas fotográficas dessa parte)...

Não sei se é porque trabalho no conjunto Fischer há tanto tempo que desenvolvi uma espécie de sexto sentido para essas coisas ou o quê. Mas é bem neste momento que sinto algo.

Uma lufada de ar repentina, uma sombra percebida de canto de olho, e largo a mão de Jordan e grito:

— Cuidado! — antes de me dar conta do que está acontecendo.

Em seguida, ouço um som de uma pancada muito forte e algo se quebrando. Então voam terra e coisas pontudas para todos os lados.

Quando tiro os braços de cima da cabeça e abro os olhos, fico horrorizada ao vê-lo estirado na calçada ao lado da limusine, com um corte enorme na lateral da cabeça, do qual jorra sangue sem parar, transformando a camada de terra, gerânios e cacos de cimento que o rodeiam em uma sopa.

Fico paralisada pelo choque durante um ou dois segundos.

Então me ajoelho ao lado dele.

— Ai, meu Deus! — Uma moça que estava a alguns metros de distância, tentando chamar um táxi, chega correndo. — Ai, meu Deus, eu vi tudo! Foi uma planta! Um vaso de planta! Veio voando daquela cobertura lá em cima!

— Entre no prédio — digo a ela, com uma voz calma que não reconheço como minha — e diga para o segurança chamar uma ambulância e a polícia. Depois, peça o *kit* de primeiros socorros para a recepcionista.

A menina faz o que digo, cambaleando sobre os saltos altos. Ela está toda vestida para uma entrevista de emprego, mas parece não perceber que vai se atrasar muito, mas muito mesmo.

O que mesmo o instrutor tinha dito quando comecei a trabalhar aqui e fiz aquele treinamento de atendimento de primeiros socorros?

Ah, certo. Pare. Olhe. E escute.

Eu paro e vejo aliviada que o peito de Jordan está subindo e descendo. Ele continua respirando. Uma veia no pescoço dele pulsa, forte e firme. Ele está inconsciente, mas nem perto de morto (ainda). O vaso pegou de lado na cabeça, por trás da orelha, deixando um calombo no ombro dele. A camisa está toda rasgada.

Mas o sangue continua jorrando do talho na cabeça, e estou pensando em tirar a minha blusa para transformar em atadura (isso não me ajudaria a fazer *muito* sucesso junto ao pessoal da roda de xadrez) quando o motorista da limusine vem correndo do outro lado do carro, ao mesmo tempo em que Pete irrompe na porta de entrada do conjunto residencial.

— Aqui, Heather. — Ele joga o *kit* de primeiros socorros da recepção para mim, com os olhos escuros esbugalhados. — Mandei vir uma ambulância também.

— Ele está morto? — O motorista da limusine pergunta, todo nervoso, com um celular colado na orelha. Sem dúvida nenhuma, está falando com o pai de Jordan.

Entrego o envelope da tesouraria para Pete e depois remexo dentro do *kit* de primeiros socorros, encontro uma faixa enrolada e enfio na ferida. O tecido fica escuro quase que imediatamente.

— Vá buscar uma toalha ou qualquer coisa assim — digo ao Pete, ainda com aquela voz estranhamente calma que não parece ser minha. Talvez seja a minha voz futura. Sabe como é, a voz que eu vou usar em meu futuro consultório médico, depois de me formar. — Tem umas peças que sobraram da palestra de acomodação de verão no almoxarifado. Traga umas duas.

Ele sai correndo como um raio. Começa a juntar gente no local, tanto residentes do conjunto Fischer quanto pessoas da roda de xadrez no parque. Todo mundo tem muitos conselhos médicos a oferecer.

— Erga a cabeça dele — um dos traficantes diz para mim.

— Não, levante os pés dele — alguém mais diz. — Se o rosto estiver vermelho, erga a cabeça. Se o rosto estiver pálido, erga o rabo.

— O rosto dele está vermelho, mãe.

— É por causa de tanto sangue.

— Ei, aquele ali não é Jordan Cartwright?

Pete volta com várias toalhas brancas bem limpas. A primeira fica vermelha depois de um minuto, mais ou menos. A segunda parece funcionar. O sangue pára de jorrar de maneira tão preocupante enquanto eu pressiono a toalha à cabeça de Jordan.

— Como aconteceu? — todos perguntam.

Um homem da roda de xadrez oferece uma resposta:

— Eu vi a coisa toda. Você teve sorte de não morrer, moça. Aquele negócio estava vindo bem em sua direção. Se você não tivesse pulado para o lado...

A polícia chega antes da ambulância, dá uma olhada no que estou fazendo e aparentemente aprova, porque logo os policiais começam a dispersar a multidão, dizendo que o *show* terminou.

Digo, com urgência na voz:

— Peguem os depoimentos das testemunhas! Esta coisa não caiu, simplesmente, sabem? Alguém jogou!

Todo mundo se reúne ávido ao redor dos policiais. Querendo contar sua história. É bem nessa hora que Rachel sai correndo do prédio com os saltos batendo contra o calçamento.

— Ah, Heather! — ela exclama, escolhendo bem onde pisar entre os cacos de cimento e os montes de terra e de gerânios. — Ah, Heather! Acabei de receber a notícia. Ele... ele vai ficar...

— Ele continua respirando — digo. Mantenho a toalha pressionada contra a ferida, que finalmente parou de sangrar. — Cadê a ambulância?

E bem naquele momento ela encosta, os paramédicos pulam de dentro dela e, felizmente, assumem o controle. Fico mais do que feliz de sair do caminho. Rachel me abraça enquanto observamos os paramédicos medirem os sinais vitais de Jordan. Enquanto isso, um dos policiais entra no prédio e o outro pega um dos maiores pedaços do vaso e olha para mim.

— Quem é o responsável aqui? — ele quer saber.

Rachel responde:

— Acho que sou eu.

— Faz alguma idéia de onde veio isto aqui? — o policial pergunta, segurando o caco.

— Bom, parece um dos vasos de cimento do terraço dos Allington — ela responde. Ela se vira e aponta para cima, na direção da fachada do conjunto Fischer. — Lá em cima — ela diz, erguendo o pescoço. — No vigésimo andar. A cobertura. Tem vasos iguais a este por toda a volta do terraço. — Ela pára de apontar e olha para mim. — Não faço a menor idéia de como isso pode ter acontecido. Será que foi o vento?

Eu realmente sinto frio, mas não é por causa de vento nenhum. O dia está tão quente quanto qualquer dia de outono.

Magda, que se juntou a nós, parece concordar.

— Não tem vento hoje — ela diz. — No canal local New York One, disseram que o tempo ia ficar bom o dia inteiro.

— Nunca um vaso destes saiu voando — Pete diz. — E eu trabalho aqui há vinte anos.

— Bom, você não pode estar sugerindo que alguém jogou lá de cima — Rachel diz, parecendo horrorizada. — Quer dizer, os alunos nem têm acesso ao terraço...

— Alunos? — o policial aperta os olhos para nos examinar. — Isto aqui é algum tipo de alojamento ou algo assim?

— Conjunto residencial estudantil — Rachel e eu o corrigimos automaticamente.

Os paramédicos colocam Jordan em cima de uma prancha e depois em cima de uma maca e dentro da ambulância. Quando estão fechando as portas, dou uma olhada para Rachel.

— Eu devia ir com ele — digo a ela.

Ela me dá um empurrãozinho na direção do veículo.

— Claro que devia — diz com muita gentileza. — Pode ir. Eu cuido de tudo por aqui. Depois, ligue para mim para dizer como ele está.

Digo a ela que ligo sim e saio correndo atrás dos paramédicos, perguntando se posso pegar uma carona com eles até o hospital. Eles são bem bacanas comigo, e deixam eu sentar no assento do passageiro na cabine.

Do banco da frente, dá para olhar através de uma portinha e ver o que o paramédico que não está dirigindo está fazendo com Jordan. O que ele está fazendo é perguntar que dia da semana é. Parece que Jordan está retomando a consciência. Mas ele não sabe que dia da semana é, só solta um murmúrio como resposta, como alguém que realmente deseja voltar a dormir.

Penso em sugerir que perguntem a ele quem é a noiva dele, mas fico achando que seria maldade demais.

Quando nos afastamos do edifício, reparo que Rachel, Sarah, Pete e Magda estão todos reunidos na calçada, olhando para mim cheios de preocupação.

Percebo então, como uma espécie de pontada que, sim, tudo bem, talvez eu não tenha namorado.

Mas tenho família.

Pode até ser esquisita.

Mas é uma família.

Você me fez chorar
Com tantas mentiras

Por que você tem que ser
Tão maldoso comigo?

Baby, você não vê
Que nós, eu e você,
Fomos feitos um para o outro?

Em vez disso você me deixou
Chorando
E você não está nem
Tentando

Baby, por que você tem
Que ser assim?

"Chorando"
Interpretada por Heather Wells
Composta por Dietz/Ryder
Do álbum *Verão*
Gravadora Cartwright

Nos quase quatro meses desde que comecei a trabalhar na Faculdade de Nova York, já estive em quase todos os pronto-socorros de Manhattan com diversos alunos doentes ou feridos. O St. Vincent's realmente não é um dos meus preferidos. Tem TV na sala de espera e tudo o mais, mas sempre está passando alguma novela, e as máquinas de doces nunca têm Butterfingers.

Além do mais, muitos viciados vão lá para tentar convencer a enfermeira da triagem que estão precisando mesmo de um pouco de morfina para curar as dores misteriosas que sentem nos pés. Durante um tempo, até que é divertido assistir aos viciados, mas quando começam a entrar em síndrome de abstinência ficam hostis, e então o segurança precisa expulsá-los e eles ficam batendo no vidro e fazem com que seja mesmo muito difícil se concentrar na revista *Jane* ou em qualquer coisa que eu esteja lendo.

Mas, apesar de a sala de espera do Saint Vincent's ser uma porcaria, os médicos são excelentes. Fazem todo tipo de perguntas sobre Jordan, que não sei responder. Mas logo que digo o nome inteiro dele, eles o levam com toda pressa para a sala de atendimento, passando na frente de todo mundo porque, pois é, os médicos já ouviram falar em Easy Street.

Visitas só podem entrar no pronto-socorro durante os cinco primeiros minutos de cada hora, de modo que sou banida para a sala de espera. Mas uso meu tempo com sabedoria: ligo para o pai de Jordan para dar os detalhes do acidente.

O Sr. Cartwright compreensivelmente está preocupado com a notícia de que seu artista masculino de maior sucesso (ah, que também é filho dele) foi atingido por um vaso de gerânios, então não levo para o lado pessoal quando ele é curto e grosso ao telefone comigo. Nossa última conversa antes dessa também não tinha corrido muito bem, quando ele tinha me dito que ia fazer Jordan largar Tania e "fazer o que é certo" se eu simplesmente parasse de exigir cantar minhas próprias composições no próximo álbum.

O Sr. Cartwright é um imbecil. E deve ser por isso que Cooper não fala com ele há quase um ano.

Depois que eu termino de falar com o pai de Jordan e de Cooper, não consigo pensar em mais ninguém para ligar. Acho que eu podia avisar a Cooper que o irmão dele estava ferido.

Mas periga de ele perguntar o que Jordan estava fazendo no conjunto Fischer para começo de conversa. E a verdade é que não sou a melhor mentirosa do mundo. Eu simplesmente tenho a sensação de que Cooper vai perceber qualquer tentativa minha de colocar uma venda nos olhos dele.

Então me afundo em uma cadeira de plástico no canto da sala de espera e me divirto observando outros pacientes sendo encaminhados para o tratamento em vez de dar mais telefonemas. É igualzinho àquele programa, *Trauma no Pronto-socorro*, que passa no canal educativo, só que ao vivo. Vejo um bêbado alegre com a mão sangrando, uma mãe exausta que derramou o *cappuccino* em cima do bebê, um garoto com uniforme de escola com um corte enorme no queixo de mãos dadas com uma freira, um pedreiro com o pé quebrado e um monte de mulheres latinas sem nenhum problema aparente que falam muito alto e levam bronca da enfermeira da triagem.

Fico lá sentada durante uns vinte minutos, e então o segurança avisa que todo mundo que está esperando tem cinco minutos para entrar no pronto-socorro e ver como estão as pessoas que acompanham. Então eu me junto à freira e à mãe nervosa e às senhoras latinas, atravesso a porta de vaivém e procuro por Jordan.

Ele está inconsciente de novo, ou pelo menos os olhos dele estão fechados, e a atadura branca enrolada em sua cabeça contrasta muito com o bronzeado profundo da pele dele. (Os pais dele têm uma casa de verão fantástica nos Hamptons. A piscina tem até uma cachoeira.) Ele foi colocado em uma cama em uma parte bem escondida e calma do pronto-socorro e, quando pergunto, uma enfermeira me informa que estão preparando um leito para ele no andar de cima. Ainda estão esperando o resultado das radiografias, mas parece que ele sofreu uma concussão.

Acho que eu devo parecer muito preocupada mesmo, porque a enfermeira sorri para mim, coloca a mão em meu braço e diz:

— Não se preocupe. Tenho certeza de que ele vai voltar a fazer os passos de dança dele bem rapidinho.

Apesar da afirmação da enfermeira, não consigo deixá-lo ali, completamente sozinho. Não dá para acreditar que ninguém da família dele chegou até agora! Então, quando os cinco minutos que tenho para ficar ali parada olhando fixamente para Jordan terminam, volto para a cadeira de plástico na sala de espera. Vou ficar, resolvo, até que ele seja transferido para o quarto, ou até que algum integrante da família dele chegue. Só vou ficar aqui até alguém chegar. E depois...

Depois não sei o que vou fazer. Tenho certeza (estou cem por cento convencida, tenho mais certeza do que já tive sobre qualquer outra coisa, e percebo que isso não é muito, mas tanto faz) que alguém acabou de tentar me matar.

Certo? Quer dizer, não foi exatamente isso que aquele cara da roda de xadrez tinha dito? "Que bom que você pulou para o lado, moça, se não, teria caído em cima de você", ou qualquer coisa assim?

E a pessoa que jogou aquele vaso lá de cima só pode ser Christopher Allington. Quem mais tem acesso ao terraço dos pais dele? Quem mais teria motivo para jogar vasos de gerânio em minha cabeça? Não foi uma tentativa de homicídio premeditada (não tinha como ser). Como é que ele ia saber que eu estava voltando para o prédio bem naquele momento?

Não, ele simplesmente deve ter olhado para baixo e resolvido que o destino estava do lado dele e aproveitado para dar um empurrãozinho no vaso. Se eu não tivesse desviado, teria batido em mim, não em Jordan. E provavelmente teria me matado porque, sabe como é, minha cabeça não é nem de longe tão dura quanto a de um ex-membro do Easy Street.

Mas por que Chris ia querer me matar? Só porque eu suspeito que ele seja um assassino? Suspeitar que alguém é um assassino e ter provas reais de que alguém é um assassino são coisas inteiramente diferentes. Que prova será que Chris acha que eu posso ter? Quer dizer, além da camisinha (que só prova que ele é tarado, não assassino), não tenho nada contra ele. Eu nem tenho provas de que realmente *houve* algum assassinato.

Então, por que ele está tentando me matar? Será que ele não está se arriscando mais ao tentar me matar do que se ficasse na moita? Principalmente porque ninguém suspeita de nada em relação à morte de Elizabeth e de Roberta...

Bom, pelo menos ninguém suspeita além de mim.

Uma voz profundamente conhecida interrompe minhas meditações. Desvio o olhar do viciado aos roncos que estava observando disfarçadamente e vejo o rosto calmo e sorridente de Cooper...

...e de repente fico com vontade de vomitar.

— Heather — ele diz, com desleixo simpático, enquanto se acomoda em uma cadeira de plástico ao meu lado.

— Hmm. — É tudo que eu consigo pensar em dizer. Bacana, hein? Depois de muito turbilhão mental, completo: — Oi.

Cooper fica olhando com um certo interesse para o viciado que ronca. Ele está gostosíssimo com o jeans esfarrapado, mas bem moldado ao corpo, e a jaqueta de couro. Mais gostoso do que rosquinhas Ho Ho, até. Estou falando do Cooper, não do viciado.

— Então — ele diz, em tom de quem está puxando conversa. — Tem alguma novidade?

Fico toda gelada, depois toda quente. Não é justo o efeito que esse cara exerce sobre mim. E ele nunca me convidou para sair! Tudo bem, ele me convidou para morar na casa dele, mas, acorda, foi só por pena. E eu moro em um andar completamente independente. Com um conjunto de fechaduras totalmente diferente na porta. Que, aliás, nunca usei, mas por acaso ele já se deu ao trabalho de descobrir isso? Não!

— Nada demais — digo a ele, na esperança de que ele não consiga ver como meu coração pula dentro de minha camiseta. — Hmm... Seu pai ligou para você?

— Não — Cooper responde. — Foi sua amiga Patty que ligou. Quando ela passou em seu trabalho para pegar você para almoçar, Magda contou para ela o que tinha acontecido. Se Patty não estivesse com o bebê, teria vindo ela mesma.

— Ah — digo. Tinha me esquecido completamente de meu almoço com ela. Olho para o relógio da parede da sala de espera e vejo que já passam das duas. — Muito bem.

— O que ela não soube explicar muito bem — Cooper diz — é o que aconteceu exatamente.

E é então que começo a falar sem parar.

Não quero fazer isso. Não tenho essa intenção. É só que... Bom, acho que é por isso que Cooper é um detetive tão bom. Tem alguma coisa na voz profunda dele que simplesmente faz a gente colocar para fora tudo o que sabe...

Bom, certo, não *tudo*. Consegui guardar para a mim toda a parte sobre o que eu e Jordan tínhamos feito no *hall* de entrada com o capacho por baixo. Nada vai conseguir arrancar *essa* informação de mim.

Ah, nem a parte de ter vontade de arrancar as roupas de Cooper com os dentes, é claro.

Mas o resto sai em um jorro gigantesco, como às vezes acontece com o chocolate quente no refeitório do alojamento, logo depois de Magda colocar a mistura, mas sem que ninguém tenha mexido...

Eu conto tudo a ele, começando com o concurso de dublagem da noite anterior, quando comecei a suspeitar que Christopher Allington era o assassino de Elizabeth e de Roberta, e terminando com os gerânios abrindo um talho na cabeça de Jordan, pulando a parte em que o irmão dele e eu animalizamos no *hall* de entrada da casa dele.

Eu já tinha ouvido Cooper em ação com os clientes dele algumas vezes. A lavadora/secadora fica no mesmo andar que o escritório dele, bem do lado da cozinha, e eu estava lá lavando o meu top modelador (que só uso em ocasiões especiais, como seminários de treinamento de atendimento ao cliente ou *workshops* de consciência de diversidade cultural) quando ele tinha reuniões com pessoas que o contrataram. Ele fala com elas com uma voz totalmente calma, cuidadosa...

...uma voz completamente diferente, aliás, do que a que ele usa com a clientela que não paga.

— Heather, você está louca? — Ele parece bravo de verdade. A voz dele *soa* brava de verdade. — Você foi lá e *falou* com o cara?

Seria legal achar que a razão por que ele está tão bravo comigo se deve ao fato de meu quase encontro com a morte ter feito com que ele se dê conta de seus verdadeiros sentimentos por mim.

Mas acho que isso só serviu para reforçar as suspeitas dele de que eu sou uma louca completa.

— Por que você está gritando *comigo*? — quero saber. — Eu sou a vítima!

— Não, não é. A vítima é o Jordan. E se você parasse um pouco para escutar...

— Mas se eu escutasse você, eu não ia saber que Chris Allington é o psicopata perigoso que estamos procurando!

— Fato este sobre o qual você ainda não tem nenhuma prova. — Cooper sacode a cabeça. O cabelo dele, escuro e farto, que ele quase nunca corta e que está sempre cobrindo a nuca, dá a ele um certo ar de rebeldia, mesmo sem a coisa de ser detetive particular. — Qualquer pessoa pode ter derrubado o vaso. Como é que você sabe se o jardineiro dos Allington não estava aguando as plantas e sem querer empurrou os gerânios?

— Bem na minha cabeça? Não é um pouco de coincidência demais? Levando em conta que eu tinha interrogado Christopher Allington logo na noite anterior?

Juro que vejo os cantos da boca de Cooper estremecerem ao ouvir isso.

— Sinto muito, Heather, mas duvido que suas habilidades para o interrogatório sejam algo que vá levá-lo a cometer uma onda de assassinatos.

Tudo bem, pode até ser que eu não seja a Miss Marple. Mas ele não precisa esfregar na minha cara.

— Estou dizendo que ele tentou me matar. Por que você não acredita em mim? — Eu ouço o meu choro antes que consiga fechar a boca. — Será que você não percebe que não sou mais aquela cantora *teen* idiota e que posso saber do que eu estou falando?

Mesmo enquanto as palavras saem de minha boca, tenho consciência de que prefiro que elas não tivessem sido proferidas. O que estou fazendo? *O que estou fazendo?* Este é o cara que, sem que eu pedisse, ofereceu um lugar para eu morar quando não tinha para onde ir... Bom, tudo bem, tinha o quarto de visitas no *loft* de Patty e Frank.

Mas, sabe como é. Tirando isso. Como é que eu posso ser tão mal agradecida?

— Sinto muito — digo, sentindo a boca seca de tanto pânico. — Não foi o que eu quis dizer. Não sei de onde saiu tudo isso. É que... Acho que eu estou aborrecida. Você sabe. Por causa de tanto estresse.

Ele fica lá, sentado, olhando para mim com uma expressão completamente indecifrável.

— Eu não acho que você é uma cantora *teen* idiota — é tudo o que diz, com um tom que sugere leve surpresa.

— Eu sei — respondo rápido. Ai, meu Deus, por que eu nunca consigo ficar de boca fechada? POR QUÊ?

— É que às vezes eu fico preocupado com você — ele prossegue, antes que eu tenha oportunidade de dizer outra coisa. — Quer dizer, você se mete em umas coisas... E tem esse negócio todo com meu irmão...

Que negócio todo? Será que ele está falando... do meu *relacionamento* com o irmão dele? Ou da noite passada? Ah, por favor, Deus, permita que ele não tenha visto o *Post*...

— E você também não tem ninguém. — Ele sacode a cabeça de novo. — Não tem família, nem ninguém para cuidar de você.

— Você também não — eu o lembro.

— Isso é diferente — ele diz.

— Não vejo por quê — digo. — Quer dizer, tirando o fato de que sou mais nova do que você. — Mas o que são sete anos, na realidade? O príncipe Charles e princesa Diana tinham 12 anos de diferença... e, tudo bem, o desfecho não foi assim tão bom, mas qual é a probabilidade de nós dois repetirmos os erros de casal deles? Quer dizer, isto se Cooper e eu algum dia viermos a formar um casal. A gente nem gosta de pólo. — Além do mais — digo, quando me lembro do que vi através da janela da ambulância. — Eu tenho família. Mais ou menos. Quer dizer, tenho Rachel, Magda, Pete, Patty, você...

Eu não tinha a intenção de adicionar a última palavra. Mas lá está ela, flutuando no ar entre nós dois. Você. Você faz parte da minha família, Cooper. Da minha nova família, agora que todos os verdadeiros integrantes da minha família estão presos ou foragidos. Parabéns!

Ele fica olhando para mim como se eu fosse louca (que novidade). Então eu acrescento, de um jeito ridículo:

— E Lucy também.

Ele expira devagar.

— Se você tem mesmo tanta certeza de que o que aconteceu não foi acidente — ele diz afinal, fazendo muita questão de ignorar o discurso Nós Somos da Mesma Família (não ache que não reparei) — e acha mesmo que alguém quer matar você, então sugiro que procuremos a polícia.

— Eu já tentei — lembro a ele. — Está lembrado?

— É. Mas desta vez eu vou com você, e vou me assegurar...

A voz dele vai definhando quando uma morena *mignon* e bonita chega apressada ao balcão da recepção, sem fôlego, com uma saia de couro, a mão esquerda pesada com um anel de brilhante enorme.

Certo, na verdade não dá para ver o anel do lugar em que eu estou sentada. Mas, mesmo assim, eu sei quem ela é. Já vi aquela boca em volta do você-sabe-o-que do meu ex-namorado. A imagem dela para sempre estará impressa em minha retina.

— Com licença — ela arfa na cara da recepcionista com expressão de pedra. — Mas acredito que meu noivo esteja aqui. Jordan Cartwright. Quando poderei vê-lo?

Tania Trace, a mulher que tinha tomado meu lugar no coração e na cobertura de Jordan (isso sem falar de minha posição nas paradas de sucesso).

— Engraçado — Cooper observa. — Parece que ela está lidando com a dor muito bem.

Dou uma olhada curiosa para ele, então me lembro de que ele está fazendo referência a algo que eu contei para ele há algum tempo, logo depois que eu me mudei.

— Ah, claro — digo. — Porque ela está abarrotada de analgésicos. Mas estou dizendo, Coop, não dá para passar por tantas cirurgias plásticas assim e achar que vai viver imune à dor. Quer dizer, ela foi quase completamente reconstruída. Na verdade, ela usa tamanho 48.

— Certo — ele responde. — Parece que agora meu irmão está em boas mãos. Vamos embora?

E vamos.

E já vamos tarde, se quer saber minha opinião.

Pode gritar para minhas
Companheiras
Pode gritar para minhas
Amigas

Pode gritar para
Quem gosta de mim
Ou para as pessoas de quem eu dependo

Pode gritar para as
Meninas por aí
Que compram o próprio
Anel de brilhantes vagabundo

Pode gritar para suas irmãs
Que eu estou com você até o fim

"Pode gritar"
Interpretada por Heather Wells
Composta por Dietz/Ryder
Do álbum *Verão*
Gravadora Cartwright

A primeira pessoa para quem conto minha história na 6ª Delegacia de Polícia é uma mulher bonita mas com ar cansado que está na recepção. Seu cabelo preto e comprido está preso em um coque, que imagino que seja o penteado regulamentar das policiais.

Faço uma anotação mental para não me formar em justiça criminal.

A mulher nos encaminha para um cara gorducho em uma mesa, para quem repito minha história. Assim como a recepcionista, ele parece entediado...

...até eu chegar na parte sobre Jordan. Todo mundo fica mais interessado quando o Easy Street é mencionado.

O cara gorducho faz a gente esperar alguns minutos e depois somos levados à sala extremamente arrumada de alguém.

Ficamos sentados na frente de uma escrivaninha muito organizada por um ou dois minutos, até que o dono da sala entra, e vejo que ele é ninguém menos que o mascador de charutos do investigador Canavan.

— Você! — quase grito para ele.

— Você! — ele quase grita em resposta. Está segurando um copinho de café de isopor e (o que mais?) uma rosquinha. Da Krispy Kreme com glacê, pela aparência. Que sortudo.

— A que devo o prazer desta vez, Srta. Wells? — ele pergunta. — Espere, não diga. Por acaso é sobre alguém que canta com os Backstreet Boys?

— Um integrante da Easy Street — corrijo. — E, sim, é isto mesmo.

O investigador Canavan senta-se à mesa dele, retira o charuto apagado do canto da boca, arranca um pedaço da rosquinha e enfia no café. Então coloca o pedaço de rosquinha embebido em café na boca, mastiga, engole e diz:

— Por favor, explique.

Dou uma olhada para Cooper, que permaneceu em silêncio ao meu lado durante as duas recriações de minha história. Vendo que ele também não vai ajudar em nada desta vez, começo a narrativa pela terceira vez, perguntando a mim mesma, não pela primeira vez, o que será que me atrai tanto nele, já que às vezes ele tem o dom de ser nada comunicativo. Então me lembro da coisa toda de ele ser muito gostoso e de ser tão generoso comigo sem eu pedir nada e entendo o motivo.

O investigador Canavan fecha as mãos na nuca e inclina a

cadeira para trás o máximo possível enquanto me escuta. Ou ele se esqueceu de aplicar o Mitchum for Man ou usa um casaco muito grosso, porque tem enormes manchas de suor embaixo dos braços. Não que isso o incomode.

— Então — o investigador Canavan diz olhando para o teto com manchas de infiltração quando termino de falar. — Agora você acha que o filho do reitor da Faculdade de Nova York é um assassino?

— Bom — digo, cheia de hesitação. Porque, quando ele coloca dessa maneira, parece tão... idiota. — É. Acho que sim.

— Mas você não tem prova disso. Claro, o cara usa camisinha. Uma camisinha que provavelmente podemos provar que é dele. Mas que não seria uma evidência admissível em um tribunal. Mas você não tem provas de que nenhum crime foi cometido de fato, à exceção do vaso que caiu do terraço, que pode ter sido um acidente...

— Mas aqueles vasos estão lá há anos — interrompo. — E nenhum deles caiu até hoje...

— O relatório do legista no caso das duas meninas afirma que a causa da morte foi acidental. — O investigador Canavan pára de olhar para o teto e olha para mim. — Ouça aqui, senhorita... ainda é senhorita?

Inexplicavelmente, eu me sinto corar. Talvez porque, se não fosse Tania Trace, a esta altura eu já seria uma senhora. Mas eu meio que duvido que eu fosse permanecer com este título durante muito tempo.

— Não precisa ser formal.

O investigador Canavan assente com a cabeça.

— Minha mulher também é assim. Bom, mas de todo jeito, escute, Heather. Garotos desta idade? São uns idiotas. Acidentes são a principal causa da morte de pessoas com idade entre os 17 e os 25 anos. Os garotos estão tentando se encontrar, correm riscos idiotas...

— Aquelas meninas não fariam isto — digo com firmeza.

— Talvez não. O problema é que você não tem nada para provar a culpa do cara. Nem tem um assassinato definitivo para atribuir a ele. Se o cara do Backstreet Boys morrer, talvez aí tenhamos alguma coisa. Talvez. Mas o legista pode decretar, da mesma maneira, que também foi um acidente.

— Bom — digo. Preciso reconhecer que me sinto bem desiludida. Desta vez, o investigador Canavan não tinha dado risada bem na minha cara, reconheço, mas ele também não tinha feito nem uma anotação. Pego a minha mochila. — Sinto muito por ter feito você perder o seu tempo de novo. — Eu me levanto, e o investigador Canavan olha para mim como se eu fosse louca.

— Aonde você acha que vai? — ele quer saber. — Sente aí. Ainda não terminamos aqui.

Sento-me novamente, perplexa.

— Para quê? — pergunto ao investigador Canavan, provavelmente um pouco mais áspera do que o necessário. — Você com toda a certeza acha que eu sou algum tipo de louca. Para que você quer que eu fique mais tempo aqui? Meus próprios amigos podem rir da minha cara — mantenho o olhar desviado do rosto de Cooper. — Não preciso da polícia para isto.

O investigador Canavan termina de comer o resto da rosquinha, então pega o charuto. Olha para Cooper.

— Esquentada, hein? — ele comenta, apontando com a cabeça para mim.

— Ah, é mesmo — ele concorda, todo sério.

— Espere aí. — Dou uma olhada de um homem ao outro, com a desconfiança nascendo em mim. — Vocês dois se conhecem?

Cooper dá de ombros.

— Eu já vi este cara pelo bairro — ele diz, referindo-se ao investigador Canavan.

— Não dá para atirar um gato morto pela janela sem esbarrar com este cara atrás de um carro estacionado ou de uma caixa de correio, tirando foto de algum idiota que vai ser abandonado pela mulher — diz o investigador Canavan, referindo-se ao Cooper.

— Maravilha — digo, sentindo-me mais inadequada do que nunca. — Isto é simplesmente uma maravilha. Bom, espero que vocês tenham gostado da diversão que eu proporcionei...

— Eu estou com cara de quem está rindo? — o investigador Canavan quer saber. — Está vendo um sorriso que seja em meu rosto? Quanto a seu namorado aqui, também não estou vendo risada nenhuma.

— Não vejo absolutamente nada divertido a respeito desta situação — Cooper diz.

Olho para ele. Não está sorrindo. E não fez objeção nenhuma, observo, ao ser chamado de meu namorado. Olho de novo para o investigador Canavan.

— Ele não é meu namorado — afirmo bem alto... por que motivo, não sou capaz de imaginar. Mas tenho certeza de que as minhas bochechas estão cor de carmim.

O investigador Canavan faz um sinal com a cabeça para mim como se eu tivesse dito alguma coisa na linha de *O céu é azul.*

— Bom, Heather — ele diz. — De fato existe um grande número de gente louca, como você bem disse, que vem aqui relatar diversos crimes que podem ou não ter ocorrido. Algumas dessas supostas pessoas loucas são cidadãos honestos que querem ajudar a polícia a fazer o seu trabalho. Eu a encaixaria nesta categoria. Cumpriu sua obrigação ao relatar este assunto para mim e, na medida do possível, vou investigá-lo.

— Mesmo? — me aprumo na cadeira no mesmo instante. — Vai mesmo? Você vai interrogar o Chris?

— Vou sim. — O investigador Canavan volta a enfiar o charuto na boca. — Com discrição. Este é o meu trabalho. No entanto, não é o *seu* trabalho. Aconselho com muita ênfase, Heather, que não se envolva ainda mais neste assunto.

— Porque você acha que Christopher Allington pode tentar me matar também?

— Porque eu acho que Christopher Allington pode tentar processá-la por fazer acusações falsas, e ele teria um bom caso nas mãos. — O investigador Canavan ignora minha expressão desmoronada. — O que você está sugerindo, Heather, é que Christopher Allington não seja apenas um assassino em série, mas um assassino de tal inteligência e habilidade que, além de não deixar evidências de seus crimes, salvo uma suposta camisinha, não deixa indícios de que algum crime tenha sido cometido. Detesto decepcioná-la mas, de acordo com minha experiência, assassinos não são assim tão inteligentes. Aliás, são pessoas incrivelmente burras. É por isso que matam: são tão limitadas intelectualmente que não vêem outra saída.

As sobrancelhas cinzentas do investigador Canavan se unem com a testa franzida dele, em uma expressão pensativa, enquanto prossegue.

— E apesar de todo o oba-oba da mídia a respeito deles, até hoje eu não conheci nenhum assassino em série de verdade, e já investiguei mais de setecentos homicídios. Então, sugiro que mantenha a discrição no que diz respeito a Christopher Allington, Heather. Eu detestaria ver você desempregada por causa de uma coisa destas.

Fico tão decepcionada que não há nada que possa fazer para disfarçar. Meus ombros desabam e minha cabeça se afunda entre eles enquanto resmungo:

— Muito obrigada, investigador.

Ele me entrega seu cartão, diz para eu ligar se descobrir mais alguma coisa que considere útil para a investigação e, depois de fazer uma ou duas perguntas a Cooper a respeito de algum caso que ele está investigando no bairro, despede-se de nós.

Cooper chama um táxi e mantém o ar de seriedade extrema em nosso trajeto de volta para casa. Parece que ele levou a sério a minha acuação (de que ele me considera uma cantora *teen* idiota), e está fazendo tudo o que pode para provar que não é verdade. Ele até me diz, no táxi, que considera o investigador Canavan um homem correto e um profissional muito competente, e diz que se alguém é capaz de descobrir o que está acontecendo no conjunto Fischer, este alguém é o investigador Canavan.

O que faz com que eu me sinta melhor. Um pouco.

Quando chegamos em casa (sei que deveria voltar ao trabalho, mas já que estou em casa mesmo, resolvo passear um pouco com Lucy) faço uma pequena pausa em frente ao espelho com moldura folheada a ouro do *hall* de entrada para passar um pouco de *gloss*, enquanto Cooper vai até o escritório dele ouvir os recados da secretária eletrônica. Já dei uma olhada para me assegurar de que não restou nenhum indício do embate amoroso que eu e Jordan tivemos ali no chão na noite anterior.

Mesmo assim, quando Cooper sai do escritório dele um segundo depois e pergunta:

— O que exatamente está rolando entre você e Jordan? — quase tenho um ataque cardíaco.

— C-como assim? — gaguejo.

— Bom, o que é que ele estava fazendo na frente do conjunto Fischer hoje?

— Ah — respondo, relaxando. — Isso. Nada. Só queria conversar.

— Sei. — Cooper se apóia no batente da porta com aqueles olhos azuis mais brilhantes do que o normal. — Então, você por acaso não sabe nada sobre aquela loira que ele estava beijando ontem na porta da minha casa, a daquela foto do *Post*?

Eu quase engulo a língua.

Não dá para acreditar que ele viu! Será que as coisas *algum dia* vão acontecer de um modo que eu me beneficie? Ou será que eu já usei toda a sorte que podia ter na vida? Sabe como é, aqueles dez anos de sorte que uma vez eu li que todo mundo tem, aquela década mágica em que nada dá errado... ou, pelo menos, nada de muito importante.

Será que a minha década de sorte já passou? E se passou, será que posso fazer tudo de novo? Porque, se alguém tivesse me perguntado: "Ei, Heather, você quer que sua década de sorte seja entre os 14 e os 24 anos ou entre os 24 e os 34?". Eu teria escolhido a segunda opção. Mesmo.

Porque, quem é que deseja que os anos de mais sorte da vida sejam passados no *ensino médio*?

Acho que minha consternação profunda deve estar na cara, porque, um segundo depois, Cooper já colocou o corpo ereto e diz:

— Qual é o problema? — com uma voz que (quase) faz parecer que ele se preocupa mesmo.

O que me faz começar a soluçar na mesma hora.

— Não é nada — respondo. — Mesmo.

Mas é alguma coisa, sim. Quer dizer, todo mundo pode negar, mas eu sei (*eu sei*) que alguém está tentando me *matar*. Eu transei com meu ex, que está noivo de alguém com uma carreira muito melhor do que a minha (e uma bunda muito menor do que a minha). E o pior de tudo é que Cooper viu a prova fotográfica de minha indiscrição... ou, pelo menos, do que levou a ela.

— Tem alguma coisa errada — ele diz, caminhando até onde estou na frente do espelho. — Não negue, sou um observador experiente, está lembrada? Tem uma ruguinha que se forma entre as suas sobrancelhas quando você está aborrecida... — ele aponta para o meu reflexo. — Está vendo?

Meu Deus. Ele tem razão. Tenho uma ruguinha de preocupação entre as sobrancelhas. Caramba, se eu continuar assim, quando estiver com 30 anos vou parecer uma uva-passa.

Faço um esforço e obrigo meu rosto a relaxar.

— Não é nada — respondo rápido, desviando o olhar do meu reflexo. — Mesmo. Aquela coisa com Jordan ontem... foi só um beijo de despedida.

Cooper olha para mim. Incrédulo.

— Um beijo de despedida — diz.

— É. Porque, sabe como é, está tudo terminado entre a gente, de verdade. Entre mim e Jordan. — Limpo a garganta. — Sabe como é. Terminado mesmo, *mesmo*.

Cooper assente com a cabeça, apesar de ainda estar com cara de quem não está acreditando nem um pouquinho.

— Certo — ele diz. — Bom, se você está dizendo...

— Nós dois estamos prontos para seguir em frente — interrompo, esquentando minha história. — Finalmente. Sabe como é, a gente precisava colocar um ponto final, porque do jeito que as coisas terminaram... quando eu saí batendo o pé daquele jeito e tudo o mais... bom, não foi nada saudável. Agora as coisas estão bem entre nós. Nós dois sabemos que acabou... de verdade.

— Então, se as coisas acabaram mesmo, mesmo entre vocês dois — Cooper pergunta —, o que é que Jordan estava fazendo na frente do conjunto Fischer hoje de manhã quando aquele vaso caiu na cabeça dele?

Droga! Eu tinha me esquecido disso!

Mas tudo bem. A situação está sob controle.

— Ah, aquilo? — digo, com uma risada bem jovial. Isso mesmo! Até consigo soltar uma risada jovial. Talvez, assim como Britney e Mandy, eu tenha uma carreira cinematográfica no futuro. Talvez eu devesse me formar em arte dramática, como Marnie. Talvez algum dia eu receba um Oscar para colocar na prateleira, ao lado do meu prêmio Nobel. Espera. O prêmio Nobel é uma estatueta ou uma medalha? Não lembro.

— É — digo, ainda com ar jovial. — Ele só foi devolver um, hmm, CD que eu tinha deixado em nossa casa. Sabe como é, quando eu me mudei.

— Um CD — Cooper diz.

— Ah-hã — respondo. — A minha, hum, trilha sonora de *Tank Girl*. Não dá mais para achar. É muito rara.

— Sei — ele diz. Tento não reparar que, agora que ele tirou a jaqueta de couro, seus bíceps (que mal dá para ver por baixo das mangas curtas da camiseta cinza simples) são quase tão definidos quanto os do irmão...

Só que de fazer exercícios reais, não na academia. Quando se é detetive particular, a vida não se resume a andar por aí com uma câmera. Imagino que Cooper tem de... sabe como é. Erguer coisas. E mais coisas. Acho que ele fica todo suado por causa disso e às vezes precisa tirar a camisa, por causa do calor...

Caramba. Preciso mesmo voltar ao trabalho.

Mas esse papo de detetive me fez lembrar de uma coisa.

— É — digo. Agora que o perigo de lágrimas escorrerem foi evitado, estou me sentindo um pouco mais corajosa. — Na verdade, agora que Jordan e eu deixamos tudo preto no branco, estou com vontade, sabe como é, de comemorar.

— Comemorar — ele repete, sem entonação na voz.

— É. Você sabe. Eu nunca mais saí. Então eu pensei: Ei, por que não ir ao Baile Amor-Perfeito hoje à noite?

— O Baile *Amor-Perfeito*? — O olhar de Cooper não se desvia de meu rosto. Espero que ele não esteja conferindo para ver se estou mentindo. Eu realmente *quero* ir ao Baile Amor-Perfeito. Só que não é, exatamente, pelo motivo que disse para ele.

— É — digo. — É um baile em homenagem aos benfeitores e às pessoas que receberam medalhas Amor-Perfeito. Sabe como é, por serviços prestados à faculdade. Rachel vai ganhar uma.

Não é imaginação minha. Quando ouve o nome de minha chefe, Cooper de repente perde todo o interesse na conversa. Aliás, ele caminha até a correspondência que acabou de chegar pela abertura na porta (para o interesse profundo de Lucy) e, depois de lutar com ela pelos envelopes, começa a separar as cartas.

— Rachel, é? — diz.

— É — respondo. — Mas as entradas custam uns duzentos paus. Para o baile. E só Deus sabe que eu não tenho dinheiro para isto. Mas eu estava pensando, seu avô era ex-aluno, não era? Então, aposto como você tem acesso a uns de graça. Estou falando de convites.

— Provavelmente — ele diz, dando a Lucy, que gane de dar dó, um catálogo da J. Crew para mastigar.

— Então, quem sabe você não me arranja um? — pergunto. Que sutil. Eu sou assim. A Miss Sutileza.

— Para você poder espionar o Christopher Allington? — Cooper nem ergue os olhos da correspondência. — De jeito nenhum.

Meu queixo cai.

— Mas...

— Heather, você não ouviu nenhuma palavra do que o investigador disse? Ele vai examinar a questão. De maneira sutil. Enquanto isso, você não se mete. Na melhor das hipóteses, a única coisa que você vai conseguir é um processo.

— Juro que não vou falar com ele — insisto, erguendo a mão direita e fazendo o sinal de honra das bandeirantes, com três dedos erguidos. Só que, é claro, eu nunca fui bandeirante, de modo que não conta. — Eu não vou nem chegar perto dele.

— Corrija-me se eu estiver errado — Cooper diz —, mas você não estava convencida de que ele tentou matar você hoje?

— Bom, é o que eu estou tentando descobrir — respondo. — Ah, Cooper, dê um tempo, o que você acha que pode acontecer no Baile Amor-Perfeito, pelo amor de Deus? Ele não vai tentar fazer nada contra mim lá, na frente de todo mundo...

— Não, não vai — Cooper diz. — Porque eu não vou deixar você sair da minha vista.

Fico lá olhando para ele, estupefata. O que foi que ele acabou de dizer?

— Você... você quer ir comigo?

— Só porque, você sabe, se eu não ficar de olho em você, vai saber o que pode cair em sua cabeça da próxima vez. — Cooper larga a correspondência. O olhar azulado dele dirige-se a mim como um par de faróis. — E porque estou vendo em seus olhos que você vai conseguir uma entrada de qualquer jeito, mesmo que precise seduzir algum ingênuo desavisado do departamento de geologia.

Fico estupefata. Cooper vai me levar ao Baile Amor-Perfeito? Cooper Cartwright vai me levar para sair! É quase como um...

Bom, um *encontro.*

— Ah, Cooper! — suspiro. — Muito obrigada! Você não sabe o que isto significa para mim...

Cooper já está voltando para o escritório, sacudindo a cabeça. Ele guarda os pensamentos dele para si, mas faço uma boa idéia de que ele não está, como eu, obcecado pela idéia do que vai vestir à noite.

Tudo é mesmo muito fácil para os homens.

Equivocado
Tudo que eu digo a você é
Equivocado
Se não, por que você faria
As coisas que faz?
Equivocado
Você acha que eu minto
Equivocado
A verdade é que
Você é
Que é
Equivocado

"Equivocado"
Interpretada por Heather Wells
Composta por Dietz/Ryder
Do álbum *Verão*
Gravadora Cartwright

O restante do dia de trabalho não parece passar com a rapidez necessária.

Todo mundo fica perguntando sobre a saúde de Jordan, fazendo com que eu perceba, cheia de culpa, que nem sei como ele está, já que ando com a cabeça nas nuvens desde que saí do hospital, depois de falar com investigadores, ser convidada (mais ou menos) para sair pelo homem dos meus sonhos e ter que arrumar alguma coisa para usar em nosso encontro no Baile Amor-Perfeito e tudo o mais.

Então, ligo para o hospital St. Vincent's e, depois de ser transferida uma meia dúzia de vezes devido à preocupação com a privacidade, por Jordan ser tão famoso, finalmente consigo que alguém me diga, depois de garantir que não sou representante da imprensa e até de cantar algumas estrofes de "Vontade de te comer" para convencê-los de que eu sou mesmo eu, que ele se encontra em boas condições e que os médicos esperam que se recupere completamente.

Quando passo essas informações para Rachel, ela fala:

— Ah, que bom! Eu estava tão preocupada... É muita sorte, Heather, o vaso ter caído em cima dele, e não de você. Você poderia ter saído muito machucada.

Magda fica menos feliz com o prognóstico de Jordan.

— Que pena — ela diz na lata. — Eu queria que ele morresse.

— Magda! — grito, horrorizada.

— Olhe só para as minhas lindas estrelas de cinema — Magda diz para um grupo de alunos que chegaram cedo para o jantar, abanando os cartões de refeição. Ela pega os cartões e passa pelo leitor e diz para mim: — Bom, ele merece uma boa pancada na cabeça depois do que fez com você.

Magda tem muita sorte. Para ela, é tudo preto no branco. Os Estados Unidos são maravilhosos, independentemente do que qualquer pessoa possa dizer, e integrantes de *boy bands* que traem a namorada? Bom, merecem levar vasos na cabeça. Sem dúvida.

Patty fica aliviada de ter notícias minhas quando ligo para ela. Ela deve ter ficado histérica quando atravessou o parque e viu todo aquele sangue na calçada, na frente do conjunto Fischer. Ela estava certa de que alguma coisa tinha acontecido comigo. E teve de ficar sentada no refeitório com a cabeça entre os joelhos durante vinte minutos (e teve que comer dois picolés DoveBar com cobertura de chocolate que Magda deu para ela), antes de conseguir chamar um táxi e voltar para casa.

— Você tem mesmo certeza sobre este negócio de querer um diploma de faculdade, Heather? — ela pergunta, toda preocupada. — Porque tenho certeza de que Frank pode marcar uma reunião para você com o pessoal da gravadora dele...

— Seria legal — eu digo. — Só que eu não sei, sabe como é, se a gravadora do Frank vai ficar impressionada com o fato de que a maior parte dos meus *shows* aconteceu em *shopping centers*...

— Ninguém iria ligar para isso — ela exclama. O que é mesmo muito gentil da parte dela, mas descobri que isto é exatamente o tipo de coisa com que as gravadoras *mais* se importam. — Quem sabe a gente consegue um papel em um musical para você, por exemplo na Broadway — ela prossegue. — Debbie Gibson está fazendo isso agora. Muita gente famosa está...

— Sendo que a palavra mais importante em sua frase é famosa — observo. — O que eu não sou.

— Só acho que você não devia mais trabalhar naquele alojamento, Heather — Patty diz, muito preocupada. — É perigoso demais. Tem meninas morrendo. Vasos caindo na cabeça dos outros...

— Ah, Patty — eu digo, emocionada com a preocupação dela. — Vai ficar tudo bem.

— Estou falando sério, Heather. Cooper e eu conversamos sobre o assunto, e nós dois achamos...

— Você e Cooper conversaram sobre *mim*? — Espero não ter parecido ansiosa demais. Sobre o que eles conversaram?

Fico imaginando. Será que Cooper tinha revelado a Patty que sente um amor profundo e irrefreável por mim, que ele não tem coragem de demonstrar, já que eu sou ex do irmão dele e meio que trabalho para ele?

Mas, se ele tivesse feito isso, por que ela não tinha me contado logo?

— Cooper e eu só achamos que... e Frank concorda... que se... bom, se essa história toda de assassinato for verdade, você pode estar se metendo em algum tipo de perigo...

Isso não me parece nem um pouco com o Cooper dizer que sente um amor profundo e irrefreável por mim. Não é à toa que Patty não me ligou na mesma hora para fofocar.

— Patty — eu digo. — Está tudo bem. Mesmo. Tenho o melhor guarda-costas do mundo.

Então, conto a ela sobre o Baile Amor-Perfeito, e que Cooper vai me acompanhar.

Mas Patty não parece tão animada com a notícia quanto eu achava que ela ficaria. Ah, ela diz que posso pegar emprestado o vestido dela (o Armani vermelho que ela usou na entrega dos Grammys quando estava grávida de sete meses de Indy, e que espero que sirva em mim), mas não está exatamente berrando: "Aaah, ele convidou você para sair!"

Porque acho que, na verdade, ele não convidou. Talvez não seja um encontro *de verdade* se o cara resolve ir junto com você só para se assegurar de que ninguém vai matá-la.

Meu Deus, quando foi que Patty ficou tão madura?

— Bom, só prometa que vai tomar cuidado, certo, Heather? — ela ainda parece preocupada. — Cooper disse que acha que toda a história de assassinato parece um pouco... improvável. Mas eu não tenho tanta certeza. E não queria que você fosse a próxima.

Faço tudo o que posso para assegurá-la de que minha segurança não corre perigo — apesar de acreditar exatamente no oposto: alguém no conjunto Fischer quer me ver morta.

O que significa que tenho alguma razão em minha teoria de que Elizabeth Kellogg e Roberta Pace foram assassinadas.

Só quando termino de falar com Patty é que sinto alguém me olhando. Ergo os olhos e vejo que é Sarah, sentada à mesa dela, enfiando balinhas Tootsie Rolls em saquinhos plásticos para dar de presente aos ARs, que, segundo ela, estão precisando de uma injeção de ânimo depois do complicado início de semestre, com meninas mortas e tudo o mais.

Só que eu não posso deixar de notar que Sarah parou de encher os saquinhos e, em vez disso, está olhando para mim como uma coruja através de seus óculos grossos (ela só usa lentes de contato em ocasiões especiais, como na recepção dos alunos, quando pode conhecer pais solteiros e fofos, ou quando vai a leituras de poesia na igreja St. Mark's, onde existe a possibilidade de conhecer poetas duros e fofos).

— Eu não tive a intenção de ouvir sua conversa — ela diz —, mas será que eu ouvi bem quando você disse que alguém está querendo *matar* você?

— Hmm — digo. Como é que posso explicar o caso sem que ela fique preocupada demais? Afinal de contas, eu vou para casa toda noite, mas Sarah mora aqui. Não tem como ela se sentir à vontade sabendo que há um psicopata perigoso rondando os andares do conjunto Fischer.

Mas, bom, ela perdeu a virgindade em um *kibutz* israelense no verão do primeiro ano de faculdade (ou pelo menos foi o que me contou), então acho que ela não é exatamente uma vítima em potencial.

Dou de ombros e respondo:

— É.

Como Rachel está no apartamento dela se preparando para o baile (ela conseguiu achar algo para vestir, mas não quis nos mostrar para "não estragar a surpresa"), conto a ela minha teoria sobre Chris Allington em relação à morte de Elizabeth Kellogg e de Roberta Pace.

— Você falou alguma dessas coisas para Rachel? — Sarah pergunta quando termino.

— Não — respondo. — Rachel já tem muito com que se preocupar, você não acha? — Além do mais (eu não comento esta parte com Sarah), se eu estiver errada, a informação não vai cair muito bem em minha ficha do contrato de experiência de seis meses... sabe como é, de eu suspeitar que o filho do reitor da faculdade cometeu homicídio duplo.

— Que bom — ela diz. — Não conte nada. Porque por acaso já ocorreu a você que esta coisa toda... você sabe, de você ficar achando que Elizabeth e Roberta foram assassinadas... pode ser uma manifestação de suas inseguranças relacionadas a ter sido abandonada e traída por sua mãe?

Fico só olhando para ela.

— O quê?

— Bom — Sarah diz, ajeitando os óculos. — Sua mãe roubou todo o seu dinheiro e fugiu do país com seu empresário. Este deve ter sido o acontecimento mais traumático de sua vida. Quer dizer, você perdeu tudo: todas as suas economias, assim como as pessoas de quem você mais dependia; levando em conta que seu pai esteve ausente durante a maior parte de sua vida para começo de conversa, por ter ido para a cadeia por passar cheques falsificados. E, no entanto, sempre que alguém toca no assunto, você age como se não fosse nada.

— Não, não faço nada disso — digo. Porque não faço. Ou, pelo menos, não acho que faça.

— Faz sim — ela diz. — Você até continua falando com sua mãe. Ouvi outro dia quando você estava no telefone com ela. Você estava batendo papo, conversando sobre o que ia dar para seu pai no aniversário dele. Na *cadeia*. A mulher que roubou todo o seu dinheiro e fugiu para a Argentina!

— Bom — digo, um tanto na defensiva. — Ela continua sendo minha *mãe*, independentemente do que fez.

Nunca sei muito bem como explicar minha relação com minha mãe. Sim, quando as coisas ficaram difíceis (quando informei à gravadora Cartwright que só estava interessada em cantar as minhas letras, e o pai de Jordan me demitiu sem cerimônia nenhuma, já que minhas vendas também não estavam lá essas coisas), minha mãe deu no pé.

Mas ficar brava com ela é como ficar brava porque está chovendo. Ela não tem como fazer diferente, assim como as nuvens.

Mas suponho que se Sarah ouvir isso, vai dizer que eu estou negando os fatos, ou coisa pior.

— Você não acha possível que esteja transferindo a hostilidade que sente em relação a sua mãe para o coitado do Chris Allington — ela quer saber.

— Sinto muito — digo. Estou ficando cansada de me repetir. — Mas aquele vaso não caiu simplesmente do céu, você sabe. Bom, tudo bem, caiu, mas não sozinho.

— E será que você não está sentindo tanta falta da atenção que recebia de seus fãs que resolveu se prender a qualquer desculpa para se sentir importante, inventando todo esse mistério tão enigmático para desvendar, sendo que na verdade ele não existe?

Lembro-me, com uma pontada, do que Cooper tinha dito na porta do elevador de serviço. Não tinha sido alguma coisa parecida com isso? Sobre eu querer reviver a emoção de meus tempos de *shopping center*?

Mas querer descobrir quem é responsável pela morte de pessoas em seu local de trabalho é completamente diferente de cantar para milhares de compradores ocupados.

Quer dizer, não é?

— Hmm — é o que respondo à acusação de Sarah. — Talvez. Não sei.

A única coisa que consigo pensar é que Sarah teve muita sorte de conhecer Yael. Estou falando do cara do *kibutz*. Se não, ela seria o tipo de garota atrás de quem Chris iria em seguida.

Bom, tirando o hábito que ela tem de ficar fazendo análises psicológicas dos outros o tempo todo. Dá para ver que pode ser uma chatice.

Faz séculos que não vou a uma festa com traje de gala, então, quando finalmente consigo sair do trabalho naquela noite, tenho muitos preparativos a fazer. Primeiro, preciso passar na casa de Patty para pegar o vestido (que serve, graças a Deus, mas por pouco).

Então preciso fazer as mãos e os pés sozinha, já que não dá tempo para ir ao salão. Daí preciso lavar e condicionar o cabelo, raspar as pernas (e as axilas, porque o vestido da Patty é tomara-que-caia) e, depois, só por garantia, raspar a virilha também porque, apesar de ser altamente improvável eu me dar bem em dois dias seguidos, nunca se sabe. Então preciso aplicar uma máscara facial e me hidratar toda. Depois preciso depilar as sobrancelhas, secar e fazer escova no cabelo, colocar a maquiagem e uma camada de perfume.

Então noto que o salto do meu *escarpin* vermelhos ficou prejudicado depois de um acidente lamentável com uma grade de metrô e preciso disfarçar os danos com um pincel mágico vermelho.

E é claro que, no meio de tudo isso, preciso fazer algumas pausas para engolir os Negrescos com recheio duplo para eu não passar mal por não ter comido nada desde a tarde, quando Magda me deu um sanduíche de pastrami com chucrute no refeitório.

Quando Cooper bate na porta de meu apartamento, estou lutando para fechar o zíper do vestido de Patty e me perguntando por que tinha servido duas horas antes, no *loft* dela, e agora não estava entrando...

— Só um segundo — grito, tentando pensar no que diabos eu vou usar se o vestido da Patty não fechar direito...

Finalmente o zíper se move, pego meu xale e minha bolsa e desço as escadas correndo, pensando que é uma pena não ter ninguém para abrir a porta para mim e dizer: "Ela desce em um minuto", para que eu possa fazer uma entrada triunfal, como Rory Gilmore, em Tal mãe, tal filha, ou alguém assim. Do jeito que as coisas são, preciso me ajoelhar para tirar Lucy do caminho quando chego à porta.

Sinto dizer que não percebi qualquer reação de Cooper à minha aparência (isso se ele chegou a expressar alguma, o que eu duvido um pouco) porque fico absolutamente abobada com ele. Acontece que ele está de *smoking*... que, aliás, é bem bonito.

E ele fica mais do que um pouco *sexy* com ele.

O que acontece com os homens quando vestem *smoking*? Por que sempre ficam tão *lindos* desse jeito? Talvez seja a ênfase na largura do peito e dos ombros. Talvez seja o contraste brusco entre a frente branca e engomada com a lapela preta elegante.

Seja o que for, acho que nunca vi um cara de *smoking* que não ficasse bem. Mas Cooper é exceção. Ele não fica bem.

Ele fica *fantástico*.

Fico tão ocupada admirando-o que quase me esqueço de que vou a este evento para pegar um assassino. Durante um segundo (só unzinho), realmente me iludo e penso que eu e Cooper estamos em um encontro. Principalmente quando ele diz:

— Você está ótima.

Mas a realidade volta quando ele olha para o relógio e diz, como quem não quer nada:

— Vamos indo, certo? Preciso encontrar uma pessoa depois, então, se vamos mesmo ao baile, precisamos ir andando.

Sinto uma pontada de decepção. Encontrar uma pessoa? Quem? Quem é que ele precisa encontrar? Um cliente? Um informante?

Ou uma *namorada*?

— Heather — Cooper ergue as sobrancelhas. — Tudo bem aí?

— Tudo ótimo — respondo baixinho.

— Que bom — ele diz e me pega pelo cotovelo. — Vamos.

Sigo-o escada abaixo e porta afora, dizendo a mim mesma que estou sendo idiota. Mais uma vez. E daí que ele precisa encontrar alguém mais tarde? O que eu tenho a ver com isto? Isto aqui não é um encontro. *Não* é. Pelo menos, não com ele. Se eu tenho algum encontro que seja hoje à noite, é um encontro com o assassino de Elizabeth Kellogg e de Roberta Pace.

Repito isto a mim mesma por todo o trajeto ao longo do parque, passando pelo monumento de Washington Square, e mesmo enquanto atravessamos a rua que leva à biblioteca, que é onde o evento acontece e que parece ter sido transformada em um salão de baile para a ocasião, com alguns tapetes vermelhos, luzes coloridas e faixas estrategicamente colocadas.

Precisamos desviar de algumas limusines e de um punhado de guardas uniformizados do *campus* (pediram a Pete que fizesse hora extra para a ocasião, mas ele disse que não, porque Nancy, a filha dele, tinha feira de ciências naquela noite), todos com luvas brancas e apitos na boca, só para conseguirmos chegar perto do enorme edifício cor de argila. Há cordas de veludo para conter os bicões... só que não parece haver nenhum bicão com vontade de entrar de penetra naquela festa, só alguns estudantes de pós-graduação lá parados, agarrados às mochilas, com cara de bravos porque aquela festa está impedindo que eles tenham acesso às mesas de estudo da biblioteca.

Cooper mostra os convites para o cara na porta e então somos encaminhados para dentro e imediatamente abordados por garçons que querem nos encher de bebida e de cogumelos recheados com caranguejo. Que na verdade são bem gostosos. Acontece que os Negrescos não estão muito bem acomodados por baixo de minha calcinha redutora.

Ele pega dois copos para nós (não de champanhe, e sim de água com gás).

— Nunca beba em serviço — ele aconselha.

Penso em Nora Charles e nos cinco martínis que ela virou em *A Ceia dos Acusados* tentando acompanhar Nick. Imagine quantos assassinatos ela teria desvendado se seguisse o conselho de Cooper e permanecesse sóbria!

— Um brinde ao homicídio — ele diz, batendo na borda do meu copo com o dele. Seus olhos azuis brilham para mim... e quase me deixam sem fôlego, como sempre, com todo aquele brilho.

— Saúde — respondo e dou um golinho, examinando o lugar em busca de rostos conhecidos.

Há uma orquestra tocando uma versão acelerada de "Moon River" perto da seção de livros de referência. Mesas de banquete foram arranjadas na frente dos elevadores, das quais camarões gigantescos vão desaparecendo em velocidade recorde. As pessoas estão circulando, parecendo interessadas de maneira nada natural na conversa umas das outras. Vejo o Dr. Flynn conversando rapidamente com a diretora de graduação, uma mulher cujos olhos estão vidrados devido ao tédio ou à bebida (é difícil saber qual dos dois).

Vejo um aglomerado de administradores do departamento de residência embaixo de uma faixa dourada da Faculdade de Nova York, como uma família de refugiados em Ellis Island, apertando-se sob a sombra da Estátua da Liberdade. Já reparei que os administradores do departamento de residência parecem não ser muito benquistos nem pelos alunos nem pelos docentes. Em sua maior parte, os diretores de prédios de residência estudantil na Faculdade de Nova York parecem ser considerados um pouco acima de monitores de acampamento, e o Dr. Jessup e sua equipe de coordenadores e diretores associados não recebem muito mais respeito do que isto. O que é injusto, porque eles (bom, tudo bem, nós) trabalhamos muito mesmo (muito mais do que muitos daqueles professores, que dão uma passadinha para uma hora de aula por semana, e passam o resto do tempo apunhalando os colegas pelas costas em resenhas literárias).

Enquanto Cooper é tragado para dentro de uma conversa com um diretor (um velho amigo da família Cartwright), eu estudo os meus supervisores por cima da borda do copo. O Dr. Jessup parece pouco à vontade dentro do *smoking*. Em pé, ao lado dele, encontra-se uma mulher que imagino ser sua esposa escultural, já que parece trocar elogios com uma mulher que só pode ser a outra metade do Dr. Flynn. As duas parecem magras e belíssimas em vestidos justos com cintinho em tecido brilhante.

Mas nenhuma das duas está tão bonita quanto Rachel. Rachel está parada ao lado do Dr. Jessup, os olhos brilhando tanto quanto as bolinhas do champanhe que segura na mão. Ela está resplandecente em um vestido justinho de seda. O azul meia-noite do tecido contrasta com a pele de porcelana, que por sua vez parece brilhar contra o cabelo escuro arranjado em um coque no alto da cabeça, enfeitado com alfinetes de brilhante.

Para alguém que declarou não ter "nada para usar" para ir ao baile, ela se saiu mesmo muito bem.

Bom, na verdade, eu não consigo deixar de me sentir pouco à vontade pela maneira como estou sendo espremida para fora do vestido de Patty. Realmente, é bem desconfortável.

Demora um pouco para eu localizar o ilustre líder da faculdade. Mas finalmente o vejo perto de um dos balcões de empréstimo de livros da biblioteca. Pela primeira vez, o reitor Allington saiu de casa sem sua camiseta regata, o que pode ser em parte a razão por que demorei tanto para encontrá-lo. Ele está, de fato, usando *smoking*, e parece um homem realmente distinto.

Pena que eu não possa dizer a mesma coisa a respeito da Sra. Allington, que usa um terninho de veludo preto com calça boca-de-sino. As mangas largas caem para trás toda vez que ela leva o copo à boca... o que, devo dizer, acontece com freqüência assustadora.

Mas o que eu quero saber é onde está a prole dos Allington, o discreto Chris/Todd/Mark? Não o vejo em lugar algum, apesar de estar bem certa de que ele estaria ali, por ser um cara fofo com seus vinte e poucos anos e tudo o mais. Que cara fofo de vinte e poucos anos consegue resistir a um evento como este? Quer dizer, falando sério. Cerveja grátis?

Cooper está falando a respeito de câmeras em formato de batom ou algo assim com um sujeito mais velho que me chamou de "senhorita" e disse que tinha gostado do meu vestido (em um tom tão sincero que eu olhei para baixo para me assegurar de que o zíper ainda estava agüentando) quando de repente uma mulher muito atraente, toda vestida de preto, caminha em nossa direção e diz o nome de Cooper em tom muito surpreso.

— Cooper? — ela que consegue parecer glamourosa e profissional ao mesmo tempo, pega no braço dele de maneira absolutamente territorial (como se, no passado, tivesse pegado em outras partes mais íntimas, e por isso estivesse autorizada a agarrar o braço dele) e diz: — O que *você* está fazendo aqui? Parece que faz meses desde que tive notícias suas. Por onde é que você tem andado?

Não dá para dizer que ele tenha sido exatamente tomado pelo pânico.

Mas parece que está com muita vontade de estar em outro lugar.

— Marian — ele diz, colocando a mão nas costas dela e se inclinando para beijá-la. Na bochecha. — Que bom ver você.

— Então ele faz as apresentações, primeiro para o senhor de idade, depois para mim. — Heather, esta aqui é a professora Marian Braithwaite. Marian dá aula de história da arte. Marian, esta aqui é Heather Wells. Ela também trabalha aqui na Faculdade de Nova York.

Ela estica o braço e aperta minha mão. Os dedos dela tremelicam igual a um passarinho preso entre minhas garras gargantuescas. Apesar disso, estou propensa a acreditar que ela faz ginástica com regularidade na academia da faculdade. E também que ela toma banho de chuveiro, não de banheira. Ela simplesmente tem cara de quem faz isso.

— É mesmo? — Marian diz, toda alegre, dando para mim um sorriso perfeito de Isabella Rossellini. — Qual é sua cadeira?

— Hmm — respondo, torcendo para alguém jogar um vaso cheio de gerânios em minha cabeça e me poupar de ter de responder. Infelizmente, isto não acontece. — Nenhuma, para falar a verdade. Sou diretora-assistente de um dos alojamentos de alunos de graduação. Quer dizer, de um dos conjuntos residenciais estudantis.

— Ah — o sorriso perfeito de Marian nunca esmaece, mas dá para ver, pelo jeito como ela olha para Cooper, que ela só quer arrastá-lo para longe e arrancar as roupas dele, preferivelmente com os dentes, e não ficar ali conversando com a diretora-assistente de um conjunto residencial de alunos de graduação. Também não posso dizer que a condeno por isto. — Que legal. Então, Cooper, você andou viajando? Você não retornou nenhum dos meus telefonemas...

Não ouço o restante do que Marian está dizendo porque de repente meu próprio braço é agarrado. Só que, quando me viro para ver quem está me agarrando, em vez de um ex (o que seria impossível, já que o meu está no hospital), encontro Rachel.

— Oi, Heather — ela exclama. Pontos gêmeos de cor artificial iluminam as bochechas dela, e percebo que Rachel andou mandando ver no champanhe. Muito. — Eu não sabia que você vinha. Tudo bem com você? E o Jordan? Fiquei muito preocupada com ele. Como ele está?

Percebo, com um sobressalto de culpa, que não tinha pensado em Jordan a noite toda. Não desde que abri a porta e coloquei os olhos em Cooper, aliás. Gaguejo:

— Hmm, ele está bem. Aliás, em boas condições. Deve se recuperar completamente.

— Que semestre nós tivemos, hein? — ela me dá uma cotovelada amigável. — Com toda a certeza, você e eu estamos precisando de umas semanas de férias depois de tudo por que passamos. Não dá para acreditar. Duas mortes em duas semanas! — ela dá uma olhada em volta, preocupada com o fato de alguém a ter escutado, e abaixa a voz. — Eu não consigo acreditar.

Sorrio para ela. Está bêbada com certeza absoluta. É bem provável que não tenha comido nada e por isso o champanhe subiu direto. A maior parte dos canapés que está passando pelo salão, cogumelos recheados e *vol-au-vents* de camarão, não parece ter baixo teor de carboidratos, de modo que Rachel provavelmente os está evitando.

Mesmo assim, é legal vê-la alegre para variar (apesar de ser surpreendente que algo assim, que para mim parece meio pesado e tedioso, baste para despertar a moça festeira que existe nela). Mas, bom, eu não estudei em Yale, então talvez seja por isso.

— Eu também não — concordo com ela. — Você está muito bonita, aliás. Este vestido caiu bem em você.

— Muito obrigada! — ela solta faíscas. — Precisei pagar à vista, mas acho que valeu a pena. — Então o olhar dela recai sobre Cooper, e os olhos dela se acendem ainda mais. — Heather — ela sussurra, toda animada. — Você está com Cooper? Por acaso você e ele...

Dou uma olhada por cima do ombro para meu "acompanhante", que aparentemente continua tentando explicar para a professora por onde andou nos últimos meses (o que, até onde eu sei, foi exatamente em Waverly Place. Fico aqui me perguntando se Cooper tentou dar em Marian o bom e velho pé na bunda. Por que outra razão não teria ligado para ela? Mas não consigo imaginar nenhum motivo por que qualquer cara pode querer largar um partidão como ela. Ela tem sucesso na carreira, é inteligente, linda, magra, toma banho de chuveiro... caramba, *eu* sairia com ela).

— Hmm — digo, sentindo minhas bochechas esquentarem um pouco com a idéia de Cooper e eu, sabe como é. Juntos. — Não. É só que ele tinha um convite sobrando, então eu vim junto. Somos só amigos.

E destinados a assim permanecer. Parece.

— Igual a você e Jordan — Rachel diz.

— É — respondo, conseguindo abrir um sorriso, mas não sei como. — Igual a mim e Jordan.

Não é culpa dela. Quer dizer, ela não faz idéia de que está esfregando sal na ferida.

— Bom, é melhor eu ir andando — ela diz. — Eu prometi ao Stan que ia pegar uma destas tortinhas de caranguejo para ele...

— Ah — digo. — Claro. Tchau.

Rachel sai deslizando em seu próprio sétimo céu. Fico aqui me perguntando se o boato que Pete ouviu sobre Rachel ganhar uma promoção bem grande e gorda é verdade. Eu não ficaria surpresa. Ninguém no *campus* teve de conferir em duas semanas, se duas pessoas estavam mortas. O que mais a faculdade poderia fazer para demonstrar seu apreço além de promovê-la? Um prêmio Amor-Perfeito não basta. Afinal, Magda disse que, uma vez, Justine tinha sido indicada para uma medalha Amor-Perfeito porque deixou um aluno tomar emprestada a caderneta de telefones dela.

— Ei, loirinha!

Ignoro a voz que vem de trás de mim e, em vez de dar atenção a ela, prefiro olhar para Cooper. Ele continua falando com Marian Braithwaite, que olha para ele com adoração e ri de vez em quando de tudo o que ele diz. Como será que eles se conheceram? Vai ver ela o contratou. Talvez ela tenha desconfiado que o marido-professor dela a estava traindo, e contratou Cooper, e ele provou que ela não tinha nada com que se preocupar, e é *por isso* que ela está tão feliz de vê-lo e fica esticando a mão para pegar no braço dele...

— Loirinha!

Alguém bate no meu ombro, e eu me viro, surpresa, achando que vou ver algum auxiliar do reitor, pedindo para ver o meu convite...

...mas, em vez disso, olho direto para os olhos acinzentados e risonhos do filho dele.

É só pedir
Eu sei que você quer
É só pedir
Estou te esperando

É só pedir
Eu nunca ia te fazer adivinhar
É só pedir
Baby, pode ser que eu diga sim

"É só pedir"
Interpretada por Heather Wells
Composta por Roberts/Ryder
Do álbum *Verão*
Gravadora Cartwright

— Oi — Chris diz, todo sorridente. — Lembra de mim?

Fico olhando para ele, tão cheia de pânico que não consigo proferir um único som.

Christopher Allington. Christopher Allington veio atrás de mim. *Chris Allington* está segurando meu antebraço e sorrindo para mim como se fôssemos velhos amigos que se encontraram por acaso na pista de boliche ou algo assim. Ele até está me oferecendo uma taça de champanhe!

Bom, seria falta de educação não aceitar.

Pego a taça da mão dele muda, o coração batendo forte nos meus ouvidos. Christopher Allington. Christopher Allington. Ai, meu Deus. Como é que você pode ficar aí falando comigo como se não fosse nada? Você tentou me matar hoje. Está lembrado?

— A gente se conheceu ontem à noite, na porta do conjunto Fischer — ele se apressa em dizer, achando que não me lembro dele. Até parece que eu vou esquecer! — Era *mesmo* você, não era?

Finjo de repente recobrar a memória.

— Ah — digo, despreocupada (apesar de não haver nada assemelhado a despreocupação na sensação formigante de alarme que sinto subir e descer por meu braço, no lugar onde ele continua segurando). — Claro. Como vai?

Ele me larga. O agarrão dele não foi desagradável. Nem um pouco.

Mas não é estranho? Quer dizer, *não devia* ter sido? Tendo visto que ele é um assassino e tudo o mais?

Esquisito.

— Eu vou bem — ele responde.

Ele *está* muito bem. O *smoking* dele tem caimento bem melhor que o do pai. Mas, em vez de uma gravata-borboleta, Chris está usando uma gravata normal. De algum modo, nele, isso parece exatamente certo.

— Na verdade, estou muito melhor agora que vi você — ele prossegue. — Eu detesto estas coisas, e você?

— Ah — respondo, com um dar de ombros. — Não sei. Não é tão mau. Pelo menos tem álcool.

Viro o champanhe que ele me ofereceu de uma vez só apesar dos avisos de Cooper a respeito de beber em serviço.

Depois do susto que Chris me deu, chegando assim tão sorrateiro, sinto que mereço.

Ele me observa e ri.

— Então, com quem você veio? — ele quer saber. — As entradas não são baratas. Você é uma das representantes dos alunos?

Dou de ombros de novo. O investigador Canavan tinha dito que, de acordo com a experiência dele, pessoas que matam são extremamente burras, e estou começando a achar que, no caso do Chris, pode ser mesmo verdade. O fato de eu ser quase dez anos mais velha do que um representante estudantil médio parece não surtir efeito sobre ele...

...e isso, para mim, tudo bem. Quer dizer, tendo em vista que estou tentando ser sorrateira e sutil para conseguir fazer com que ele dê um passo em falso e confesse e tudo o mais. Mas é claro que não faço a menor idéia de como vou fazer isto.

Pelo menos Chris, diferentemente de outras pessoas, parece ter gostado do meu visual com o vestido emprestado. Vejo o olhar dele se desviar para o meu decote várias vezes. E não porque o zíper está abrindo atrás e tudo está solto lá dentro. Eu sei porque conferi.

A banda começa a tocar uma música lenta. Para minha surpresa, alguns casais de fato se deslocam para o centro da biblioteca e começam a dançar... Entre eles, estão a mãe e o pai de Chris. Vejo o reitor Allington conduzir a mulher para a pista com uma mesura exagerada que os diretores aplaudem em meio a risadas.

Na verdade, é meio fofo.

Pelo menos até a Sra. Allington tropeçar nas bocas de sino dela e quase cair de cara no chão. Felizmente, o reitor a gira e faz tudo parecer um passo complicado que ele tinha feito de propósito.

O que é ainda mais fofo. Talvez Chris não seja assim tão azarado quanto pensei que ele era. Em relação aos progenitores, quero dizer.

— Ei — Chris diz, surpreendendo-me mais uma vez, agora tirando a taça de champanhe de minha mão e colocando na bandeja de um garçom que passa por ali. — Quer dançar?

Minha cabeça se vira com tanta rapidez para olhar para ele que uma mecha de meu cabelo bate na minha boca e fica grudada no brilho labial.

— O quê? — pergunto, desesperada para tirá-lo. O cabelo, quero dizer. Da minha boca.

— Quer dançar? — ele pergunta. O sorriso dele é levemente cínico, para mostrar que ele sabe tão bem quanto eu que dançar no Baile Amor-Perfeito da Faculdade de Nova York é meio... bom, ridículo. Mesmo assim, ele quer deixar claro que está dentro.

O sorriso dele é contagiante. É o sorriso de um capitão do time de futebol da escola, o garoto mais bonito do ensino médio, tão autoconfiante e tão charmoso que nunca lhe ocorreu que alguma garota pudesse dizer "de jeito nenhum, mané" para o convite dele. Provavelmente porque nunca uma garota fez isso.

E eu é que não vou ser a primeira.

E não só porque quero descobrir se foi ele ou não que matou Elizabeth e Roberta.

Então, sorrio e digo:

— Claro — e o sigo até a pista de dança.

Não sou a melhor dançarina do mundo, mas não faz mal, porque Chris é bom. Provavelmente freqüentou uma daquelas escolas particulares onde os alunos têm aulas de dança de salão ou algo assim. Ele é tão bom que consegue conversar enquanto dança. Eu preciso ficar contando na cabeça. Um, dois, três. Um, dois, três. Troca de pé... ah, espera, esta é outra dança.

— Então — Chris diz em tom informal, enquanto aperta meu corpo contra o dele e me conduz com muita destreza pela pista e nem pisca quando piso no pé dele sem querer. — Que curso você está fazendo?

Procuro (disfarçadamente) por Cooper. Afinal, ele supostamente devia ficar de olho em mim, não é?

Mas não o vejo em lugar algum. Aliás, também não vejo Marian. Será que fui dispensada por uma ex-namorada? Depois de toda a confusão que Cooper fez a respeito de eu estar arriscando a vida em busca do assassino do conjunto Fischer, será que ele me abandonou?

Beleza! É bom saber que ele se importa tanto assim comigo!

Mas, sabe como é, tendo em vista que ele me deixa morar na casa dele sem pagar aluguel (bom, praticamente), acho que não tenho direito de reclamar. Quero dizer, quantas pessoas em Manhattan têm acesso tão fácil a uma lavadora/secadora?

Em resposta à pergunta de Chris a respeito do que estudo, digo:

— Hmm... está em aberto.

Bom, isso é verdade.

— É mesmo? — ele parece verdadeiramente interessado. — Muito bem. Mantenha as suas opções em aberto. Acho que muita gente chega à faculdade já decidida a fazer tal ou tal curso e não se dá a oportunidade de experimentar coisas novas. Sabe como é, descobrir no que são bons de verdade. Pode ser algo em que nunca pensaram. Como confecção de jóias.

Uau. Eu não sabia que dava para estudar confecção de jóias na faculdade. Você ia poder *usar* a sua prova final. Que prático.

— Qual é a sua inclinação? — ele pergunta.

Vou dizer preparação para medicina, mas mudo de idéia no último segundo.

— Justiça criminal — minto, para ver como ele reage.

Mas ele não sai correndo para se esconder de medo nem nada. Em vez disso, diz com ar jovial:

— É, muito interessante, justiça criminal. Eu mesmo andei pensando em fazer direito criminal.

Aposto que sim. Pergunto em voz alta, em tom de brincadeira:

— Então, o que um grande estudante de direito como você estava fazendo em um conjunto residencial de alunos que ainda não estão na graduação?

Pelo menos ele faz a gentileza de parecer acanhado.

— Bom — ele responde, com uma voz de saco cheio —, os meus pais moram lá.

— Além de várias meninas bonitinhas — observo. Está lembrado? De que você matou duas delas?

Ele sorri.

— Isso também — diz. — Não sei. As garotas do meu curso não são exatamente...

Por cima do ombro de Chris, avisto Cooper de relance. Parece que ele está trocando palavras com a professora Braithwaite. Mesmo. Eles estão envolvidos no que parece ser uma conversa bem calorosa perto do bufê de saladas. Vejo quando ele olha para mim de canto de olho.

Então, ele não esqueceu. Continua de olho em mim.

E está brigando com a ex, parece.

Mas também está de olho em mim.

Como me dou conta de que ele não sabe qual é a cara do Chris, pode não saber que estou dançando com o meu principal suspeito. Então, aponto para as costas de Chris e digo em silêncio para ele: *Este aqui é o Chris.*

Mas não funciona bem do jeito que eu desejava. Ah, Cooper entende e tudo o mais.

Mas Marian também e, ao perceber que a atenção dele não está mais exclusivamente voltada para ela, segue a direção do olhar de Cooper e me vê.

Sem saber o que mais posso fazer, dou um aceno ridículo. Marian desvia o olhar de mim com frieza.

Uau. Desculpa aí.

— As garotas do curso de direito...

Viro a cabeça e percebo que é o Chris falando. Comigo.

— Bom, digamos que elas consideram o fato de ficar sentadas em uma mesa de estudo da biblioteca toda noite, até a meia-noite, é sinônimo de diversão — ele diz e dá uma piscadela.

Do que é que ele está falando?

Então eu me lembro. Das alunas que estão indo em relação às que já estão na graduação em direito. Ah, certo. A investigação dos assassinatos.

— Ah — assinto com a cabeça, dando sinal de compreensão. — Garotas que estudam direito. Não são nada parecidas com aquelas meninas vindas diretamente do interior lá do conjunto Fischer, hein?

Ele dá muita risada.

— Você é bem engraçada — ele diz. — Em que ano você está?

Simplesmente dou de ombros e tento fingir que não se passaram, hmm, digamos, um pouco mais de sete anos desde que eu atingi a maioridade.

— Pelo menos me diga qual é o seu nome — ele implora, com uma voz grave que, tenho certeza, alguma ex-namorada dele já disse que era *sexy*.

— Pode continuar me chamando de loirinha — ronrono. — Assim você vai poder me distinguir de todas as suas outras namoradas.

Ele ergue as sobrancelhas e sorri.

— Que outras namoradas?

— Ah, você — exclamo, dando um tapinha bem feminino no braço dele. — Já ouvi falar tudo sobre você. Eu era amiga de Roberta, sabia?

Ele olha para mim como se eu estivesse louca. As sobrancelhas estão franzidas.

— Quem?

Meu deus, ele é bom. Não tem nenhuma pontinha de culpa nos olhos cinza-prateados dele.

— Roberta — repito. Preciso confessar. Meu coração bate forte por causa de minha ousadia. Estou conseguindo! Investigar! Estou mesmo investigando! — Roberta Pace.

— Não sei de quem você está falando.

Realmente, não dá para acreditar neste cara.

— Bobby — digo.

De repente, ele ri.

— *Bobby*? Você é amiga da *Bobby*?

Não deixei passar a ênfase estranha no *você é* e no uso do tempo presente. Afinal de contas, sou uma detetive tarimbada. Bom, pelo menos, eu faço a contabilidade de um detetive.

— Eu *era* amiga de Roberta — respondo, sem sorrir e parando de fingir que tenho menos 21 anos. Porque não dá para acreditar que este cara possa ser assim tão frio. Mesmo para um assassino. — Até ela cair de cima do elevador na semana passada.

Chris pára de dançar.

— Espere um pouco — ele diz. — O quê?

— Você ouviu bem — digo. — Bobby Pace e Beth Kellogg. As duas estão mortas, supostamente por fazer surfe de elevador. E você foi para a cama com as duas na noite anterior à morte.

Minha intenção não era falar assim na lata. Tenho bastante certeza de que o Cooper seria mais sutil. Mas é que eu... bom, eu fiquei meio brava, acho. Porque ele fez tanto descaso da coisa toda. Estou falando da morte de Roberta e de Elizabeth.

Acho que um detetive de verdade não fica bravo. Acho que um detetive de verdade fica sempre de cabeça fria.

Afinal de contas, acho que meu destino não é ser parceira de Cooper.

Chris parece paralisado, os pés pregados sobre um quadrado branco e outro preto do chão.

Mas ele não afrouxa a mão que está em minha cintura. Acho até que ele aperta mais um pouco, e ficamos lá de quadris unidos.

— O quê? — pergunta com olhos tão arregalados que as íris cinza-azuladas se parecem com bolinhas de gude flutuando em laguinhos gêmeos de leite. — O quê? — pergunta de novo. Até os lábios dele ficaram lívidos.

Meu rosto está apenas dois centímetros abaixo do dele. Vejo nos olhos dele que está incrédulo, e que está se enchendo lentamente de terror (até eu, uma detetive tão fraca, sou capaz de perceber isso).

E é quando percebo:

Ele não sabe. Mesmo. Chris não fazia a menor idéia (pelo menos até eu contar para ele, naquele momento) de que as duas meninas mortas do conjunto Fischer eram exatamente as que ele, hmm, tinha traçado poucos dias antes.

Será que ele é tão garanhão assim que só sabe o primeiro nome (o apelido) das mulheres que seduz?

Com toda certeza parece que sim.

O efeito que minha notícia tem sobre Chris é realmente bastante profundo. Seus dedos apertam minha cintura em convulsões, e ele começa a sacudir a cabeça para frente e para trás, como Lucy faz depois de um bom banho.

— Não — ele diz. — Não é verdade. Não pode ser.

E, de repente, percebo que cometi um erro terrível.

Não me pergunte como. Quer dizer, até parece que tenho alguma experiência neste tipo de coisa.

Mas, mesmo assim, eu sei. Sei do mesmo jeito que conheço o conteúdo de gordura em um chocolate Milky Way.

Christopher Allington não matou aquelas meninas.

Ah, ele foi para a cama com elas, foi sim. Mas não as matou. Isso foi obra de outra pessoa. Alguém muito, muito mais perigoso...

— Muito bem — diz uma voz profunda atrás de mim. Uma mão pesada cai em meu ombro desnudo.

— Desculpe, Heather — Cooper diz. — Mas a gente precisa ir embora.

De onde é que ele surgiu? Não posso ir embora. Não *agora.*

— Hmm — respondo. — Certo, me dá só um segundo, tudo bem?

Mas Cooper não parece muito pronto para esperar. Na verdade, está com cara de quem precisa sair dali correndo, como se sua vida dependesse disto.

— A gente precisa ir embora — ele repete. — *Agora.*

E coloca a mão em volta de meu braço e me puxa.

— Cooper — eu digo, sacudindo o braço para me libertar. Dá para ver que Chris continua em estado de choque. É bem provável que, se eu ficar ali mais um pouco, vou conseguir arrancar mais alguma coisa dele. Será que Cooper não percebe que estou conduzindo um interrogatório aqui?

— Por que você não come alguma coisa? — sugiro. — A gente se encontra no bufê daqui a um minuto...

— Não — ele diz. — Vamos embora. Agora.

Dá para entender por que ele está tão ansioso para ir embora. Dá mesmo. Afinal, não é todo mundo que resolve as coisas com os ex, sabe como é, transando no chão do *hall* de entrada.

Mesmo assim, sinto que ainda não posso ir embora. Não depois de ter feito um avanço tão importante. Chris está realmente abalado (tão abalado que nem parece notar que há um detetive particular pairando sobre sua companheira de dança). Ele virou para o outro lado e está meio que se afastando da pista de dança aos tropeções, indo mais ou menos na direção dos elevadores.

Para onde ele está indo? Para o 12º andar, para o escritório do pai, para beber algo de verdade? Ou só para usar o telefone? Ou será que vai até o telhado pular lá de cima? Sinto que preciso segui-lo, mesmo que seja só para garantir que ele não vai fazer nada idiota.

Só que, quando começo a ir atrás dele, Cooper não deixa.

— Cooper, eu ainda não posso ir embora — digo, fazendo força para me soltar da mão dele. — Eu fiz com que ele confessasse que conhecia as duas! Roberta e Elizabeth! E sabe o quê? Acho que não foi ele que as matou. Acho que ele nem sabia que elas estavam mortas!

— Que beleza — Cooper diz. — Agora, vamos embora. Eu disse que tinha um compromisso. E já estou atrasado.

— Um compromisso? Um *compromisso*? — Não consigo acreditar no que estou escutando. — Cooper, você não entende? Chris disse...

— Eu já ouvi — ele responde. — Parabéns. Agora, vamos embora. Eu disse que eu traria você aqui. Não disse que ficaria a noite toda. Sabe como é, eu tenho clientes que me pagam de verdade.

Percebo que é inútil. Mesmo que Cooper mudasse de idéia e me soltasse, eu não faço a menor idéia de onde o Chris se enfiou. E será que seria mesmo inteligente se eu o seguisse? Quer dizer, levando em conta o que aconteceu com as duas últimas garotas que ele... como posso colocar? Ah, sim: que ele traçou. Ei, talvez eu devesse me formar em letras. É. Virar escritor. E médica. E detetive. E *designer* de jóias...

Cooper e eu deixamos o prédio. Nem tenho oportunidade de me despedir de ninguém, nem de dar parabéns a Rachel pela Medalha Amor-Perfeito dela. Nunca vi ninguém tão afoito para sair de um lugar.

— Calma aí — digo quando Cooper me puxa para a rua. — Estou de salto, sabia?

— Desculpe — ele diz, e larga meu braço. Então ele coloca os dedos na boca e assobia para chamar um táxi que está passando pela West Fourth.

— Para onde a gente está indo? — Pergunto, curiosa, quando o táxi pára na esquina, cantando pneu.

— Você vai para casa — diz. Ele abre a porta de trás do lado do passageiro e faz um gesto para eu entrar, depois dá o endereço do predinho do avô dele para o motorista.

— Ei — eu digo, inclinando-me no assento. — É logo ali no outro quarteirão. Eu poderia ter ido a pé...

— Sozinha, não — Cooper diz. — E eu preciso ir para o outro lado.

— Por quê? — Não deixo escapar o fato de a historiadora da arte Marian ter acabado de sair pela porta da biblioteca, atrás de nós.

Mas, em vez de vir se juntar ao Cooper, ela lança um olhar nada amigável para ele e depois se apressa a pé na direção da Broadway.

Cooper, que está de costas para a biblioteca, não vê a professora, nem o olhar maldoso dela.

— Preciso falar com um cara — é tudo o que ele diz para mim — sobre um cachorro. — Ele enfia uma nota de cinco dólares na minha mão. — Não me espere acordada.

— Que cachorro? — o táxi começa a se movimentar. — Cooper, que cachorro? Você vai arrumar outro cachorro? E Lucy? Qual é o problema de Lucy?

Mas já estamos nos misturando ao trânsito. Cooper virou para o outro lado e começou a caminhar rapidamente na direção da rua West Third. Logo, já não o enxergo mais.

Que história foi aquela? Quer dizer, falando sério. Eu sei que os clientes de Cooper são importantes para ele. E sei que ele acha que essa coisa toda que tenho em relação às mortes no meu prédio é uma criação da minha mente, ou sei lá o quê.

Mas, mesmo assim. Ele poderia ter escutado o que eu tinha a dizer.

E é quando o motorista do táxi, que tem cara de indiano, diz, tentando ajudar:

— Acho que é um modo de falar.

Olho para o reflexo dele no espelho retrovisor.

— O que é um modo de falar?

— Falar com um cara sobre um cachorro — o taxista responde. — É uma expressão americana. Tipo pedras que rolam não criam limo. Sabe como é? Significa que ele precisa ir a algum lugar que prefere não mencionar.

Eu me afundo no assento. Não, eu não sabia. Parece que eu não sei nada.

Bom, mas acho que disso eu já sei. Quer dizer, não é por isso que eu fui trabalhar na Faculdade de Nova York? Para estudar?

Bom, eu estou aprendendo alguma coisa, sim. E ainda nem comecei a ter aulas.

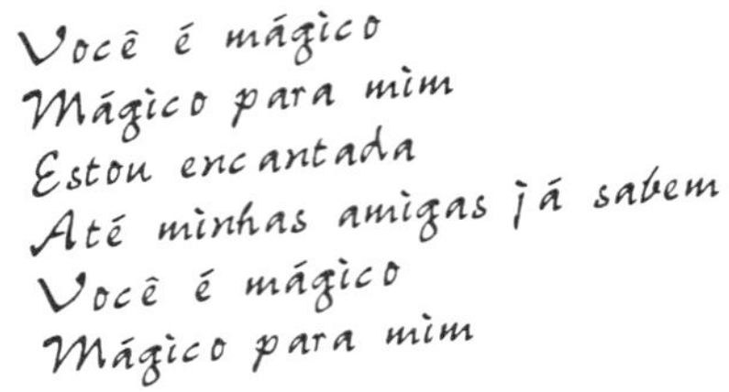

"Mágico"
Interpretada por Heather Wells
Composta por Dietz/Ryder
Do álbum *Mágico*
Gravadora Cartwright

Depois de Cooper e eu (e Chris Allington) sairmos do Baile Amor-Perfeito, Rachel Walcott recebeu uma Medalha Amor-Perfeito por serviços exemplares prestados à faculdade.

Na manhã seguinte, ela me mostra o broche em formato de flor, cheia de orgulho nos lindos olhos castanhos. Ela o usa na lapela do *tailleur* preto de linho como se fosse uma medalha de honra ao mérito ou algo assim.

Mas acho que é isso mesmo. Quer dizer, em um único semestre, ela precisou lidar com mais tragédias do que a maior parte dos administradores enfrenta durante toda a carreira.

Eu nunca ganhei nada na vida. Bom, tudo bem, fiz um contrato com uma gravadora, mas foi só isso. Eu sei que normalmente não dão Grammys para músicas como "Vontade de te comer". Mas, acorda, eu também nunca ganhei nem um People's Choice Award, o prêmio do público. Nem mesmo um *Teen* People's Choice.

E eu era totalmente a Rainha dos *Teens*. Pelo menos, até eu sair da adolescência.

Mas tento não deixar que Rachel perceba que estou com inveja do prêmio dela. Não que eu tenha ficado com tanta inveja assim. Mas sabe como é.

Fui eu quem arrastou todas as caixas do porão. As caixas que usamos para empacotar todas as coisas de Roberta e de Elizabeth. E fui eu também quem empacotou tudo. E fui eu quem arrastou tudo para o serviço de correspondência e despachou. Acho que eu deveria receber *alguma coisa* por isso. Talvez não um Amor-Perfeito. Mas quem sabe um Dente-de-Leão.

Tudo bem. Quando eu conseguir provar que as meninas morreram assassinadas, e não por acidente, e quando eu descobrir quem as matou, talvez eu ganhe a chave da cidade ou alguma coisa assim. De verdade! E o prefeito vai me entregar pessoalmente, e a cerimônia vai ser transmitida pela TV, no canal New York One, e Cooper vai ver e vai perceber que, apesar de eu não ser professora de história da arte, sou totalmente inteligente e fofa, e ele vai me convidar para sair e vamos nos casar e ter o Jack, a Emily e a Charlotte Wells-Cartwright...

Bom, uma garota tem direito de sonhar, certo?

E *estou* feliz por Rachel. Dou parabéns a ela e tomo o meu café enquanto ela descreve como foi receber um prêmio de tanto prestígio na frente dos colegas. Ela contou que o Dr. Jessup deu um abraço nela e que o reitor Allington agradeceu pelos serviços prestados que vão além das obrigações dela. Ela fica falando toda animada que foi a primeira funcionária administrativa da Faculdade de Nova York a receber sete nomeações diferentes para o prêmio, o maior número que qualquer pessoa já recebeu, e tudo nos primeiros quatro meses dela no emprego! Ela diz que está muito contente de ter entrado para o ramo da educação superior, e não dos negócios ou do Direito, como tantos colegas dela de Yale fizeram.

— Você não acha bom — ela me pergunta — saber que está fazendo tanta diferença na vida das pessoas, Heather?

— Hmm — digo. — Claro.

Mas tenho muita certeza de que as pessoas sobre cuja vida eu exerço maior diferença (os funcionários estudantis) simplesmente preferiam que Justine voltasse.

Enquanto Rachel vai se acalmando depois de toda a animação de falar do prêmio Amor-Perfeito, pego o telefone para cuidar de algumas coisas que acho que ando negligenciando.

Primeiro, ligo para Amber no quarto dela. Quando a voz sonolenta dela coaxa: "Alô?" no telefone, desligo com todo o cuidado. Certo. Amber continua viva. OK.

Então ligo para o hospital St. Vincent's para ver como Jordan está. Fico sabendo que está melhor, mas que ainda querem que ele fique lá uma noite para observação. Realmente não quero, mas fico achando que preciso falar com ele... sabe como é, tendo em vista que é minha culpa ele ter se machucado, para começo de conversa.

Mas quando a telefonista transfere minha ligação para o quarto dele, uma mulher atende. Tania. Não consigo lidar com noivas logo cedo pela manhã, então, desligo. Mas me sinto culpada em relação a isso e encomendo meia dúzia de balões com mensagens de melhoras de uma floricultura local e peço que sejam entregues no hospital St. Vincent's com uma mensagem de teor altamente pessoal: *Espero que melhore logo, Jordan. Da Heather.* É provável que eles se percam no meio de todos os outros presentes que os fãs sem dúvida estão mandando para ele (parece que fizeram uma vigília à luz de velas na frente do hospital, na entrada das ambulâncias), mas pelo menos posso dizer que tentei.

Pensar em Jordan com o crânio rachado me lembra Christopher Allington. Um detetive de verdade teria dado continuação à conversa que começamos na noite anterior, é claro.

Então resolvo fazer mais uma tentativa com ele. Digo a Rachel que vou ao banheiro. Mas, na verdade, vou até o elevador e subo ao vigésimo andar.

Ninguém além dos Allington e as visitas deles deve ir até o vigésimo andar, e é por isso que o tapete no *hall* da entrada da cobertura na verdade é um enorme detector de movimento que dispara um alarme sempre que alguém pisa nele, inclusive os Allington. O alarme faz com que uma câmera comece a funcionar, enviando imagens do intruso para uma tela de vídeo na mesa da segurança na recepção.

Mas como o guarda do momento é Pete, não me preocupo muito em ser pega. Já surpreendemos vários calouros no vigésimo andar, a maior parte dos quais tinha sido mandada até lá por colegas mal-intencionados em busca da "Piscina do Conjunto Fischer". A piscina do conjunto Fischer de fato existiu, mas no porão, e não na cobertura, e um dos trotes preferidos dos alunos mais velhos é mandar os calouros até o vigésimo andar para procurá-la, sabendo que vão fazer disparar os detectores de movimento e que vão ser pegos por estar na frente do apartamento do reitor.

Piso cheia de coragem no tapete supracitado e ergo o dedo para apertar a campainha do apartamento dos Allington. Dá para ouvir um ruído estranho de assobio atrás da porta, e percebo que devem ser os pássaros da Sra. Allington, as cacatuas com que ela tanto se preocupa quando bebe além da conta. Quando toco a campainha, os assobios se transformam em gritos histéricos e, por um instante, entro em pânico. Mesmo. Esqueço todo o negócio de detetive barra escritora barra médica barra *designer* de jóias e só tenho vontade de correr de volta para o elevador...

Mas antes que eu tenha oportunidade de me atirar no chão e fugir, a porta se abre e a Sra. Allington, com olhos embaciados, com uma bata verde de veludo molhado, olha para mim.

— Pois não? — Ela pergunta de um jeito nada simpático, apesar de, há cerca de duas semanas, eu ter segurado a mão dela enquanto ela vomitava em uma das jardineiras da recepção. Atrás dela, vejo um pedaço de uma gaiola de vime de quase dois metros de altura, de dentro da qual dois pássaros brancos gritam para mim.

— Hmm, oi — digo com animação. — Christopher está?

As pálpebras inchadas da Sra. Allington se abrem um pouco, depois voltam ao normal.

— O quê?

— Chris — repito. — Seu filho, Christopher. Ele está?

A Sra. Allington parece verdadeiramente fula da vida. No começo, fico achando que é porque eu a acordei, mas acontece que isso é só parte do problema.

Não, o que eu fiz de errado foi ultrajar a noção de propriedade da Sra. Allington.

Isso mesmo! Quem poderia saber que ela tem isso? Mas tem, sim.

Ela diz, separando bem as sílabas, como se estivesse falando com algum estrangeiro que não compreende bem a língua.

— Não, Chris não está aqui, Justine. E se você tivesse tido uma boa educação, saberia que é considerado altamente inadequado moças correrem atrás de rapazes com tanta afobação.

Então ela bate a porta com muita força, fazendo com que os pássaros gritem ainda mais alto com a surpresa.

Fico ali parada, olhando para a porta fechada durante mais ou menos um minuto. Preciso reconhecer que estou um tanto magoada. Quer dizer, eu achava que a Sra. Allington e eu éramos próximas.

E, no entanto, ela *ainda* me chama de Justine.

Eu deveria simplesmente ter ido embora. Mas sabe como é, eu continuava precisando saber onde Chris estava.

Então, estico a mão e toco a campainha de novo. Os gritos dos pássaros passam para estridentes e, quando a Sra. Allington abre a porta desta vez, não está apenas com cara de alguém fula da vida, mas de quem quer matar outra pessoa.

— *O que foi?* — Ela quer saber.

— Desculpe — digo da maneira mais educada que sou capaz. — Eu realmente não quero incomodar. Mas será que a senhora poderia só me dizer onde é que eu posso encontrar o Chris?

A Sra. Allington tem muita pele solta no rosto. Um *lifting* aqui, outro ali poderiam ter dado jeito, mas ela realmente não é do tipo adepta à plástica. Ela faz mais o tipo aristocrático da Nova Inglaterra, daquela gente que tem muito dinheiro e que fala sem abrir a boca. Mais ou menos como a Sra. Cartwright. Só que bem mais assustadora.

Mas, bom, um pouco dessa pele solta embaixo do queixo dela fica tremendo enquanto ela olha para mim, cheia de ódio.

Finalmente, ela diz:

— Será que vocês todas simplesmente não podem deixar o Chris em paz? Estão sempre correndo atrás dele, causando confusão. Vocês não podem ir atrás de outro rapaz? Por acaso não tem um monte deles neste alojamento?

— Conjunto residencial estudantil — corrijo.

— *O quê?*

— Isto aqui é um conjunto residencial estudantil — lembro a ela. — A senhora disse alojamento. Mas na verdade é um...

— Vá para o inferno — a Sra. Allington diz e bate a porta na minha cara de novo.

Uau. Isso é que é hostilidade. Em vez de ficar fazendo a *minha* análise o dia inteiro, Sarah devia fazer suas atenções se voltarem para os Allington. Eles têm *muito* mais problemas.

Suspiro, dou meia-volta e aperto o botão de descer do elevador. Não tenho certeza, mas acho que talvez a Sra. Allington já tenha colocado a mão na garrafa... e ainda não são nem dez da manhã! Fico aqui me perguntando se ela está sempre embriagada assim tão cedo, ou se esta é alguma ocasião especial. Como comemorar o prêmio Amor-Perfeito de Rachel, talvez.

Quando eu desço de novo, quase passo por cima de uma menina magrinha no corredor. Ela está indo para a sala de Rachel, então começo a perguntar se posso ajudar mas, quando ela se vira, vejo que é Amber.

Isso mesmo.

Amber do Chris Allington, do Idaho. Aquela que acabei de acordar.

— Ah — ela diz quando me reconhece. — Oi. — O *oi* dela é muito menos do que entusiasmado. Isso porque ela ainda está meio dormindo. Ela está até de pijama. — Você não é... não é a diretora do prédio, é?

— Não — respondo. — Sou assistente dela. Por quê?

— Porque acabei de receber uma ligação dizendo que eu tinha de descer aqui para uma reunião obrigatória com Rachel Walcott...

Naquele momento, Rachel sai da nossa sala batendo os saltos no chão, segurando uma pasta junto ao peito.

— Ah, Heather, você apareceu — ela diz, toda alegre. — Cooper está aqui.

Acho que eu devo ter emitido algum ruído de descrença, porque Rachel fica olhando para mim curiosa e diz:

— Ele está mesmo. — Então a atenção dela se volta para a menina ao meu lado. — Amber? — Ela pergunta.

— Sim senhora. — A Amber parece derrotada. Bom, e como é que uma garota de 18 anos que foi forçada a acordar às dez da manhã para uma reunião com a diretora do prédio não iria se sentir derrotada?

— Por aqui, Amber — Rachel diz, pegando no cotovelo da menina. — Heather, por favor, segure minhas ligações por alguns minutos...

— Claro — respondo e entro em nossa sala. Onde, é claro, encontro Cooper balançando a cabeça enquanto olha para o pote de camisinhas em cima de minha mesa.

— Oi, Cooper — eu digo, um tanto cautelosa. O que me parece compreensível, levando em conta que, sabe como é, na última vez que ele apareceu em meu trabalho, foi para contar que meu ex-namorado estava noivo de outra pessoa. O que será que aconteceu desta vez?

Então sinto uma onda de pânico quando me lembro de Marian Braithwaite. Ai, meu Deus. Ela e o Cooper voltaram. Eles voltaram e vão se casar, e Cooper está aqui para me dizer que precisa do apartamento de volta porque vão colocar a babá lá...

— Oi, Heather — ele diz, parecendo bem mais ele mesmo de jeans e jaqueta de couro do que parecia de *smoking*. — Tem um minuto?

Oi, Heather, tem um minuto? Oi, Heather, tem um minuto? Que jeito é ESSE de dar início a uma conversa? Será que existem outras três palavras mais capazes de incutir terror em alguém do que *Tem um minuto*? Não. Eu NÃO tenho um minuto! Não se você for me dizer o que acho que vai dizer. Por que ela? POR QUÊ? Só porque ela é inteligente e tem uma carreira de sucesso e é magra...

— Claro — respondo, de um jeito que, espero, pareça despreocupado e seguro de si, mas que tenho certeza que soa mais como um balido. Faço um gesto para Cooper se sentar e me encolho em minha cadeira, desejando ter à mão uma garrafa da mesma coisa que a Sra. Allington passou a manhã toda bebendo.

— Veja bem, Heather — ele diz. — Sobre o que aconteceu ontem à noite...

Não! Porque se existem palavras piores do que *Tem um minuto*, elas são *Sobre o que aconteceu ontem à noite...*

E agora eu ouvi todas elas, em seqüência. Não é justo!

E o que foi mesmo que aconteceu na noite passada? Nada! Eu desci do táxi em que Cooper tinha me enfiado e fui direto para a cama.

Certo, talvez eu tenha ficado acordada mais ou menos uma hora, trabalhando em uma música nova.

E talvez a música fosse sobre ele.

Mas ele não tem como ter ouvido. Eu toquei superbaixinho. E nem ouvi quando ele chegou em casa.

Ah, por que eu? POR QUE EU???

— Acho que estou devendo uma explicação para você — é a frase inesperada que sai da sua boca.

Mas, espere um pouco. *Estou devendo uma explicação para você?* Isso não parece um prelúdio para pedir que eu saia da casa dele. Na verdade, quase parece um pedido de desculpas. Mas o que será que o Cooper pode ter feito para precisar se desculpar?

— Ontem à noite, depois do baile, eu fui me encontrar com uma amiga que trabalha no Instituto Médico Legal — ele começa. — E ela disse...

Espere um pouco. *Uma amiga?* O Cooper me largou por causa de outra mulher?

— Ah, então foi *isso* que você foi fazer? — Solto, antes que consiga me segurar. — Foi se encontrar com uma *mulher*?

Ai... Meu... Deus. Qual é o meu problema? Por que eu não consigo ficar com a cabeça fria e demonstrar autoconfiança como... bom, como Rachel? Por que eu tenho de ser tão pateta o tempo todo?

Felizmente Cooper, por ter completa ignorância a respeito de meus planos em relação a ele (a história de que ele vai se casar comigo e vai ser pai dos meus três filhos ainda por nascer e vai servir de inspiração para o meu prêmio Nobel de medicina), não percebe que estou com ciúme. Parece que ele fica achando que estou brava porque ele me obrigou a sair cedo da festa.

— Eu não queria dizer nada para você antes — ele diz. — Sabe como é, para o caso de ela não ter nada a me dizer. Mas a verdade é que tinha *mesmo* alguma coisa estranha no corpo daquelas duas meninas.

Fico lá, olhando para ele. Porque não dá para acreditar. Não que a "amiga" dele do Instituto Médico-Legal tinha encontrado alguma coisa estranha no corpo de Elizabeth e no de Roberta. Mas que ele tinha se dado ao trabalho de consultá-la para meu benefício, para começo de conversa.

— M-mas — eu gaguejo. — Mas eu achei... você achou... que eu estava inventando tudo. Porque estava com saudade da emoção de me apresentar em público...

— Eu acho — Cooper diz, com um dar de ombros. — Quer dizer, achava. Mas também achei que não faria mal nenhum perguntar.

— E aí? — me inclino para a frente, ansiosa. — O que foi? Drogas? Elas foram drogadas? Porque eu achei que o investigador Canavan tinha dito que não encontraram vestígios de drogas no corpo delas.

— E não encontraram mesmo — ele responde. — Não foram drogas. E, sim, queimaduras.

Fico olhando para ele.

— Queimaduras? Que tipo de queimaduras? Tipo... queimaduras de cigarro?

— Não — ele responde. — Angie não tem certeza. — Angie? Cooper conhece alguém no Instituto Médico-Legal que se chama *Angie*? Aliás, como foi que ele e Angie se conheceram? Angie não parece ser o tipo de nome que uma investigadora médica possa ter. Uma dançarina exótica, talvez. Mas não uma médica... — E é preciso levar em conta que aqueles corpos... — ele prossegue. — Bom, aqueles corpos estavam meio danificados. Mas Angie disse que acharam marcas de queimaduras nas costas das duas meninas, e são marcas que não têm explicação. Não é o suficiente para que questionem a determinação do legista... sabe como é, de que as mortes foram acidentais. Mas é... estranho.

— Estranho — repito.

— É — Cooper diz. — Estranho.

— Então... — não consigo olhá-lo no olho. Porque não dá para acreditar que ele está mesmo me levando a sério. *Eu*, a Heather Wells, famosa por "Vontade de te comer"!

E, para tanto, bastou um par de assassinatos...

— Então talvez eu não esteja inventando tudo isso só porque quero transferir a raiva que sinto de minha mãe? — pergunto.

Ele parece estupefato.

— Eu nunca disse isso.

Ah, é verdade. Tinha sido a Sarah.

— Mas agora você acredita em mim? — Dou um cutucão nele. — Que eu não sou só a ex-namorada maluca do seu irmão mais novo? Mas que talvez seja, humm, um ser humano racional?

— Eu nunca achei que você fosse nada diferente disso — Cooper diz com uma onda de irritação nos olhos azuis. Então, ao ver minha expressão, ele diz: — Bom, talvez eu ache você louca, mas nunca achei que fosse irracional. Sinceramente, Heather, não sei de onde você tira essas coisas. Sempre achei que você é uma das mulheres...

Mais lindas e mais adoráveis que você já conheceu? A mais inteligente, mais bonita e estonteante entre suas conhecidas?

Infelizmente, antes que ele tenha oportunidade de me dizer o que ele sempre achou que eu sou (ou de se ajoelhar e pedir para que me casasse com ele... é, eu sei. Mas uma garota tem direito de sonhar), o telefone toca.

— Espere só um segundinho — eu digo a ele e atendo o telefone. — Conjunto Fischer, aqui é a Heather.

— Heather? — É Tina, a recepcionista que está de plantão. — Espere um pouco, Julio quer falar com você.

Julio entra na linha.

— Ah, Haythar, desculpe — ele diz. — Mas ele está lá de novo.

— Quem está fazendo o que de novo?

— Aquele menino, Gavin. A Sra. Walcott me disse...

— Certo, Julio — digo, com cuidado para não deixar Cooper perceber o que está acontecendo, levando em conta como foi da última vez. — A gente se encontra no lugar de sempre. — E então, desligo.

Isso sim que é a coisa errada na hora errada! Bem quando Cooper estava dizendo o que ele realmente pensa sobre mim!

Mas, pensando bem, não tenho certeza se quero saber. Porque é mais provável que seja algo na linha de: "uma das melhores digitadoras de dados financeiros que já conheci."

— Espere aqui que eu já volto — digo ao Cooper.

— Tem alguma coisa errada? — ele pergunta, e parece preocupado.

— Nada que eu não possa resolver rapidinho — respondo. Ai, meu Deus, eu por acaso acabei de dizer "rapidinho"? Bom, tanto faz. — Volto logo.

Antes que ele possa dizer qualquer palavra, já saí da sala e corro na direção do elevador de serviço, onde digo ao Julio, que me encontra lá, que cuide da alavanca de controle e *Ande logo!*

Porque, quanto mais rápido voltarmos, mais rápido vou poder descobrir, sabe como é, se existe alguma chance para mim no que diz respeito a Cooper, ou se eu simplesmente deveria desistir dos homens de uma vez. Talvez a Faculdade de Nova York ofereça algum curso para virar freira. Pois é, para abrir mão inteiramente dos homens e abraçar o celibato. Porque está mesmo começando a parecer que esta pode ser a única saída para mim.

Quando Julio me leva até o décimo andar, subo pelas paredes do elevador e passo pelo painel aberto do teto. Lá no poço do elevador está quentinho e silencioso, como sempre.

Só que não consigo escutar as risadas do Gavin, e isso é bem *anormal*. Talvez ele finalmente tenha sido decapitado por um cabo solto, como Rachel tantas vezes avisou que podia acontecer. Ou talvez ele tenha caído. Ai, meu Deus, por favor, não me diga que ele está no fundo do poço.

Estou refletindo sobre isso (o que vou fazer se só encontrar o corpo decapitado do Gavin em cima do elevador um) quando o elevador de serviço se aproxima das duas outras cabines, que estão as duas paradas no décimo andar.

Quando subimos acima delas, não vejo sinal de Gavin... nem do corpo decapitado dele. Nada de garrafas de cerveja vazias, nada de risadas histéricas, nada. É como se Gavin nunca tivesse passado por ali...

Antes que me dê conta, um estrondo sacode o poço dos elevadores e deixa os meus ouvidos zunindo, como o som de ondas do mar, só que ampliado mil vezes.

Eu tinha me levantado (meio desequilibrada) para olhar melhor a parte de cima dos elevadores abaixo e, quando senti a explosão sob meus pés, agarrei instintivamente (mas sem olhar) a primeira coisa em que minha mão encostou.

Algo parecido com mil lâminas de barbear corta as minhas mãos, e percebo que estou segurando uma corda de metal que vibra loucamente devido à força da explosão. Mesmo assim, não solto o cabo de aço chicoteante, porque é a única coisa que me separa do fundo do poço escuro embaixo de mim. Porque não tem mais nada sob meus pés. Em um instante, estou em pé no teto do elevador de serviço, no momento seguinte, o teto cedeu sob meus pés, enrugando-se como uma latinha de batatas Pringles.

Hmmm. Pringles.

É engraçado ver no que a gente acaba pensando logo antes de morrer.

Eu evito ser atingida por uma chuva de aço que vem de cima por pura sorte. O cabo a que me agarrei continua a se agitar loucamente, mas me agarro a ele com as duas mãos e as duas pernas, enrolando um pé ao redor do outro.

Alguma coisa bate bem forte em meu ombro quando passa por mim e quase faz com que eu solte o cabo, porque perco o fôlego com o impacto.

É nessa hora que olho para baixo, enlouquecida, e vejo que o elevador de serviço sumiu.

Bom, não é que ele sumiu, exatamente. Está em queda-livre embaixo de mim, igual a uma latinha de refrigerante que alguém jogou por um poço de lixo, com os cabos soltos (menos o que estou segurando) atrás dele, como se fossem fitas de um véu de noiva.

Não vai se espatifar, é a única coisa que penso com meus botões. Uma vez, eu perguntei aos homens da manutenção do elevador se o que aconteceu em *Velocidade Máxima* poderia acontecer na vida real. E eles disseram que não. Porque, mesmo que todos os cabos ligados a um elevador se partissem ao mesmo tempo (algo que, eles afirmaram, nunca, jamais poderia acontecer. Mas, hmm, acorda), tem um contrapeso embutido na parede que não deixaria o elevador se espatifar no fundo do poço.

Sinto o impacto ensurdecedor do contrapeso quando ele encontra seu lugar e impede que a cabine do elevador se espatife no fundo do porão.

Mas quando os cabos quebrados caem em cima do teto da cabine, o barulho é ensurdecedor. Um impacto após o outro sacode o poço. Faço o que posso para continuar agarrada ao cabo restante, pensando apenas que, com todo aquele barulho, não ouvi nenhum pio de Julio. Nenhum barulhinho sequer. Sei que ele continua dentro daquele elevador. Ao passo que ele foi salvo pelo contrapeso de virar sanfona no chão do porão, aqueles cabos destruíram o teto do elevador. Ele está embaixo daquele emaranhado de aço...

Mas só Deus sabe se ele ainda está vivo.

O silêncio que se segue ao estrondo do elevador desabado é ainda mais assustador do que o impacto trêmulo dos cabos partidos. Eu sempre adorei o poço dos elevadores porque este é o único lugar no alojamento (quer dizer, conjunto residencial estudantil) onde o silêncio absoluto existe. Agora, esse mesmo silêncio parece um dossel impenetrável entre mim e o solo. Quanto mais silencioso fica, mais a bolha de histeria vai subindo pela minha garganta. Eu nunca tinha tido a oportunidade de ficar aterrorizada antes.

Mas agora, pendurada a mais de dez andares de altura com os pés balançando sobre o nada, sou tomada pelo pavor.

É nesse momento que a bolha se transforma em um jorro e começo a berrar.

Estou caindo
Caindo de paixão por você

Estou caindo
Tudo por causa de você

Vem me pegar
E eu vou te mostrar

Que estou caindo
Caindo de paixão por você

"Caindo de paixão"
Interpretada por Heather Wells
Composta por Dietz Ryder
Do álbum *Mágico*
Gravadora Cartwright

Apesar de parecerem horas, acho que só fico gritando durante mais ou menos um minuto quando ouço uma voz distante e masculina gritando meu nome lá de baixo.

— Aqui! — Berro. — No décimo andar!

A voz diz alguma coisa, e daí, abaixo de mim, à esquerda, os dois outros elevadores começam a descer.

Se eu tivesse alguma presença de espírito, simplesmente teria pulado para cima deles, alcançando o teto do elevador mais próximo.

Mas ele se encontra a uma distância de mais de 1,5 metro (a mesma distância que Elizabeth e Roberta deveriam ter pulado, mas não conseguiram, isso se for possível acreditar que elas morreram mesmo por causa de surfe de elevador) e eu estou totalmente paralisada de tanto medo.

Percebo, no entanto, que não vou me agüentar mais por muito tempo. A coisa que atingiu o meu ombro me deixou com uma dor dilacerante, e as palmas de minhas mãos estão em carne viva de agarrar o cabo de aço já enferrujado (isso sem contar que estão escorregando por causa do sangue)

Lembro-me vagamente de meus tempos de educação física no primário. Eu nunca fui muito boa em subir na corda (e nem em qualquer outra atividade física, aliás), mas eu me lembrei de que o segredo para conseguir ficar pendurada em uma corda é fazer uma espécie de laço com o pé na ponta solta.

Fazer com que um cabo de aço se enrole em volta de meu pé revela-se algo mais difícil do que jamais tinha sido na quarta série, mas finalmente consigo produzir algo semelhante a um apoio. Mas continuo ciente de que não vou conseguir me agüentar por mais do que alguns minutos. Meu ombro e principalmente minhas mãos doem tanto (e meu limite de esforço físico sempre foi baixo, porque sou grandona), que sei que vou soltar e cair para a morte, em vez de agüentar muito mais tempo.

E não posso dizer que minha vida não foi boa até agora. Tudo bem, talvez algumas partes dela tenham sido mais acidentadas do que outras. Mas, ei, minha infância foi boa: pelo menos, meus pais sempre se asseguraram de que eu não fosse para a cama com fome.

E nunca fui maltratada nem molestada. Tive uma carreira de sucesso (apesar de ter vivido meu auge mais ou menos aos 18 anos).

Mas, mesmo assim, comi em um monte de restaurantes ótimos.

E eu sei que vão cuidar bem de Lucy. Cooper vai cuidar dela se alguma coisa acontecer comigo.

Mas pensar em Cooper me faz lembrar de que eu realmente não quero morrer, pelo menos não agora, quando as coisas estavam começando a ficar interessantes. Nunca vou saber o que ele realmente pensa de mim! Ele estava prestes a me dizer, e agora eu vou morrer sem saber!

A menos, é claro, que a gente alcance todo o conhecimento do universo ao morrer.

Mas, e se isso não acontecer? E se a gente simplesmente morrer?

Bom, então, acho que não vai fazer diferença.

Mas, e aqueles homens da manutenção? Eles me garantiram que cabos de elevador não arrebentam pura e simplesmente. Tudo bem, talvez um ou outro arrebente, mas não todos, não de uma vez só. Aqueles cabos não tinham se rompido por acidente. Alguém tinha feito com que arrebentassem de propósito. Julgando pela bola de chamas que explodira sob meus pés, estou pensando em uma bomba.

É isso mesmo, uma bomba.

Alguém está tentando me matar.

De novo.

Refletir sobre quem pode ter algum motivo para querer me matar tira minha atenção do ombro dolorido e das mãos latejantes (e até do negócio sobre Cooper e o que ele pensa de mim) durante mais ou menos um minuto. Bom, é claro que tem Christopher Allington, que pode ou não já ter tentado jogar um vaso cheio de gerânios em minha cabeça porque suspeito que ele seja um assassino. É melhor que ele tenha um álibi bem bom para isto aqui.

Mas como é que ele ia saber que eu estaria naquele elevador? Eu raramente uso o elevador de serviço. Aliás, só o uso para ir atrás de surfistas de elevador.

Será que Gavin McGoren tem algum envolvimento na morte de Beth Kellogg e de Bobby Pace? Parece uma hipótese um tanto remota, mas que outra explicação pode existir? Julio não pode ser o assassino. Até onde eu sei, ele pode estar morto lá embaixo. Por que ele ia querer se matar *junto* comigo?

De repente, o elevador mais próximo de mim volta e, desta vez, tem alguém no teto. Mas não é Gavin McGoren. Tento piscar para limpar os olhos (o poço está cheio de fumaça) e enxergo através da névoa o rosto consternado de Cooper chegando para me salvar.

E isto deve significar que ele gosta de mim. Pelo menos um pouco. Quer dizer, se ele está disposto a arriscar a própria vida para salvar a minha...

— Heather — Cooper diz. Ele parece calmo e autoritário como sempre. — Não se mexa, certo?

— Até parece que eu vou a algum lugar — digo. Ou, pelo menos, é o que eu tento dizer. O que ouço na verdade é uma seqüência de choramingos estridentes. Mas com certeza não sou eu quem os produz.

— Ouça bem, Heather — ele diz. Ele subiu no teto do elevador um e está se segurando em um dos cabos. O rosto dele, dá para ver por sob a fumaça, está pálido por baixo do bronzeado.

Então, por que será? Fico aqui pensando. — Quero que você faça uma coisa para mim.

— Certo — eu digo ou, pelo menos, tento dizer.

— Quero que você se balance para cá. Tudo bem, eu pego você.

— Hmm — digo. E cometo o erro de olhar para baixo. — Não.

Bom, a última palavra saiu bem clara.

— Não olhe para baixo — Cooper diz. — Vamos, Heather. Você consegue. Não são nem dois metros...

— Não vou balançar para lugar nenhum — digo, agarrando-me com mais força ao meu cabo. — Vou esperar os bombeiros chegarem.

— Heather — ele diz, e um pouco da antiga falta de paciência comigo retorna à voz dele. — Dê um impulso usando a parede e balance o corpo para cá. Solte o cabo quando eu disser. Eu juro que pego você.

— Cara, você enlouqueceu de vez. — Sacudo a cabeça. A minha voz soa estranha. Está meio estridente. — Não é à toa que sua família largou você sem nenhum centavo.

— Heather — ele diz. — O zelador me disse que o cabo que você está segurando provavelmente não é estável. Pode quebrar a qualquer momento, como todos os outros...

— Ah — digo. Bom, assim é diferente.

— Agora, faça o que eu disse. — Ele se inclinou o máximo possível para longe do elevador dele sem ter de se soltar. — Dê impulso na parede com o pé e balance para cá. Eu pego você, não se preocupe.

Do topo do poço do elevador de serviço vem um grunhido. Tenho quase certeza de que não foi emitido por mim. Mais provavelmente, foi o cabo a que estou agarrada.

Maravilha.

Fecho os olhos e puxo o cabo, forçando-o a balançar na direção da parede do outro lado do poço. Tiro o pé da ponta solta e tomo impulso, com a maior força possível, contra a parede de tijolos expostos. Como uma pedra em um estilingue, sou lançada na direção dos braços de Cooper que me esperam...

...mas não perto o suficiente para meu gosto.

Mesmo assim, ele grita:

— Solte! Heather, solte agora!

Pronto, penso. Agora eu morri. Talvez agora façam um programa *Por Trás da Música* comigo...

Solto.

E sei, por um segundo, como Roberta e Elizabeth devem ter se sentido... o pavor de voar pelos ares sem nenhuma rede ou quantidade de água embaixo para segurar minha queda...

Só que, em vez de mergulhar para a morte, como aconteceu com elas, sinto dedos fortes se fecharem em volta dos meus pulsos. Meus braços praticamente são arrancados do ombro quando o restante de meu corpo dá uma pancada na lateral do elevador. Meus olhos estão fechados, mas sinto que alguém me ergue bem devagar...

Só paro de procurar algo para apoiar os pés quando a parte de trás da minha calça jeans finalmente pousa em algo sólido.

Só então abro os olhos e vejo que Cooper conseguiu me resgatar. Nós dois arfamos devido à mistura de exaustão e medo. Bom, eu pelo menos sinto medo.

Mas estamos vivos. *Eu* estou viva.

Por cima da cabeça, ouvimos o som murmurante de novo. Logo em seguida, o cabo em que eu estava me segurando, juntamente com a polia à qual estava conectado, solta-se do suporte e mergulha poço abaixo, para se espatifar no teto do elevador lá embaixo.

Quando consigo tirar os olhos dos destroços no fundo do poço, vejo que estou agarrada à camisa de Cooper e que os braços dele me envolvem de maneira protetora. O rosto dele ficou da cor da fumaça à nossa volta. Há filetes de sangue e ferrugem na camisa dele, no lugar que eu segurei com as minhas mãos cortadas.

— Ah — digo, soltando o tecido agora amarrotado e cheio de graxa.— Desculpe.

Os braços de Cooper me largam no mesmo segundo.

— Sem problemas — ele diz.

A voz dele, assim como a minha, está bem firme. Mas tem algo nos olhos azuis dele que eu nunca vi antes...

Mas, antes que eu tenha a oportunidade de descobrir o que é exatamente, uma voz conhecida vem de dentro do elevador sobre o qual estamos sentados e quer saber:

— Então, ela está bem ou o quê?

Olho para baixo, através do painel aberto no teto do elevador e vejo o alívio tomar conta do rosto de Pete.

— Você fez todo mundo cagar nas calças lá embaixo, Heather — ele diz. E, de fato, o homem corpulento do Brooklin está tremendo um pouco. — Você está bem?

— Estou — respondo, e comprovo a afirmação quando desço, trêmula, do teto do elevador quase sem ajuda. O meu ombro dói muito em certo ponto, mas a mão firme de Pete em meu cotovelo e Cooper segurando meu cinto com cuidado impedem que eu perca o equilíbrio. Quando estou a salvo dentro do elevador, descubro que é difícil ficar em pé sem me apoiar em alguma coisa, de tanto que meus joelhos tremem.

Mas eu consigo, depois que me escoro na parede.

— E Julio? — pergunto.

Cooper e Pete trocam olhares.

— Ele está vivo — Cooper diz, mas está com o maxilar estranhamente travado.

— Pelo menos, estava há um minuto. — Pete vira a chave que tinha colocado no controle de movimento. — Mas se ainda vai estar vivo na hora que conseguirem tirá-lo de lá...

Eu me sinto tonta.

— Tirá-lo?

— Vão ter de cortar o metal.

Olho para Cooper em busca de uma explicação mais detalhada, mas ele não apresenta nenhuma.

De repente, não tenho muita certeza se quero mesmo saber.

Pela segunda vez em dois dias, vou parar no pronto-socorro do hospital St. Vincent's.

Só que, desta vez, a paciente sou eu.

Estou deitada em uma maca, esperando para tirarem radiografias de meu ombro. Cooper foi atrás de um sanduíche de atum para mim, já que o medo me deixou faminta.

Enquanto espero, observo com tristeza minhas mãos dilaceradas, enroladas em gaze e ardendo por causa dos numerosos pontos. Vai demorar semanas, como uma médica jovem e irritante que estava de plantão me avisou, para que eu possa voltar a usá-las normalmente. Posso esquecer o violão. Mal consigo segurar um lápis.

Fico me perguntando, de mau humor, como é que vou conseguir fazer meu trabalho direito se mal posso usar as mãos (sem dúvida, Justine teria encontrado uma maneira para isso), quando o investigador Canavan aparece, com seu charuto pendendo no canto da boca, sempre preso entre os dentes. Não tenho certeza se é o mesmo charuto. Mas com certeza parece que é.

— Aí está você, Heather — ele diz, com um tom casual, como se tivéssemos nos esbarrado durante compras na Macy's ou qualquer coisa assim. — Ouvi dizer que sua manhã foi bem animada.

— Ah — digo. — Está se referindo à parte de que alguém tentou me matar? De novo?

— Essa mesmo — o investigador Canavan responde, tirando o charuto da boca. — Então. Está magoada comigo?

Estou, um pouco. Mas bom, na verdade, a culpa não era dele. Quer dizer, o vaso pode ter caído por acidente. E Elizabeth e Roberta podem ter mesmo morrido fazendo surfe de elevador.

Só que não era nada disso.

— Não posso dizer que a culpo — o investigador Canavan diz antes que eu tenha oportunidade de responder. — Agora estamos com um Backstreet Boy com a cabeça aberta e um zelador na UTI.

— E duas meninas mortas — lembro a ele. — Não se esqueça das duas meninas mortas.

O investigador Canavan se senta em uma cadeira de plástico cor de laranja presa à parede na porta do laboratório de radiografia.

— Ah, sim — ele diz. — E duas meninas mortas. Isso sem falar de uma certa assistente da administração que deveria, de acordo com as probabilidades, estar morta também. — Ele coloca o charuto de novo na boca. — Estamos achando que foi uma bomba caseira feita com cano.

— O quê? — Berro.

— Uma bomba confeccionada com um cano. Não especialmente sofisticada, mas eficiente. Em um lugar fechado como o poço de tijolos do elevador, produziu muito mais estrago do que teria feito se estivesse em uma pasta executiva ou em um carro ou algo assim. — O investigador Canavan mastiga o charuto. — Alguém parece querer ver você morta a todo custo, meu bem.

Fico olhando para ele, sentindo-me gelar de novo. Cooper tinha colocado a jaqueta de couro dele em meus ombros assim que chegamos à recepção, porque comecei a tremer por algum motivo. E quando os paramédicos chegaram, colocaram mais um cobertor.

Mas estava me sentindo gelada desde que vi os destroços do elevador de serviço, esmigalhado no fundo do poço. Os bombeiros tinham tentado abrir as portas com alicates gigantescos (mandíbulas da vida, era como os chamavam), mas o metal retorcido só gemia, reclamando. Estirado no meio dos destroços estava Julio; depois fiquei sabendo que ele quebrou vários ossos, mas deveria sobreviver. Eu tinha começado a tremer só de olhar para o elevador destroçado, e minhas mãos parecem gelo desde então.

— Uma bomba de cano? — Repito. — Como é que alguém...

— Foi colocada em cima do elevador de serviço. É fácil de fazer uma dessas quando se sabe como. Só é necessário um pedaço de cano de ferro com rosca nas duas pontas para poder fechar. É só fazer uns buracos nas laterais para colocar os detonadores, colocar umas bombinhas de São João no buraco, fechar com massa epóxi, acoplar alguns cigarros e encher o negócio de pólvora. Tão fácil quanto fazer bolo.

Tão fácil quanto fazer bolo? Parece mais difícil do que o vestibular!

Reparando em minhas sobrancelhas erguidas, Canavan tira o charuto da boca e diz:

— Desculpe. É fácil como fazer um bolo quando se sabe fazer. De todo modo, alguém acendeu aquela coisa alguns minutos antes de você e o... qual é mesmo o nome dele? — Consulta as anotações. — Ah, sim, Sr. Guzman, tomarem o elevador. Agora, se não se importa de eu perguntar, que diabos você estava fazendo em cima daquela coisa?

Confusa, tento pensar em retrospecto. Uma bomba feita com um cano com detonadores feitos com cigarro? Não faço idéia de como seria uma coisa dessas, mas com certeza não tinha reparado em nada assim quando subi no teto do elevador.

Mas, bom, com todas as engrenagens e o maquinário que tem ali em cima, uma bomba pequena seria fácil de esconder.

Mas uma bomba de cano? Uma bomba de cano no conjunto Fischer?

Atrás das portas de vaivém que dão para a sala de espera, uma enfermeira exclama:

— Senhor, não pode entrar aí. Senhor, espere...

Cooper aparece no meio das portas com os braços carregados de sacos de papel. Uma enfermeira bonitinha vem atrás dele, com cara de brava.

— Senhor, não pode invadir esta área — ela insiste. — Não quero ter de chamar o segurança...

— Tudo bem, enfermeira — o investigador Canavan diz, abrindo a carteira e mostrando a ela seu distintivo. — Ele está comigo.

— Pouco me importa se ele estiver com a academia real de medicina — a enfermeira manda. — Ele não pode invadir esta área.

— Coma um *cannoli* — Cooper diz, tirando um doce de um saco. A enfermeira fica olhando para ele como se ele fosse louco. — Não, é sério — Cooper diz. — Coma um. Estou oferecendo.

De mau humor, a enfermeira aceita o *cannoli*, dá uma mordida bem grande e sai, ainda mastigando. Cooper dá de ombros e depois olha para o investigador com hostilidade estampada no rosto.

— Ah, mas se não é o maior idiota da força policial de Nova York — ele diz.

— Cooper! — Fico surpresa. — O investigador Canavan estava me dizendo agora mesmo...

— O quê, que é tudo imaginação sua? — Cooper dá uma risada amarga, então cutuca com o indicador o investigador de olhos arregalados. — Bom, deixe-me dizer uma coisa, Canavan. Não tem como todos os seis cabos de um elevador arrebentarem na mesma hora, a não ser que alguém tenha...

— Cooper! — grito, mas o investigador Canavan está dando risada.

— Calma aí, Romeu — ele diz, abanando o charuto para nós. — Nós já estabelecemos que um segundo atentado contra a vida de sua namoradinha aqui foi feito. Ninguém está dizendo que o que aconteceu com o elevador não foi acidente. Não precisa tirar a camisa. Estou do seu lado.

Cooper pisca algumas vezes e então olha para mim. Fico achando ele vai dizer algo do tipo: "Ela não é minha namorada." Só que não diz. Em vez disso, fala:

— O sanduíche de atum não parecia fresco. Por isso, trouxe um de salame.

— Uau — digo. Cooper me entrega um sanduíche que deve ter pelo menos trinta centímetros de comprimento. Não que haja algo de errado com isso.

O investigador Canavan dá uma olhada nos diversos sacos que Cooper espalhou por ali.

— Tem alguma batatinha aí? — pergunta.

— Desculpe. — Cooper abre meu sanduíche e começa a dividir em pedaços pequenos, do tamanho de uma mordida, porque eu não consigo segurar nada direito. — Quer azeitona?

O investigador parece decepcionado.

— Não, obrigado. Então — ele diz, como se não tivesse existido nenhuma interrupção. — Quem disse para você entrar naquele elevador?

Falo com a boca cheia, porque estou faminta demais para esperar.

— Só sei que recebi uma ligação da recepção avisando que Gavin... um garoto que mora no prédio... estava fazendo surfe de elevador de novo, então fui com Julio tentar pegar o menino.

— Ah é? E quando você chegou lá em cima, o que aconteceu?

Descrevo a explosão, que ocorreu quase ao mesmo tempo em que eu percebi que Gavin não estava lá, afinal de contas.

— Então — diz o investigador Canavan. — Quem mandou a menina da recepção ligar para você?

— Todos nós sabemos quem foi — Cooper diz, com a fúria mal reprimida aparente na voz mais uma vez. — Por que você fica aí sentado, Canavan, em vez de ir prender o sujeito?

— Prender quem? — Canavan quer saber.

— Allington. Ele é o assassino. É óbvio que Heather colocou medo nele.

— Eu diria que sim — Canavan sacode a cabeça. — O rapaz deixou a cidade ontem à noite. Foi para a casa que os pais têm nos Hamptons. Não tem como ele ter plantado a bomba, não sem ajuda. O rapaz está a três horas de distância pela estrada LIE. Alguém quer ver a sua namorada morta, quer sim. Mas não é Chris Allington.

Hoje é a noite certa
Hoje à noite a gente vai se acertar
Baby, parece que estou esperando
A vida toda por esta noite
Que bom ter esperado
Ansiosa
Hoje é a noite certa
Para te amar

"Hoje à noite"
Interpretada por Heather Wells
Composta por Dietz Ryder
Do álbum *Mágico*
Gravadora Cartwright

Tirar radiografia é muito dolorido, já que o técnico precisa contorcer meu corpo em diversas posições nada naturais para conseguir obter o ângulo que ele quer fotografar. Mas, tirando um pouco de Motrin, não me oferecem nada para aliviar a dor.

Acorda. Motrin é algo que se compra sem receita médica. Cadê o Vicodin? Cadê a morfina? Que tipo de hospital é este, hein?

Depois das radiografias, sou levada para uma sala de espera com muitos outros pacientes deitados em macas. A maior parte deles parece estar bem pior do que eu. Todos eles parecem ter recebido analgésicos bem melhores.

Felizmente, deixam que eu fique com meu sanduíche. É minha única fonte de conforto. Bom, isso e o saco de salgadinhos que comprei em uma máquina no fim do corredor. Não é brincadeira enfiar moedas naqueles buraquinhos com os dedos enfaixados, vou te contar.

Mas nem os Fritos conseguem fazer com que eu me sinta melhor. Quer dizer, de acordo com as probabilidades, eu devia estar morta. Deveria mesmo ter morrido com a bomba. Mas não morri.

Não como aconteceu com Elizabeth Kellogg e Roberta Pace. O que será que tinha passado pela cabeça delas quando ficaram suspensas acima do chão sólido a 16, 14 andares abaixo? Será que tinham lutado antes de serem empurradas? Não havia sinais de que tivessem, só algumas queimaduras, parece.

Mas que *tipo* de marcas de queimadura?

E por que *eu* tinha sobrevivido e elas, morrido? Será que existe alguma razão para eu ter sido poupada? Será que eu devo fazer alguma coisa? Encontrar o assassino, talvez?

Ou será que eu tinha recebido a chance de viver por algum outro motivo mais elevado? Como seguir minha própria carreira em medicina e assegurar que as vítimas de bombas de cano no futuro recebam analgésicos mais potentes quando forem levadas para hospitais locais?

Um médico que não pode ser muito mais velho do que eu finalmente aparece, bem quando estou terminando os Fritos, segurando minhas radiografias e sorrindo. Pelo menos até dar uma boa olhada em mim.

— Você não é a... — Ele se desmonta, com cara de pânico.

Estou cansada demais para fazer joguinhos.

— Sou — respondo. — Eu sou a Heather Wells. É, eu cantava "Vontade de te comer".

— Ah — ele diz, com uma cara de decepção. — Achei que você era Jessica Simpson.

Jessica Simpson! Fico tão passada que não consigo proferir mais nenhuma palavra, nem quando ele me informa, todo alegre, que não tem nenhum problema muito sério com o meu ombro, a não ser algumas lesões em tecidos profundos. Preciso ficar de cama e, não, ele não pode receitar nada para a dor.

Juro que ouço o médico assobiando "With You" quando vai se afastando.

Jessica Simpson? Eu não tenho nada a ver com Jessica Simpson! Certo, nós duas temos cabelo loiro e comprido. Mas é aí que a semelhança termina.

Não é?

Encontro um banheiro feminino e entro. Olhando para o meu reflexo no espelho em cima da pia, fico feliz em descobrir que não me pareço em nada com Jessica Simpson.

Mas também não me pareço (muito) com um ser humano. Minha calça jeans está rasgada e coberta de graxa e de sangue. Estou segurando a jaqueta de Cooper e tenho um cobertor cor de laranja berrante nos ombros. Tenho sangue e sujeira por todo o rosto e meu cabelo está embaraçado e oleoso. Não tem nem um vestígio de batom nas proximidades de minha boca.

Em resumo, estou pavorosa.

Tento retificar a situação da melhor maneira possível. Ainda assim, os resultados não são nada de que se gabar.

Mas foi bom eu ter resolvido dar uma passada no banheiro porque, quando entro na sala de espera, com a conta do hospital (que vai ser paga na íntegra, todos os 1,7 mil dólares, pela Faculdade de Nova York) no bolso de trás, quase sou cegada pelo número de *flashes* que espocam. Mais de uma dúzia de pessoas que não conheço estão gritando: "Senhorita Wells! Senhorita Wells! Aqui! Só uma pergunta, senhorita Wells..." E o segurança do hospital está tentando desesperadamente impedir que mais repórteres cheguem até a recepção.

— Heather! — Uma voz conhecida soa de algum lugar naquele tumulto, mas não antes que uma mulher com o rosto coberto de pancake e um cabelão enorme enfie um microfone na minha cara e pergunte:

— Senhorita Wells, é verdade que você e o ex-integrante da banda Easy Street Jordan Cartwright estão juntos de novo?

Antes que eu possa abrir a boca para responder, outro repórter aparece.

— Senhorita Wells, é verdade que esta é a segunda vez em dois dias que alguém tenta matá-la?

— Senhorita Wells — um terceiro repórter pergunta. — Existe algum fundo de verdade no boato de que esta bomba faz parte de um estratagema terrorista complicado que visa eliminar todas as ex-sensações da música adolescente?

— Heather!

Por cima da massa de microfones e de câmeras de vídeo, Cooper se destaca. Ele faz um gesto para mim, apontando para a porta onde está escrito: *Acesso restrito aos funcionários do hospital.*

Mas antes que possa escapar para ela, alguém me agarra pelo meu ombro dolorido e grita:

— Heather, é verdade que você vai dar início à retomada de sua carreira de cantora representando a nova fragrância da Calvin Klein durante a temporada de desfiles de outono?

Felizmente um policial aparece, abre caminho no meio da turba de repórteres e me pega pelo braço bom. Ele usa o corpo para me tirar do meio daquela confusão, usando o cassetete para que avancemos com mais rapidez.

— Tudo bem, tudo bem — ele repete sem parar, com aquele sotaque do Brooklin que aprendi a reconhecer e em que confio desde que me mudei para Nova York. — Deixe a moça passar agora. Demonstrem um pouco de compaixão pela paciente, pessoal, e saiam da frente.

O oficial anônimo me conduz pela porta *Acesso restrito aos funcionários do hospital* e então se coloca na frente dela igual a um super-herói da Marvel guardando a casa da moeda.

Quando entro no que se revela exatamente o mesmo corredor em que eu tinha deixado o investigador Canavan e Cooper quando fui tirar radiografia, vejo que a eles se juntaram diversas pessoas, incluindo Patty e Frank, Magda e Pete e, por alguma razão, o Dr. Jessup.

Patty e Magda soltam lamentos de aflição quando me vêem. Não sei por quê. Eu achei que tinha me limpado bem.

Mesmo assim, Patty pula da cadeira de plástico dela e me agarra em um abraço que, tenho certeza, significa simpatia, mas que de fato dói bastante. Ela está chorando e dizendo coisas como:

— Eu falei para você procurar outro emprego! Este emprego não serve para você, é perigoso demais!

Enquanto isso, Magda fica olhando para minhas mãos, o queixo se movimentando de um jeito esquisito. Nunca vi os olhos dela tão grandes.

— Ai, meu Deus — ela fica repetindo, lançando olhares de acusação na direção do Pete. — Você disse que ela estava mal, mas não disse que era tanto.

— Eu estou bem — insisto, tentando me desvencilhar dos braços impossivelmente compridos de Patty. — Sério, Patty, eu estou bem.

— Caramba, Pats, você está machucando a Heather. — Frank tenta arrancar a mulher para longe de mim. Ele me examina cheio de ansiedade enquanto desembaraça os braços de Patty dos meus. — Você está bem mesmo, garota? Sua aparência está péssima.

— Estou bem — minto. Continuo abalada, não tanto devido ao que sofri no poço do elevador e mais ao sofrimento causado por aqueles repórteres. De onde eles surgiram? Como ficaram sabendo da bomba tão rápido? A Faculdade de Nova York aparece raramente na imprensa, e quando aparece, é sempre alguma coisa positiva. Como é que isso refletiria na avaliação dos meus primeiros seis meses de serviço? Será que ia contar pontos negativos?

Então o Dr. Jessup tosse, e todo mundo olha para ele, que traz nos braços um buquê enorme de girassóis. Para mim. O Dr. Jessup trouxe flores para *mim*.

— Wells — ele diz, com a voz austera dele. — Você sempre tem de estar nas manchetes, não é mesmo?

Eu sorrio, comovida além das palavras. Afinal de contas, o Dr. Jessup é um homem muito ocupado, por ser vice-reitor-assistente e tudo o mais. Não dá para acreditar que ele arrumou tempo para vir ao hospital me entregar flores.

Mas o Dr. Jessup ainda não terminou. Ele se abaixa, me dá um beijo na bochecha e diz:

— Que bom que você está inteira, Wells. Estas flores são do departamento.

Ele me entrega as flores e, quando ergo minhas mãos enfaixadas sem poder fazer muita coisa, Magda se adianta e pega o buquê para mim. O Dr. Jessup não percebe o desdém dela ou, se percebe, ignora. Ele também não ouve quando ela balbucia:

— Ele dá flores para ela, mas na verdade tinha que dar um aumento bem grande e gordo...

— Rachel pediu para dizer que pede desculpas por não poder vir também, mas alguém precisa tomar conta do quartel. — O Dr. Jessup sorri, mostrando todos os dentes. — Claro que ela não sabia dos *paparazzi*. Aposto que vai se arrepender de ter perdido quando ficar sabendo. Então, você vai vender a sua história para o *Entertainment Tonight* ou para o *Access Hollywood*?

— O *Post* vai oferecer muito dinheiro — Magda me informa, sem se dar conta de que o Dr. Jessup está brincando. — Ou o *Enquirer*.

— Não se preocupe — respondo com um sorriso. — Não vou falar com a imprensa.

O Dr. Jessup não parece convencido. A expressão dele passou de preocupação simpática para desconfiança preocupada. Percebo de repente que a única razão por que ele veio até o hospital foi para ver se eu tinha a intenção de divulgar minha história ao público.

Mas acho que eu já devia saber. Quer dizer, que o Dr. Jessup não estava lá por estar preocupado comigo. O Dr. Jessup estava lá por um motivo, e um motivo único.

Controle de crise.

Acho que ele desconfiou que não ia ser bonito (por que outra razão ele teria enfrentado o trânsito para ir até aquele ponto do West Village?), mas acho que ele nunca imaginou que seria uma confusão *destas*. Uma bomba explodindo em um alojamento (quer dizer, em um conjunto residencial estudantil) da Faculdade de Nova York é notícia com N maiúsculo. Algo parecido com o que aconteceu em Yale e até ganhou cobertura da CNN, e foi uma das principais reportagens em todas as redes locais, apesar de depois terem descoberto que não tinha nada a ver com terrorismo.

E o fato de uma das vítimas desta bomba ser uma ex-sensação da música pop adolescente? Bom, só serve para deixar a história ainda mais suculenta. Meu desaparecimento do mundo da música não tinha passado despercebido, e a razão por trás dele (incluindo a nova fazenda de gado de minha mãe na Argentina) tinha sido exposta ao público nos mínimos detalhes. Já dava até para ver a capa do *Post*:

EXPLOSÃO LOIRA

Ex-pop star Heather Wells
quase vira picadinho

No emprego com baixo salário que foi obrigada a aceitar na Faculdade de Nova York para poder se sustentar depois de sua carreira musical ir por água abaixo e de ser dispensada pelo ex-noivo, Jordan Cartwright, integrante da Easy Street.

Mesmo assim, dá para compreender a preocupação do Dr. Jessup. Dois funcionários dele se ferirem em um acidente com um elevador é uma coisa.

Mas uma bomba em um alojamento (quer dizer, conjunto residencial estudantil)? Pior ainda, uma bomba no prédio em que o reitor da faculdade mora? O que ele vai dizer à diretoria? O coitado deve estar achando que o cargo de vice-reitor está lhe escorrendo pelos dedos.

Não o julgo por estar mais preocupado com a própria pele do que com a minha. Afinal de contas, ele tem filhos. Eu só tenho uma cachorra.

— Heather — o Dr. Jessup começa mais uma vez. — Tenho certeza de que você compreende. Esta coisa é um pesadelo de relações públicas. Não podemos permitir que o público ache que os nossos conjuntos residenciais estão fora de controle...

Para minha surpresa, é o investigador Canavan que interrompe o vice-reitor-assistente. Ele primeiro limpa a garganta com muito barulho, depois procura um lugar para cuspir e, sem sucesso, suspira e depois engole.

Daí, ele diz:

— Detesto interromper, mas quanto mais tempo a Sra. Wells ficar aqui, mais difícil vai ser para o meu pessoal controlar a multidão ali fora.

Sinto um braço envolver os meus ombros. Olho para cima e fico surpresa de ver que o braço pertence a Cooper. Mas ele não está olhando para mim. Está olhando para a porta.

— Venha, Heather — ele diz. — Frank e Patty vieram de carro. Pararam no subsolo, na garagem. Vão nos dar uma carona para casa.

— Isso mesmo, vamos embora — Patty diz, aflita. O lindo rosto dela está cheio de desgosto. — Eu detesto hospitais, e detesto repórteres ainda mais. — Seus olhos amendoados deslizam na direção do Dr. Jessup e parece que ela tem vontade de completar: *e detesto burocratas CDFs mais do que tudo*, mas se segura, só para o meu bem, tenho certeza, já que escolhi aquele exato momento para pisar meio forte no pé dela, fazendo com que ela soltasse um gritinho de dor.

Depois de me despedir de Pete e Magda (que prometem ficar no hospital até conseguirem ver Julio), uma funcionária do hospital nos mostra, com muita disposição, a saída para a garagem subterrânea, como se qualquer sacrifício que pudesse fazer para se livrar de nós (e, portanto, de todos os repórteres) valesse a pena.

Tudo o que consigo pensar a caminho do carro é: *Ai meu Deus, vou ser totalmente demitida*. Isso quando não estou pensando: *Caramba, que história é essa de me abraçar?* (em relação ao Cooper, quer dizer).

Só que, assim que estamos a salvo dentro do carro, Cooper tira o braço dos meus ombros. Assim, só me resta uma coisa com que me preocupar.

— Ai, meu Deus — não posso evitar dizer com muita tristeza, com um caroço na garganta, do banco de trás. — Acho que o Dr. Jessup vai me demitir.

— Ninguém vai demitir você, Heather — Cooper diz. — O cara só está cuidando dos interesses dele.

— Isso significa que, se ele tentar olhar para você atravessado, querida, ele vai ter de passar por cima de mim — Patty rosna, de trás do volante. Ela é uma motorista ousada (diria até agressiva), e é por isso que ela sempre dirige, em vez de Frank, quando eles estão na cidade. Ela manda ver na buzina quando um táxi corta a frente dela. — Ninguém se mete com minha melhor amiga.

Frank, olhando para mim do assento do passageiro, diz:

— Cooper deu a jaqueta para você?

Olho para o casaco de couro que continua envolvendo os meus ombros. Tem o cheiro de Cooper, de couro e sabonete. Nunca mais quero tirá-lo. Mas eu sei que vou ter de tirar quando chegarmos em casa.

— Não — respondo. — Ele só me emprestou.

— Ah — Frank diz. — Porque, sabe como é, ficou coberta com o seu sangue.

— Frank — Patty diz. — Cale a boca.

— Tudo bem — Cooper diz, enquanto estuda pela janela as tantas pessoas esquisitas que compõem a vida nas ruas do West Village.

Tudo bem! Meu coração se derrete. Cooper disse que tudo bem a jaqueta de couro dele estar coberta com o meu sangue! Provavelmente porque, sabe como é, depois disto aqui, vamos ficar juntos, e ele simplesmente já ia me dar o casaco mesmo. Para eu ficar com ele (e com o Cooper), para nunca mais sentir frio.

Mas daí, Cooper completa:

— Conheço uma lavanderia que é ótima para tirar manchas de sangue.

Sabe, hoje não é mesmo o meu dia.

Alô
Será que eu liguei certo
Alô
É, estou procurando meu amor
Alô
Você pode ir lá
Chamar ele para mim?
Alô
Eu sei que ele morava aí
Alô
Eu sei que ele se importava
Alô
Por favor, vá lá chamar
Ele para mim

"Alô"
Interpretada por Heather Wells
Composta por Jones/Ryder
Do álbum *Mágico*
Gravadora Cartwright

Patty nos deixa em casa, apesar de Frank insistir que não vamos estar seguros ali, já que tem alguém querendo me matar e tudo o mais.

Eu só quero tomar um banho e me enfiar na cama e dormir mil anos. Não quero ter uma longa conversa para discutir se a pessoa que deseja me matar sabe onde moro. Frank quer que eu fique com ele e Patty.

Até Cooper observar que isto pode colocar Indy em risco.

No começo fico meio chocada de o Cooper ter dito algo tão horrível. É só quando Frank muda de idéia bem rapidinho e diz que é melhor eu ficar na casa do Cooper mesmo, que entendo qual era a intenção dele (sendo um combatente do crime experiente). Ele sabe que eu só quero ir para casa. Ele sabe que eu não quero ficar no quarto de hóspedes de Frank e Patty.

E como ele é o Cooper, está sempre fazendo coisas bacanas para mim (me dá um apartamento de graça para morar quando não tenho para onde ir e também não tenho dinheiro para pagar; me leva a uma festa a que na verdade ele não quer ir, já que pode cruzar com uma antiga paixão com quem as coisas terminaram mal; arrisca a própria vida para salvar a minha; esse tipo de coisa). E por isso fez tudo o que pôde para que eu tivesse o que eu queria.

Tirando, é claro, a coisa que mais quero no mundo.

Mas parece que, por motivos que provavelmente nunca vou conhecer (e, de todo modo, tenho bastante certeza de que não quero saber mesmo), ele não está preparado para me dar isso.

O que está ótimo. Quer dizer, eu compreendo. Eu simplesmente vou ter de abrir a minha PRÓPRIA clínica médica /agência de investigação/joalheria sem a ajuda dele.

Claro que ter filhos sozinha pode ser um pouco mais difícil, mas tenho certeza que dou um jeito.

Por sorte, meu número de telefone não está na lista, então não tem nenhum repórter à minha espera na porta de casa quando chego. Só os traficantes de drogas de sempre.

Lucy fica louca de alegria ao me ver, mas preciso pedir ao Cooper que passeie com ela, porque como minhas mãos estão em frangalhos, não tenho como segurar a guia. Quando os dois saem, eu subo as escadas até meu apartamento, tiro minhas roupas imundas e entro, finalmente, na banheira.

Mas acabo descobrindo que tomar banho com pontos nas mãos não é nada fácil. Preciso sair da banheira e ir até a cozinha, pegar luvas de borrachas e vesti-las para lavar o cabelo, porque o médico avisou que, se molhasse as mãos, elas podiam cair, ou algo assim.

Depois que consigo limpar toda a sujeira do elevador e o sangue, encho a banheira de novo e fico lá, deixando meu ombro dolorido de molho um pouco, imaginando o que farei a seguir.

Quer dizer, as perspectivas não são exatamente otimistas. Alguém está tentando me matar... Provavelmente a mesma pessoa que já matou pelo menos duas outras. O único denominador comum entre as garotas mortas parece ser o filho do reitor da faculdade.

Mas, pelo menos de acordo com a polícia, é improvável que Chris Allington tenha tentando me jogar pelos ares, porque não estava na cidade naquela hora.

O que significa que alguém além de Chris está tentando me matar. E talvez alguém que não seja Chris tenha matado as duas meninas.

Mas quem? E por quê? Por que alguém teria matado Elizabeth Kellogg e Roberta Pace, para começo de conversa? O que elas podem ter feito para merecer morrer? Quer dizer, além de se mudar para o conjunto Fischer. Ah, e ficar (ainda que por pouco tempo) com Chris Allington?

Será que foi *isso*? Será que é por *isso* que elas morreram? O fato de terem ficado com ele? Será que Magda tinha razão. Não a parte de as meninas terem se matado porque, depois de esperar tanto para transar, descobriram que o sexo não era aquela coisa que faz a terra toda tremer que acreditavam que seria.

Mas que as meninas tinham morrido *por causa* do sexo, não por conta própria, mas pela obra de alguém que não gostou nada do que elas tinham acabado de fazer.

Alguém como a Sra. Allington, quem sabe? O que foi mesmo que a mãe de Chris tinha dito para mim pouco antes do que aconteceu com o elevador? Alguma coisa a respeito de "vocês todas".

"Vocês todas estão sempre incomodando Chris", ela tinha dito. Ou algo parecido.

Vocês todas. Havia algo profundamente antagônico no comportamento da Sra. Allington, um sentimento muito mais forte do que o simples aborrecimento pelo fato de eu a ter acordado. Será que a Sra. Allington é daquele tipo de mãe ciumenta que acha que nenhuma mulher é boa o bastante para o filhinho dela? Será que a *Sra. Allington* matou Elizabeth e Roberta? E, será que ela tentou me matar quando eu cheguei muito perto de descobrir o segredo dela?

Ai, meu Deus! É isso! A Sra. Allington é a assassina! A Sra. Allington! Eu sou brilhante! Talvez tenha a mente detetivesca mais brilhante desde Sherlock Holmes! Espera aí. Ele existiu de verdade? Ou é ficção? É ficção, certo?

Bom, então, tudo bem. Tenho a mente detetivesca mais brilhante desde... desde... Eliot Ness! Ele é real, certo?

— Heather?

Tenho um sobressalto, mandando água e sabão para o chão, escorrendo pela lateral da banheira.

Mas é só Cooper.

— Só queria ver se está tudo bem com você — ele diz, através da porta fechada. — Precisa de alguma coisa?

Hmm, preciso sim. De você. Aqui comigo, pelado. Agora.

— Não, tudo bem — digo bem alto. Será que eu devo contar para ele que deduzi quem fez isto comigo? Ou devo esperar até sair da banheira?

— Bom, quando você terminar, achei que a gente podia pedir alguma coisa para comer. O que você acha de comida indiana?

Hmmmm. Samosas de legumes.

— Ótimo — aviso.

— Certo, então, saia daí logo. Preciso conversar com você sobre uma coisa.

Ele tem alguma coisa para conversar comigo? Tipo o quê? Tipo os verdadeiros sentimentos que ele nutre por mim? *Sempre achei que você é uma das mulheres...* Ele não tinha terminado de dizer o que ele sempre pensou de mim.

Será que vai me dizer agora? Será que quero mesmo saber?

Dois minutos depois, já estou instalada em minha cadeira de sempre na mesa da cozinha, enrolada em meu robe atoalhado, com uma toalha envolvendo o cabelo molhado. Ah, eu quero saber sim. Eu quero saber mesmo.

Sentado do outro lado da mesa, em minha frente, Cooper diz:

— Você foi rápida.

Então, ele abre o *laptop*.

Espera aí. O *laptop*? Que tipo de cara precisa de auxílio audiovisual para dizer a uma mulher o que ele acha dela?

— O que você sabe — ele pergunta — sobre Christopher Allington?

— Christopher Allington? — minha voz falha. Talvez porque estivesse rouca devido a toda a gritaria de antes. Ou talvez porque eu esteja chocada com o fato de Cooper não querer conversar comigo a respeito dos verdadeiros sentimentos que nutre por mim, mas a respeito da desconfiança que tem em relação a Chris. Acorda. Que chatice.

— Mas não pode ter sido ele — digo, para fazer com que Cooper abandone o assunto e volte a, sabe como é, falar sobre mim. — O investigador Canavan disse que ele...

— Quando se investiga um caso — ele me interrompe, com toda a calma — é preciso examinar todos os ângulos. Estou perguntando o que você sabe sobre ele.

— Bom — respondo. Talvez o controle de mente vulcano funcione de novo: O QUE VOCÊ SEMPRE ACHOU SOBRE MIM? — Não sei muita coisa.

— Você sabe onde ele fez *undergrad* para o curso de direito?

— Não — respondo. O QUE VOCÊ SEMPRE ACHOU SOBRE MIM? Olho para o rosto dele e pergunto: — Por quê? Você sabe onde ele estudou?

— Sei — o Cooper responde. — Em Earlcrest.

— Earl o quê? — Pergunto. Parece que o controle de mente vulcano não está funcionando! Em vez de me dizer o que sempre pensou sobre mim, ele não pára de falar de Chris Allington. Quem se importa com Chris? Eu quero saber o que você sente por MIM.

— A Faculdade Earlcrest — Cooper diz. — Foi lá que Chris se preparou para o curso de direito.

— Do que é que você está falando, Cooper? — Eu queria que a comida indiana se apressasse e chegasse logo. Meu estômago está roncando. — E como é que você sabe onde ele estudou?

Cooper dá de ombros com seus ombros largos.

— Pelo SIU — responde.

— Si o quê? — pergunto, confusa.

— O SIU. Sistema de Informações Universitárias. — Como eu continuo fazendo cara de quem não está entendendo nada, ele suspira. — Ah, sim. Como foi que eu esqueci? Você não sabe nada sobre computadores.

— Mentira! Eu navego na internet o tempo todo. Faço toda a sua contabilidade e...

— Mas seu escritório ainda é antiquado. O SIU ainda não foi disponibilizado para os escritórios da diretoria de alojamento.

— Conjunto residencial estudantil — corrijo, automaticamente.

— Conjunto residencial estudantil — ele diz. Cooper entrou em atividade frenética, batendo em teclas no computador muito mais rápido do que sou capaz de trocar de acorde em meu violão. — Pronto, olhe. Entrei no SIU para mostrar o que estou dizendo sobre Christopher Allington. Certo. — Cooper vira a tela de frente para mim. — Allington, Christopher Phillip. Dê uma olhada.

Olho para o monitor minúsculo. Os registros acadêmicos completos de Christopher Allington estão ali, junto com várias outras informações pessoais, como a nota dele no LSAT e os cursos que ele fez e tudo o mais. Descubro que ele passou por muitas escolas particulares. Foi expulso de uma na Suíça por colar, e de outra em Connecticut por razão não especificada. Mas, mesmo assim, conseguiu entrar na Universidade de Chicago, que, segundo soube, é bem seletiva. Fico imaginando que pauzinhos o pai dele teve de mexer para conseguir fazer com que ele fosse admitido.

Mas a temporada de Chris na Cidade dos Ventos não durou muito. Ele largou o curso depois de um único semestre. Daí parece que ele tirou umas férias... que duraram uns bons quatro anos, aliás.

Então, de repente, ele apareceu na Faculdade Earlcrest, onde se formou no ano passado com um pouco mais de idade do que o resto da classe, mas com o diploma de bacharelado como todos os colegas.

— Faculdade Earlcrest — digo. — É onde o pai dele trabalhava como reitor. Antes de ser contratado pela Faculdade de Nova York.

— Ah, o nepotismo — Cooper diz, com um sorrisinho. — Continua tão vivo nos corredores acadêmicos como nunca.

— Certo — digo, ainda confusa. — Então, ele foi expulso de alguns lugares quando era criança, e só conseguiu entrar em uma faculdade porque o pai dele era o reitor. O que isso prova? Não que ele é um assassino psicopata. — Não dá para acreditar que agora *eu* estou argumentando em defesa de Chris. Será que a mãe dele tem tão mais cara de assassina assim? — E, aliás, como foi que você teve acesso a este arquivo? Não devia ser confidencial ou algo assim?

— Tenho os meus métodos — Cooper diz, colocando a tela do computador de novo na frente de si.

— Ai, meu Deus. — Será que os atributos fabulosos deste homem não têm fim? — Você invadiu o sistema estudantil!

— Você sempre ficou curiosa em relação ao que eu faço o dia inteiro — ele diz, com um dar de ombros. — Agora você sabe. Pelo menos uma parte.

— Não dá para acreditar — digo. — Você é um nerd de computador! — Isto muda tudo. Agora vamos ter que abrir uma clínica médica barra agência de investigação barra serviço de invasão de computadores. Ah, espera aí, e as minhas músicas?

Cooper me ignora.

— Acho que deve ter algo aqui — ele diz, digitando algo no *laptop*. — Alguma coisa que estamos deixando passar. A única conexão entre as meninas parece ser o Allington. A única que conhecemos, mas, levando em conta o que vejo aqui, deve ter mais alguma coisa. Quer dizer, tirando o fato de que as duas meninas eram virgens e tinham registros nos arquivos do conjunto residencial estudantil antes de Chris colocar as mãos nelas...

A Sra. Allington. Dizer *E a Sra. Allington?* está na ponta da minha língua. Quer dizer, ela tinha motivo. Ela obviamente tem... como é mesmo que a Sarah chama? Complexo de Édipo. Só que é ao contrário, porque ela tem pelo filho, não pelo pai...

Bom, tudo bem, a Sra. Allington tem aquela coisa de achar que o filho é gostoso, e fica ressentida com as mulheres que vão atrás dele. Mas será que fica tão ressentida a ponto de matar? E será que a Sra. Allington poderia ter feito aquela bomba? A que explodiu em cima do elevador? Quer dizer, se desse simplesmente para sair e comprar uma bomba na Saks, eu acho de verdade que a Sra. Allington faria isto.

Mas não dá. É preciso fazer pessoalmente a bomba. E, para fazer uma bomba, é preciso estar sóbria. Pelo menos, tenho bastante certeza quanto a isto.

E a Sra. Allington nunca esteve sóbria (pelo que pude ver) desde que se mudou para o conjunto Fischer.

Suspiro e olho pela janela. Dá para ver que as luzes estão acesas na cobertura do reitor. O que será que os Allington estão fazendo lá em cima? Fico aqui me perguntando. São quase sete horas. Devem estar assistindo ao noticiário.

Ou, talvez, tramando para matar mais virgens inocentes?

A campainha da porta da frente toca e eu tenho um sobressalto.

— É o jantar — Cooper diz e se levanta. — Já volto.

Ele desce para pegar a comida indiana. Continuo olhando pela janela enquanto ele não volta. Embaixo da cobertura, outras luzes se acendem em janelas de outros andares do conjunto Fischer, à medida que os alunos vão chegando das aulas ou do jantar ou da ginástica ou de ensaios. Fico imaginando se alguma das silhuetas minúsculas que enxergo é de Amber, a ruivinha do Idaho? Será que ela está no quarto esperando um telefonema de Chris? Será que ela sabe que ele está escondido nos Hamptons? Coitadinha de Amber. Fico aqui imaginando o que ela fez para arranjar problemas com Rachel hoje de manhã.

E é quando eu percebo.

Meus lábios se abrem mas, durante um minuto, nenhum som sai deles. Amber. Eu tinha me esquecido dela e da reunião com Rachel hoje de manhã. Por que será que Rachel precisava falar com Amber? A própria Amber não sabia por que tinha sido chamada para uma reunião obrigatória com a diretora do alojamento. O que Amber tinha feito?

Amber não tinha feito nada. Nada além de falar com Chris Allington.

Essa foi a única coisa que fez.

E Rachel sabia, porque ela tinha me visto com os dois na frente do prédio, depois do concurso de dublagem.

Assim como ela tinha visto Roberta e Chris no baile. E Elizabeth e Chris... onde? Onde será que ela tinha visto os dois juntos? Talvez na reunião de orientação? Durante alguma sessão de cinema?

Só que isso não tinha importância. Assim como não tinha importância o fato de Rachel ter dito ao Julio para me chamar porque Gavin estava fazendo surfe de elevador de novo.

Assim como não tinha importância o fato de que foi Rachel que entrou no terraço da cobertura e tentou jogar aquele vaso de flores na minha cabeça.

Assim como não tinha importância o fato de que, quando a segunda menina morreu, Rachel não estava no refeitório, como deveria estar. Não, eu a tinha encontrado saindo do banheiro... bem pertinho da escada que usou para descer apressada, depois de empurrar Roberta Pace para a morte.

E a razão por que a chave das portas dos elevadores não estava lá e daí reapareceu em um intervalo tão curto naquele dia? Estava com Rachel. Rachel, a única pessoa no conjunto Fischer que poderia tirar a chave dali sem que o recepcionista pedisse para assinar a lista de retirada, que não teria sua presença atrás do balcão questionada. Porque ela é a diretora do conjunto residencial.

E as meninas que morreram... elas não morreram porque tinham ficha na sala da Rachel.

Elas tinham ficha na sala da Rachel porque ela as tinha escolhido para morrer.

— Espero que você esteja com fome — Cooper diz quando volta ao meu apartamento, carregando um enorme saco plástico onde se lê *I♥ NY.* — Anotaram o pedido errado e nos mandaram *dansak* de frango *e* de camarão... — A voz dele vai ficando baixinha. — Heather? — Cooper está olhando para mim de um jeito estranho, cheio de preocupação nos olhos azuis. — Tudo bem com você?

— Earlcrest — consigo balbuciar.

Cooper coloca o saco na mesa da cozinha e fica olhando para mim.

— É — ele diz. — Foi isso mesmo que eu achei que você tinha dito. O que tem?

— Onde fica?

Cooper se inclina para consultar a tela do computador.

— Hmm, eu não... ah, Indiana. Em Richmond, Indiana.

Sacudo a cabeça, com tanta força que a toalha cai, e meu cabelo cai todo por cima dos ombros. Não. DE JEITO NENHUM.

— Ai, meu Deus — digo quase sem fôlego. — Ai, meu *Deus.*

Cooper fica olhando para mim como se eu estivesse completamente louca. E sabe o quê? Acho que estou *mesmo.* Louca, quer dizer. Porque, como é que eu não percebi antes, apesar de estar debaixo do meu nariz...

— Rachel trabalhou lá — consigo articular. — Rachel trabalhou em um alojamento em Richmond, em Indiana, antes de se mudar para cá.

Cooper, que estava tirando recipientes brancos de papel do saco *I♥ NY*, pára.

— Do que é que você está falando?

— Richmond, Indiana — repito. Meu coração bate tão forte que dá para ver a gola do meu roupão atoalhado subir e descer no peito com cada batida. — O último lugar em que Rachel trabalhou foi em Richmond, em Indiana...

Uma expressão de compreensão se instala no rosto de Cooper.

— Rachel trabalhou em Earlcrest? Você acha... você acha que foi *Rachel* que matou aquelas meninas? — Ele sacode a cabeça. — Por quê? Você acha que ela estava assim tão desesperada para ganhar um prêmio Amor-Perfeito.

— Não. — Não tem como imaginar que Rachel ande por aí empurrando meninas no poço do elevador do conjunto Fischer para ganhar um prêmio Amor-Perfeito, ou até mesmo uma promoção.

Porque não é de promoção que Rachel está atrás.

Ela está atrás de um homem.

Um homem heterossexual, que tenha à disposição mais de cem mil dólares por ano, levando em conta a herança que ele deve receber.

Christopher Allington. Christopher Allington é este homem.

— Heather — Cooper diz. — Heather? Veja bem. Sinto muito. Mas não tem como. Rachel Walcott não é assassina.

Prendo a respiração.

— Como é que você sabe? — pergunto. — Quer dizer, por que não? Por que não ela? Por que outra pessoa? Porque ela é mulher? Porque ela é bonita?

— Porque é uma loucura — Cooper diz. — Falando sério, o dia foi muito longo. Talvez você esteja precisando descansar um pouco.

— Eu não estou cansada — digo. — Pense bem, Cooper. Quer dizer, pense *mesmo* sobre o assunto. Elizabeth e Roberta tiveram uma reunião com Rachel antes de morrer... aposto que o negócio que ela escreveu na ficha delas, a respeito de a mãe de cada uma ter ligado, não é nem verdade. Aposto que elas nunca ligaram. E agora, Amber...

— Há setecentos residentes no conjunto Fischer — Cooper observa. — Será que todos que tiveram reunião com Rachel Walcott morreram?

— Não, só as que também tinham um relacionamento com Christopher Allington.

Cooper sacode a cabeça.

— Heather, tente encarar a questão de maneira lógica. Como é que Rachel Walcott ia ter força física para jogar uma mulher adulta e se debatendo em um poço de elevador? A Rachel não deve pesar nem 55 quilos. Simplesmente não é possível, Heather.

— Não sei como ela está fazendo, Cooper. Mas eu sei que é uma certa coincidência o fato de Rachel e Chris terem estado em Earlcrest no ano passado, e agora os dois estarem aqui na Faculdade de Nova York. Aposto bastante dinheiro que Rachel seguiu Christopher Allington (e os pais dele) até aqui.

Como ele continua com ar de hesitação, eu me levanto, empurro a cadeira para trás e digo:

— Só existe um jeito de ter certeza.

O que foi que eu fiz
Para você ficar tão bravo?
O que foi que eu disse
Para você ficar tão mal?
Eu não tive intenção
Juro que não é verdade
O único cara que me importa
Sempre foi você.

Ah, não sai assim tão bravo.
Volta aqui, pode deixar que eu
Vou te fazer feliz

"Canção de desculpas"
Interpretada por Heather Wells
Composta por Caputo/Valdez
Do álbum *Verão*
Gravadora Cartwright

Não é de surpreender que Cooper se recuse a pegar o carro e ir até os Hamptons às sete da noite no meio da semana, só para falar com um sujeito que nem a polícia convocou para interrogatório.

Ele não se convence nem quando lembro a ele que é muito mais provável que Chris fale com um de nós do que com a polícia. Insiste que, depois dos ferimentos que sofri naquela manhã, estou precisando é de uma boa noite de sono, e não de uma viagem de seis horas para ir a East Hampton e voltar.

Quando lembro a ele que é nosso dever de cidadão fazer tudo o que for possível para que esta mulher seja colocada atrás das grades antes que volte a matar, Cooper me garante que vai ligar para o investigador Canavan pela manhã e contar a ele a minha teoria.

— Mas amanhã de manhã pode ser que Amber já esteja morta! — Exclamo. Sei que ela ainda está viva, porque acabei de ligar para o quarto dela e fiquei sabendo, por meio da colega de quarto dela, que está assistindo a um filme no quarto de outra residente no fim do corredor.

— Se a diretora do conjunto residencial requisitar uma reunião com ela — eu tinha dito, quase histérica, para a colega de quarto de Amber —, diga que ela NÃO pode comparecer. Você entendeu?

— Hmm — a colega de quarto respondeu. — Tudo bem.

— Estou falando sério — gritei antes que Cooper conseguisse arrancar o telefone de minha mão. — Diga para Amber que a diretora-assistente do conjunto Fischer disse que se a diretora do conjunto residencial requisitar outra reunião com ela, não é para ir. Nem é para abrir a porta para ela. Você entendeu o que eu disse? Você entendeu que vai se encrencar de verdade com a diretora-assistente do conjunto Fischer se não der este recado?

— Hmm — a colega de quarto disse. — Certo. Eu dou o recado a ela.

Talvez esta não seja a maneira mais sutil de transmitir minha mensagem. Mas, pelo menos, assim vou saber que Amber está a salvo.

Por enquanto.

— A gente precisa ir até lá, Cooper! — Imploro, assim que desligo o telefone. — Preciso saber, agora!

— Heather — Cooper diz, parecendo frustrado. — Juro por Deus que, de todas as pessoas que eu já conheci na vida, você deve ser a mais...

Prendo a respiração. Ele vai dizer! Ele vai dizer o que quase disse em minha sala! Ele vai dizer agora!

Só que, lá (na minha sala, quer dizer) parecia que o que ele ia dizer era um elogio. Mas, julgando pela maneira como o maxilar dele está apertado, acho que ele não vai dizer nada de gentil sobre a minha pessoa. Na verdade, tenho bastante certeza de que não *quero* ouvir as próximas palavras dele.

Porque, de verdade, a coisa com Rachel é mais importante.

E é por isso que eu digo.

— Isto é uma estupidez. Sabe, existem trens que vão para os Hamptons. Vou dar uma olhada nos horários na internet e...

Não sei se ele cedeu porque percebeu que seria a única maneira de me fazer calar a boca ou se estava mesmo preocupado que a viagem de trem não me fizesse bem. Talvez ele só estivesse tentando acalmar uma moça louca e ferida.

De todo modo, quando eu finalmente consigo terminar de me vestir, Cooper já tirou o carro do estacionamento (uma BMW 1974 modelo 2002, veículo que sempre faz os traficantes da rua estalarem a língua em sinal de desaprovação porque, na opinião deles, a única BMW boa que existe é uma zero quilômetro). Ele não está feliz com o fato nem nada. Na verdade, tenho certeza de que estava amaldiçoando o impulso que o levou a me convidar para morar com ele, para começo de conversa.

E eu me sinto mal por causa disso. Mesmo.

Mas não o bastante para dizer a ele para deixar tudo isto para lá. Porque, sabe como é, a vida de uma garota está em jogo.

É bem fácil encontrar a casa de veraneio dos Allington. Quer dizer, eles estão na lista telefônica de East Hampton. Se não quisessem que ninguém aparecesse por lá, teriam mandado tirar o telefone da lista, certo?

E, tudo bem, tem um portão enorme de ferro batido na entrada do terreno, com interfone embutido e tudo o mais, o que pode levar uma pessoa comum a acreditar que visitas não são bem-vindas.

Mas eu, pelo menos, não caio nessa. Salto do carro e vou apertar a campainha. E, apesar de ninguém atender, eu não me abato. Bom, não muito.

— Heather — Cooper diz, da janela do carro, que ele abriu. — Acho que ninguém vai...

Mas então o interfone estala e a voz inconfundível de Chris diz:

— *O que é?*

Sei porque ele está tão irritado. Eu meio que fiquei com o dedo enfiado na campainha, sabendo que a pessoa lá dentro ia acabar enlouquecendo e ia ter de atender. É um truque que aprendi com os repórteres que costumavam fazer vigília na frente do apartamento que Jordan e eu dividíamos.

— Hmm, oi, Chris — digo ao interfone. — Sou eu.

— Eu quem? — Chris quer saber, ainda em tom irritado.

— Você sabe quem — digo, tentando fazer aquela voz de garotinha flertando. — Deixe-me entrar.

Então ajunto as três palavras a que, segundo aprendi com os arquivos de Justine, poucos universitários (e Chris é um deles, afinal de contas) conseguem resistir:

— Eu trouxe pizza.

Uma pausa. E então o portão começa a abrir devagar.

Volto correndo para o carro, onde Cooper está sentado com uma expressão levemente surpresa (apesar de ser eu quem está dizendo).

— Pizza — ele repete. — Vou ter de me lembrar desta.

— Funciona sempre — digo. Não menciono como foi que aprendi. Estou meio cheia de Justine, para dizer a verdade.

Entramos de carro no terreno e a Villa d'Allington brilha à nossa frente em toda a sua glória de reboco branco.

Claro que já estive nos Hamptons. Os Cartwright têm uma casa ali, bem na beira do mar, em que três lados do terreno fazem limite com uma reserva federal de proteção aos pássaros, então ninguém pode construir ali e estragar a vista.

Já fui à casa de outras pessoas ali também (casas consideradas maravilhas da arquitetura; uma vez até estive em um castelo que tinha sido transportado para lá, tijolo por tijolo, do sul da França. É sério).

Mas nunca tinha visto nada parecido com a casa dos Allington. Pelo menos, não nos Hamptons. Completamente branca e enorme, cheia de arcos espaçosos em estilo mediterrâneo e plantas cheias de flores coloridas, a casa é iluminada como se fosse o Rockfeller Center em Nova York.

Só que, em vez de um cara enorme pairando por cima de uma pista de patinação, tem uma casa branca enorme pairando por cima de uma piscina.

— Que tal — Cooper diz quando saímos do carro — você deixar que eu fale desta vez?

Aperto os olhos na direção dele.

— Você não vai bater nele, vai?

— Por que eu bateria? — ele pergunta com surpresa na voz.

— Você não costuma bater nas pessoas? Quer dizer, no seu ramo de atividade?

— Não me lembro da última vez que fiz isso — ele diz com sutileza.

Um pouquinho desapontada, digo:

— Bom, acho que Christopher Allington é o tipo de cara em quem você gostaria de bater. Se você batesse nos outros.

— É sim — Cooper concorda, com um leve sorriso. — Mas não vou bater nele. Pelo menos, não de cara.

Primeiro, ouvimos os dois. Depois os enxergamos ao abrir a cortina de bons-dias que pende de um dos arcos. Passamos através das trepadeiras com cheiro adocicado e chegamos no pátio de trás. À esquerda da piscina reluzente há uma Jacuzzi, soltando vapor no ar frio da noite.

Dentro da Jacuzzi há duas pessoas, nenhuma das quais, felizmente, é o reitor Allington ou a mulher dele. Acho que teria morrido se visse o reitor Allington de sunga.

Eles não reparam em nós de imediato, provavelmente devido a todo o vapor e aos holofotes que iluminam o deque ao redor da piscina, mas deixam a área da Jacuzzi na sombra. Espalhadas aqui e ali, sobre as tábuas largas de madeira do pátio, há espreguiçadeiras com almofadas cor-de-rosa clarinho. Ao lado de uma das pontas da piscina há um bar, um bar de verdade com banquetas na frente e estante iluminada por trás cheia de garrafas.

Eu me aproximo da Jacuzzi e limpo a garganta com muito barulho.

Chris ergue o rosto dos peitos da menina que ele estava acariciando com o nariz e fica olhando embasbacado para nós. Obviamente, está bêbado.

A menina, também. Ela diz:

— Ei, ela não trouxe pizza nenhuma.

Ela parece ter ficado decepcionada com isso, apesar de os dois parecerem estarem bem servidos no departamento do queijo extra.

— Oi, Chris — eu digo e me sento na ponta de uma das espreguiçadeiras. A almofada embaixo de mim está molhada. Choveu agora há pouco nos Hamptons.

Parece que demora alguns segundos até que Chris me reconheça. E quando reconhece, não fica muito contente.

— Loirinha? — Ele levanta a mão para tirar o cabelo molhado que caiu sobre os olhos. — É você? O que *você* está fazendo aqui?

— A gente só passou para fazer algumas perguntas — digo. Lucy veio conosco (não dava para deixá-la presa em casa a noite inteira), e agora ela roça a cabeça nos meus joelhos e senta, arfando toda feliz. — Então, tudo bem com você?

— Estou bem, acho — Chris responde. Ele olha para Cooper. — Quem é ele?

— Um amigo — Cooper responde. E logo completa: — Dela — acho que para que não haja nenhuma confusão.

— Ah — Chris diz. Depois, em uma aparente tentativa de tirar o melhor de uma situação ruim, ele diz: — Bom, querem beber alguma coisa?

— Não, obrigada — Cooper responde. — O que a gente gostaria mesmo é de falar com você sobre Elizabeth Kellogg e Roberta Pace.

Chris não parece alarmado. Na verdade, nem parece surpreso. Em vez disso, diz:

— Ah, claro, claro. Ah, ei, cadê a minha educação? Faith, querida, vá lá dentro preparar um rango para a gente, pode ser? E aproveite para pegar mais uma garrafa de vinho, que tal?

A garota na Jacuzzi faz bico.

— Mas, Chris...

— Vá lá, querida.

— Mas o meu nome é Hope, não Faith.

— Tanto faz. — Chris dá um tapinha na bunda dela enquanto ela sobre a escadinha, pingando como uma sereia, e sai da Jacuzzi. Ela está de biquíni, mas a parte de cima é tão minúscula, e os peitos dela tão grandes, que os pequeninos triângulos de Lycra parecem ser só uma sugestão.

Cooper repara no fenômeno do biquíni na hora. Eu sei por causa das sobrancelhas erguidas dele. Vale mesmo a pena ser uma detetive experiente.

A parte de trás dela se revela tão impressionante quanto a da frente. Nenhum grama de celulite. Imagino se ela, como Rachel, faz exercícios no StairMaster para ficar assim.

— Então, Chris — Cooper diz, assim que a garota se retira. — Qual é a sua história com Rachel Walcott?

Chris engasga com o gole de Chardonnay que estava tomando.

— O-o quê? — Ele tosse, quando consegue falar.

Mas Cooper só está olhando para Chris, da maneira que se olha para um bicho interessante, porém nojento, que você achou na salada.

— Rachel Walcott — ele diz. — Ela era a diretora do alojamento... quer dizer, do conjunto residencial estudantil... em que você morou em seu último ano em Earlcrest. Agora ela administra o conjunto Fischer, onde seus pais moram, e onde Heather, esta aqui, trabalha.

Chris procura um maço de cigarros e um isqueiro que ele tinha deixado ao lado da Jacuzzi, pega um e acende com dedos trêmulos. Dá uma tragada e, na semi-escuridão, a ponta do cigarro brilha vermelha.

— Merda — é tudo que ele diz.

Não sou uma detetive experiente nem nada, mas até eu acho que essa resposta é meio... suspeita.

— Então, qual é a história entre vocês dois? — Cooper pergunta. — Você e Rachel. Quer dizer, talvez você não tenha notado, mas tem gente morrendo...

— Eu notei — Chris diz, seco. — Certo? Eu notei. Que porra você está pensando?

Aparentemente, Cooper não acha a última parte absolutamente necessária. Sabe como é, ficar falando palavrão.

Porque ele diz para o Chris, com a voz mais ríspida que já o ouvi usar:

— Você *sabia*? Há quanto tempo?

Chris fica olhando estupefato para ele através do vapor dos jatos borbulhantes.

— O quê? — pergunta, como alguém que não tem certeza se está ouvindo as coisas direito.

— *Há quanto tempo?* — Cooper pergunta com muita ênfase de novo, com uma voz que me deixa feliz que ele esteja falando com Chris, e não comigo. Também faz com que duvide da história dele. Sabe como é, de dizer que não bate nas pessoas no ramo de atividade dele. — Há quanto tempo você sabe que era Rachel que estava matando aquelas meninas?

Dá para ver que Chris ficou tão pálido quanto a iluminação aquosa abaixo da superfície da piscina, e não é por causa da fumaça do cigarro.

Não o culpo. Cooper também está me assustando um pouquinho.

— Eu não sabia — Chris diz, com uma voz estrangulada que é bem diferente do tom arrogante que ele tinha usado antes. — Eu só juntei as peças ontem à noite, quando você... — ele olha para mim — quando você e eu dançamos, e você me disse que Beth e Bobby eram... eram as que...

— Ah, fala sério — Cooper diz. — Você acha que a gente vai acreditar que, com toda a divulgação no *campus* depois daqueles supostos acidentes...

— Eu não sabia! — Chris bate uma mão na água para enfatizar suas palavras, e molha as patas de Lucy. Ela olha para elas sem entender nada, então começa a trabalhar com a língua. — Juro por Deus que não sabia. Eu não tenho exatamente muito tempo livre, e o pouco que tenho, não gasto lendo jornal. Quer dizer, é claro que eu ouvi dizer que duas meninas tinham morrido no conjunto Fischer, mas eu não sabia que eram as minhas duas meninas.

— E você não reparou que nenhuma das meninas retornou suas ligações?

Chris abaixa a cabeça. De vergonha, suponho.

— Porque você nunca mais ligou para elas — a voz de Cooper está fria como gelo.

Chris parece na defensiva.

— *Você* liga? — Ele quer saber, de Cooper. — Você sempre liga no dia seguinte?

— Se eu quiser que haja uma próxima vez — Cooper responde, sem perder o ritmo.

— Exatamente. — A voz de Chris transborda de significado. No começo, eu não compreendo o que ele quer dizer.

Então, eu entendo.

Ah.

Cooper sacode a cabeça, com cara de que sente tanto nojo quanto eu. Bom, quase, de todo modo.

— Você quer que eu acredite que nem ficou sabendo que aquelas meninas estavam mortas até Heather dizer para você naquela noite?

— É isso mesmo — Chris diz e, de repente, joga o cigarro em um arbusto de azaléia e se ergue da Jacuzzi. Só está usando um calção de banho folgado. O corpo dele tem constituição magra porém musculosa, a pele exibe um leve bronzeado dourado. Não tem nenhum tufo de pêlo, a menos que se conte os da axila.

— E quando soube da notícia, a primeira coisa que fiz foi vir para cá. — Chris se levanta e se enrola em uma grande toalha cor-de-rosa clarinho. — Eu precisava sair de lá, eu precisava pensar, eu precisava...

— Você precisava achar um jeito de não ser convocado para dar um depoimento na polícia — Cooper termina a frase para ele.

— Isso também. Veja bem, então eu fui para a cama com elas...

Eu não consigo mais agüentar. Mesmo. Eu me sinto enjoada (e também não é só por causa de toda a comida indiana que consumimos no carro, no trajeto até aqui).

Não, isto não é só indigestão. É nojo.

— Não aja como se não fosse muito importante, Chris — eu digo. — Você foi para a cama com aquelas meninas e depois não ligou mais. Nem disse a elas seu verdadeiro nome para impedir que soubessem de quem você é filho. Porque *é* muito importante. Ou era para elas. Você as usou. Você as usou porque você sabe que... você sabe que tem... bom, problemas de desempenho.

— O quê? — Chris parece chocado. — Não tenho nada!

— Claro que tem — eu digo, sabendo que estou parecendo Sarah, mas nem ligo. — Por que outra razão você procuraria meninas que não têm nenhuma experiência sexual?... Tirando esta Hope aqui? Para elas não terem parâmetros de comparação para o seu desempenho?

Chris faz uma cara de estupefação, como se eu tivesse batido nele.

E talvez, de certo modo, eu o tenha atingido mesmo.

Cooper puxa a minha manga e sussurra:

— Calma, fera. Calma aí. Não vamos confundir nossos papéis. Eu sou o policial maldoso aqui. Você é a boazinha.

Então ele me dá tapinhas de leve nas costas (como eu faço quando quero que Indy se acalme). Cooper diz para Chris, que está com o rosto bem vermelho:

— Veja bem, ninguém está acusando você de ter matado ninguém. O que queremos saber é qual é a sua relação com Rachel Walcott.

— Por quê? — Chris já passou da fase de ficar assustado, e voltou a seu modo convencido. Minha observação a respeito dos problemas de desempenho o irritara. Sem dúvida porque é verdade.

Chris passa pisando forte por Cooper, em direção à piscina.

— O que tem?

— Existiu alguma? — Cooper quer saber.

— Uma relação? — Chris larga a toalha e sobe no trampolim. Um segundo depois, já pulou para dentro da piscina, mal esparramando água quando o corpo comprido e magro faz um arco para entrar na água. Ele começa a nadar até o lado da piscina em que estamos, então sobe à tona, aparentemente porque mudou de idéia embaixo d'água.

— Tudo bem — ele diz. — Vou contar tudo o que eu sei.

Ela me disse
Que te acha legal
Ela me disse
Que é só uma questão de tempo
Ela me disse
Que um dia te pega
Mas eu disse para ela
Que só passando por cima de mim

Porque você é
Meu tipo de cara
É, você é
Meu tipo de cara
Minhas amigas dizem que estou louca
Mas é que você é
Meu tipo de cara

"Meu tipo de cara"
Interpretada por Heather Wells
Composta por Dietz/Ryder
Do álbum *Verão*
Gravadora Cartwright

— Certo — Chris diz, por entre os dentes que batem. — Certo. Então, eu transei com ela durante alguns meses. Eu não pedi a mão dela em casamento nem nada. Mas ela enlouqueceu completamente, sabe? Achei que ela ia cortar meu saco fora.

Pego a toalha de Chris e acomodo por cima dos ombros dele, que tremem. Parece que ele nem nota. Ele engatou. Saiu da piscina e começou a caminhar na direção da casa, com Cooper, Lucy e eu atrás dele, como se fôssemos uma comitiva...

Bom, de alguma estrela do rock.

— Começou no penúltimo ano de faculdade — Chris diz. Agora que começou a falar, parece que não consegue mais parar. Nem diminuir o ritmo. É preciso admirar a técnica de Cooper. Não bater no cara deu certo. — Um monte de caras e eu fomos pegos fumando maconha no alojamento, sabe como é, a gente precisou ir falar com a diretora do prédio, Rachel, para levar bronca. A gente achou que ia ser expulso da faculdade. Então, alguns dos caras falaram: "Chris, você tem de dar em cima dela", porque, sei lá, eu era um pouco mais velho do que eles, e tinha uma certa reputação com as garotas, sabe?

Posso enxergar Rachel (com seus sapatos Manolo Blahnik e seu *tailleur* Armani) sendo paquerada por este Adônis de conversa macia e cabelo dourado. Não, ele não é o homem de negócios sofisticado que ela almejava conquistar com a bunda dura como pedra e o cabelo todo penteadinho dela.

Mas ele deve ter sido o mais próximo disso que ela conseguiu arrumar em Richmond, Indiana.

— Bom, de todo jeito, ela liberou a gente. Daquele negócio de fumar maconha, sabe? Disse que seria o nosso segredinho. — Tem um risinho de desdém na voz de Chris. Mas não é um risinho alegre. — No começo, achei que era por causa do meu pai. Mas, daí, a gente começou a se esbarrar no refeitório e tal. Mais como... bom, como ela esbarrando em mim, sabe? E os caras falavam: "Manda ver, cara. Se você começar a ficar com a diretora do alojamento, a gente vai poder se safar de tudo o que a gente quiser." E como eu não tinha nada rolando, sabe como é, em relação a mulher, eu pensei: Por que não? E uma coisa levou à outra e, então, a gente virou um casal, acho.

Ele se abaixa para passar por um arco e vamos atrás dele, passando por uma porta de vidro de correr e entrando em uma sala de estar em desnível com iluminação fraca, onde o tema principal da decoração parece ser couro preto. Os sofás são de couro preto. Os pufes são de couro preto. Até o consolo da lareira parece ser forrado de couro preto.

Mas com certeza não é. Quer dizer, se fosse, não pegaria fogo?

— Acontece que fui o primeiro dela — Chris explica, caminhando até a lareira e girando um botão. De repente, a sala é banhada por uma luz cor-de-rosa fantasmagórica. Se eu fosse uma desavisada, ia achar que tínhamos entrado em um bordel. Ou talvez em um daqueles bares de oxigênio no SoHo. — Ela nem sempre teve tanta... compostura como tem hoje. Na verdade ela era meio... bom, quando a gente se conheceu, lá em Richmond, a Rachel era meio gorda.

Fico olhando estupefata para ele.

— O quê?

Cooper lança um olhar de advertência para mim. Chris engatou, e Cooper não quer que eu interrompa.

— Sabe como é. — Ele dá de ombros. — Ela era gorda. Bom, não gorda de verdade. Mas... cheinha. E andava de moletom o tempo todo. Não sei o que aconteceu, sabe, entre agora e antes, mas ela emagreceu, um montão, e fez, sei lá, uma repaginada, ou algo assim. Porque, naquela época... sei lá.

— Espera um pouco. — Estou tendo dificuldade em processar isto. — Rachel era *gorda*?

— Era. — Ele dá de ombros. — Talvez você tenha razão. Talvez haja menos... pressão em ficar com alguém que não tenha nenhuma experiência para servir de parâmetro. Realmente existia algo de... sei lá... realmente excitante de estar com uma mulher mais velha que era tão inteligente em algumas coisas, e tão burra em outras...

— Ela era *gorda*? — estou passada de verdade. — Ela corre tipo seis quilômetros por dia! Ela não come nada além de alface. Sem molho!

— Bom — Chris diz, dando de ombros mais uma vez. — Talvez agora ela seja assim. Mas não era na época. Ela me contou que tinha sido gorda a vida toda, e que é por isso que ela nunca... você sabe... tinha ficado com nenhum cara antes.

Uau. Rachel ainda era virgem depois da faculdade? Ela não tinha conhecido *ninguém* no ensino médio? Nem na faculdade?

Parece que não.

— Então, quanto tempo isso durou? O caso? — Cooper pergunta, aparentemente em um esforço de me fazer parar com a coisa de *Rachel era gorda?*.

Chris se afunda em um dos sofás de couro preto, sem parecer se importar em molhar as almofadas. Quando se é rico como ele, acho que este tipo de coisa não importa.

— Até mais ou menos a metade do meu último ano. Foi quando percebi que precisava começar a estudar de verdade, você sabe, para conseguir uma nota boa no LSAT. Depois de terem me deixado vagabundear durante a maior parte dos meus vinte e tantos anos, meus pais estavam pegando no meu pé, entende, para entrar no curso de direito. Eu disse para ela, para Rachel, que eu ia ter de me afastar um pouco. Parecia um bom momento para terminar com tudo. Quer dizer, não ia ter como aquilo continuar, ela e eu, depois que eu me formasse. Eu não ia ficar em Richmond de jeito nenhum.

— Você disse isso a ela? — Cooper pergunta.

— Disse o quê?

Vejo um músculo do maxilar de Cooper se movimentar.

— Você disse para Rachel que a relação não tinha futuro?
— Ele elabora, com paciência forçada.

— Ah. — Chris não olha nem nos meus olhos nem nos de Cooper. — Disse.

— E aí?

— Ela enlouqueceu, cara. Quer dizer, enlouqueceu mesmo. Começou a berrar, a jogar coisas. Ela pegou o monitor do meu computador e jogou para o outro lado do pátio, sem brincadeira. Eu fiquei com tanto medo que fui morar com uns amigos fora do *campus* até o ano terminar.

— E vocês nunca mais se viram? — Uma parte de mim não consegue acreditar na história de Chris. Outra parte acredita completamente. Não que eu consiga imaginar Rachel jogando um monitor de computador para o outro lado de um pátio.

Mas também não posso imaginá-la matando duas meninas (e quase matando três outras pessoas).

— Não — Chris diz. — Não até algumas semanas atrás, quando voltei de Richmond. Passei o verão lá, fazendo trabalho voluntário, como parte do acordo que fiz com meu pai para o curso de direito. Então eu entrei no conjunto Fischer, e a primeira coisa que eu vi foi Rachel, na recepção, dando bronca em um garoto por causa de uma coisa qualquer. Só que, sabe, ela estava toda... magrinha. Eu quase desmaiei, vou dizer. Mas ela sorriu, com a maior frieza possível, e perguntou se eu estava bem. Não demonstrou mágoa nem nada.

— E você acreditou nela — a voz de Cooper não traz nenhuma expressão.

— Acreditei — Chris suspira. — Parecia que estava tudo bem. Eu pensei... sabe como é, a perda de peso, o corte de cabelo novo, as roupas... Eu achei que era bom sinal, sabe? Que ela estava seguindo em frente.

— E o fato de ela ter conseguido de propósito um emprego para administrar o prédio em que os seus pais moram — Cooper diz. — Isto não fez você pensar que talvez as coisas não estivessem assim tão bem quanto aparentavam?

— Claro que não — ele responde. — Até... bom, o que eu descobri ontem à noite.

Uma voz assemelhada a um sino exclama:

— Ah, você está aqui! Procurei você pelo pátio todo. Eu não sabia que tinha entrado.

Hope vem descendo a escada, segurando uma bandeja do que parece (e tem cheiro de) *vol-au-vents* de espinafre em uma mão e a barra de um robe de oncinha que vai até o chão na outra.

— Os canapés estão prontos — ela diz. — Vocês querem comer aqui ou na beira da piscina?

— Na beira da piscina, certo, querida? — Chris dá um sorriso fraco para ela. — A gente já vai lá com você.

Hope dá um sorriso simpático e faz um desvio na direção das portas deslizantes de vidro.

— Não demorem — ela avisa. — Vai esfriar.

Assim que ela sai, Chris diz:

— Eu já pensei e repensei o assunto, desde que falei com você naquela noite, sabe, tentando imaginar se Rachel pode ter feito isso. Matado aquelas meninas, quer dizer. Porque eu sou bom, entende... mas não exatamente alguém por quem vale a pena cometer assassinato.

Ele dá um sorriso fraco com a própria piada. Cooper não retribui. Acho que ainda estamos brincando de policial malvado/policial boazinha. Como parece que sou a policial boazinha, eu retribuo o sorriso. Nem é difícil. Quer dizer, apesar de tudo, eu ainda gosto um pouco de Chris. Não dá para evitar. Ele só é... o Chris.

— Quer dizer, quando ela e eu terminamos — ele prossegue, como se não tivesse havido nenhuma interrupção —, eu expliquei que ela foi... bom, violenta. Ela jogou meu computador para o outro lado do pátio. São uns 45 metros. Ela é bem forte. Uma menina... uma menina pequena, como Beth ou Bobby. Bom, não seria nada para Rachel. Se ela estivesse brava de verdade.

— E você acha que foi isso que aconteceu com aquelas meninas? — Cooper parece querer confirmar. — Não que a morte delas foi acidental, mas que Rachel as matou?

Chris vai afundando cada vez mais no sofá de couro dos pais. Dá para ver que o desejo dele é desaparecer.

— Acho — ele responde, com a voz bem baixinha. — Quer dizer... é a única explicação, não é? Porque toda aquela história de surfe de elevador... Meninas não fazem surfe de elevador.

Jogo um olhar de *Eu te disse* para Cooper. Mas ele não percebe. Está ocupado demais com os olhos pregados em Chris.

No silêncio que se instala depois disto, dá para ouvir um grilo que começa a cantar bem alto lá fora. Preciso reconhecer, estou meio... bom, comovida com o discurso de Chris. Ah, continuo achando que ele é um porco e tudo mais. Mas pelo menos ele reconhece na boa. Isso já é alguma coisa, pelo menos.

Mas Cooper não parece nem de longe tão impressionado quanto eu.

— Chris — ele diz. — Você vai voltar para a cidade conosco agora e, amanhã de manhã, a gente vai à polícia.

Não é um pedido. É uma ordem.

Chris dá um sorriso amarelo.

— Por quê? De que vai servir? Simplesmente vão me prender. Não vão acreditar que foi Rachel. Nunca.

— Não se você tiver álibis para o horário dos assassinatos — Cooper diz.

— Eu tenho — Chris diz, de repente ficando animado. — Eu estava em aula quando a segunda menina... Bobby, quer dizer... morreu. Eu sei porque a gente ouviu as sirenes e olhou pela janela. O conjunto Fischer fica bem perto do prédio da faculdade de direito...

Então Chris sacode a cabeça. O cabelo dele está secando como um capacete dourado em cima da cabeça.

— Mas não vão acreditar de jeito nenhum que Rachel Walcott está matando as meninas com quem eu transei. Quer dizer, fala sério. Rachel acabou de ganhar uma porra de um prêmio Amor-Perfeito por ser uma boa samaritana ou sei lá o quê.

Cooper fica só olhando para ele.

— Tem alguma menina com quem você foi para cama neste ano que *não* está morta?

Chris parece pouco à vontade.

— Bom, não, mas...

Olho por cima do ombro, para os arcos que conduzem à piscina.

— E a Hope?

— O que tem ela?

— Você quer que ela morra também?

— Não! — Chris parece horrorizado. — Mas... quer dizer, ela é a *au pair* do vizinho. Como é que Rachel vai...

— Chris — Cooper diz. — Você já pensou em dar um tempo nas namoradas?

Chris engole em seco.

— Para dizer a verdade — ele diz. — Estou começando a achar que não é má idéia.

Não quero flores
Vermelhas, amarelas ou azuis
E não quero diamantes
Sei que outras garotas querem
E não quero dinheiro
Já vi o que o dinheiro é capaz de fazer
Eu só quero você
Eu só quero você
Eu só quero você

"Tudo o que quero"
Interpretada por Heather Wells
Composta por Dietz/Ryder
Do álbum *Mágico*
Gravadora Cartwright

— Pense bem — digo para Patty. — Rachel conhece um cara, um cara superbonito, que age como se gostasse dela de verdade, e talvez haja uma parte dele que goste mesmo...

— É — ela concorda, cheia de sarcasmo. — A parte que fica dentro da cueca.

— Tanto faz. Esse cara é o primeiro cara que ela conhece que se interessa por ela, isso sem contar que preenche todas as qualificações dela para um namorado. Você sabe, ele é gostoso, é rico, é hétero. Certo, talvez seja um tanto vagabundo — ergo o copo de suco de laranja ao lado de minha cama e dou um gole —, vivendo da herança que recebeu ou algo assim. Mas, tirando isso...

— Espere aí um pouco. — Patty se vira para dizer. — Largue já isso — para o filho dela. Um segundo depois, já está de volta.

— Certo — ela diz. — Onde estávamos?

— Rachel — digo.

— Ah, certo. Então, esse tal de Christopher. Ele é mesmo tão gostoso assim?

— Ele é gostoso. Além do mais, é universitário — digo a ela. — Não é permitido ir para a cama com alunos, portanto ele é um fruto proibido, além de tudo. Ela começa a ter um monte de fantasias... quer dizer, e por que não? Ela já chegou aos trinta. E é uma moça moderna do século XXI, ela quer tudo: carreira, casamento, filhos...

— Uma licença para matar.

— O que mais você quiser. Então, bem na hora que está arrumando a diligência para partir, o bom e velho caubói Chris resolve sair cavalgando em direção ao pôr-do-sol sozinho.

— Espere aí, Heather — Patty diz. Para o filho dela, fala: — Indy! Eu disse não! Indy...

Seguro o fone na orelha enquanto Patty grita com o filho De certo modo é gostoso estar acomodada em minha cama, sem nem pensar em assassinato para variar, enquanto todas as outras pessoas estão ocupadíssimas, fazendo alguma coisa a esse respeito. Eu quis ir com Cooper e Chris falar com o investigador Canavan. Mesmo. Eu tinha dito a ele na noite passada, quando subi a escada até meu apartamento aos tropeções e caí na cama, para me acordar antes de sair pela manhã.

Mas acho que o choque de tantos acontecimentos no dia anterior (a explosão, a visita ao hospital, a viagem de ida e volta a Long Island) finalmente se abateu sobre mim, porque quando ele bateu na porta de meu quarto para ver se eu estava acordada, eu gritei para ele ir embora.

Não que eu me lembre de ter feito isso, quer dizer. Eu nunca teria sido tão grossa se estivesse consciente. Cooper deixou um bilhete explicando a situação que acabava com as seguintes frases: *Não vá trabalhar hoje. Fique em casa e descanse. Eu ligo mais tarde.*

E, tudo bem, ele não assinou *Com amor, Cooper.* Só *Cooper.*

Mas, mesmo assim. Ele tem de, pelo menos, me respeitar mais agora. Agora que descobriu que eu não estava inventando tudo. A respeito de como alguém estava tentando me matar e tudo o mais. Ora, ele deve estar pensando que eu devo ser mesmo uma parceira fantástica com quem investigar coisas.

E quem pode saber aonde isto vai levar? Quero dizer, por acaso o próximo passo racional para ele não seria se apaixonar perdidamente por mim?

Então, é verdade. Estou de bom humor. Lá fora chove a cântaros, mas não ligo. Aconchego-me na cama e assisto desenhos animados com Lucy ao meu lado. Talvez seja só porque cheguei muito perto de perdê-la, mas a vida me parece muito, muito boa mesmo.

E é o que digo para Patty, toda animada. Ela parece muito impressionada com minha teoria, segundo a qual o investigador Canavan, depois de ouvir o que Chris tem a dizer, vai direto para o conjunto Fischer com um mandado de prisão na mão.

— Voltei — Patty diz. — Onde estávamos?

— Rachel. De repente, ela se vê segurando as rédeas da diligência sozinha — digo. — Então, o que uma garota moderna do século XXI como Rachel faz?

— Ah, espere, espere, deixe eu tentar adivinhar — Patty diz, toda animada. — Ela junta uma... como é que chama mesmo? Ah, já sei. Força civil?

— Ela se livra da concorrência — corrijo. — Porque, na mente distorcida de Rachel, ela acha que, se matar as namoradas de Chris, ele vai voltar para ela por eliminação. Sabe como é, se não sobrar nenhuma garota, ele não vai ter outra opção além de voltar com ela.

— Uau. — Patty parece impressionada. — Então, como é que ela está fazendo?

— Como assim, como é que ela está fazendo? Ela está empurrando as meninas no poço do elevador.

— É, mas como, Heather? Como é que uma vaca magricela igual à Rachel pode conseguir empurrar mulheres adultas, que com certeza não querem morrer, em um poço de elevador? Quer dizer, eu não consigo nem enfiar a porcaria do *chihuahua* da minha irmã na caixa dele, e ele é só um cachorrinho minúsculo. Você faz alguma idéia de como deve ser difícil empurrar alguém que não quer morrer por um poço de elevador? Primeiro, precisa abrir as portas. O que as meninas ficam fazendo enquanto ela faz isso? Por que não tentam se livrar dela? Por que Rachel não tem arranhões no rosto nem nos braços? A porcaria de cachorro de minha irmã me arranha *com força* quando eu tento enfiá-lo dentro da caixa Sherpa de transporte.

Penso em meus anos de aprendizado televisivo.

— Clorofórmio — digo com toda a simplicidade. — Ela deve estar usando clorofórmio.

— Mas o legista não teria encontrado vestígios disso?

Uau. Ela é boa. Principalmente para alguém que alega não ter tempo de assistir a CSI.

— Certo, certo — eu digo. — Talvez ela dê uma porrada na cabeça delas com um taco de beisebol e as jogue para dentro do poço enquanto ainda estão inconscientes.

— E o legista não teria reparado nisso?

— Elas tinham acabado de cair 16 andares — digo. — Que diferença faz mais um galo?

Bip.

Toca o sinal de chamada em espera.

— Ah, deve ser Cooper, Pats — digo. — Olhe, eu ligo para você mais tarde. Quer sair amanhã para um *brunch* de comemoração? Quer dizer, depois de colocarem minha chefe na cadeia?

— Claro. Pode deixar que eu levo os sinos. — Patty desliga. Aperto o botão e então digo:

— Alô? — depois que ouço o clique da linha.

Mas não é a voz de Cooper que eu ouço. É uma voz de mulher.

E parece que a pessoa está chorando.

— Heather?

Demoro um segundo, mas logo percebo quem é.

— Sarah? — Digo. — É você?

— S-sou eu — Sarah funga.

— Está tudo bem? — Sento ereta na cama. — Sarah, o que aconteceu?

— É... é a Rachel — ela diz.

Uau. Será que a polícia já foi lá prendê-la? Sei que vai ser um duro golpe para os funcionários do prédio: primeiro Justine se revela uma ladra de aquecedores de cerâmica, e agora Rachel se revela uma assassina maníaca.

Mas eles vão superar. Talvez eu leve rosquinhas Krispy Kreme para todo mundo amanhã.

— Sim? — digo. Porque não quero entregar que tive alguma coisa a ver com a prisão. Por enquanto, pelo menos. — O que tem a Rachel?

— Ela... ela está *morta.*

Eu quase derrubo o telefone.

— *O quê?* — Grito. — Rachel? Morta? O quê...

Não dá para acreditar. Não é possível. Rachel? Morta? Como diabos...

— Acho que ela se matou — Sarah diz com um soluço. — Heather, eu acabei de entrar na sala, e ela... ela está *pendurada* lá. Naquela grade entre a sua sala e a dela.

Ai, meu Deus.

Rachel se enforcou. Rachel percebeu que o joguinho tinha terminado mas, em vez de se entregar em silêncio, ela se matou. Ai, meu Deus.

Preciso manter a calma. Pelo bem do prédio, percebo. Preciso tomar a frente de tudo agora. A diretora morreu. Eu vou ter de ser forte. Vou ter de servir de iluminação para todo mundo durante os tempos sombrios que estão por vir.

E, tudo bem, porque estou totalmente preparada para isto. Não vai ser diferente, mesmo, do que seria se Rachel fosse levada para a prisão. Ela só foi para um outro lugar. Mas foi embora da mesma maneira.

— Não sei o que fazer — Sarah diz, a voz dela subindo para um tom histérico. — Se alguém entrar aqui e vir isto...

— Não deixe ninguém entrar — berro. Ai, meu Deus. Os ARs. Esta é a última coisa de que eles precisam. — Sarah, não deixe ninguém entrar aí. E não encoste em nada. — Não é isso mesmo? Não é o que sempre dizem em *Lei & Ordem*? — Chame uma ambulância. Chame a polícia. Agora mesmo. Não deixe ninguém entrar na sala além da polícia. Certo, Sarah?

— Certo — Sarah responde, com outra fungada. — Mas, Heather?

— Pois não?

— Será que você pode vir para cá? Estou com tanto... medo...

Mas eu já pulei da cama e estou procurando minha calça jeans.

— Já estou chegando — digo a ela. — Agüente firme, Sarah. Chego rapidinho.

Tem um lugar que se chama lar
Foi o que me disseram
Nunca estive neste lugar
Como poderia saber?

Tem um lugar que se chama lar
Onde todo mundo fica feliz em te ver
Onde todo mundo igual a você quer ser
Este lugar se chama lar

Mas eu não tenho como saber
Porque nunca tive um para mim
Como poderia saber?

Heather Wells, "Um lugar chamado lar"

A culpa é minha.

Estou falando da morte de Rachel.

Eu já devia saber. Eu já devia saber que isso aconteceria. Quero dizer, está bem claro que ela não tinha estabilidade mental. É óbvio que, frente à menor das provocações, ela iria explodir. Não sei como foi que ela descobriu (que eu suspeitava dela), mas descobriu.

E escolheu a única saída que julgou possível.

Bom, agora eu não posso fazer nada. Nada a não ser servir de apoio para as pessoas que serão mais afetadas pela morte de Rachel: os funcionários do prédio.

Ligo para o celular de Cooper. Ele não atende, então deixo um recado, dizendo o que Sarah tinha me contado. Peço que avise ao investigador Canavan. E então digo que vá ao conjunto Fischer assim que receber o recado.

Claro que não consigo achar um guarda-chuva. Nunca acho um guarda-chuva quando preciso de um. Abaixo a cabeça contra o chuvisco contínuo e corro até Washington Square West, maravilhada com a maneira como todos os traficantes desaparecem frente ao clima desfavorável, e imaginando onde eles se enfiam. Na lanchonete Washington Square Diner? Um dia destes vou ter de ir lá conferir. Parece que eles servem um filé de frango grelhado de arrasar.

Chego ao conjunto Fischer e entro correndo, tirando a água da chuva do cabelo e sorrindo sem graça para Pete. Será que ele já sabe? Será que ele faz idéia?

— Heather — ele exclama. — O que você está fazendo aqui? Depois do que aconteceu ontem, eu achei que iam dar um mês de férias para você. Você não está trabalhando, está?

— Não — respondo. Ele não sabe. Ai, meu Deus, ele não sabe.

Não posso contar para ele. Porque a recepcionista está sentada logo ali, olhando para nós.

— Ah — ele diz. — E, aliás, Julio está bem. Vão dar alta para ele daqui a alguns dias.

— Que maravilha — digo, com o máximo de entusiasmo que consigo. — Bom, a gente se fala mais tarde.

— A gente se fala.

Chego ao fundo do corredor apressada, paro na porta da sala da diretora. Para minha surpresa, está meio aberta, apesar de eu ter deixado bem claro para Sarah que era para fechar. Qualquer pessoa pode entrar e ver Rachel pendurada... a menos que ela tenha feito o serviço do lado dela da grade. É, acho que, na verdade, faz mais sentido. A mesa dela fica encostada na parede por baixo da grade, portanto seria fácil subir ali e depois pular...

— Sarah? — digo. Empurro a porta e a abro completamente. Nenhum sinal de Rachel. A sala da frente está vazia. Sarah (e o corpo) devem estar na sala de Rachel. — Sarah? Você está aí?

— Estou aqui — ela diz com a voz trêmula.

Dou uma olhada na grade. Não tem nada amarrado nela. Sarah deve ter cortado. Por mais horrível que possa ter sido encontrá-la lá daquele jeito, ela não devia ter mexido no corpo. Isso é adulterar as provas. Ou algo assim.

— Sarah — eu digo, correndo para a sala de Rachel. — Eu disse para você que não era para...

Minha voz some. Isso porque não sou recebida pela visão de Sarah chorando, segurando nos braços o corpo sem vida de Rachel. Em vez disso, sou recebida pela visão de uma Rachel em sua mais perfeita saúde (usando um *twin set* de *cashmere* novo muito bonito e calças cor de carvão), encostada em sua mesa e equilibrando um pé calçado de bota em sua cadeira...

...na qual Sarah está amarrada com o fio do telefone e alguns cabos de computador.

— Ah, oi, Heather — ela diz, toda animada. — Você veio rápido.

— Heather — Sarah está soluçando tanto que os óculos dela estão embaçados. — Desculpa mesmo. Ela me obrigou a ligar para você...

— Cale a boca. — Rachel, aborrecida, dá um tapa em Sarah, bem forte, no rosto. O som da pancada me faz dar um salto.

E também me acorda.

Uma armadilha. Acabo de cair em uma armadilha. Automaticamente, me viro para a porta...

— Pare ou mato Sarah. — A voz de Rachel soa fria na sala. Nem os lírios de Monet conseguem suavizar a situação.

Fico paralisada no lugar em que estou. Rachel passa por mim quase me esbarrando, vai até a porta e a fecha completamente.

— Pronto — ela diz, quando a tranca faz o barulho de estar fechada. — Agora está melhor. Agora podemos desfrutar de certa privacidade.

Fico olhando para ela, segurando firme a alça de minha mochila, apesar dos pontos. Talvez, penso, talvez eu possa acertá-la com ela. Com minha mochila, quer dizer. Só que não tem nada pesado dentro dela. Só uma escova, minha carteira e algum batom. Ah, e um chocolate Kit Kat, para o caso de eu ficar com fome mais tarde.

Como é que ela ficou sabendo? Será que ela sabe que estamos na pista dela?

— Rachel — digo. Minha voz soa estranha. Percebo que é porque minha garganta ficou seca. De repente, começo a passar mal. Meus dedos ficam gelados, e os cortes em minhas mãos latejam.

Então eu me lembro.

Tem uma latinha de *spray* de pimenta em minha mochila. Tem vários anos e o bico está todo entupido com areia de uma viagem à praia. Será que ainda funciona?

Fique calma, digo a mim mesma. O que Cooper faria se ficasse cara a cara com um assassino? Ele ficaria calmo.

— Uau — digo, tentando parecer calma, igual a Cooper. — Que história é esta, Rachel? É algum tipo de brincadeira de confiança ou algo assim? Porque, se você não se importa que eu diga, Sarah não parece estar se divertindo muito.

— Chega de papo furado, Heather — ela fala com voz dura. Nunca a ouvi usar este tom, nem mesmo com os jogadores de basquete. Sua voz faz com que eu sinta mais frio do que nunca. — Aquele seu papel de loira burra pode funcionar muito bem com todas as pessoas que você conhece, mas nunca deu certo comigo. Eu sei exatamente o que você é e, pode acreditar, a palavrinha que eu uso para descrever você não é burra. — Os olhos dela recaem sobre mim cheios de desprezo. — Pelo menos, até pouco tempo atrás, não era.

Ela sempre tem razão. Não dá para acreditar que caí naquele telefonema. Mesmo assim, as lágrimas de Sarah eram *mesmo* de verdade... só que não pela razão que ela disse.

— Você também precisa saber — Rachel diz, calmamente — que eu já sei tudo que aconteceu ontem à noite.

Tento fingir que não sei do que ela está falando, apesar de saber, sim.

— A noite passada? Rachel, eu...

— A noite passada — ela diz, divertida. — O seu passeiozinho até os Hamptons. Não tente negar. Eu estava lá. Eu vi você.

— Você... você estava lá?

Não tenho a menor idéia sobre o que fazer. Cada nervo de meu corpo grita: *Dê meia-volta e saia correndo!*

Mas, por algum motivo, estou presa ao chão, com os dedos apertando forte a alça da mochila. Fico pensando em Sarah. E se eu sair correndo? O que ela vai fazer com a coitada da Sarah?

— Claro que eu estava — Rachel diz com a voz destilando desdém. — Você acha que não fico de olho em minha propriedade? Por que você acha que não me desfiz do meu Jetta? Ninguém precisa de carro nesta cidade... a menos que vá seguir alguém até os Hamptons.

Meu Deus. Eu tinha me esquecido completamente do carro idiota dela, que ela estaciona em uma garagem na West Side Highway.

Eu digo, com a voz baixa, para Rachel não perceber que está trêmula.

— Certo. Então, eu fui até lá. Então, eu sei sobre você e Chris. E daí? Rachel, eu estou do seu lado. Eu entendo totalmente sua posição. Eu também já fui rejeitada por homens. Por que a gente não conversa sobre isso...

Rachel sacode a cabeça. A expressão dela está incrédula, como se eu, e não ela, fosse a louca ali.

— Ninguém vai *conversar* sobre isto — ela diz, com um cacarejo de risada. — A hora de *conversar* terminou. E vamos deixar uma coisa bem clara aqui, Heather.

Rachel descruza os braços e coloca a mão direita em um calombo por baixo do cardigã em que eu não tinha reparado antes.

— Eu sou a diretora — ela prossegue. — Sou *eu* a responsável. Eu resolvo se a gente vai ou não *falar* sobre isto, porque sou eu quem marca as reuniões. Assim como eu marquei a reunião com Elizabeth e com Roberta. Assim como eu ainda vou marcar a reunião com Amber, mais tarde. Assim como eu marquei esta reunião, agora, entre mim e você. Eu sou a responsável. Você quer saber o que me qualifica para ser a responsável, Heather?

Assinto em silêncio, com os olhos pregados ao calombo por baixo do suéter dela. Acho que é um revólver. Um revólver com toda a certeza qualificaria Rachel para ser a responsável.

Mas não é um revólver coisa nenhuma. Quando Rachel pega o objeto, só vejo uma coisa de plástico preto que se encaixa perfeitamente à mão dela. Há duas pontas de metal horríveis se projetando da parte de cima, dando-lhe uma aparência que lembra a cabeça de uma barata. Não faço a menor idéia do que seja até ela acionar um interruptor com o polegar, e de repente uma fina linha e azul de eletricidade zune entre os dois pinos de metal gêmeos.

Então eu já sei, mesmo antes de ela falar.

— Heather, apresento-lhe a pistola de raios — ela fala com orgulho, do mesmo jeito que alguns pais tinham falado no primeiro dia de recepção dos alunos, quando apresentaram o filho ou a filha deles para mim. — Um segundo de contato com os 120 mil volts que a cabeça da pistola de raios produz é capaz de causar fraqueza, desorientação e perda de equilíbrio e do controle dos músculos durante vários minutos. E a melhor parte é que, se usada por cima da roupa, a pistola de raios só deixa uma marquinha de queimadura na pele. É uma arma repelente fabulosa, e pode ser comprada por meio de diversos catálogos aqui nos Estados Unidos. Ah, a minha só custou 45 dólares e 95 centavos, sem incluir a bateria de nove volts. Claro que a lei proíbe ter uma destas aqui em Nova York. Mas, bom, quem se importa?

Olho fixamente para a linha crepitante de fogo.

Então, foi assim que ela fez. Nada de clorofórmio, nada de porradas na cabeça com um taco de beisebol. Ela simplesmente apareceu na porta de Beth, e depois na de Bobby, deu um choque nelas e jogou seus corpos inertes pelo poço do elevador. O que poderia ser mais simples?

E o investigador Canavan tinha dito que assassinos são burros. Rachel não é burra. Que tipo de idiota teria tanto conhecimento para cometer este tipo de crime? E como tantos jovens se matam fazendo coisas idiotas como surfe de elevador, ninguém jamais pensaria que as meninas foram assassinadas se não houvesse nenhuma desconfiança de crime relativo à morte delas.

Ninguém além de uma louca como eu desconfiaria.

Não, Rachel não é burra.

E também não é louca. Ela elaborou o plano perfeito para se livrar de suas rivais românticas. Ninguém jamais teria suspeitado de nada se não fosse eu e a minha boca grande.

E se não tivesse sido a minha boca grande, Sarah e eu não estaríamos prestes a ser a terceira e a quarta vítimas de Rachel.

— Mas esta não é a única coisa que me qualifica para ser a responsável por aqui, sabe — Rachel me garante, fazendo um gesto vago com a pistola paralisante para enfatizar sua afirmação. — Eu tenho diploma de bacharel em engenharia química. Sabia disso, Heather?

Sacudo a cabeça. Talvez um dos ARs pegue a chave da sala e abra para pegar a correspondência. É. Ou talvez Cooper receba o recado que deixei em seu celular...

— É impressionante o que dá para fazer com um diploma de bacharel em engenharia química. Dá, por exemplo, para aprender a construir pequenos dispositivos incendiários... é tão simples e tão eficiente... Você sabe o que é um dispositivo incendiário, Heather? Não, acredito que não saiba. Afinal, você estava ocupada demais balançando a bunda no *shopping center* mais próximo para terminar o ensino médio, não estava? Deixe ver se você sabe a resposta desta aqui: O que acontece quando se coloca um monte de loiras lado a lado, ombro a ombro?

Olho para Sarah. Ela continua soluçando, mas está tentando não fazer barulho, para Rachel não dar outro tapa nela.

Sacudo a cabeça.

Rachel ri sem nenhum humor e diz:

— Um túnel de vento, Heather! Um túnel de vento!

— Nossa, uau, Rachel — eu digo, corrigindo minha idéia anterior. Ela é louca com certeza. Maluca, até. — Que engraçado. Mas sabe o quê? Preciso ir agora. Cooper está me esperando lá na mesa da segurança. Se eu demorar muito, ele vai vir aqui me procurar.

— Ele pode procurar o quanto quiser — ela diz, dando de ombros. — Ele não tem a chave. E a gente não vai deixar que ele entre. Estamos *trabalhando*, Heather. Temos muito trabalho importante a fazer.

— Bom, mas sabe o quê, Rachel? — Digo. — Se a gente não abrir a porta, ele simplesmente vai pedir para Pete chamar um AR para abrir a porta para ele.

— Mas os ARs não têm mais chave para entrar na sala. Mandei trocar a fechadura. — As bochechas de Rachel têm pontos gêmeos de cor agora, e os olhos dela brilham igualzinho ao raio fino de eletricidade que salta dos pinos da arma que segura na mão. — É isso aí — ela diz, toda contente. — Eu mandei trocar a fechadura ontem, enquanto você estava no hospital, e só eu tenho a chave. — Então ela vira aqueles olhos brilhantes demais em minha direção e diz: — Você está entendendo, não está, Heather? Quer dizer, isto aqui não é carreira para você. É só um emprego. Diretora-assistente do conjunto Fischer. É só um ponto de parada entre os *shows*, não é? Um salário fixo até você ter coragem de voltar para a estrada depois de sua briguinha com a gravadora. Isso é tudo que este cargo representa para você. Não é o meu caso. A educação superior é minha vida. Minha vida, Heather. Ou, pelo menos, era. Até...

Ela pára de falar de repente, o olhar dela, que estava um tanto vago, prende-se a mim como se fosse um torno.

— Até ele — ela diz, com toda simplicidade.

Quero me sentar. Meus joelhos tremem cada vez que olho para a arma na mão dela. Mas não ouso. Sentada, viro alvo ainda mais fácil. Não, de alguma maneira eu preciso distraí-la do que ela tem em mente para mim e para Sarah (e faço uma boa idéia do que deve ser).

— Ele, Rachel? — pergunto, tentando parecer simpática, como se estivéssemos só conversando e tomando um café no refeitório, algo que de fato fizemos uma ou duas vezes antes de os assassinatos começarem. — Você está falando de Christopher, não está?

Ela dá uma risada amarga, e a risada me deixa com mais medo do que nunca; nem a pistola paralisante tivera tal efeito.

— Christopher — ela diz, rolando a palavra na língua como se fosse um pedaço de chocolate (algo que ela nunca se permitiu saborear. Engordativo demais). — É. Chris. Você não tem como entender o negócio com Christopher, Heather.

Sabe, eu o amo. Você nunca amou ninguém antes, Heather, a não ser você mesma. Portanto, não pode saber como é. Não, você não tem como saber como a gente se sente quando toda a felicidade da vida da gente depende de um único indivíduo e então... e então esse indivíduo muda de idéia e rejeita a gente...

O olhar que ela lança para mim poderia ter congelado um bagel quente com manteiga. Penso em comentar que sei *exatamente* do que ela está falando... que era assim que eu me sentia em relação a Jordan, que neste exato momento deve estar fazendo palavras-cruzadas com Tania Trace em seu leito de hospital.

Mas, por algum motivo, fico achando que ela não iria escutar.

— Não, você não entenderia — ela diz. — Você sempre teve tudo que quis, não é mesmo, Heather? Tudo entregue em uma bandeja de prata. Algumas de nós precisamos trabalhar pelo que queremos, sabia? Veja o meu caso, por exemplo. Você acha que eu sempre fui assim bonita? — Rachel passa a mão para a cima e para baixo da barriga durinha de mil abdominais por dia. — Com o diabo, não. Eu costumava ser gorda. Era a maior balofa. Meio parecida com você agora, para falar a verdade. Usava tamanho 42. — Ela dá risada. — Eu afogava minhas mágoas em doces, nunca fazia ginástica, igual a você. Sabe que nunca me convidaram para sair... nunca, nenhuma vez, até eu fazer 30 anos? Enquanto você desfilava igual a uma putinha para a Gravadora Cartwright, eu estava com o nariz enfiado nos livros, estudando o máximo que podia, porque sabia que ninguém ia *me* oferecer um contrato com uma gravadora. Eu sabia que, se quisesse sair do buraco dos infernos que era minha vida, eu ia ter que usar a cabeça.

Dou uma olhada em Sarah. Ela está olhando através da janela, torcendo desesperadamente, dá para ver, que alguém passe e perceba o que está acontecendo ali dentro.

Mas está chovendo tanto que não tem ninguém na rua. E as poucas pessoas que saíram passam correndo com a cabeça enfiada embaixo do guarda-chuva.

— Foi a mesma coisa com *ele* — Rachel diz. — Eu queria aquele homem, então fiz o que foi preciso para conseguir ficar com ele. Eu sabia que não era o tipo dele. Cheguei a essa conclusão depois que... ele me largou. E foi quando eu entendi. Eu entendi que precisava mudar para *ser* o tipo dele. Mas é claro que você não pode entender isto. Você e Sarah, vocês acham que os homens vão querer vocês por causa da *personalidade*, não acham? Mas os homens não estão nem aí para a personalidade. Pode acreditar. Se você não tivesse ficado tão relaxada quanto ficou, Heather, você ainda estaria com Jordan Cartwright, sabe? Toda aquela confusão de querer cantar suas próprias músicas. Meu Deus, você acha que ele *se importava* com isso? Os homens não ligam para a inteligência. Afinal de contas, qual é a diferença entre uma loira e um mosquito?

Sacudo a cabeça.

— Juro por Deus, Rachel, eu não...

— Uma loira continua chupando, mesmo depois que você dê um tapa nela. — Rachel joga a cabeça para trás e dá mais um pouco de risada.

Ah, sim. Vou morrer. Não resta a menor dúvida.

Quando vai ser a minha vez
De voar sem que minhas
Asas se queimem?

Quando vai ser a minha vez
De as pessoas pararem de sacudir a
cabeça
dizendo "Ela nunca vai aprender"?

Quando vai ser a minha vez
De ser chamada de esperta e forte
E não de burra e errada?

Quando vai ser a minha vez
De olhar para você e ouvir
Ouvir você dizer
É a sua vez
É a sua vez
É a sua vez

Heather Wells, "A minha vez"

Ela é louca. Quero dizer, apenas uma lunática ficaria ali parada, contando piadas idiotas sobre loiras enquanto me ameaça com uma pistola paralisante.

Já lidei com lunáticos antes. Afinal de contas, trabalhei muitos anos na indústria da música. Nove entre dez pessoas com quem lidei naquela época provavelmente eram caso para tratamento clínico, incluindo minha própria mãe.

Será que consigo convencer Rachel a não me matar?

Bom, posso tentar.

— Para mim, parece — digo com muito cuidado — que a pessoa com quem você devia estar brava é o Christopher Allington. Foi ele que prejudicou você, Rachel. Foi ele que traiu você. Como é que você nunca o atacou?

— Porque ele é o meu futuro marido, Heather — ela olha com ódio para mim. — Meu Deus, será que você não entende? Eu sei que você acha que os homens são descartáveis. Quer dizer, as coisas não deram certo com Jordan, então você simplesmente foi morar com o irmão dele. Mas, diferentemente de você, eu acredito no amor verdadeiro. E é isso que existe entre mim e Christopher. Eu só preciso me livrar de algumas distrações, e aí ele vai se dar conta disto.

— Rachel — eu digo, tentando atingir qualquer coisa que ainda exista de normal dentro dela. — Essas distrações. São *seres humanos.*

— Bom, não é minha culpa as coitadinhas terem ficado tão arrasadas quando Christopher deu o fora nelas que foram fazer algo tão imprudente quanto surfe de elevador. Eu fiz tudo o que pude para aconselhá-las. E você também, Heather. Mas ninguém vai ficar muito surpreso de ver que você escolheu acabar com a própria vida. Afinal de contas, você não tem assim muitas perspectivas.

A linha de raciocínio dela é tão distorcida que não consigo seguir muito bem. Mas, agora que ela deixou claro que sou a próxima vítima, tenho de começar a falar bem rapidinho, não tenho outra saída.

— Mas, Rachel, não vai dar certo de jeito nenhum. Eu já falei com a polícia...

— E eles acreditaram em você? — ela pergunta com toda a calma. — Quando encontrarem seu corpo despedaçado e ensangüentado, simplesmente vão saber que você fez isto só para chamar atenção: plantou aquela bomba e depois se matou quando percebeu que tinha sido descoberta. E nem vai ser tão difícil de entender, porque ultimamente a sua vida se transformou em um espiral descendente. Jordan ficou noivo daquela outra moça. O irmão dele... bom, o irmão dele simplesmente parece não estar interessado, não é mesmo, Heather? E tanto você quanto eu sabemos o quanto você está apaixonada por ele. Fica escrito em sua cara cada vez que ele aparece.

Será que é verdade? Será que todo mundo sabe que amo Cooper? Será que *Cooper* sabe que eu amo Cooper? Meu Deus, que vergonha.

Espera aí. Aliás, por que eu estou dando atenção a esta lunática?

— Muito bem, Rachel — digo, entrando na dela porque esta me parece ser a única saída. — Tudo bem. Pode me matar. Mas e Sarah? Quer dizer, o que a coitada da Sarah fez para você? Por que você não a solta?

— Sarah? — Rachel dá uma olhada para a assistente de pós-graduação dela como se tivesse acabado de se lembrar que ainda estava na sala. — Ah, certo. Sarah. Sabe, acho que vai simplesmente... desaparecer.

Sarah solta um soluço amedrontado, mas um olhar gelado de Rachel a silencia.

— É — Rachel diz. Acho que Sarah vai visitar os pais dela durante algumas semanas para se recuperar do pavor de sua morte, Heather. Só que ela não vai chegar lá. Vai desaparecer em algum ponto no meio do caminho. Ei, este tipo de coisa acontece.

— Ah, não, Rachel, por favor — Sarah engasga. — Por favor, não me faça desaparecer. Por favor...

— Cale a boca — Rachel berra. Ergue a mão para bater em Sarah de novo, mas fica paralisada quando o telefone de minha mesa toca, com uma campainha tão alta que faz Rachel se sobressaltar, e o filete azul de eletricidade entre as lâminas da pistola chega perigosamente perto de mim. Dou um pulo para trás, caio contra a porta e me viro para pegar na maçaneta. Em uma fração de segundo Rachel já está em cima de mim, com uma chave de braço em meu pescoço, me sufocando. Ela é surpreendentemente forte para uma mulher tão magra. Mas, mesmo assim, eu teria conseguido me livrar dela...

...teria conseguido se não fosse a pistola paralisante que crepita em sua mão, que ela coloca embaixo de meu nariz, falando por entre os dentes:

— Nem tente. Nem pense nisto. Eu vou queimar você, Heather, juro que vou. E daí eu mato as duas.

Fico paralisada, respirando com dificuldade. Rachel está colada às minhas costas como se fosse uma capa. O telefone continua tocando, três vezes, quatro. Pelo toque, dá para ver que é uma ligação interna. Sussurro, com a voz rouca de medo:

— Rachel, deve ser da recepção. Você sabe que disse para Cooper me esperar lá fora. Ele está na mesa da segurança.

— Neste caso — ela diz, aliviando o aperto em meu pescoço, mas mantendo a pistola paralisante a centímetros dele —, nós vamos andando. Cuido de você — lança um olhar de advertência na direção de Sarah — mais tarde.

Então ela abre a porta da sala, dá uma olhada sorrateira para a esquerda e para a direita para checar se o corredor está vazio e me empurra para fora...

...mas me mantém ao alcance da pistola. Ela me dirige aos elevadores na frente de nossa sala (os elevadores que, infelizmente para mim, não foram afetados pela explosão de ontem no poço do elevador de serviço) e aperta com força o botão de chamada para subir. Rezo para que as portas se abram e o time inteiro de basquete surja e cuide de Rachel para mim.

— Entre — ela ordena, e faço o que ela diz. Rachel vem atrás, então insere a chave de controle para o elevador não parar e aperta o vinte.

Vamos para a cobertura. E não vai ter mais parada alguma pelo caminho.

— Mulheres como você — ela diz, sem olhar para mim. — Eu lido com mulheres como você a vida toda. As bonitinhas são todas iguais. Vocês passam pela vida achando que todo mundo deve alguma coisa a vocês. Conseguem os contratos com as gravadoras e as promoções e os caras bonitos. Mas, gente como eu? A gente é que faz todo o trabalho. Você sabe que aquele Amor-Perfeito foi o primeiro prêmio que recebi em minha área?

Fico olhando para ela com ódio. Esta mulher vai me matar. Não vejo mais razão para ser educada com ela.

— É — eu respondo. — E você ainda ganhou o prêmio por ter limpado o terreno depois de seus próprios assassinatos. Aquelas coisas nas fichas das meninas... falando que a mãe de Elizabeth queria controlar quem ela recebia no quarto, e o fato de a Sra. Pace não gostar de Lakeisha... nada disso aconteceu, não é mesmo? Aquelas mulheres nunca ligaram para você. Você inventou tudo aquilo, para poder justificar suas reuniões com aquelas meninas. Aliás, sobre o que você falava quando se reunia com elas? Que tipo de coisa doentia e pavorosa você usava para deixá-las aterrorizadas?

— Heather — Rachel olha para mim, com a expressão carregada de crítica. — Você nunca vai entender, não é mesmo? Eu trabalhei pesado a vida toda para ter o que tenho. Eu nunca consegui nada fácil, como você. Nada: homens, empregos, amigos. O que eu consigo, eu guardo. Como Christopher, por exemplo. E este emprego. Você sabe como foi difícil conseguir um posto nesta faculdade, no mesmo *prédio* que ele? Então, você compreende por que vai morrer. Se não tivesse começado a xeretar, eu deixaria você viver. Sempre achei que você e eu formávamos uma boa equipe. Quer dizer, quando fico ao seu lado, pareço ainda mais magra. Esta é uma característica muito importante para uma assistente.

A campainha do elevador toca e as portas se abrem. Estamos no *hall* de entrada da cobertura do reitor. No minuto em que pisamos no tapete cinza, sei que o detector de movimento vai disparar lá embaixo, na mesa da segurança. Será que Pete vai dar uma olhada no monitor e ver Rachel com a pistola paralisante?

Por favor, Pete, olhe. Tento usar o controle de mente vulcano com Pete, apesar de ele estar vinte andares abaixo. *Olhe, Pete, olhe. Olhe, Pete, olhe...*

Rachel me empurra para o corredor.

— Siga em frente — ela diz e pega a chave mestra do prédio. — Aposto que você sempre quis ver onde o reitor mora. Agora é sua chance. Pena que você não vai viver o bastante para aproveitar.

Ela destranca a porta da frente do apartamento dos Allington e me dirige até o vestíbulo. Com chão quadriculado em preto-e-branco, é este o lugar onde a Sra. Allington ficou parada me acusando de correr atrás do filho dela igual a uma vagabunda. O vestíbulo se abre para uma sala espaçosa, com duas paredes inteiras de portas envidraçadas que dão para o terraço da cobertura. Assim como na Villa d'Allington, o tema predominante da decoração parece ser couro preto, e muito. Parece que a sra. Allington não é bem a Martha Stewart. Bom, eu já imaginava isso.

— Legal, não é? — ela diz, como quem está batendo um papo. — Tirando esses pássaros detestáveis.

Logo na saída do vestíbulo, naquela gaiola de vime de quase dois metros de altura, as cacatuas assobiam e dançam, olhando para nós, desconfiadas. Rachel vira a pistola paralisante para elas e ri quando elas gritam ao ver a chama azul crepitante.

— Pássaros idiotas — ela diz. Então agarra meu braço e começa a me puxar na direção de uma das portas envidraçadas que dá para o terraço. — Vamos — ela diz. — Está na hora do seu *grand finale*. Imagino que uma estrela como você deva mesmo ter uma despedida dramática. Por isso, não vai tomar a rota do surfe de elevador. Você vai pular do telhado do conjunto Fischer... meio parecido com aquela tartaruga, naquele filme de que sua amiga psicótica do refeitório vive falando. Só que você, infelizmente, não vai ser salva pela corda que sai de dentro de sua carapaça.

Antes que eu tenha oportunidade de reagir, uma porta se abre do outro lado da sala e a Sra. Allington, usando um conjunto de moletom cor-de-rosa, fica olhando para nós.

— Mas que diabos — ela quer saber — vocês duas estão fazendo aqui?

Rachel sorri, toda simpática:

— Não ligue para nós, Eleonor — cantarola. — Não vamos nos demorar.

— Como foi que vocês entraram aqui? — A Sra. Allington começa a caminhar em nossa direção, parecendo furiosa. — Saiam neste instante, se não vou chamar a polícia.

— Gostaria que fosse possível, Eleanor — Rachel diz para a mulher que, em um outro mundo, poderia ser a sogra dela. — Mas estamos aqui para tratar de um assunto oficial do conjunto residencial.

— Eu não quero nem saber o que vocês estão fazendo aqui. — A Sra. Allington estica o braço para um telefone pendurado na parede. Agora está erguendo o fone. — Você não sabe quem é o meu marido?

— Cuidado, Sra. Allington — eu grito.

Mas já é tarde demais. Como uma cobra dando o bote, Rachel a atinge com a pistola paralisante.

A Sra. Allington fica com o corpo duro, seus olhos se arregalam, como se tivesse acabado de receber notícias péssimas... talvez sobre os resultados do filho no LSAT ou qualquer coisa do gênero.

Então parece que ela se joga na parte de trás de um dos sofás de couro, com movimentos espasmódicos, até se largar em um amontoado assoalho de madeira: os olhos sempre arregalados, os lábios brilhantes de saliva.

— Ai, meu Deus — grito. Porque, sem dúvida, esta é a coisa mais horrível que já vi... pior ainda do que aquilo que eu vi Tania Trace fazendo com meu namorado. — Rachel, você matou a mulher!

— Ela não está morta — ela diz, com muito nojo na voz. — Quando ela recobrar a consciência, não vai fazer a menor idéia do que aconteceu. Não vai se lembrar nem do sobrenome, quanto mais de mim. Mas isto não vai ser nenhuma novidade para ela. Vamos — ela diz, e pega em meu braço de novo.

Agora que presenciei em primeira mão o poder daquela pistola, não estou com pressa de experimentar para ver como é. Percebo que fui burra por não tentar escapar no térreo. Claro que ela podia ter me atingido e depois me arrastado para dentro do elevador. Mas eu seria um peso morto, e ficaria difícil para ela. Assim é muito fácil para ela, e difícil para mim. O único lugar para onde posso ir é para baixo.

Esta idéia basta para que eu tente fazer alguma coisa. Puxo meu braço do agarrão de Rachel e corro. Não sei por quê, mas me dirijo para a porta da qual a Sra. Allington saíra. Não consigo correr rápido, porque estou dolorida devido ao que aconteceu ontem no elevador. Mas eu sei que a surpreendi, porque ela solta um grito furioso. A sensação de surpreendê-la é boa, porque significa que ela não está mais no controle da situação.

Só vejo os aposentos que atravesso de relance. Uma sala de jantar que parece não ver um jantar há muito tempo, com uma mesa comprida de mogno muito lustrada, com lugar para 12 pessoas, um aparador decorado com frutas falsas. Falsas! Daí, uma cozinha imaculadamente limpa com azulejos azuis e brancos. Uma espécie de escritório, mais uma vez com portas envidraçadas em duas paredes e uma TV *widescreen* na frente de outro sofá de couro, este aqui verde-abacate. Na TV passa um filme da Debbie Reynolds. *A Flor do Pântano*, acho. No sofá, há uma cesta de tricô e uma garrafa de vodca Absolut. A Sra. Allington leva a sério seus momentos de lazer.

Abro a única porta do escritório que não dá para o terraço e me encontro em um quarto, um quarto escuro, com todas as cortinas fechadas sobre as portas envidraçadas. A cama é *king size* e está desfeita: os lençóis cinzentos de seda formam uma pilha amarfanhada em uma ponta. Outra TV *widescreen*, desta vez ligada em um programa de entrevistas sem som. Há um calção preto no chão. O quarto de Chris? Mas Chris mora naquele alojamento da faculdade de direito. O que só pode significar que os Allington dormem em quartos separados. Que escândalo!

Não há mais portas, à exceção de uma, que dá para o banheiro do reitor Allington. Estou encurralada.

Dá para ouvir Rachel se aproximando, batendo portas e berrando igual a uma harpia. Examino o quarto em um frenesi, e não acho nada. Devido à sanca com lâmpadas no teto espelhado (vou refletir sobre este assunto mais tarde), não tem nem um abajur que eu possa tirar da tomada e usar para atingi-la na cabeça. Penso em me esgueirar para baixo da cama ou me esconder atrás de uma daquelas cortinas cor de damasco, mas eu sei que ela me acharia. Será que vou conseguir sair desta no papo? Eu já consegui escapar de situações mais complicadas do que esta só com conversa. Não consigo me lembrar de nenhuma específica, mas tenho certeza de que isso já aconteceu.

Rachel entra com tudo no quarto, tropeça na soleira e fica piscando para ajustar os olhos à falta de luz repentina. Estou parada do outro lado do cômodo, atrás da cama enorme, tentando não me distrair com meu reflexo no teto.

— Olha, Rachel — digo, ofegante, falando baixo e rápido. — Você não precisa me matar. Nem a Sarah. Juro que não vamos contar nada disto para ninguém. Vai ser o nosso segredinho. Eu entendo totalmente a sua situação. Já aconteceu de uns caras me sacanearem. Quer dizer, com certeza não vale a pena ir para a cadeia por causa de Chris...

— Eu não vou para a cadeia, Heather — ela diz. — Eu vou organizar a missa em sua homenagem. E o meu casamento. Pode ter certeza de que vou tocar todos os seus sucessos nas duas cerimônias. Isso é, se houver mais de um. Por acaso você não foi do tipo fenômeno de um sucesso só? Que pena. Será que alguém vai aparecer em seu enterro? Afinal, você já está ultrapassada aos... quantos anos você tem mesmo? Vinte e cinco? Vinte e seis? Não passa de uma estrela do *pop* que virou uma relaxada.

— Vinte e oito — respondo. — E, tudo bem. Pode me matar. Mas a Sarah, não. Pense bem, a Sarah, ela é só uma menina.

— Ah — Rachel sorri e sacode a cabeça para mim. — Não é uma gracinha? Você implorando pela vida de Sarah deste jeito... Apesar de, na verdade, eu saber o quanto ela incomoda você. Sabe, este é o problema de mulheres como você, Heather. Você é *legal* demais. Você não tem instinto assassino. Quando as coisas ficam difíceis, você se rende. Você nasceu com todas as vantagens, e simplesmente jogou tudo fora. Você deixou seu corpo ficar largado, deixou seu namorado escapar, deixou sua carreira ir pelo cano. Caramba, você até deixou sua *mãe* roubar todo o seu dinheiro. E, mesmo assim, você continua sendo... tão *legal* a respeito disso tudo. Quer dizer, você e Jordan? Continuam amigos. Você não suporta Sarah, e aqui está, implorando para que eu não a mate. Aposto que você continua mandando um cartão de Dia das Mães para a sua, não é mesmo?

Engulo em seco. E assinto com a cabeça.

Bom, o que mais eu posso dizer?

— Veja bem — Rachel diz. — Isto aqui é muito triste. Porque moças legais sempre terminam em último lugar. Eu, na verdade, vou fazer um favor ao mundo por matar você. No fundo, é só seleção natural. Uma loira a menos que vamos precisar ver no fundo do poço.

Ao dizer isto, investe contra mim, mergulhando por cima da cama, com a pistola paralisante esticada para frente.

Dou meia-volta e puxo as cortinas. Abro a primeira porta envidraçada que alcanço e me jogo para o terraço.

Acorda, olha em volta
Todo mundo está com os pés
No chão
Não vou fazer o mesmo de jeito nenhum
Eu já te superei
Não existe culpado

Vê se sai, sai da minha vida
Não sou sua mãe
Não vou ser sua mulher
Anda logo, sai pela porta
Você não vai mais
Acabar com a minha vida
Tudo acabou
Deixe como está
Eu já te superei
Vê se fica longe de mim

Heather Wells, "Sai daqui"

Continua chovendo (para falar a verdade, mais forte do que nunca). O céu que me rodeia tem cor cinza-chumbo.

Eu nunca tinha percebido, mas o conjunto Fischer é o prédio mais alto do lado oeste do parque, e o terraço da cobertura oferece vistas espetaculares de Manhattan nas quatro direções, o Empire State ao norte, que mal dá para ver através da névoa; o vazio coberto de neblina onde deveria estar o World Trade Center ao sul; o East e o West Village encharcados dos outros dois lados.

Um lugar excelente, percebo, para fazer uma cena de um filme. *As Tartarugas Ninja*, talvez.

Só que isto aqui não é ficção. É vida real. A *minha* vida. Independentemente do tempo que ainda vai durar.

O vento no vigésimo andar é forte, e a chuva bate em meu rosto. Não consigo me decidir ao certo para onde ir porque, para todos os lados que olho, só vejo jardineiras de gerânios equilibradas de maneira precária em balaustradas de pedra baixas, e dá para ver fácil como alguém poderia empurrar uma delas lá para baixo.

Sem saber para onde ir, abaixo a cabeça e começo a correr pela lateral do apartamento dos Allington, para ir para o outro lado do terraço. Como não vejo sinal de Rachel vindo atrás de mim, paro para abrir a mochila, que continua pendurada em meus ombros, e remexo lá dentro para encontrar a latinha de *spray* de pimenta que poderia jurar que estava ali. Não faço idéia se o negócio ainda funciona mas, a esta altura, vale a pena tentar qualquer coisa que impeça que eu vá de encontro aos volts daquela pistola paralisante.

Encontro a latinha. Tiro a trava de segurança e então ouço um estrondo ensurdecedor atrás de mim. Com uma chuva de farpas de madeira e estilhaços de vidro, Rachel atravessa uma porta envidraçada (igual ao Cujo, aquele cachorro do filme de terror, ou a uma tartaruga ninja) sem nem se dar ao trabalho de abrir primeiro. Ela me acerta com toda a força com o corpo, e nós duas caímos sobre as lajotas molhadas.

Caio com tudo em cima de meu ombro machucado, o que, de fato, faz com que eu fique totalmente sem ar. Mas tento continuar rolando por cima das farpas e dos estilhaços, para me afastar dela.

Ela consegue se levantar antes de mim e vem vindo em minha direção a toda velocidade. Apesar de tudo, ela não largou a pistola.

Mas eu continuo segurando o *spray* de pimenta, que escondo dentro da mão fechada. Quando ela se debruça por cima de mim, com o cabelo já colado no rosto por causa da chuva e os lábios contorcidos, ela rosna, bem parecida com Lucy quando alguém tenta arrancar da boca dela um catálogo da Victoria's Secret ou uma bola de tênis.

— Você é tão fraca — ela diz para mim, desdenhosa, e agita a pistola paralisante embaixo do meu nariz. — Como é que se distingue uma morena de uma loira?

Tento me colocar em uma posição da qual possa mandar o *spray* bem no rosto dela. Não quero que o vento jogue o líquido para cima de mim.

— Não sei do que você está falando — falo com um fiozinho de voz, ainda sem ar devido ao impacto da queda. Meu Deus. Não dá para acreditar que eu já comprei *flores* para esta mulher.

Ah, tudo bem, comprei no mercado da esquina. Mas, mesmo assim.

— Sabe como distinguir uma morena de uma loira? — Rachel sorri, com o rosto a centímetros do meu. — É só virar a loira de cabeça para baixo!

Quando ela faz um gesto para mandar 120 mil volts em meu quadril direito, ergo a mão e espirro um jato de *spray* de pimenta no rosto dela. Ela guincha e se afasta, colocando o braço na frente do rosto para se proteger...

Só que a válvula não abaixa toda. Então, em vez de um jato de veneno químico atingi-la nos olhos, o negócio forma uma espuma na lateral da latinha, encharcando meus pontos e queimando minha pele o bastante para fazer com que eu gritasse:

— Ai!

Ao perceber que não foi atingida, ela começa a rir.

— Ai, meu Deus — ela zurra. — Será que tem jeito de você *ser* mais ridícula, Heather?

Mas, desta vez, quando ela arremete contra mim, eu já estou em pé e pronta para outro.

— Rachel — digo quando ela vem em minha direção. — Tem uma coisa que preciso dizer para você há muito tempo. Tamanho 42 — fecho os dedos em volta da latinha dura e dou um soco com a maior força possível em seu rosto — não é *gorda*.

Os nós dos meus dedos explodem de dor. Rachel grita e cambaleia para trás, com as mãos no nariz, do qual jorra uma quantidade impressionante de sangue.

— Meu nariz! — grita, histérica. — Você quebrou meu nariz! Sua puta fodida!

Mal consigo ficar em pé, o meu ombro lateja demais, minhas mãos parecem estar pegando fogo por causa do *spray* de pimenta. Tenho estilhaços de vidro enfiados nas costas, os nós dos dedos de minha mão direita estão entorpecidos e sai sangue de um corte nas proximidades de minha testa: meus olhos estão cobertos de uma mistura de água da chuva e sangue. Eu só quero entrar e me deitar um pouco e talvez assistir a algum programa de receitas, ou qualquer coisa assim.

Mas não dá. Porque preciso cuidar de minha chefe psicótica.

Ela está lá parada, segurando o nariz com uma das mãos, e a pistola paralisante na outra, e então a ataco, jogando meus braços ao redor de sua cintura fininha e a derrubo no chão como se fossem 55 quilos de sapatos Manolo Blahnik. Ela cai, estremecendo em minhas mãos, enquanto tento desesperadamente arrancar a pistola paralisante de sua mão.

E durante todo este tempo ela fica soluçando. Não de medo, como devia ter (porque, não se engane a este respeito, tenho toda a intenção de matá-la), mas de raiva, os olhos escuros brilhando com um ódio tão intenso que me pergunto como foi que não percebi antes.

— As moças legais sempre terminam em último, hein? — Digo e chuto o joelho dela com toda a força que tenho. — E isto aqui, hein? Está *legal* o suficiente para você?

Só que parece que eu estou chutando um daqueles bonecos que usam para fazer testes de acidentes de carro. Rachel parece ser imune à dor... a menos que tenha algo a ver com o rosto dela. O nariz precioso dela, por exemplo.

E ela é forte (muito mais forte do que eu, apesar de meu acesso de raiva assassina, e de minha vantagem em altura e peso). Não consigo arrancar a pistola da mão dela. Já ouvi falar de gente que, em momentos de desespero, desenvolvem a força de alguém duas vezes maior (mães que erguem carros para salvar um filho, policiais montados que arrancam seu amado cavalo do meio da lama, esse tipo de coisa). Rachel tem a força de um homem... um homem que vê a vida se desintegrando à sua frente.

E ela não vai desistir até que alguém morra.

E estou começando a ficar com a péssima sensação de que este alguém vai ser eu.

A única coisa que posso fazer é não largar a pistola paralisante que ela também agarra. Meus dedos estão escorregadios por causa da chuva e do sangue, e doloridos por causa dos pontos e da espuma de *spray* de pimenta. É difícil segurar. Ela conseguiu ficar em pé apesar de minhas tentativas de chutar suas pernas e fazê-la cair, e agora nós duas lutamos no meio daquela chuva torrencial pelo controle da arma. A força de nossa luta nos mandou para uma distância perigosa da amurada do terraço.

De algum modo, ela consegue colocar o corpo em posição tal que *minhas* costas ficam pressionadas contra uma jardineira de gerânios transbordante, bem parecida com a que quase matou Jordan. Com o rosto virado para o céu, não consigo enxergar devido a toda a chuva que cai. Fecho os olhos e me concentro na tarefa quase impossível de manter os braços de Rachel para cima, longe de mim, para que aquelas pinças crepitantes não cheguem nem perto de meu corpo. Sinto a jardineira balançar, e então sinto quando ela cai e, apesar de não abrir os olhos, ouço o barulho enorme que faz alguns segundos depois, quando atinge a calçada lá embaixo.

Mas a parte mais assustadora de tudo é a duração do intervalo entre o momento em que a jardineira se desprende do terraço e o som do impacto quando atinge o solo. Conto quase até dez.

Dez segundos de queda livre. Dez segundos para contemplar a morte.

Meus braços estão enfraquecendo. Sei que estou chorando, porque o sal de minhas lágrimas faz arder os cortes em meu rosto.

E, por cima de mim, Rachel ri, sentindo minha fraqueza.

— Está vendo — ela diz. — Eu falei para você, Heather. Você é legal demais para vencer. Fraca demais. Não está em boa forma. Porque tamanho 42 *é* gorda. Ah, eu já sei o que você vai dizer. É o tamanho médio da mulher norte-americana. Mas, adivinha só? A mulher média nos Estados Unidos é gorda, Heather.

— Ai, meu Deus — cuspo a água da chuva e o sangue que estão em minha boca. — Rachel, você é doente. Tem alguma coisa de muito errada com você! Deixe que eu ajude...

— Aliás, para que você quer viver? — ela pergunta, como se não tivesse escutado o que eu disse. Porque provavelmente não escutou. — Sua carreira musical está no esgoto. Seu namorado deu o pé na bunda em você. Sua própria mãe apunhalou você pelas costas. Você tinha de ter morrido ontem, no elevador. E você tinha de ter morrido anteontem, mas a minha pontaria falhou. Simplesmente desista, Heather. As moças legais nunca vencem...

Ao dizer a palavra *vencem*, Rachel começa lentamente a recurvar meus braços. Não conseguirei lutar contra a força superior dela por muito mais tempo. Agora estou chorando descaradamente, lutando contra ela, tentando não ouvir sua vozinha cantarolante que entoa:

— Pense bem. Sua morte vai passar no *Jornal da MTV*. Talvez não saia no *Times*, mas vai estar no *Post* com certeza. Quem sabe? Talvez até façam um programa *E! True Hollywood Story* sobre você... fenômenos de um sucesso só que não conseguiram viver até os 30...

Abro os olhos e olho para ela com ódio, incapaz de falar, já que cada pouquinho de força que tenho está concentrado em não permitir que ela me eletrocute.

E é aí que sinto o tremor em meus braços, os músculos chacoalhando, enfraquecidos por tanto esforço, e ouço a risada triunfante de Rachel, e o último insulto dela.

— Heather — ela chama cheia de júbilo, a voz dela parece vir de longe, apesar de ainda estar pairando em cima de mim. — Quantas loiras são necessárias para trocar uma lâmpada?

E a cabeça dela explode em minha frente.

É sério. Em um minuto ela está lá, rindo em minha cara e, no seguinte, desapareceu, jogada para trás pela força de um objeto que bateu com tanta força que o sangue jorrando da ferida me cega. A pistola paralisante se apaga na mão dela, e seu corpo desfalece longe de mim, aterrissando nas lajotas do lado oeste do terraço com um baque.

Agarro-me à mureta do terraço, limpo o rosto com as costas das mãos (as únicas partes sem feridas em meu corpo) e soluço. O único som audível é o chiado da chuva e a respiração pesada de alguém.

Demora um pouco até eu perceber que o som da respiração não vem de mim. Quando finalmente consigo enxergar, ergo os olhos e vejo Rachel estirada aos meus pés, com sangue jorrando de um talho na lateral da cabeça dela, tingindo de cor-de-rosa as poças de chuva ao seu redor.

E, parada em minha frente, com uma garrafa de vodca Absolut na mão, a Sra. Allington, com o conjunto de moletom cor-de-rosa ensopado, peito arfando, olhos cheios de desprezo que olham para o corpo de bruços de Rachel.

A Sra. Allington sacode a cabeça.

— *Eu* uso 42 — diz.

Então siga em frente e
Siga o seu caminho

Desde o início
Do passado

Ninguém sabe o que
Ninguém pode saber

Porque quando a gente começa
Está sempre sozinho

Mas se você der bastante passos
Bastante passos
Bastante passos

Algum dia
Algum dia você chega em casa

Heather Wells, sem título

Acabo passando só uma noite no hospital, por causa de todos os meus pontos que abriram e das múltiplas contusões e dos estilhaços de vidro espalhados por meu corpo.

E até aquela única noite é demais, se quer saber minha opinião. Você tem noção de qual é a idéia de sobremesa que se faz em um hospital? É gelatina colorida. Com fruta dentro. Nem mesmo um mini *marshmallow*. Todo mundo sabe que gelatina é para comer na *salada*, não na sobremesa.

Além do mais, no hospital não tem banheira. Se você quiser se limpar, é só chuveiro ou banho de esponja.

Tanto faz. Tento usar o tempo que passo lá com sabedoria. O tempo que passo no hospital, quer dizer. Dou uma saída de meu andar para visitar Julio, e fico feliz em encontrá-lo se recuperando bem dos ferimentos causados pela explosão. Ele deve voltar ao trabalho no próximo mês, sem seqüelas.

Também dou uma passada no quarto de Jordan quando estou por lá. No hospital, quer dizer.

Ele fica bem acanhado ao me ver mas, a futura esposa dele? Ela é hostil até não poder mais. Se eu fosse mais desavisada, ia achar que ela se sentia ameaçada por mim ou algo assim.

Mas não sei por que se sentiria. O último *single* dela, *Vagabunda*, chegou ao número dez no *Disk MTV ao vivo* outro dia.

Mas, de todo modo, desejo tudo de bom para eles. Digo aos dois que, para mim, eles formam o casal perfeito.

E também não estou mentindo.

Só preciso passar uma noite no hospital, mas ganho duas semanas de licença (com pagamento integral) de meu cargo de diretora-assistente do conjunto Fischer. Acho que é assim que eles recompensam alguém na Faculdade de Nova York por ter acusado a chefe de homicídio duplo. Mesmo que você ainda não tenha acumulado tantos dias de licença médica assim.

Quando volto à minha sala, já está começando a fazer frio. As folhas das árvores de Washington Square Park estão mudando, assumindo pálidos tons de vermelho e dourado se comparados com as cores que os calouros residentes do conjunto Fischer escolheram para pintar o cabelo em preparação para o dia da visita dos pais.

Falando sério, parece que eu estou trabalhando em uma faculdade de palhaços, ou qualquer coisa assim.

Outras coisas no conjunto Fischer também mudaram enquanto estava longe. Para começo de conversa, com Rachel na cadeia à espera de julgamento, estou esperando meu novo chefe. Ainda não sei quem vai ser. Ainda estão entrevistando candidatos.

Mas o Dr. Jessup vai me deixar ajudar a escolher.

Estou pensando que pode ser bom trabalhar para um homem, para variar. Não me entenda mal, chefes mulheres são ótimas e tudo o mais. Mas seria bom dar um tempo em tanto estrógeno no trabalho.

Sarah concorda. Ela e todos os funcionários estudantis estão me tratando bem melhor agora, sabe como é, depois de eu ter arriscado minha vida para pegar a pessoa que estava matando os colegas residentes deles. Quase nunca ouço mais falar de Justine. Tirando outro dia, quando Tina virou para mim e disse: "Sabe, Justine nunca usava calça jeans para trabalhar, como você. Ela me disse que era porque nunca conseguia achar um número pequeno o bastante que servisse nela. Eu meio que sempre a detestei por causa disso."

Até Gavin finalmente resolveu me escutar, e parou completamente de fazer surfe de elevador. Em vez disso, começou a explorar os esgotos da cidade.

Mas estou achando que ele vai desistir disso bem rápido. Quer dizer, o cheiro não está fazendo dele exatamente o cara mais popular do andar.

Ah, e os Allington se mudaram. Para o prédio ao lado (aquele no qual o Donatelo, ou sei lá que outra tartaruga ninja, pulou no filme). Mas, mesmo assim, fica a uma distância suficiente dali para que a Sra. Allington e os pássaros se sintam mais à vontade... principalmente porque agora não moram mais em um prédio que precisam compartilhar com setecentos universitários além dos funcionários do conjunto residencial estudantil.

Os estudantes não ficaram tristes ao ver os Allington irem embora, mas o mesmo não pode ser dito a respeito do filho deles. Chris se transformou em uma espécie de celebridade, usando a notoriedade que adquiriu com a obsessão de Rachel por ele (que ganhou todas as manchetes de jornal) como alavanca para abrir uma casa noturna no SoHo. Parece que a faculdade de direito era o sonho que o pai tinha para ele e, agora que ele recebeu inúmeras propostas do canal *Lifetime* e da *Playboy* para contar sua história, Chris conseguiu se libertar das amarras familiares e está perseguindo seus próprios objetivos.

Aposto que esses objetivos vão fazer com que ele seja preso bem rapidinho.

Nós lá do conjunto Fischer (os residentes, o governo estudantil e os funcionários) fizemos uma homenagem que julgamos adequada para Elizabeth Kellogg e Roberta Pace: plantamos duas árvores (dois cornisos gêmeos) no lugar mais bonito do parque, com uma placa onde se lê: *Em memória de* e lista o nome delas, as datas de nascimento e morte, e as palavras *Sentiremos saudade*. Milhões de pessoas vão ver (tanto a placa quanto as árvores, que os caras do departamento de horticultura disseram que vão florescer na primavera), assim como centenas de alunos vão desfrutar da bolsa de estudos, lançada por nós, em nome de Beth e de Bobby.

Estou louca para ver as árvores floridas. É praticamente a única coisa que eu tenho para ansiar ultimamente, já que descobri (finalmente) o que Cooper pensa de mim.

Não que ele saiba que eu sei. Provavelmente não faz idéia de que me lembro disso. Foi quando ele entrou de supetão na cobertura, apenas alguns segundos depois de a Sra. Allington derrubar Rachel com sua garrafa de vodca Absolut. Ele tinha recebido o recado que deixei no celular e foi correndo para o prédio com o investigador Canavan, e logo Pete (que tinha visto quando eu e Rachel entramos na cobertura pelo monitor dele) avisou que estávamos na cobertura e, não só Rachel estava viva, mas parecia que nós tínhamos ido lá fazer uma visita para a Sra. Allington (a qualidade do filme no monitor de segurança não era boa o bastante para que ele visse que ela estava com uma pistola paralisante em minha garganta naquela hora, um problema que estamos tentando solucionar em todo o *campus*).

Enquanto o investigador Canavan cuidava de Rachel, inconsciente, e da Sra. Allington, trêmula, Cooper se ajoelhou ao meu lado na chuva, perguntando se eu estava bem.

Eu me lembro de ficar olhando para ele e de me perguntar se o que eu estava vendo não era só alguma alucinação esquisita, como quando vi a cabeça de Rachel ser esmagada. Na hora, eu tinha bastante certeza de que estava morrendo, devido à ardência dos pontos por causa do *spray* de pimenta e dos estilhaços de vidro em minhas costas e de meu ombro dolorido e de tudo o mais.

E deve ser por isso que não parava de repetir:

— Prometa que você vai tomar conta de Lucy. Quando eu morrer. Por favor, prometa que você vai tomar conta de Lucy.

Cooper tinha tirado a jaqueta de couro (aquela que estava toda manchada com o meu sangue) e me cobriu com ela. Ainda estava quente do corpo dele. Eu me lembro disso. E tinha o cheiro dele.

— Claro que vou — ele tinha dito para mim. — Mas você não vai morrer. Olhe, eu sei que está doendo. Mas os paramédicos estão chegando. Você vai ficar bem, eu prometo.

— Não, não vou — eu disse. Porque tinha certeza que ia morrer. Mais tarde, os paramédicos me disseram que eu estava em choque, devido à dor e ao frio e tudo mais.

Mas eu não tinha como saber naquela hora.

— Eu vou morrer aos 28 anos — informei ao que achava ser uma alucinação de Cooper. — Um fenômeno de um sucesso só, é isso que sou. Cuide para que coloquem exatamente isto em minha lápide: *Aqui jaz um fenômeno de um sucesso só.*

— Heather — Cooper dissera. Ele estava sorrindo. Tenho certeza disso. De que ele estava sorrindo. — Você não vai morrer. E você não é um fenômeno de um sucesso só.

— Ah, sei — eu tinha começado a rir. Então comecei a chorar. E não consegui mais parar.

Acontece que este também é um sintoma bastante comum do choque. Mas, de novo, na hora, eu não sabia.

— Rachel tinha razão — eu me lembro de ter dito, com amargor. — Ela está certa! Eu tinha tudo, e desperdicei. Sou a maior fracassada do mundo!

Foi aí que Cooper me forçou a sentar, me abraçou e disse, com muita firmeza:

— Heather, você não é uma fracassada. Você é uma das pessoas mais corajosas que conheço. Qualquer outra pessoa que tivesse passado pelo que você passou, com sua mãe e meu irmão e sua carreira e tudo o mais, já teria desistido. Mas você seguiu em frente. Você começou tudo de novo. Eu sempre admirei a maneira como você sempre seguiu em frente, independentemente do que aconteça.

Sinto dizer que, neste ponto, eu disse:

— Você está falando que eu sou igual àquele coelhinho cor-de-rosa com o tambor?

Gosto de pensar que isso também foi por causa do choque.

Cooper entrou na minha.

— Exatamente, igual àquele coelhinho cor-de-rosa com o tambor. Heather, você não é uma fracassada. E você não vai morrer. Você é uma garota legal, e você vai ficar ótima...

— Mas... — Ao meu cérebro afetado pelo choque, esta afirmação soou preocupante, levando em conta a conversa que tive anteriormente com a mulher que tentou me matar. — As garotas legais terminam em último.

— Acontece que eu gosto de garotas legais — Cooper disse.

E daí ele me beijou.

Só uma vez. E na testa. Daquele jeito que, digamos, o irmão mais velho de seu namorado a beijaria se, digamos, você tivesse sido atacada por uma maníaca assassina e estivesse em choque e ele achasse que você não ia se lembrar mesmo daquilo.

Mas eu lembrei. E continuo lembrando.

Ele acha que eu sou corajosa. Não, espere: ele acha que eu sou uma das pessoas mais corajosas que ele conhece.

E ele gosta de mim. Porque ele por acaso gosta de garotas legais.

Veja bem, eu sei que não é muito. Mas, quer saber?

Já basta. Por enquanto.

Ah, e uma última coisa:

Eu nunca voltei àquela loja para comprar a calça jeans tamanho 38. Não existe nada de errado em usar tamanho 42, para começar. E, depois, eu ando ocupada demais. Fui aprovada em meu período de experiência de seis meses. Começo meu primeiro semestre na Faculdade de Nova York em janeiro. Minha primeira aula?

Introdução à justiça criminal.

Bom, a gente precisa começar de algum lugar, certo?

Este livro foi composto na tipologia Agaramond,
em corpo 12/15 e impresso em papel
Offset 90g/m² no Sistema Cameron da Divisão
Gráfica da Distribuidora Record.